文学

八个关键词

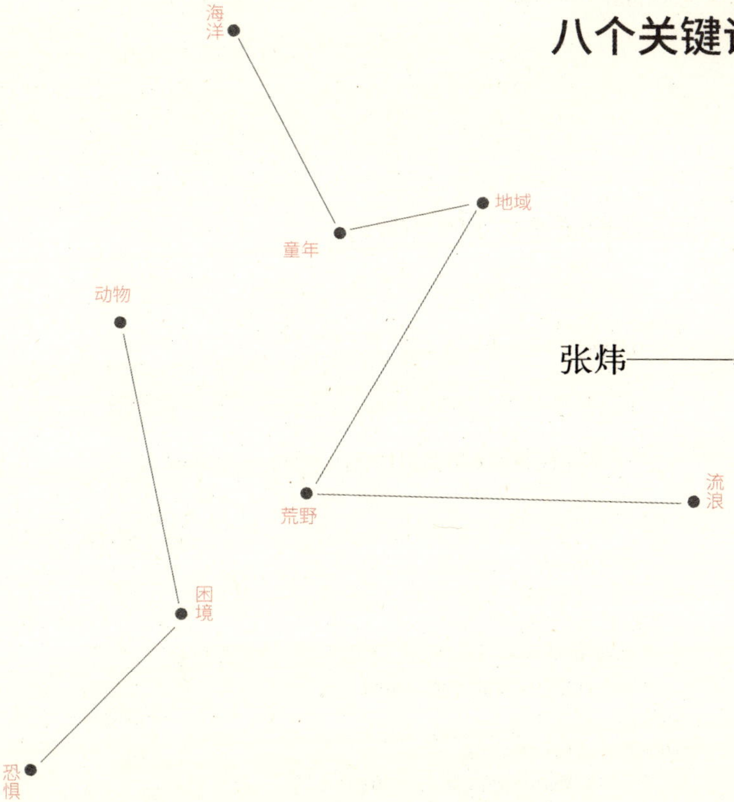

张炜——著

GUANGXI NORMAL UNIVERSITY PRESS
广西师范大学出版社
·桂林·

文学：八个关键词
WENXUE: BAGE GUANJIANCI

出 品 人：刘景琳
责任编辑：淡　霞
助理编辑：高晓涛
责任技编：伍先林
装帧设计：刘　静

图书在版编目（CIP）数据

文学：八个关键词 / 张炜著. —桂林：广西师范大学出版社，2021.1
ISBN 978-7-5598-3270-2

Ⅰ. ①文… Ⅱ. ①张… Ⅲ. ①文学写作学 Ⅳ. ①I04

中国版本图书馆 CIP 数据核字（2020）第 186664 号

广西师范大学出版社出版发行
（广西桂林市五里店路 9 号　邮政编码：541004
网址：http://www.bbtpress.com）
出版人：黄轩庄
全国新华书店经销
北京博海升彩色印刷有限公司印刷
（北京市通州区中关村科技园通州园金桥科技产业基地环宇路 6 号
邮政编码：100076）
开本：889 mm × 1 240 mm　1/32
印张：12.125　　字数：250 千字
2021 年 1 月第 1 版　　2021 年 1 月第 1 次印刷
定价：59.80 元

序

人生最神秘最温馨的地方或许在于：回首往事，有时会发现冥冥中好像有谁特意安排好了一些美妙机缘，等着你去与什么人什么事相会。

三十多年以前，我在沂蒙山区一个偏远的乡村中学读书，单薄，脆弱，敏感，心中却像着了火一样，对山外的世界有种莫名其妙的强烈向往。几经折腾，终于勉强考上一所地方性师范院校，给我的感觉还是在大山里打转，于是又奋力插本考研考博，人生三级跳一气呵成。父亲的愿望没有这么大，他一直在苦苦等待我早日毕业工作，好让他卸下一个农村老父亲供应儿子上大学的超负荷重担，他没想到这一等竟是十年！溃崩之下他甚至一度流着泪以中断父子关系相威胁，但丝毫没能吓阻他心野了的儿子。一心想跳到山外的狂妄少年，彼时如何能够看到山中的老父亲被艰难困苦几乎压断了的腰？

如此狂热，如此倔强，以至于如此无情，始作俑者当然是书，其中就包括张炜老师的书。我那时对张炜老师的书特别有感觉，从《她的琴》到《怀念与追记》《葡萄园畅谈录》等，常常读得我如醉如痴。或许是因为，他书中的主人公常常就是一个像我一样在山里山外四处闯荡的少年，他的苦难，他的感伤，他的奇遇，他的浪漫爱情，都强烈地吸引、抚慰并鼓舞年少感伤时常陷于深深怅惘的我吧？

此后因为一直在中文系读书教书，我几乎看遍了张炜老师所有的作品，就连十卷本四百五十万字的史诗巨著《你在高原》，都认认真真地读过两遍，然而却不曾写过只言片语的评论文字。我也不明白为什么。总归是懒吧。但除了懒呢？或许越是滋润自己灵魂的东西，越难于对它评头论足？

转眼到了2012年春天，我已在武汉工作了十几个年头。这一年，时任湖北省作协主席并在我校中文系任兼职教授的方方老师，联合我校与湖北省作协，成立了华中科技大学中国当代写作研究中心，机缘凑巧，我被选为中心秘书，两年后升任中心秘书长，负责打理中心日常事务。中心最初的主要活动，是每年春秋两季的“春秋讲学”活动，从全国乃至全球选取最负盛名的作家，再由作家自选一位评论家作为搭档，联袂在我校讲学两周。而第一位前来讲学的作家（搭档复旦大学中文系张新颖教授），恰恰就是张炜老师。

我刚听到消息时，脑子都有点蒙：怎么会这么巧，这世界也太奇妙了吧？事实上，类似的事情在此前此后还发生过好多次。正所谓念念不忘，必有回响。因此我总觉得我是一个特别幸运的读者，但凡影响我至深的作家、学者，命运一定会为我安排某种机缘与他们相识。

我就这样认识了张炜老师。因为工作关系，他在我校讲学期间，我差不多每天可以见到他。上课之余，有时我会与三两同事一起，邀请张炜老师去校外不远处的马鞍山森林公园散步，或找个有特色的小馆子一起吃饭、聊天。有一次同事特意拿来自家酿造的葡萄酒，那次我竟然喝出了冰酒的味道，显然是喝高了。这种时候张炜老师喜欢给我们讲各种小故事，尤其是他家养的猫、狗之类，一个个都神奇得不行。他描述得那么栩栩如生，我们当时全都信了，出了门才会产生疑惑：真的假的啊？

张炜老师在我们学院讲学期间，与我院的一众同事结下了深厚友谊。其后几年，张炜老师主持的万松浦书院举行学术活动，我陪同王乾坤教授、李俊国教授分别去参加了一次。书院坐拥林海的自然风光、中西合璧式的别致建筑风格、院子中间的鲁迅先生青铜雕像，以及白天丰富多彩的学术讨论、夜晚挑灯夜战式的诗歌盛会，都给我留下了终生难忘的美好回忆。学术竟办出了节日一般的感觉。

然后就到了 2019 年，我们中心增设“大师写作课”项目，邀请全国著名作家为我校中文系的学生讲授写作课（为期一个月），张炜老师又是最先应邀前来的作家之一。

张炜老师两次来武汉，每次都留下了丰硕的成果。对于 2012 年春天的讲学活动，中心编辑出版了“中国当代文学经典化研究丛书”之《经验与原创——2012 年春讲·张炜、张新颖卷》。2019 年秋天的讲课稿，根据录音整理成了读者手边的这本《文学：八个关键词》。张炜老师 2011 年还出版了一本《小说坊八讲：香港浸会大学授课录》，主要从小说的构成要素（如语言、故事、人物、主题等）与写作技巧（如修改）着手，正好与此书互补，构成姊妹篇。一个作家一生的阅读与写作经验，倾囊相授，尽在于此了。

《文学：八个关键词》，给我的总体感觉，可以用鲁迅先生的两句诗来概括，“心事浩茫连广宇，于无声处听惊雷”，有太多给我以启发和感动的地方。在这里，我只说一点。张炜老师来我校讲课是

2019年10月，当时尚天下太平，四方无虞。我拿到书稿时却已是新冠疫情肆虐，天下大乱了。书稿“动物”一章中有一节标题为“如海潮一般的诅咒”，讲人类肆意虐杀动物，同人一样作为生灵的动物没有还手之力，“它们只能大睁双眼，盯着漆黑的夜色，等待着什么，然后发出绝望的诅咒”。“这犹如海潮一般的诅咒我们听不到，也听不懂。动物们在暗处，在自己的角落。这种诅咒一定是有能量的。那些唯物主义者，并不相信这种能量会伤害自己，但起码会从自身的心理结构中发生巨大的损伤作用。……”“是的，无数的生命日夜诅咒，恐惧真的会降临。放眼望去的现实是，现代人越来越多地面对绝症、突发的瘟疫、各类灾殃，这一切没完没了；还有极端惨烈的相互残害、屠杀，总之灾难正以不同的方式呈现出来，让人类自己承受”。说实话，当时在课堂上听张炜老师讲这个主题时，我内心虽颇有触动，但还是很有些不以为然的。然而，今天，面对整个世界都在艰难承受的漫天大祸，我愿意相信这就是动物们发出的“如海潮一般的诅咒”的回应。经过恐怖的疫情，人类此后与大自然、与人类自身相处的智慧能否得到提高？

最后，作为张炜老师讲授“文学：八个关键词”的课堂听众和这本书的第一位读者，我还想说一下听课与读书的不同体验。张炜老师这次来武汉，身体状态明显比2012年那次要差一些，他自己说前不久才住过院，身体尚没有完全调整好，但为了履行约定，还是匆匆赶过来了。上课时他的声音有些低沉，但讲到高兴处就不一样了，这时他往往会加一段模仿，绘声绘色，惟妙惟肖，幽默风趣，常常令人捧腹。读者可于书中“小泪人儿”“一手拿着大众日（报），一手拿着煎饼吃”“你也不要瞧不起，本人也是大专毕（业）”等处想象张炜老师讲课时的神采飞扬。

看书稿时我常常惊叹于作家读书范围之广、研读之细、体悟之深。我也算是文学的专业读者和研究者了，但张炜老师如数家珍般讲到的很多书、很多作家我却闻所未闻。我常常被张炜老师对作家作品的精彩论述深深吸引，放下书稿去 Kindle 上搜索、下载原书来读，就这样这边翻翻那边看看，以至于这本二十多万字的书稿我读了近一个月才完成。这本书被我当作品书录了。按图索骥，会发现太多一般人不会知道的文学宝藏。

2019 年 10 月，讲课还在进行中，张炜老师就嘱我为这本书作序。我初闻颇有些惶恐。在我印象中，序一般是由前辈名家为后辈写的，现在反过来由我这样一个后辈读者为前辈名家写序，岂有不惶恐之理？但张炜老师一再坚持，我也只好恭敬不如从命了。正好也可借此表达我对张炜老师等前辈作家的由衷敬意，他们以其卓越的精神劳动成果滋养了我，对我的一生造成了由内及外的至深影响。我认为文学改变了我的命运。

是为序。

（王均江　2020 年 4 月，新冠疫情期间于武汉家中，足不出户已两月有余）

目录

第一讲　童年

我憎恨那些高傲和无能的蠢人，他们叫嚷说我们的艺术和我们的文学已濒临死亡。这些人头脑十分空虚，心灵极其枯竭，他们是埋头于过去的人，而对我们当代的生动而激动人心的作品，只是轻蔑地翻两页就宣布它们浅薄而没有价值。我呢，我的看法迥然不同。

——左拉

出发和回归

可能没人怀疑，作家的童年时代对其一生的成长与书写都是极重要的。就人生来说，童年生活是一个开端，也是不可替代的一个特殊阶段。虽然童年经历只是人生很少的一部分，但它是记忆的一个“老巢”，各种各样的生活都从那里开始，都堆积在那里。那时的记忆尤其新鲜，所以也最难忘记。

拉美作家马尔克斯曾有一句妙语：“生活不是我们活过的日子，而是我们记得住的日子。”一个人走了很长的人生之路，回头一看，会发现一路上的很多事情和一些细节都忘掉了。每当回想往事，我们常常会有一种遗憾：这长长的一段时间里，能够清晰记起来的并没有太多。也许就是这些记得住的片段叠加在一起，才构成了我们平常所说的“日子”。从这个意义上讲，童年时光是最难忘怀的，所以它在人生的经历中占据的比重也就更大，以至于形成了一个巨大的生活团块。童年经历会深深地影响一个人，在很大程度上决定他的现在和未来。

从童年开始，人的心中拥有了若干神秘之物。这个时段最早的一部分，可能处于能够记忆和不能够记忆的交叉点上，所以回忆起小时候，人们会说“当年我还不记事”，或说“那时我好像记得”。童年时期的很多元素会糅入潜意识，它们极其内在，若有若无，甚至是虚幻的和不确定的：不知是诞生之初就携带了这些意识，还是由后天的观察、归纳与综合而成。童年的见识有不可思议的强韧性和规定性，它会制约人的一生。

那些不太清晰的记忆、似有却无的一些生活储备，哪怕是碎片化的，都是极重要的。一个人精神的成长，其实就是从儿童时代出发，一步一步向前，走到非常遥远的地方，最后再回归到童年那样的“单纯”。这好像是一个生命的圆形轨迹，也是文学表达的全过程。从某种意义上可以说童年即包含了一切，潜藏着一个人终生的秘密，人的一生都在展开和放大这些秘密，都在延伸它的长度。童年是不可以选择的，由童年决定的人生似乎也很难选择。所以我们完全可以说：童年是此生的宿命。

深入和返回童年，是人类重新发现自我的一种方法，这可能与一些哲学阐述接近或相通，是涉及人生本源的根本问题。老子说“复归于婴儿”，说的就是一个人长大了，还要回到他的婴儿时期，再次变得“幼稚”“纯粹”和“简单”。这似乎很奇怪，却包含了相当复杂深刻的意味。孩子的眼睛是敏锐的，他能看到成人看不到的很多东西，感知力、直觉力都很强。他们常常能够进入神秘的生命范畴之中，所谓的“天眼未闭”，说的就是这种能力。

一个人在童年时代拥有的能力，到了一定年纪可能要失去，因为一个奇特的生命窗口关闭了。“复归”就是恢复最初的洞察力，恢复婴儿的本真：天真求实和汲取真实的能力和勇气。“皇帝的新衣”只有孩子才能指出来，这就说到了自然而然的勇气。人“懂事”了就没有了这种气概，也没有了这种力量。人的一生要将这种能力发掘和保持下去、焕发出来，肯定是很难的，他需要做的功课太多了，大概需要终生的修持。

童年的确有特殊的力量。人在后来的成长中不断接受所谓的“教训”，会修正自己的童年经验，许多时候是生命力、观念以及心气上的一步步倒退。作家迷恋童年，回归和幻想、追寻自己的童年，当然有着深刻的原因。最高的文学属于童年并通向童年，每一个写作者都感叹自己的童年一去不返，这不仅仅是留恋青春，而是留恋曾经拥有的认识力、那个时期的单纯、不顾一切指出真实的勇气。

从童年出发的这一场远行有两层意思。一是地理上的，一个人不可能一直住在老家的屋子，从上幼儿园开始就常常离开，直到上大学、为生计与发展去更远方，甚至跨越大洋。另外是心理上的，随着经历的事物和接受的知识越来越多，要思考很多问题，人会在见识上走向远处。但在这两个方面，人都会不断地努力地返回。这种回到原来的欲望是不可遏制的。童年仿佛是一个伊甸园，被逐出之后就无法归来了，但总是要怀念它，在想象中回返它。中国古话讲的“叶落归根”，说的就是回返，是回到生命的根部。

童年记忆中的环境、气味、食物、声音和色彩等，总是植入深处，非常顽固。少年成长中习得的知识，比童年记忆更顽强、更坚韧的大概不会太多。普鲁斯特在《追忆似水年华》开头写道，把那种叫“小玛德莱娜”的小点心沾着茶水在口中一抿，最早的感受就回来了，这就是气味的记忆。山东鲁南某地区的人从小吃煎饼和“臭盐豆子”，长大了去城市生活，也还是渴望吃到它们。外地人对这种食物简直不能接受，因为它的气味太怪了。一个人即便有了很高的社会地位，也还是不能适应食谱的改变，这就是童年刻下的记忆。某种食物会顽固而执拗地把一个人拖回童年，这当然不仅仅是为了一份口腹之欲，更是精神、意识、心理层面的综合拖拽力，它转化成实在的、物质层面的追求和落实。可见气味与食物的记忆看起来容易理解，背后却有深刻复杂的蕴含。

托尔斯泰说过："假如来得及把你所理解的东西写出百分之一就好了，结果我只写出万分之一。"他在叹息时间的短促，以及人的健忘。如果说所有作家的文字都有自传的性质，也并不是说作家一定要写出一部分真实记录，而是其他的意思。作家在大部分文字中，比如虚构作品中，总是努力绕开自己的真实经历，特别是现实社会中的人事关系。这既是扩大想象的需要，也是为了避免对号入座，防止将作品简单化。但无论如何，如果把作家的全部作品打碎了再粘合，仍然会是一部非常丰富的"自传"。这部写尽了自己的大书第一笔从哪里开始？从童年。

童年是站在世界一侧的观察者。人在参与世界的方式中，从未废除这种观察。托尔斯泰总是埋怨自己长得矮小，不好看，而爱人长得高爽，同样出身大户人家，他有一种自愧不如的感觉。这种自卑的心理从很早就有，而且影响了一生。他要挣脱"外形"的局限，冲破生命的某种"界定"，就会顽强地表现自己的心灵，它的勇敢和崇高无畏。这需要许多尝试。托尔斯泰、福克纳、拿破仑、巴尔扎克，这些有着相似的生理特征的人，外部形体的某些缺憾或暗示，常常帮他们转化出巨大的能量，而在转化的过程中，将做出诸多匪夷所思的、不可理解的举动。

托尔斯泰有一部自传体小说《童年》，写的是母亲过世前后一两天的事情，却是厚厚的一本书。他后来又写《少年》和《青年》，写了《安娜·卡列尼娜》，写了巨著《战争与和平》，写了最后的那部小说《复活》。我们读了后来的巨作，再回头看他的《童年》《少年》和《青年》，会强烈地感到，他许多有关艺术的、世界的看法，都在很小的时候开始萌发并形成；他的语言艺术的色彩、格调，很多元素都可以在少年经历中找到痕迹。

作家的一生不过是在写一部长长的“童话”，虽然有的部分可能不适合少年阅读，但“童话”的性质仍然是分明的。不同的是，作品中的“公主”“老狼”“妖怪”之类角色，在不断地变换身份，恐怖的场景也在不断地变幻。后来的作品更复杂了，但复杂中仍有一种童话的单纯。这种文字往往很纯粹，更能够超越世俗功利主义。而另外一些看似具有积极“社会意义”的文字，实际上有可能是简单的、概念化的、标语口号式的，是缺乏诗性的文字。

作家难以超越童年。因此观察分析一个人的文学，还是要像看一部传记那样，从他的童年开始。人生这本大书无一例外是从童年起笔的，直到画上最后的句号。老年人最爱回想童年，所以变得更慈祥，讲故事的方法以及故事的内容与特征，仿佛都在朝这个方向改变。作家下半生的任务，最常见的就是回忆。有的人还不到下半生，而是从很早就开始了这种回忆的工作。美国的马克·吐温四十多岁就开始写自己的传记，用大量篇幅写童年生活，直写到六七十岁才把笔搁下，转而叙述其他。后来觉得无趣，还要继续回忆。直到去世前不久，他还在书写童年。他的《汤姆·索亚历险记》《哈克贝利·费恩历险记》，都来自密苏里州汉尼拔的童年生活，里面的人物和故事都有实据，书里写到的景物如河流、山洞、小岛，如今还能够在那个小镇子找到，这里已经成了美国人回忆幸福童年的地方。文学，原来是包含了人生无限秘密的、最复杂的一本“童书”，这本“童书”并不简单，它囊括了作家的全部复杂性和可能性。

惠特曼有一首诗写得真好，它叫《有一个孩子向前走去》：“有一个孩子每天向前走去，/ 他看见最初的东西，他就变成那东西，/ 那东西就变成了他的一部分，在那一天，或者那一天的一部分，/ 或者几年，或者连绵很多年。”

影响一生的视角

有时会觉得作家是一个站在生活旁边、站在一侧的人，这时他远离了群体和社会，在那里独自倾听和观察。一个人由于特殊原因从小变得落落寡合，会过早地成为一个旁观者。而大部分人不是这样，他们出生以后很快就被纳入一个集体。一个人生长于大而和睦的家庭，更容易性格开朗外向，善于交流，让人喜欢，在集体生活中会十分“合群”。这种人较能够与大家“打成一片”，及时踏上社会的惯常节拍。这往往是由生命之初的不同造成的。如果仔细看作家的传记，便会发现那些杰出的作家，通常拥有和一般人不同的童年。

由于家庭或者性格方面的原因，他可能从出生起就是一个独处的、孤僻的个体，经常自觉不自觉地远离群体，时常将自己置于一个寂寞的角落。如果社会是一个大舞台，他几乎从来没有进入这个舞台的中央，甚至不敢踏上这个舞台，而是悄悄地立于幕侧，在灯光之外恭敬地、安静或稍有胆怯地注视和倾听。就这样一直长到更大，才不得不强迫自己融入群体。但是这也只是形式上的融入，实际上他的心理状态、意识以及行为，仍然是与群体疏离的。这不是一种习惯，而是从小因多种原因综合形成的行为性格。

有一些孩子的确是比较沉默的，是旁观者。对普通人而言，一般来说这未必是好事，他会有心理障碍，交流不畅，融入社会的能力很差，甚至变为人生的大忌。但是在作家这里就未必如此，有时候非但不是大忌，还有可能是一个不可替代的长处。他不得不用很大的力气去克服一些心理上的障碍，转化自己的“弱项”，于是在这个过程中就变成了一个思考者、察省者，甚至是未来的宣讲者。作家在童年拥有的特殊视角，真的会影响一生。他早早将自己置于对集体的审视位置，保持一种疏离的关系，找到了暗自舒展自我的机会，也获得更多判断和比较的机会。作家有时处于边缘地带是一件幸事，因为超脱与距离，对他来说很重要，旁观者的身份，也具有深长的意味。

福克纳从小就不是“一般”的孩子。他的曾祖父被记入了当地的历史，既是作家又是军人、企业家，对福克纳的影响很大。但是曾祖父的事业一生都不成功，父母的关系也不和谐，紧张的家庭生活对福克纳有巨大影响。福克纳长得身材矮小，这加剧了他的自卑感。他总是逃离人多的地方，感到自己和他人格格不入，经常独处。在孤独的时候他更多地进入一个想象的世界，以弥补生活的枯燥、干瘪和单调，用幻觉来补偿自己。这样的方法最终会让心理上达到某种平衡感，让生命充盈丰满起来。这其实就是作家生涯的开始：自我幻想、自我满足，尝试各种各样没有经历过的人与事，寻找落实的可能。

叶芝的人生与创作，与他度过了童年的母系故乡爱尔兰西北部的斯莱戈小镇关系十分密切。叶芝没有出生在那里，由于母亲思念故乡，就带着他一起回去。他在那里度过了童年的大部分时光，终其一生念念不忘，死后也葬在了那里。叶芝的很多诗歌都以斯莱戈的自然风物为背景，诗中的神秘主义也大致源于当地文化。

诗人谢默斯·希尼有着跟大自然融为一体的童年，那些描述北爱尔兰乡间田园的诗章成为他的代表作。《一个自然主义者之死》《通向黑暗之门》《在外过冬》，几乎都在挖掘童年和北爱尔兰的乡村记忆。童年生活影响了一生的视角。

挪威作家汉姆生的代表作《大地的成长》，是写大自然、劳动与大地的杰作。作者有一个沮丧的童年：从小居住在偏远的荒岛上，没有接受过任何正规教育，十几岁就要独自谋生，出去打工，经常吃不饱。书中常常写到的一项劳动是挖土豆，中文把它翻译成“地苹果”，出色地表达了对这种食物的爱和喜悦，写出了面对大地的馈赠所泛出的感激之情，以及主人公的兴奋。

《堂·吉诃德》的作者塞万提斯一生不幸：当过兵，残废了一只胳膊；当过奴隶，冒死逃离又被捉回。他从小一直站在群体之外，许多时候都是一个猜测者和旁观者，这使他对生活有一种深刻而独特的理解。这种与众不同的身份几乎贯穿了终生：一生都是倒霉鬼，一生都试图进入生活的纵深、试图与群体平等交流，但似乎都没有成功。他是穷孩子、伤残者、奴隶。而就是这样的一个人，将更丰腴的感受、更饱满的体验装入了内心。《堂·吉诃德》写得何等开放，主人公足踏大地四处流浪，杀富济贫，匡扶正义，既是道德和勇气的化身，又是一个十足的弱者、一个悲剧角色。作者从小忍受的白眼、欺凌、屈辱和不公，造成了内心的强大张力，影响了一生的认知，也决定了他文笔的色调。堂·吉诃德身上凝聚了塞万提斯无数的幻想，可以想象他自己常常恨不能变成这个无所不能的义士，惩恶扬善，与不计其数的各色人等交往，自由流畅地生活，运用智慧走遍大地。他时常自嘲，却忍住了泪水。这样的一个小说人物，与作家的真实的生活之间存在何等巨大的对比和反差，同时又有多少暗暗相合之处。

过去的作家如此，今天的作家仍然如此。他们一定会在文字背后埋下很深的秘密。这些秘密与其说是物质的，不如说是精神的。作家对应着他的精神储藏，会做出各种各样的表达。这种表达有时是喧哗的，有时是绚丽的，有时是阴暗的，有时是绝美的，有时甚至是荒诞、凶狠和肮脏的。各种各样的东西都用来抵消、满足、平衡自童年开始就埋下的那个难以言说的、不可多得的甚至是屈辱的亏欠和创伤。

让我们再多引用一些这样的例子。孔子与孟子都是三岁丧父，由母亲抚养成人。唐代诗人杜甫幼年失怙，由姑母抚养，一起成长的堂兄弟夭折了，杜甫独自在姑母身边长大，童年也是孤独的。他有诗云“一日上树能千回”，可以想象他怎样频频攀爬院子里的枣树或梨树，顽皮地上上下下。这是他的童年。王维出生于官宦人家，两三岁父亲病逝，母亲带着几个孩子，异常辛苦。王维做了大官以后，置办辋川别墅，将母亲接去安养。他同样是一个内向的、受苦的、寂寞的孩子。韩愈就更悲惨："吾少孤，及长不省所怙，惟兄嫂是依。中年兄殁南方，吾与汝俱幼，从嫂归葬河阳。"（《祭十二郎文》）还是婴儿时就失去了父亲，跟兄嫂长大。长兄去世之后，嫂子像母亲一样将他拉扯成人。他考进士三试不第，蹉跎七年。开创北宋一代文风的欧阳修很不幸："欧阳修，字永叔，庐陵人。四岁而孤，母郑，守节自誓，亲诲之学，家贫，至以荻画地学书。幼敏悟过人，读书辄成诵。及冠，嶷然有声。"（《宋史·欧阳修传》）他从小家境贫寒，连纸笔都没有，更上不起学，好在其母郑氏出身江南名门望族，知书达理，用芦秆当笔在沙地上教欧阳修读书写字，即历史上有名的"画荻教子"。

法国作家乔治·桑有异乎寻常的写作开端。她生在一个小军官家庭，很小就跟随祖母在乡间生活，后来到巴黎上修道院寄宿学校，每个星期才能回家一次。那时她喜欢上了修女生活，想终生留在修道院，后来被祖母硬拉回去，命她结婚。她经历了结婚和离婚之后重返巴黎，租了极简陋的"亭子间"刻苦写作。就这样开始了创作生涯，即便后来与大作家巴尔扎克等人来往时，也仍然住在小阁楼里。

当代名声盛隆的外国作家中，马尔克斯是极为特异的一位。他在世界上拥有极多的读者，且长盛不衰，是靠文字品质建立起信任感的少数拉美作家。他的文字有一种黏人的亲和力。从他的自传中知道，他小时候不是成长在父母身边，而是由外祖父陪伴。外祖父是一位少校，带着马尔克斯住在一所大房子里面，给他讲战争故事。到了十二岁，他才离家上学。

这似乎是一些作家的通例：早早地和群体分开，有形或无形地、被迫或偶然地、宿命般地走进这样的经历。即使有人小时候过得热闹，好像得意、顺心和幸福，但不久之后也会补上“疏离”这一课。一个人不会一辈子都待在和谐的群体中，他和群体之间一定会在某一天发生疏离的现象，这好像是难免的。可能有人成长在很优越的家庭，生活无忧且一切顺意，性格也随和，从小就是活跃分子，是集体当然的一员。但后来由于各种原因，比如世事突变，他即遭到群体的驱逐和流放。从此他将变为被孤立者、被歧视者。童年错过的“疏离”一课，即将补上。

比如大诗人苏东坡，看他的成长经历，可以说早年十分顺利。他出生于四川眉山一个书香世家，伯父为官，父亲称得上名儒，母系也是当地的名门望族。苏轼从小便能得到第一流的教育，享受第一流的自然环境：拥有诗书万卷，还兴致勃勃跑进山里学道，结识玄人。这样一个孩子是极幸福的。后来“三苏”进京，苏轼和弟弟苏辙同榜中进士，轰动士林。苏轼入仕很早，仕途一开始也非常顺利，可以说从童年到为官之初，完全融入群体之中，而且居于上层。

苏东坡享受过天真烂漫的童年和少年，养成了活泼畅快的性格，在群体中如鱼得水，得意而优裕。他口无遮拦，对同僚这样，对皇帝也敢畅言。这就招来了许多麻烦，厄运随之而来。看他的年表，可以清楚地发现，黄州成为一生重大的分界线。黄州之前他是一个得意的人，这之后则是起伏跌宕的开始。“乌台诗案”是中国历史上一次惨烈的文字狱，这为他补上了人生缺失的重要一课。他这一次差点被杀。在押期间，送饭的人出错，发生了“熏鱼示死”一事，苏轼误以为这是儿子传来的治死讯号，惊恐中写下了绝命诗。

有类似遭遇的还有陀思妥耶夫斯基。陀思妥耶夫斯基出生并度过童年的地方，是父亲供职的一家医院，他们住在半地下室的公房里。他在那里读《圣经》里的《约伯记》，思考无辜的人为何受苦，似乎为一生的写作找到了基调。因为与“十二月党人”的交往，他经历了一次“刑场惊魂”：绞刑架一切就绪，头颅套上黑布，临刑前一刻才得沙皇赦免。绞架放生，生活补上了如此严厉的一课。从此之后，他与群体的关系彻底改变，开始站到了旁观者的位置上。这种改变对于苏轼和陀思妥耶夫斯基，对于所有的作家而言，都是极为重大的。如果没有这样的视角的切换，他们对社会与人生的很多问题都难以看得更加清晰。许多时候作家需要是一个热情的参与者，但更多的时候也还需要是一个冷静的旁观者。热烈与参与是一度的，退离和冷寂则是长期的。这是作家工作的特质，也是心灵的特质。

外祖母现象

许多作家的童年都是与祖辈生活在一起的，甚至让我们看到了一种“外祖母现象”。

当然这样讲并不是说他们一定要与外祖母在一起，而是说这种情形频频发生以至于出乎我们的预料，让人不得不做出这样的总结。马尔克斯跟随外祖父，杜甫跟随姑姑，韩愈跟随嫂子，这时候总有一个人扮演了“外祖母”的角色。民间有一句俗语：“狗记千，猫记万，小孩记得姥姥家。”可见外祖母对于孩子的特殊性和重要性。“外祖母”究竟代表了什么？她与一个人的成长所需要的重要元素之间，究竟是什么关系？外祖母是母亲的母亲，而不是父亲的母亲，大概只有她意味着母系之根。如果说作家一生都在使用复杂和艰难的文字分解与改写某种“童话”，那么外祖母是最会讲故事的人。这种“童话”的源头，可能就是外祖母。

普希金的父亲是一个宫廷侍官，诗人是由外祖母抚养的，后又随老人去皇村，在那儿读中学。现在的皇村是许多作家去俄罗斯时必要瞻仰之地。我没有去过皇村，但去过普希金去世前的那间屋子。屋子里有一张漂亮的红沙发，决斗受伤的诗人就躺在这张沙发上，无法止血，任由鲜血一点一点流出，经历了极痛苦的两天两夜。那里至今还存放着诗人一绺深棕色的头发、一件染了血迹的白衬衣。

我从年轻时就读普希金的作品，尽管是翻译的，仍能从中感受他的精神与魂魄。我认为正是孤独的童年让他变得敏感多思、纯洁和倔强。他与群体和社会是另一种稍稍不同的关系，他的目光，他的多情与烂漫，甚至是决斗时表现出的那份勇气，都令人想起在外祖母身边的日子。

高尔基也是这样。他的父亲早逝，不得不跟随母亲回到外祖父家。这个有些混乱嘈杂的大家庭还寄居着另一些亲戚，他们好像一天到晚都在争吵。在这种家庭氛围中，幼小的高尔基常常吓得躲到外祖母身边。他听她讲了那么多故事。高尔基在《童年》这本自传中写到了这段极特殊、极宝贵的岁月，深情地回忆自己的外祖母。他以费解和嘲讽的口吻讲起外祖父的吝啬：一起早茶时，外祖父竟然要外祖母交出一半的茶叶，而且要一颗一颗数得清楚。通过这样的细节，可以知道两个老人之间的紧张关系，外祖父的怪异，更有外祖母的不幸。

鲁迅的外婆家在绍兴乡下，他有机会随母亲去外祖母身边小住，就在那里见识了乡村生活，结识了闰土。鲁迅的祖父因科举舞弊案入狱，父亲屡试不中，一直在家闲居，后又重病。家道中落令鲁迅自小饱尝辛酸，而外祖母和乡村生活给了他不可或缺的温情，让他对植物和土地有了真切的感受。他的作品无论直接还是间接地写到乡村，都能让人感受那种格调和气息，即便是那批杂文，其中都有源于乡村和土地的颜色。假如缺乏这原色、缺乏这根性，鲁迅就只能是另一种意义上的作家和学者。他明亮的底色，温暖与生长的性质，有一些当来自外祖母身边的生活，这对他是重要的。他把童年记忆浓缩进一个虚构的地名：鲁镇。以它为背景的有《故乡》《社戏》《祝福》《孔乙己》等重要作品。鲁迅的母亲姓鲁，他不仅给故事发生地取名“鲁镇”，而且用“鲁迅”做了笔名。

一位作家从小跟在外祖母身边，此后一生都会带有这段生活的印记，他的文字、讲述的口吻和态度，都会受到影响。外祖母在外孙面前无一例外都是故事高手。这可能与她的身份、角度、母性的深度和渊源有关。无论她们知识教养怎样，是否有阅读的习惯，一律都能讲出别致的故事，并有深刻的感染力。这些故事内容不同、讲述方式不同，但总能对外孙形成强烈的吸引力和引领力，从小培养起诉说和倾听的习惯。这种“外祖母”的职能，有时也会由别的亲人来替代行使，像孔子与孟子的母亲、马尔克斯的外祖父、乔治·桑的祖母、杜甫的姑母、韩愈的嫂子、欧阳修的母亲，都或多或少体现了外祖母的功能。这对孩子产生的影响和意义，大概是相似的。

难以愈合的伤口

弗洛伊德认为早期的童年经验会被压抑到潜意识中，童年的创伤经历尤其会对人的一生产生重要影响。有过悲惨的童年，长大以后无论怎样成功和美满，心灵深处始终存在着一个空洞，那里充斥着怀疑和不满足，安全感匮乏而且很难填补。所以无论治疗生理还是心理上的疾病，都应考虑患者的童年经历。的确如此，那些扎根在童年时期的疾病是最难治愈的。

有时候一个人心理和身体的某一种缺憾、创伤，需要花费一生的时间去改善和疗救。许多作家都有这样的感受：自己童年时期的缺憾影响了后来的文字，也许一辈子都要用写作、用各种各样的努力去修复和填补，尽管效果往往是不尽如人意的。对有些人来说，正因为完成不了这种修复的工作，写作才会持续下去，或者说只有这样，才能获得一些安慰。

海明威从小被母亲打扮成一个女孩，穿花裙子扎辫子，以满足她想有个女孩的心愿。这让他非常迷惑和不快，以至于有一种被侮辱与被损害的感觉，影响了一生。如果是农村长大或者工厂、胡同里的孩子，小时候被打扮成女孩并不是一件大事，但对海明威这样一个中产阶级家庭的孩子，可能就有些不同了。相对优越和体面的生活，使他在心理与情感上比较脆弱和敏感。海明威在回忆录和给父母的信件中，都要证明自己是一个“男子汉”。他在作品中极力表现男人气概、硬汉性格，并有一个著名的说法：“一个人可以被毁灭，但不能被打败。”童年生活的一个小小插曲，却形成了创伤的印记。

奥地利诗人里尔克，因为姐姐夭折，小时候也被打扮成女孩，并受到溺爱。他的母亲向往上流社会的生活，父母关系不和，最后离异。里尔克被父亲送到管理严苛的军事学校，一直待了五年。这五年对他来说是非常艰难的，孤单苍凉，产生了深深的困惑。他性格极为敏感，有依赖性，同时又有忍耐和不屈，与生活结下了敌意。里尔克一生的诗篇，几乎都在表达人类无法摆脱的孤独。我们从里尔克与大他十五岁的莎乐美的关系中，也可以看出那种依赖：生活、性、思想与文学，仿佛都靠她引领。这与里尔克童年形成的柔弱气质有关。在著名短诗《秋日》和《严重的时刻》里，我们看到这种漂泊无依的状态和命运的不确定性，给他带来了严重困扰。

现代诗人戴望舒小时候生过天花，这使他自卑并造成了敏感和暴躁的性情，以至于影响了一生。他所追求的唯美和爱，正是自己没有或难以获得的东西。

安徒生一生未婚，也与童年阴影不无关系。他的祖母曾在当地一家教会收容所工作，小安徒生曾在那里见过一个裸体疯女冲他大叫，至此有了心理阴影。他与女人接近时会吓得跑掉，还有一种莫名的厌恶感。他把一切都交与了童话，甚至想把生活变成童话，而不愿进入成人世界。

童年造成的心理或者精神的疾病会携带终身。它们可能来自家庭或社会的多个方面。来自家庭的会更细小，但更本质也更深刻，使其变得内向和认真。比如卡夫卡和父亲，海明威和母亲，这些紧张关系都来自家庭。如果来自社会，那种创伤的感觉会外向而强烈。

一个与亲人一起忍受屈辱的人，一生都无法抚平这种深重的创痛，反抗将很惨烈，甚至是不顾一切的。在某些时候，这个过程也有可能培养出一种始料不及的“恶”。被恶所伤者，却不一定与恶绝缘，相反，在一部分人那里，自小忍受的不公、践踏和侮辱，也会转化成一种恶意报复。这是恶对人伤害的同时，所给予的极不幸的教诲。

压抑和屈辱引起的后果既长远又严重，但它们是千差万别的。如果创伤关乎自尊、精神，那么这个人会变得格外敏感，而且刚健顽韧；如果是物质方面的，比如说贫困、食物匮乏，甚至到了难以为继的乞讨地步，毫无尊严可言，也许会让他变得卑微，并且很容易在物质的诱惑下显出自己的软弱。小时候物质的煎熬很难让其忘记，后来即便变得富有也不会轻视钱财，往往过分倚重甚至贪求。反之童年时期没有物质艰困的人，财富欲望会较为稀淡，有时身无分文也并不觉得自己是一个穷人。当然这些性格和特征的形成也是相当复杂的，不能一概而论。

法国作家雨果的生活是充裕的，却要整日叮嘱情人尤丽叶节俭生活，要她记下日常开支的每一个生丁，并经常对家人唠叨，说我们马上就要过苦日子了。写雨果传记的人将这些当成了趣事，读来很有意思。他时刻感到贫困的威胁，实际上财源丰沛，还持有法兰西银行的股票。而同时期的作家巴尔扎克与之形成了鲜明对比：一生都没有多少钱财，债务压得他透不过气来，却在别人遇到困难的时候慷慨解囊，好像是一个富豪。

分别寄出的信件

作家的一生如同在写一封长信，有的投向具体的目标和地址，但大多漫无边际。他向社会或某个群体讲述一些事情，用各种口吻，说各种故事。

人们常常讲“严父慈母”，双亲对于后代的成长当然是至关重要的。母亲是慈爱的，所以通常孩子依恋母亲而害怕父亲。父亲充分体现了“规矩”、体现了人的社会性，而母亲则有更多的自然属性。“慈母”和“严父”这两种角色，其实在某种程度上，是对社会功利与心灵自由的划分和概括。

卡夫卡三十六岁写下致父亲的长信，其中剖白自幼对父亲的感受，写得那么长、那么细微、那么真切动人，却最终没有勇气寄出。三十六岁，意味着已经完全成熟了。可是他还念念不忘童年时期父亲的“伤害”，还在痛苦地倾诉。他对父亲写道：“你其实是个善良仁慈的人……但并非每个孩子都具有坚韧的耐心和无畏的勇气，都能一直寻觅，直至得到你的慈爱。你只可能按你自己被塑造的方式来塑造孩子，即通过力量、大叫大嚷和发脾气。”他在信中细数了父亲施与的体罚，还有得到一点关爱时的激动心情。在一般人看来卡夫卡太过认真了，近乎钻牛角尖。

在父子关系上，即使是人到中年的卡夫卡也仍然无法超越，无法释然。他的这封信是对“严父”的反抗。但仔细想想，似乎还不止于简单的对“父亲”的反抗，其潜在意义也许更大，他反抗的是“父亲”所代表的社会，即社会功利和社会规范。那种极其巨大的、与自由天真的童年难以相容甚至是有些陌生的东西，实在对孩子的成长、对人的天性构成了压迫。卡夫卡太敏感了，压抑的感受也就特别深刻。他自己写信的时候也许没有意识到，这里的“父亲”不仅仅代表一种血缘关系，而是其他的一切。其实从卡夫卡这封著名的信中，我们可以找到他作品中的无尽隐秘。他的反抗性和追究性、一种难言的对于社会陌生力量的恐惧，都在其中了。他的了不起，在于将这种强大的不妥协精神，这种一定要说明白、要倾诉和追究辩解的执着，一直进行下去，并且一生强劲。这种力量是不竭的，最终形成了强大的内在推动力。这种独特的纠缠和偏执，通向的是诗与思的深度和高度。

如果将作家的全部文字看成是一篇篇通信或对话，大概在潜意识和意识中，写给父母的最多。海明威一生都没有原谅母亲，甚至认为她对父亲的死也负有责任。他一生写下的信件，很多都谈到了对母亲的感受，有时到了刻薄的程度。他指责母亲的生活奢侈导致了父子二人的不幸。而海明威敬佩父亲，对他自杀的结局沉痛而又惊惧，更有费解。从他的写作中可以看出，他不断用作品来证明自己的勇气，最后竟然也像父亲那样举枪自尽。在最后的一刻，他肯定想到了父亲。这是残酷坚毅、无比执拗的一种父子对话方式，是一封长信画下的最后一个句号。

哈代的母亲是一个打扫卫生的女仆，对作家的童年影响至深。哈代生于英国西部乡村一个石匠家庭，一生中除了在伦敦短暂居住五年，其余时间都在乡村小镇度过。我们从哈代的书中读到的那些感人至深的吃苦耐劳的女性，肯定有母亲的影子。哈代通常被认为是写大地的圣手，可是与大地有着同样意义的女性，也是他作品中最出色的形象。熟悉哈代作品的读者，很容易就能历数那些女性的名字。

被认为是“作家中的作家”的博尔赫斯，因为患有家族遗传疾病，自年轻就双目弱视，后来就失明了。他需要母亲的照顾，母亲既是他的引路人，又是身边最可靠的朗读者。母亲领着他的手往前走，一直走到那些花团锦簇的文字中。博尔赫斯后来做了国家图书馆馆长，那时候已经完全失明。他感叹自己悲惨的命运：坐拥书城，却失去了阅读的能力。“书籍和黑夜”是上帝同时赠予的两件人生“大礼”，实在太过捉弄了，但也只得收下。博尔赫斯长于记忆，不停地回想读过的书，还有母亲一直响彻在耳边的声音。这是多大的安慰。反复沉浸在那些文字和场景中，渐渐化为一张文学和生活的地图，可以精细地抚摸每一条经纬、每一道边界。

作家萧红的父亲无情、冷酷而贪婪，她常到祖父那里寻找安慰。这些童年经历与后来的离家出走、遭遇的情爱与不幸，也有或多或少的关系。她的自传体小说《呼兰河传》，或可看成致父母、故乡和童年的书札。

暴力和冷漠可以造成伤害，爱也可以。作家劳伦斯似乎是用《儿子与情人》《虹》等小说，表达了母亲过度的爱所造成的伤害。劳伦斯的父亲是粗鲁的矿工，母亲则受过良好教育，父母关系冷淡。母亲强势而刻板，大儿子患病死后，即把爱集中到唯一的儿子身上。劳伦斯用小说治愈自己的童年，触及了诸多人类心理深层的隐秘与禁忌。

胡适在《四十自述》里深情回忆：不到四岁就死了父亲，母亲作为一个没文化的寡妇在家族里苦苦挣扎，身兼慈母严父两职。“如果我学得了一丝一毫的好脾气，如果我学得了一点点待人接物的和气，如果我能宽恕人、体谅人，都得感谢我的慈母。”

作家一生都在写两封长信，分别投递给父亲和母亲。寄给母亲的温柔而内敛，寄给父亲的则是另一种声气：男子汉的粗音，是成人的声带才能发出的。这声音足以证明自己。在这逞强和反抗的意味中，有时很难分得清是针对父亲本人，还是他所代表的那个社会。

反抗和不屈的种子

契诃夫出生于一个贫贱家族，直到祖父一代才赎出了农奴身份。父亲经营杂货铺，对少年契诃夫严厉管束，让他从小站在柜台前不得离开。契诃夫回忆说：“我没有童年。”我们知道无论幸福或不幸福，人总是会有童年的，可契诃夫竟然直接否认了它的存在，听起来真是异常悲凉。

《白鲸》的作者麦尔维尔出生于美国的一个移民家庭，十二岁时父亲病逝，他和母亲迁居乡村，住在一所很小的房子里。麦尔维尔十四五岁就投身社会谋生，干过文书、店员、农场工人，最后登上了那条有名的捕鲸船当了水手。

这样的作家可以列举很多，他们都有一个艰辛和不幸的童年，伤害与屈辱的记忆跟随终生。这可以构成人们所说的写作“素材”，比起其他人，他们有更多的故事要讲。但最主要的大概还不是这些，而是更内在的情感张力，是这种生存记忆给予他们的力量。这种力量将以不同的方式表现出来，它主要用于反抗。每个人反抗的方式不同，但一定是使用了韧长而复杂的、多方面多角度的，有时未免有些晦涩的方法。这并非是直接的宣言和抨击，也未施与具体对象，而是比所能想象的还要复杂许多。就作家而言，讲故事往往是最好也最常用的方法，他们通过它展现出一个无所不包的过程，里面有人有事，有不幸和欢欣，有人人熟悉的社会与自然元素。也就是这些，包含了作家深长开阔的意蕴，里面有柔和的诉说、有告慰、有难忘的爱、有感激和报答，更有仇视。是的，与仇恨不同，是“仇视”：大睁或微眯的盯视，是这样一种目光的力量。

这样的反抗，会是怎样一种效果？接受者不同，效果当然也不同，这需要感同身受，需要阅读中的还原力、想象力，需要个人经验的调度。不过无论如何，它是人人都能感觉得到的。不仅是直接表达的恨意，还包括厌恶和痛，包括爱的诉说和对大自然的柔情。这一切都是委婉曲折的、综合呈现的。

记忆太繁复了，一丝不漏地回忆童年和少年经历几乎是不可能的，于是就成了一个极漫长的、分期分批和切割成不同阶段的大工作。这种大工作花费的时间大致需要一生。童年的培育、童年的营养、童年的收获，一个人会用长长的青年、中年与老年，来慢慢处理和消化。童年参与到人生的后一截，取之不竭。童年是用来回应的，童年自身也接受回应。作家写作时罗列大量细节，构造情节和人物，用讲故事的方式不断做出各种回应。这种回应严格讲就是一种反抗，而且非常剧烈。它不像剑拔弩张的街头械斗一样清晰可见，而是潜在的和深远的。阅读反抗，不像阅读情爱那样直接明了，而常常是隐晦曲折的。整个的一部反抗之书，有时也会读成一部挚爱之书，原来它们有异曲同工之妙。文学伟大的不可思议的美，就在这里。它的故事和人物，甚至还有抒情的笔触，从头到尾用两个字即可概括，就是不屈或反抗。

我认识的一位有名的作家，很早就在业内赢得了名声。他生在贫穷的乡间，是被父亲从小揍大的，有时父亲往死里打他，这在当地是常见的。特殊的生存、苦难和爱，有时竟要化成这种方式积存起来。这位作家有了不小的成就之后，到了麦收季节要回老家收麦子。那不是收割，而是直接用手拔，那种辛苦不是现在的人能够想象的：只一会儿就要两手起水疱。拔麦子是庄稼人的一关，这个季节没有多少收获的喜悦，因为实在太苦了。这位作家拔麦子时，因为麦根的土拍打得不干净，被发火的老父亲满地追打。父亲举着一个板凳，从这边追到那边，追累了就坐在板凳上歇一会儿。

我听了这个作家麦地里被父亲追打的故事，笑不出来。我知道这里边有些难以言说的东西，我也说不清。不过我知道：他的写作是不可限量的，这里可以套用鲁迅的那句“战斗正未有穷期”，他的“创作正未有穷期”。这个生活场景蕴藏了一种特别的伦理关系，有说不清的底层力道，正作用于一个在精神世界遨游的人。他能够在这样的年纪和所谓的世俗意义上的成功之后被追打，而且是在乡亲们面前，就有非同一般的意味了。

我估计得不错，二十几年过去，这个人非但没有让人失望，还一再地引起惊讶。因为他的忍受在继续，一个长长的被虚荣腐蚀的过程才刚刚开始，还有更深厚的东西藏在心底，这些东西要在心里鼓胀，让他继续难过。他反抗和不屈的根扎得太深，这样的压力张力之下他不会漂浮。

凡漂浮和廉价的写作，往往都是由作者轻飘的生活所决定的，生活对他来说已没有足够的重量，心中再无反抗，更没有不屈，没有那样的根，于是不必指望发芽茂长。一个人的情感总是轻松自如的，那就只适合写娱乐片和连续剧。一位好的作家无论有了多么大的专业成就、多大的名声，都不会忘乎所以。童年植下的那颗不屈的反抗的种子一直在鼓胀，试图萌发，让他不能安静。他会同情所有因各种各样的原因而处于不安的人，永远站在他们一边。让他写一点无关痛痒的文字，会很痛苦。他要揭示真相，要显示力量，要将他的尊严受损的那一部分，用一生的故事加以修补。

杰克·伦敦终生不知道自己的父亲是谁。他刚八个月，母亲就带着他嫁给一个贫困的老鳏夫，随这个人的姓。他小学未毕业就开始打工谋生，做童工，甚至做过偷海蛎子的贼，还当过海盗船的水手。他的长篇小说《海盗》就专门描写海上冒险。他一生当过的角色真是复杂，什么工人、流浪汉、大学生、北极圈的淘金者，还蹲过监狱。这是一个被生活蹂躏得伤痕累累的人，所以能够给我们讲出很多屈辱和挣扎的故事。

英国作家狄更斯因为父亲欠债进监，十岁开始做工养家，因交不起房租全家都住进了监狱。他在鞋油工场因技能熟练，竟被老板放进橱窗里展示，让路人像看动物一样盯视。《雾都孤儿》里那个贫苦无助的孩子，就是自己的童年写照。

陀思妥耶夫斯基出生在一个军医的家庭，父亲购有田庄，个性极其暴躁冷酷，因为虐待田庄的农民而遭殴致死。陀思妥耶夫斯基少年时就进入军事工程学校，他一生都要摆脱父亲的阴影。血缘给他的东西，留下的恐惧，会在人所不知的时刻发酵。这其实是一场极特殊、极痛苦的酿造。他的代表作《卡拉马佐夫兄弟》，今天读来仍然让人心潮澎湃。这是怎样的文字，下面埋藏了一颗怎样特异的心灵，远不是常人所能接近的。今天的网络时代据说人心麻木，那就读它吧，受一次震撼。

陀氏这一类作品，与现代、后现代那些最顶尖的作品、令现代读者沉迷不已的文字，区别太大了。卡夫卡、马尔克斯和米兰·昆德拉征服了多少人，让多少人佩服，多少人模仿和向往。但是读了《卡拉马佐夫兄弟》这样的作品，会因为其中不可解脱的罪感、深深的忏悔、无法言喻的震撼而沉默。这大概是更高一级的文学，直接就是生命和心灵，由它所引起的折服甚至自卑感，必将长久存在。这是网络时代里最稀缺的元素，它会沉淀下来。

如果我们将“伟大”这件袍子套在一些绝妙的现代主义作家身上，他们一定会感到不适。这个形容词形成于古典时期，是为那个时代特制的，直到今天似乎也无法置换。托尔斯泰、陀思妥耶夫斯基、但丁、歌德和雨果这一类作家，他们不惮于“伟大”，宽大的袍子也合他们的体量。

《卡拉马佐夫兄弟》写出了最复杂的父子关系，还有兄弟之间围绕原罪、信仰的无尽辩论追究，惊心动魄，令人战栗。这种深入和诚实以及恐惧，是现代主义文学所缺乏的。关于父亲的记忆一定让陀思妥耶夫斯基陷于难以解脱的折磨之中，混合着其他苦难感受，比如那场险些让他死于绞刑的案件。这阴暗与悲凄的命运融入了他的文学。

恨与爱是两种不同的力量，虽然也互有关联。我们会发现，当二者合而为一的时候，它才是最有力量的。当恨单独地分离出来，会变得阴郁；当爱独自分离出来，会变得空泛、廉价和表面。爱和恨结合一体才是最强大、最无法抵御的，也是百发百中的。

儿童在网络中

儿童成长于网络时代，拥有一个电子媒介簇拥的童年，是人生的全新相遇，也许并不能简单地说好或不好。

这个时期的孩子可能知道得很多，但又常常显得所知甚少，思想芜杂而简单。他们借由互联网获得了很多古怪的知识，什么消息、意见、现象、传闻、技法，应有尽有。他们过早获得的新异而有趣的一些信息、一些技巧，令上一代瞠目结舌。不过静下心来也会为他们担心：更多关乎生活本身的、具体的事物知道得不多。知识多而经验少，而且多是看来听来的一类“知识”。他们拥有的假设很多，处理问题的能力不强，许多知识都很廉价，缺少经验的印证。

这样的一代人容易变得脆弱，是与化纤数字时代相谐配的。他们与那些从小在山里跑大、在乡间或城市胡同里窜大、在地里浑身滚爬的孩子完全不同。

卢梭在《爱弥儿》一书中提出以儿童为本位，强调直观教育，目的是成为自然人：“大自然希望儿童在成人以前就要像儿童的样子。我们如果打乱了次序，就会造成一些早熟的果实，他们长得既不丰满也不甜美，而且很快就会腐烂。”现在的社会教育缺少的，正是《爱弥儿》那样的基本要求。我们常常痛心地看到，一个孩子尚未丰满就已经“腐烂”，他们有的脆弱到不可思议，为极短暂的一点阻遏竟能放弃生活，为一时的艰困就能搭上生命。这种悲剧是显在的，更大的悲剧则在浑然不察中上演，那是心灵的腐烂。

丰子恺的儿童画中，充盈着对儿童设身处地的理解。他没有站在成人的角度居高临下地看待儿童，满眼都是喜悦和多趣，是爱与欣。他容忍儿童胡闹，像他们一样天真。他说：“儿童富有感情，却缺乏理智；儿童富有欲望，但是不能抑制。因此儿童的世界非常的广大自由。”

网络世界喧哗、热闹、纷乱，交集着各种匪夷所思的消息，好像应有尽有，然而整体上却很难引起崇高的冲动。现在的孩子被视听包围，有时是一种淹没的状态。他们从来没有应该具有的生命的安静，这是极不幸的。这种环境当然很难引起激越之情，因为过于琐碎和闪烁而至的东西、变幻不停的事物太多。过去的孩子在河流面前、在一片庄稼面前、在高山之下、在父母带他进行生计操劳的时候，通过劳动、通过仰望、通过汗水和辛苦，体验感激和喜悦，这样的过程能够唤起向上的生命情感。这种环境的赠予其实是不可取代的。而现在的芜杂是由极端的局促引起的，比如我们经常发现孩子困囿在一个小小的手机中，它的冷漠和狭小一定会带来严重的后果。

网络环境令孩子们更多地暴露在各种污染之中。这里不是指辐射和蓝光对视力的伤害，而是指网络上流传的漫无边际的文字和图像。这是拥挤的灾难，大致营造了一种无聊的荒唐的氛围。一个人在这样的氛围中长大，接受这样的教育进入社会，对自己和他人，对于由他们一样的群体组成的社会，会带来难以想象的复杂问题。比如传统强调的质朴做人，警惕成为势利眼和机会主义，这一类教育需要在更自然的环境中完成。

少年头脑中的繁杂不是好事情，这让他们早早地站在十字路口，失去了出发的元点。大概没有哪一个时代的儿童像今天这样早熟、这样幼稚和难以长大。这是充满矛盾的生命体。他们被过早地开发了，又被过早地封闭了。哪些方面被开发，又有哪些方面被隔离和被封闭，正是需要我们好好研究的。网络时代一些接近于中年的人，在许多方面都简单到不可想象的地步，他们甚至像儿童，或不如过去的儿童更有经验与知识。

过早地灌输似是而非的虚拟事物，实感也就丧失了。我们无法也无机会引领他们更多地投向体力劳动，或到大自然中去享受直接单纯的生活。来自大自然的原理和知识一条是一条，它们很少重复之处，深入生动，丰富之极。大自然中的知识更真实也更具体，更贴近生存的实用性，使人从一开始就具备解决实际问题的能力。

现在的儿童对植物和动物很无知。一个孩子走到田间，认不出几只虫子和几株植物。而过去田头长大的孩子，几乎没有不认识的东西。在北方，地瓜和玉米是最常见的农作物，而今城镇的孩子见了这两种植物都惊讶，见了大丽花都尖叫，以为遇到了什么神奇的花。表面上看不过是少见了一株花或一种作物，更深远来看，一个时代的童年变成了这样，这个世界将何等苍白、简单和贫瘠。我们的未来需要交给他们，他们自己也要迎接未来，做好准备了吗？

数字时代的诸多难题摆在面前，而且并不能用阅读和一般意义上的教育来解决。一般来说，当下儿童的情感比较淡薄，而情感的力量一旦失去，学习和记忆也就成了难题。说了这么多，那么谁来罗列一下数字时代的优越性，说一下它对童年的无比恩惠？今天的这个时代，对于儿童成长的良性元素当然也是一个新命题，不过要研究起来，恐怕也会极难。我们要给一个时代命名并不是那么简单的。海明威他们那一代也有类似的情况，因为那也是一个大转折的时期。格·斯泰因给海明威那一代命名为“迷茫的一代”，那么今天的孩子该怎样命名？“无根的一代”？“漂浮的一代”？“恍惚的一代”？似乎都不恰当。

我们没有为之命名的权利，那就让时间给他们命名吧。

讨论

无边无际的童年/非类型化的写作

迄今为止我一直在写自己的童年，直接或间接地写。有多种呈现童年的方法，可以记录回忆，即平常说的“非虚构”；再就是虚构了，那要自由得多。将童年写进各种故事中，当然要改造和变形。写童年题材不一定就是儿童文学，也可以写成《古船》，写成《家族》，存在许多可能，甚至还可以写成文论和创作谈。它们有时要曲折地反映，投射到文字中，用多种方法和角度表达童年的感触，包括事件、心理，一些细枝末节，还有一些特别的感受。假如能把童年这个矿藏全部发掘和利用，放松而不是局促和紧张地面对，就会发现里面的蕴藏极为丰厚，简直是无所不在，并将伴随整个写作生涯。

这是一种“大童年”：“可能的童年”“过去的童年”和“未来的童年”。所谓“未来的童年”，是指很久以后怎样回望童年。“过去的童年”是指竭力地回忆童年时代对社会、个人，也包括对文学、阅读等诸多问题的看法和印象。“童年”是一个综合的、扩大的、无边无际的所在，能将这种童年呈现出来，才有可能是生命体验饱满的，也才可能是真实朴素的、不再枯竭的。

托尔斯泰感慨说，作家能够写出的只是能够感受到的万分之一不到，相信这是他经历了漫长的写作生涯之后的一个总结和慨叹。创作儿童文学不要过分地类型化，尽可能不要刻意地写给儿童。无论写得怎样，类型化都是一种自我封闭和矮化的过程。写作者需要敞开，需要真实地去写童年生活与童年感受。如果写出来的一些东西不适合孩子看，那么不给他们就可以了。或者进行一些局部加工，但一定不要抹掉太多，这会造成很大的损伤。安徒生很少自居为儿童文学作家，认为自己就是一个作家。马克·吐温也并非专为儿童写作。托尔斯泰编写课本，需要童话，就自己动手写。这些童话产生在作家自然而然的创作过程中。

如果说许多人对当下的儿童文学有什么不满足的话，那就是它的过分类型化。作家最好避免类型化，敞开自己，比如写儿童文学，就要面对一个无边无际的童年去进行创作。这个过程中会产生形形色色的作品，适合儿童的就交给儿童，适合其他读者的就交给其他读者。一个写作者一生的文学长河中会翻腾不同的浪花、展现不同的风貌。河道宽度不同，水流速度不一，也正因为如此，整条生命的长河也就完整地呈现了。

童年与治愈 / 创伤和缺憾

一个人的命运或许从童年时代就被规定了。人的幸福是有原因的，有时是因为有一个可以治愈一生或矫正一生的童年。这个童年是指惯常意义上的童年，还是畸形的、不那么幸福的童年？这不好说。但我们更愿意将它看成一个有缺憾的、有创伤的童年，那样的童年可能更有力量，它更有利于治愈人的一生。当然，也可以反过来，即用一生去治疗自己的童年。

可以得到治愈是幸福的，但实际情况往往也很复杂。从童年的创伤之中，可能会产生恶的力量。比如巨大的侮辱和屈服的人生经历、与亲人一起经历的不可忍受的黑暗，如果一个人不能超越这一切的时候，它就可能产生很大的吞噬力，吞没自己某些柔软的部分，滋生报复心理，所谓的“以恶抗恶”。这样不是治愈，而是扩大和延伸了童年的创伤，乃至于形成人生的“溃疡”，这个“溃疡面”一旦形成就很难愈合。

能够治愈的人生，源自一种善良的、良性的东西，它会让人生缺憾变得更少，让一生更合理也更饱满。一个人经受了苦难，更不应与恶联手去制造苦难；曾经从苦难中感受过屈辱的人，不应该再去播撒苦难，那种行为想一想就会感到羞愧和自责。他不会把这种苦难的病菌散布于四周，不会强加于人。能够这样认识人生、认识苦难的人，应该拥有更大的幸福。

母亲的母亲 / “外祖母”的意义

童年决定一生的很多东西，但分析和观察起来并不是呈现直线的因果，而往往是发生了复杂的转化和综合。比如童年失去父母，这是一个巨大的人生之憾。一个孤儿身上肯定会留下不幸的痕迹，早早地孤独，物质和精神上都缺乏关照和爱护是非常痛苦的。有的人虽然有父母，但过早与之分离，可能被外祖母、奶奶或者姑姑领养照料，实际上这一部分人身上也带有创伤。像巴尔扎克还没有满月时就被寄养到乳母家中，他后来回忆说：“这是任何人命运中所不曾受到的最可怕的童年。”

一个被外祖母照料长大的孩子，心里会有特殊的印记。她不停地讲着故事，给孩子安慰，带他去好玩的地方，结识动物，这首先会分散孩子对父母不在的注意力，只让他觉得有趣。外祖母是母亲的母亲，有很深的母系之根，这其中或有一种神秘的意味。外祖母对待外孙和外孙女，与奶奶对待孙子孙女，角度究竟有些不同。外祖母对小孩子的爱护和引导是非常“文学化”的。一个写作的人回忆与外祖母一起度过的时光，往往是非常美好的，有那么多值得依赖的宝贵情感。外祖母用生动的语言、柔软的心地、无比的慈爱，去弥补一个孩子因为离开父母而经历的孤单无助和难过郁闷，无论是精神上还是物质上，都在有意无意地为孤独的外孙做很多事情。这对一个处于不幸状态下的孩子而言，是巨大的援助，所以让孩子印象深刻。

从另一方面讲，父母之爱无论如何充盈，也还是不能替代外祖母的爱。有人回忆说，幼年时每当父母严厉起来就会躲到外祖母身后，贴紧了她。外祖母是一处最好的避风港，仿佛一辈子都可以依赖，所以一旦失去她，就是发生了一件大事。失去了外祖母，谁来保护我们？父母未能保护我们的那一部分，谁来填补？这是一个大问题。

然而一个人必要经历失去外祖母的日子，他一定因此而留下深刻的记忆。人生的大庇护者从生命中消失，是一件无可比拟的事件。从此，一个人对生活的许多判断需要重置，重新考虑自己与生活、与家庭的距离。外祖母离开的时候，许多人一生难忘。我在作品中委婉曲折地不停地书写这一事件，有时必须用第一人称才能写出这种感受。

奇特的血缘关系 / 文化与个人心理

关于“外祖母现象”，人类学以及社会学和心理学的知识可能更方便回答。就我个人的理解来说，外祖母除了照料外孙也可能还有孙子，她的角色也在调适当中，但对待外孙，和对待孙子是不尽相同的。

我深深受益于我的外祖母。有这种感觉的不仅仅是我，许多人也都如此。即使有人不从事写作，对外祖母的依恋之情也会异常深厚，且具有别一种色彩。所以在胶莱河以东的半岛地区，人们总是强调童年对姥姥家的深刻记忆，说起在那里听到的故事和吃到的东西，而较少说到奶奶。大家知道，阡陌小路纵横交织，曲折漫长，哪怕要拐许多弯才能走到姥姥家，小孩子却是走不错的，再远、再细小的路径都能找到。外祖母未必比奶奶更溺爱孩子，但在外祖母和外孙关系之中锻造出来的奇特的血缘关系、人和人之间的关系，或许就是人类学的奥秘了。

人普遍地继承了父系的生活，这或许主要是指社会层面。从血缘的角度看，男性、女性在决定一个生命方面同等重要。但在社会文化中，即使考虑到中外差别，子女也似乎更多地继承了父系。当然每个人的情形也有很多不同。

在传统的父权文化中，外祖母好像比祖母更超脱也更超越一些。在某些地域文化中确实是这样。这样的文化会限制一个人心理的形成。这可能更取决于神秘的生命特质。尽管从生殖科学上讲外祖母并不比祖母的血缘更远，但从小孩子的感受角度看，外祖母仍是不同的。只要是有过外祖母的童年，一定会发生深深的留恋。他会一生记住外祖母给他吃过的东西、讲过的故事、领他去的地方。假如没有外祖母，奶奶或其他人大概要填补这一职能。

一个人跟外祖母相处时间长了，心灵会发生一些微妙的变化，有可能变得更柔软一点。所以有过被外祖母抚养的经历，和没有这种经历的人有可能不太一样。对写作者而言，则尤其不一样。理性的科学的揭示我们不知道会怎样，而感觉、观察、经验中，它真的是这样的。

创伤与不幸 / 失败与胜利

童年留下的创伤是不幸的，但许多时候这种不幸是难以避免的。人的创伤只有大小之别，没有有无之分。同样的一个不幸事件，因为人生经历不一样，生命的质地不一样，感受也就不一样。有的人很敏感，可能一两句冷言冷语就能让他低沉很久；有的人很粗放，即使受过较大伤害也能很快变得淡漠。

无论创伤在一个人的生命中具有怎样的良性作用，比如让人更有深度、更有经验、更顽强，也没有人喜欢它。人们无一例外地不愿意接受伤害，虽然又确实不能够避免。是的，创伤也可以化为积极的生活动力与能力，所以那些从艰难的生活中挣扎出来的人，就特别有力量，更善于应对生活的变化。因为每一次痛苦事件对他而言都是一次磨砺和锻造，有利于他以后的追溯、总结和归纳。社会、心理、精神的创伤，只要没有将一个人击垮，都会变得有益。有一句老话说："小孩子生一场病就长一个心眼。"的确，孩子病好之后，会比得病之前更懂事一些。原来一次创伤就意味着增加一次新感受，有一次新总结，获得一种新经验。从此以后，应对生活的办法和力量就增多增强了。创伤既不可避免，又很重要。

但被创伤击败、打倒在地的情况也很常见。正常的人生被创伤覆盖和吞没，生还无望，是人人惧怕的。能够直面苦难，对每个人都至关重要。网络时代人们从小面对的是许多虚拟的生活，缺少现实生活的磨砺，情感也就相对脆弱，治愈创伤的能力可能比较差。所以现代人往往为精神问题所困扰。在一些国际繁华大都市里，抑郁症患者的比例是很高的。这非常可惜。

创伤意味着挫折和不幸，大大小小的不幸让人付出很多。如果不加以综合、接受并吸收它的一部分启示，那么这一次伤害就纯粹是负面的。社会生活中的人，从事任何性质的工作都无法规避挫折，都会有一些伤害，但不能为其覆盖和吞噬。要有掌控和疗救的方法，主动地而不是被动地去清理创伤。一个人需要确认创伤的大小、它对个体的意义，然后就是好好地处理它，与它保持适当的情感距离，以便观察和分析，最后加以战胜。

生活中的最大创伤是失败，这是很难接受的。但有一些了不起的人，会发现失败的“益处”。有时候失败不仅仅是可憎的、令人战栗的，也有其他的作用。失败使人能够彻底放下，舍弃多余的希望，完全归于孤独和冷静之中，进入思考、归纳和总结。在这种难堪的、寂寞的、被抛弃的个人苦境中，一个人也会获得丰厚的人生经验与人生智慧。

无可讳言，失败是一种创伤。而过分享受胜利，也会被它冲昏头脑。被胜利打败的人不可计数，比如膨胀到不知天高地厚，继而就是自我摧毁。这是胜利的负面效果。胜利者可能体味不到失败者的优势，其实失败者中的一部分人，是能够“享受”失败本身的。

认知欲望 / 快速遗忘和不求甚解

现在有一部分少年的知识大都来自网络和书本，而较少从实际生活中获取。假设走进大自然中，遇到不认识的东西，一时不解也会有个印象，或者想去了解，这样就产生了认知欲望。实际上生活就是这样被推动的，人要不断结识和认识、不断寻求答案，是一个命名的过程。对事物是这样，对生活细节、情感体验、具体事件，都是这样。命名的过程中包含了分析和归纳。命名也是一个形象化的、从感性到理性的过程，比如说某人遇到一种不认识的植物，无人告知，也无从查阅，就借叶片的形状给它起个感性的名字，叫“猫耳朵”之类，再碰到一种形似的植物，叶子大一些并有许多褶皱，就起名叫“猪耳朵”。这就包含了个人的推理、联想和深化，最后是将情感和印象储存起来。现实生活中如果缺少了这些曲折频繁、不断重复，一个人的好奇心就会减少，追溯力也会降低，生活自然会变得平面化。这样日久，不仅对自己没有经历的时代没有兴趣，也有可能导致对当下、对身边的事物没有兴趣。

现在很多人满足于网上查询，仿佛一个手机屏幕就可以解决一切。这种迅捷而浅表的“知晓”当然方便，可是并非免费的午餐，其代价是快速遗忘和不求甚解，并由此变为一种时代的通病。这一切都在损害人的求知欲和实践性。这种倾向从现实认知的削弱，再到失去历史感，问题会变得更加严重起来。一位朋友在写二十世纪六七十年代的故事，他是从那个时期过来的人，并积累了很多资料，写得很艰苦。有一天他突然对我说，下一代人对那些故事、那段历史已经毫无兴趣，对涉及那个时代的一些概念、名词全都不知道，所以一边写一边要搞大量的注解，这使整个创作变得很烦琐，工作也没了乐趣。我完全理解他的意思。是的，这种状况绝不是小事情，那么多的年轻人失去了起码的关切心和责任感，不是很可怕吗？这除了网络和数字的原因，也有其他方面的因素。这需要我们好好地追究一下，从自己开始。

不要说只过了六七十年，就是几百年的时间也不能算太长。雨果和左拉他们离开我们也就两百年左右，但今天的读者已经将他们看成很遥远的作家了，当下的审美、观念、叙述风格，跟那时相较已发生了很多变化，许多人根本不读这些经典作家，认为他们早就陈旧了。文学审美怎么会这样？是经典陈旧还是我们自己陈旧？不，是因为我们自己，我们作为读者变得太浅表、太时髦、太轻浮。经典的美是不朽的，它们不会陈旧。我们越来越满足于追求时间的泡沫，结果先将自己泡沫化了。我们的好奇心不够，追究力也不够。

“天地不仁，以万物为刍狗。”有人讲“蚂蚁人生”，就是说人像蚂蚁一样忙忙碌碌，忙于争端，忙于筑窝，是这样一个拥挤的群体。从更高处观察人类，俯瞰之下就是这么渺小的一群生物。人不知道蝼蚁是否也有社会等级、世界观、生存观，以及语言艺术，但那些在更高处的观察者眼中，也会对人类这个群体产生类似的茫然：对这碌碌无为挤在一起的生命体感到费解。庄子《逍遥游》中说“朝菌不知晦朔，蟪蛄不知春秋”，说的是人对其他小生命观察中的比较和感叹。其实人类在漫长的宇宙时间中也是这样。像西汉《薤露》里所吟唱的：“薤上露，何易晞，露晞明朝更复落，人死一去何时归。”人生短如朝露，朝阳一晒便蒸发无踪了。

参照物不同，对时间的感受也就不同。即使我们的生命真如一滴露水，也一定要闪现和映照身边这个大千世界。我们的心灵、视野、包容力，要有更大的格局和空间。作家当然可以写一个局部，一个小时内发生的事情也可以写成一个长篇；可以写一个家庭、一个梦境，这都可以成为一本很厚的书。作品中的物理空间可以小，但精神空间不能小。

父亲所代表的一切 / 暴发了母爱

通过写作表达对父亲的情感，具体表现是不同的。海明威与父亲的关系好像不错，同情他偏向他。卡夫卡和父亲的关系就不太好，所以才写出了那样一封抱怨的长信。这与人的性格有关，有人不愿意修复关系，会牢牢记住那些伤害，难以释怀。实际上无论记住与否，这种种不快和损伤已经成为潜意识里的东西，有时候要不自觉地向父亲证明什么。怀念母亲的温暖柔情也有点类似，这种依偎感会贯穿一生。不管是意识还是潜意识，在生命里都很难量化和分析。父亲和母亲的引导作用、影响力，往往比想象的还要大。

在家庭的精神结构中，父亲更多代表了社会的、道德的、统一的和惯常的价值观，这些东西形成于人类社会中。所以社会规范包括精神秩序和通用规则等，一般都由父亲来传达和体现。这通常会对童年形成很大的压力，所以童年对父亲的感受常常只用一个“严”字来概括。“严格”还是“严酷”，或者“严厉”，大概三者都有。一个人接受社会规范有压力，因为首先要破除生命的自然属性。接受起来是一个缓慢的过程，大多时候是被迫的。人生来不愿接受的东西很多，但这些东西更多要来自父亲。在反抗父亲的过程中，实际上也将父亲当成了某种指代和象征。他反抗的实际上不是一个具体的人，而是巨大的社会在无形中给予的那些约束力、那种使其不得欢畅自由的制约。人与父亲抵抗，大多数时候却不知道自己反抗的不是父亲这个人，而是整个人类文明当中那一整套规范和秩序。

尽管他的反抗未必全对，但自然的天性让其格格不入，这也是事实。社会的规则和规范，各种要求层出不穷，这对最初的新鲜生命构成了极大的压力。他虽然反抗，但会渐渐变得无可奈何，并一点点适应下来。而一旦回到外祖母和母亲那边，一切就立刻松懈下来，他自由了。她们迁就他，哺育和抚慰他，令其感觉到爱意和温暖。有“严父”而没有“慈母”当然不可以。但是一个人爱的又不单单是母亲这一个人，只要像母亲一般发出慈爱的人与物，他都会依偎，而且一生如此，犹如在黑暗深处寻找光明，犹如夏虫趋光一样地向它奔去。一个人即使垂垂老矣，也渴望母爱。斯坦贝克的小说《愤怒的葡萄》中，有一笔令人难忘：一个二十多岁的少妇为了挽救一个即将饿死的老头，紧急中只好用乳汁饲喂他。书中细致地写到了女人如何将老人抱在怀中，老人如何依附，像婴儿一样转动头颅，读来非常动人。这时候已经超越了救饥的这层意思，满溢出人性的、生命的奥秘。这个老头比女子年龄大一倍还不止，但是相信她在喂奶的这一刻，暴发了强烈的母性。

鲁迅认为女人的天性中有母性，有女儿性，无妻性。妻性是逼成的。在现实生活中，我还听过一个真实的故事。有一位老教授对自己的几个研究生私下谈起一位青年才俊的为人，因为用语苛责，其中的一个女生听不下去了。她虽然并不认识那个人，但读过他的许多文字，这时候就忍不住当面反驳导师：我们对这样的人应该给予更多的理解、尊重和爱护，而不能根据道听途说去诋毁。她当众这样说，让导师很丢面子。导师有点猝不及防，窘迫了一会儿，最后总算来了急智，说了一句有趣的话："你大概是暴发了母爱。"女学生年纪不大，但暴发母爱是可能的，导师说得并不错，这种母爱是与生俱来的、深藏性别之中的。一个社会如果缺少这种母爱，就会失去很多很多。

现实生活与丛林法则 / 隐约存在的童话结构

童年的经历与感受可以化为许多，曲折地表现出来。这个时期的见识和印象不仅可以写成童话，也可以化为一种看取事物和表达思想的角度，可以成为一种结构存在。有的作品包含了惨烈的故事，满溢了成年人的情感，它的一部分可能就来自童年听来的故事。人刚刚懂事的时候听到的事情，格外难忘。讲故事的人并没有考虑这会对听故事的人生产生多大的撞击。强烈的童年印象，在作家后来的写作中会产生意想不到的效果，发挥特别的作用。这对成年后的阅读和其他一些复杂体验，形成了对应和补充的关系。童年的深刻感受，或直接或稍稍变形，都将写到作品里。

在童年听到的故事中有“老狼”“妖怪”“小白兔”这一类角色，作家的作品中似乎并无这些，但仔细分析，这种童话的结构竟然依旧存在。作家正不自觉地构筑出类似的一个神奇世界，虽然小时候听来的那些奇异的古堡、诡厄的妖怪和神秘的狼外婆、小白兔统统没有了，但这个世界里的角色关系却没有彻底改变。也就是说，现实生活中仍然有妖怪、有魔鬼、有小兔子。一片水泥丛林中发生了怎样的罪恶，需要探究才能知道。这个世界上真的暗藏了“妖怪”“古堡”“小白兔”，他们分别以我们已知的模样出现在生活中，来来往往。至此，童年听到的骇人情境得到了曲折的表达。“丛林法则”存在一天，文学中的这种童话结构就会存在。

用童年的眼睛去观照现实生活，会做出更强烈的反应。缺少这样的反应，就不会设计出童话的结构。这种结构会跟随一生，一个人很难饶恕黑暗，就一定要表达。他让生活中的大小妖怪、狼外婆显出本相，让小兔子、小公主、小仙女这些可爱的角色向我们走来。一切都有我们习惯了的形象和名字，可能还有我们熟悉的日常。这是成年人的现代故事，是现实生存的故事。

所以说童年是无边无际的，文学也是无边无际的。童话的模式和结构伴随着作家的一生，有没有这样一种结构是大不一样的。这是一种饶有趣味的写作，一种牵动童年情感的写作。这种写作不会干瘪和贫瘠，不会枯燥无味。在我们的阅读经验中，几乎所有的杰作，都隐约存在着一个童话的结构。

一棵向阳花 / 童年需要维护和看守

童年的结束是一种生理现象，是成长的感觉，但又不完全是。每个人童年结束的时间是不一样的。有的人可能很长时间都像小孩一样生活，突然间有了一个特殊的经历，童年也就突兀地结束了。这是一种记号、一个刻度和标志性事件。许多文学都在书写类似的主题和故事，有重复的或概念化的，也有真切动人的。

有些环境中长大的孩子，从生理上看已经很大了，童年却远远没有结束。或者他身上有一部分苍老了，有一部分还处在童稚期。这是某种环境造就的问题。在对童年的回忆中，人常常感到有一些青春在重温中仿佛返回了一次。老人愿意与年轻人相处，正是乐意追忆过去、接受青春感染的表现。

当然，与童年感受一样，衰老感也可以伴随人的一生，尽管这样讲有些残酷。年龄与青春和衰老并非是一定对称的。有些小孩子看上去有像个小老头那样的神气，年纪不大，却已经满脸慈祥了。还有的人很老了，却还葆有童真，比如我们常常能见到浑身爽净、谈吐利落的长辈，愿意和他相处。童年体现在不同的生命段落之中，假如每一个段落都埋伏了童年的灿烂和单纯，那么人的一生就会像一棵向阳花。

人的确可以早早地苍老。一个畸形的社会环境，往往让人感觉没有童年，那是非常可怕的。少年契诃夫被无形的绳索捆绑在一个小小的柜台后面，人可能还没有柜台高，需要不停地应付往来顾客、谈价点钞，所以他甚至不再评价自己童年的好坏，只说“我没有童年”。

现在很多人都可能缺失了童年。这种缺失，有一部分是由过于便利的外界交流导致的，比如使用手机，我们在享受便捷的同时也在接受伤害。在网络信息时代，许多人都像契诃夫那样，变得“没有童年”。这句话不是写实的，而是文学修辞，是对生存困境的一个诗性的概括和总结。童年需要最起码的拥有，比如田野、游戏、蓝天、河流、鸟鸣、远山和林地等，多可怕，竟然“没有童年”。这个问题属于我们自己，也属于社会。当把它看成一个社会问题，就需要站出来，尽自己的一分力量；如果将其看成个人的问题，那就需要进行一番顽强的自我斗争了。童年的消失不仅会导致诗意的消失，而是导致健康社会的消失。至于“人在大地上诗意地栖居”，那已是完全不可能的事情。

谈到文学的专业性，是指它作为一个学科、一门艺术专业技术层面的内容。更需要强调的是，文学不只是一个专业，而是生命的基本现象。无论是否专事文学、是否写一些东西，文学都存在于生命的深处。每个人都有文学表达的能力，有诗性的追求，有诗性体验和诗性表达。

科技进步很快，相较之下文学的进步是极慢的，或者说它很可能不会进步。那些文学经典早在千百年前就出现了，今天的人非但没有写得比它们更好，许多时候还写得远远不如。比较科技和物质的进步与积累，我们会发现文学很难进步。迅速变化的东西往往都是比较容易做的。道德、思想，尤其是艺术与文学，进步是极其缓慢的。一个人如果投身最难进步的事业，是何等重要的选择。永恒的东西有时反而是简单的、眼前的，它们一直是老样子，但我们总是离不开它们。

童年不仅是无边无际的，而且是永恒的，需要我们维护和看守。我们可以做很多事情，从事各种职业，从出生地的起步到远方的游历，最后还要回归。这一生的路线，实际上只是在返回童年。

进入诗学范畴 / 儿童文学的时代精神

文学尽可能不要类型化，不要过于区分一个“故事”是专门给少年或成年的。写作者要放开自己，走出僵固的框架。作品适合谁读，谁就会自然地与之相遇。

当下的少年读物，有一部分严格起来还不能称之为“文学”。编个故事，使用了文学手法，这不一定就是文学。哪怕读者是低幼的孩子，写作者都应该一丝不苟地注入深刻和高远的诗性，并具备很高的语言艺术水准，它与所有的文学杰作是同等的。这些文字可能要求家长导读或共读，但总的来说不是对写作者要求更低，而是更高了。文学的思想性、诗性、语言艺术的含量，总是具有相应的、基本的高度和质量。文学有它基础性的门槛。奇怪的是，有人认为既是儿童文学，这个门槛就能轻巧地翻越了，或者说没有什么难度。这是误解。像有些童话杰作，情节简单，语言洁净，篇幅也不长，然而终篇含有深长的意味、高远的意境，读者从中得到的诗性体验历久难忘。这种写作难道不是更有难度吗？

一般意义上的儿童读物可以幼稚粗浅，但要无害。不过它们不能视为文学。一些专门的所谓“青春文学”和“少儿文学”，严格来讲并不能归属于文学的范畴。文学要经得起诗学研究的推敲，不能进入诗学范畴的，即不能称之为严格意义上的文学。除非按“通俗文学”的归类，才勉强可以与“文学”沾边。“文学研究”如果不作专门注解的话，通常指的就是诗学研究。有一些作品是介于雅俗之间的，如在海外很受追捧的某些小说，其实是市井情爱小说，但也具备了一定的语言艺术品质。雅文学不仅指所写的社会内容，更要看能否紧扣时代之弦。每个时代的人都有特别敏感的精神，写作者介入多深，怎样拨动，是完全能够感受的。

儿童文学仍然要紧扣时代之弦。这是文学的一个重要指标，也是我们所强调的文学的“当代性”。当代性是文学必备的一个属性，这不是去表现即时性的东西，什么眼前的事件之类，而是更深入的精神内容。它需要去反映、揭露一个时代人的精神结构，书写他们的尊严。儿童是极敏感的，儿童文学的时代精神应该是充盈的。

直接通向了文学 /“黄金”的耗散

童年与一个人的整体文学表达、文学经验、文学发展，都将紧密相连。我们探讨这样一些根本问题，同时要弄清这个问题的来龙去脉，这样才能理解文学与童年的关系：童年对文学意味着什么？是否可以说没有童年就没有文学？没有理想中的童年就没有理想中的文学？

一个人在文学道路上能走多远，除了固有的天赋之外，至关重要的是有一个怎样的童年。童年生活、童年状态、童年表达，距离文学仅一纸之隔。仅仅呈现出纯然的童年，表现出它的原貌，就直接通向了文学。遗憾的是人在不断地长大和老去，他需要一直接受社会的教导，不得不应付生存中的大小事务、人际关系，应对社会加给的种种规范。这里面有合理与不合理的各种东西，良性或拙劣扭曲，简直一应俱全。源自童年的那一片属于文学与诗的纯净和天然，就在这个过程中遭到伤害或丢弃。不得不丢弃，或不自觉地失去，文学的“黄金”就这样一点一点耗散了，撒尽了。

珍视童年就是珍视文学的黄金。只能或只愿将文学作为一门专业来讨论的人，是没法理解这些的，也无法进入诗的本质。文学关系到一个人终生的生存品质，丢失了文学的黄金，对人意味着什么也就清楚了。一个人当然不一定选择文学这个“专业”，却一定是一个“文学”的人。人天然具有珍贵的审美力，若非如此，就是一个非人，没有资格深度参与社会文明的进程。

审美力的缺失知识不能弥补。有的人具备了很多知识，但一点点失去了童年，失去了文学的“黄金”，如同被慢慢切割、改造，直到仅存的一点灵性磨损耗尽，变成一个毫无诗心的生硬怪物、一个机械的工具。从生命的意义上讲文学，就要指出丢失了文学的“黄金”，是多么重大的、致命的缺失。

童年结成的关系 / 面对永恒的机会

我们希望借以唤醒情感、激发灵感的，不应是那些经过多次转述或改写的二手、三手的文字，而是杰作的原创。如艾略特和聂鲁达的诗，读之而后激越，激越然后联想、感动，最后自己动手写起来。看到好的作品，会发生创作的冲动，所有好的文学都具备这种功能。

我曾去过一个大画家的工作室，里面摆满了半成品和成品。我不懂画，所以不能具体评论，只是一直观察揣摩。这个环境很快激发了我，那时竟然发生了强烈的要马上以文字去表达某种东西的愿望。可见绘画与文学一样，艺术的内核都是诗，都是生命的激越，都是想象力。那些画在刺激我，呼唤我进行同样的、类似的表达。

自然界的树木、田野和星空，这些是更原始、更根本之物，它们本来就内植于童年的单纯之中。我们与童年结成的关系，是最有力量，也是最强有力、最丰沛的诗性源头。阅读文字或其他艺术得到的感受，远不如接触自然万物更强烈。人类的童年与世界结成了单纯的、非功利的、非成见的纯洁关系，这种关系具有永恒性。童年比较成年，有更多面对永恒的机会。

第二讲　动 物

一个没有文学的社会，或者文学在社会里作为不可言说的嗜好而置于社会生活的边缘，以及变成几乎是有强烈派别意识的信仰，那么这样的社会注定会从精神上变得野蛮起来，注定会危及社会本身的自由。

——巴尔加斯·略萨

他者和弱者

在现代社会，动物可能是离人最近的“他者”和“弱者”。现代与远古是不一样的，那时候人类置身于广漠之中，人和动物们相比反而是非常弱小的。人处蛮荒，视野之内全是恐惧。人显得很无能、很渺小、笨手笨脚，面对动物会有自愧不如的感觉：鹰能高翔，兔子能飞奔，豹与虎迅猛而力大无穷。人类那时候没有更好的生产工具，缺少对付它们的办法。

上古时代是“人民少而禽兽众，人民不胜禽兽虫蛇”（《韩非子·五蠹》），但后来人的工具越来越先进，生存能力越来越强，动物成了狩猎对象，渐渐就变成了彻底的弱者。火器的发明，是人类与动物的关系发生巨变的一个分水岭。很多野生动物遭到杀害，濒临灭绝，不得不逃到荒无人烟的地方维持生存。动物有的群居，有的独来独往，很少接近人类，也没有能力侵犯人类。人类组建起自己强大的社会组织，而且有城市和村庄这样有形的巨大“屏障”和“堡垒”。

说到动物，我们指的是一切不同于植物的、能够移动的生命体。当代人一谈到动物，就会想到最常见的、跟人关系最密切的那一类，由近及远一口气说出很多。从近处的猫和狗，到被人类役使和饲养的牛马猪羊、鸡鹅鸭之类，以及经常在动物园里看到的那些老虎、豹、长颈鹿和骆驼、斑马，各种飞禽走兽等。除了一些专门的研究者，有大量动物我们是不认识的，对它们非常陌生。无数的动物散布在广漠的世界上，它们因为生存环境的不同，跟人的亲密度、与人交接的频率也不同。但其中很大的一部分我们见过，知道名字，甚至耳熟能详。

动物基本上没有我们平常所熟知的那种社会性，是大自然的一部分，同时又是这其中最活泼最灵动的、双目闪烁的生命。所以与之相处，有时候能够激发我们的另一种情愫，激扬和焕发我们本来应该具有的“自由”和“自我”。当人面对动物的时候，它们的自然属性常常令人有一种莫名的欣喜和神往、一种生命的回归和解放感。我们经常强调的人道主义和人文精神，有着更广泛、更深刻的意义，它也涉及人与自然万物的关系问题。“人道”不仅包括了人与人之道，还包含了为人之道，即人在这个世界上怎样认识自己、要求自己，他们所要具备的责任，以及理解力和洞察力、生存理性等。这对人类提出了非常高的要求，而且是针对人类、独属人类的，既不能摆脱也不可以替代的。

我们讲人文精神，会认为这种精神一定是以人为本、以人为中心来思考所有问题的。但“人文”并不是一个狭隘的概念，尤其不能简化和固化，使其局限于人类自身，而必然要关系到包括人类在内的整个生态文明，以及这种文明的发展和进步。全面发展的历史和全面发展的理想人格，一定会探求至高的生存理念，在完成自我认知的过程中，更深入、更本质地去理解整个自然界中的“他者”。我们必须了解这些，并从中寻觅到更宽阔、更永恒的关于生命的诸多原理。所以从这个意义上讲，一个人与动物结成的心灵关系，即精神的联系到底如何，基本上决定了他是不是一个真正意义上的人道主义者和人文主义者。

关于动物的认知，当然也扩而大之包括了植物，其程度和状态，也透露了一个人在这个世界上所持的最基本的生命立场。人文主义者是主张善待动物的，这已经属于朴素的日常生活伦理的一部分。有人认为万物有灵，生命之间应该平等；也有的宗教认为唯有人是特殊的生命，人会思想，跟动物是不平等的，例如基督教认为人吃动物是可以的。不同的宗教、不同的信仰，具体认识上有所不同。有的认为动物是不可以吃的，有的认为动物可以宰杀，而且是天经地义的。

动物与人的依存关系、彼此利用和借助的关系毕竟不同于植物。与植物相比，人们会觉得动物与人的情感交流更方便、更清晰，彼此深深地依赖，有一些动物甚至还有特别的社会参与性。有人让自己的猫或狗做了遗产继承者，其亲密关系竟然超过了子女亲属。有的地方，政府机关里还要有一两只公务猫，它们吃公粮，花纳税人的钱。还有些国家和地区在选举时，有人故意推举一只猫或一只狗来做参选者，实际上也是一种曲折的政治表达。动物保护主义者、素食主义者，围绕动物问题发起了强烈的社会诉求。

动物属于大自然，也是我们人类世界的延伸。作家写动物，实际上既是写大自然也是写自己，是表达一种共同的承受、等待和观望。人与人的相爱是非常自然的，爱动物却是爱一个“他者”和“弱者”，这种爱更少功利性，是生命所具有的最美好的情感，体现了极柔软的心地，如怜悯、慈悲、痛惜，莫名的信任和寄托。这是人类对其他生命的一种心灵寻访，有美好的假设和猜测，预先设定了对方的美善。从此人类便排除了很大一部分孤独，找到了这个世界上既陌生又熟悉的“另类”，它们是具有嗵嗵心跳的、大睁一双眼睛的生命。对它们的好奇心是自然而然的，更是可贵的，总是伴随了最大的柔情、同情和理解。从这里出发的爱都是比较纯粹的，较少令人怀疑会有其他目的。

所以我们可以发现，越是那些大心灵，越是可以感受他们对于动物手足般的情谊。回顾我们读过的文学作品，像雨果的《巴黎圣母院》里面描写的一只可爱的白羊，它和女主人公的关系；像屠格涅夫那篇著名的小说《木木》，写一条狗与男仆的生死相依，读来催人泪下。说到文学杰作中的动物，可以列出一个很长的名单，它们全都是真切质朴、兴味盎然的讲述，或趣味横生，或令人震悚。

最近有朋友转给我一篇很有意思的文章，题目是“你如果不爱猫都不好意思当作家”，其中列举了许多中外作家学者与猫相处的例子，配有一些精彩的照片。其中有一张是海明威在写作，身边环绕了十几只猫，他不得不用手一边护住稿纸一边工作。海明威热爱运动，爱看暴烈的大型动物，比如去西班牙看斗牛，到非洲猎狮，亲近马戏团的老虎，喜欢和它们玩耍。他向往强者，愿意标榜自己是无畏的男子汉，但很少有人知道他爱猫成癖。海明威在去古巴之前，曾在美国最南端的基韦斯特小岛住过近十年，在家里养了一只六趾猫，后来它繁衍了一大群六趾猫。直到今天，那个故居里仍然狂跑乱窜着五十多只六趾猫。在古巴的瞭望山庄，他也喂养了几十只猫，常常写到它们的故事，如平时自己吃各种各样的药，有一只猫似乎想品尝每一种药。他的第三任妻子马莎没有经过他的同意，将一只猫阉割了，他认为这是一条罪状，多年以后还不依不饶地提到这件事，认为她很坏。

十年前我去了他在古巴的瞭望山庄。这片庄园植物茂密，主体建筑并不大，有一个游泳池，池边有一些小墓碑并镶了铜牌，原来是狗和猫的专用墓地，铜牌上刻了它们的名字。硬汉海明威可以忍受许多事情，但无法忍受对动物的虐待和残暴。当卡斯特罗获得古巴政权之后，古巴与美国发生了严重对立，累及居住在哈瓦那的美国人。卡斯特罗对海明威很好，他们见面时谈打猎、钓鱼，也谈文学，很投机。卡斯特罗是一个热爱文学的人，后来与哥伦比亚作家马尔克斯的关系也很好，说希望自己来世能当马尔克斯这样的作家。尽管如此，当年因为古美两国关系日趋紧张，海明威还是无法在古巴的庄园里待下去，终有一天不得不离开。最后促使他离开瞭望山庄的导火索是一条狗的死亡。这条大狗常常陪伴海明威，他写作时它就匍匐在脚边。它死于哈瓦那巡夜的民兵之手，他们有一天在庄园门口用枪托捣死了它。

海明威认为狗有一种不可思议的生命特质，比如它离开主人哪怕只有一会儿，再见面时也要无比激动。而且它一点都不矫情，好像身上有不竭的激情。是的，熟悉狗的人都会同意他的判断。这真是一个生命奇迹。人没有这种能力，特别是现代人，两个朋友哪怕一年不见，重逢也并无多少兴奋；还有人许多年不见，相遇时脸上是那种程式化的微笑，没有源于心底的激越和欣喜。他们已经领会不了生命之间的深刻情谊是什么，因为时间和空间的阻隔，分离和重逢意味着什么。在古人那里这是很大的事情，看看古人留下的那些惜别之诗就会知道。从这里看，现代人已经变质。现代科技改变了许多东西，其中也包含了人间伦理。围绕着这些改变，整个人类社会的情感结构被破坏了，人与人之间变得淡漠无情，而物质利益却日渐凸显，甚至成为远近亲疏的重要标准和依据。整个世界的文学表达当然也要随之改变，所以当代作品中才有那么多廉价、畸形和冷漠的“局外人”。

动物是人类非常重要的生命参照，没有这个参照，人对自我的认识，以及生命中一些自然而本质的东西就会被忽略而过。我们讲动物，实际上是在讲生命中某些更根本的东西。比如狗所拥有的取之不竭的激情，在海明威看来是一个谜，那么对比人类的冷漠，又会有怎样的启示？不仅如此，它的真挚与单纯，短时间内将激情蓄满胸中，真是了不起的一种能力，更是生命的一种特殊质地。反观之下，人类却越来越充满机心，走入了心智的畸形发展，通向的只能是悲剧。人类在动物这些“他者”身上，真的可以领悟许多、学到很多。

通向神秘世界的窗口

网络时代的人太匆忙了，好像越是受惠于现代科技，就越是没有了时间，也丧失了更多的空间。真正属于我们自己的自然与心灵的自由，到底还剩下多少？传统的情感，日常的趣味，真挚的交流，都变得平淡以至于消失。于是人们越来越多地求助其他，依赖另一种生命，比如开始寻求猫和狗这一类所谓的“宠物”。它们绝非可有可无，其存在是这样重要，以至于让人产生了深深的依恋。我们一旦与之相处，就再也无法忽略和忘记它们。如果稍稍能够正视它们的眼睛，就不得不发出阵阵惊叹，这讶异源自心底，因为我们发现了近在身边的生命奇迹。

我们接触动物常常感到非常欣悦，和它们相处的时候，还会由愉悦变成惊喜。因为这时候会经常与动物对视，离它们很近地看着。看一会儿猫和狗的眼睛，或者从极近处观察一只鸟的眼睛，与之目光发生交接，就会产生一些特异的感觉。比如一只猫的目光、它的神色，会引人感受某些未知的秘密，许多遥远而陌生的、神奇的东西，或由此想到生命的某种可能性。我们在注视它，它也在注视我们，很像是一种相互研究或思忖。它们的目光里有很多未知的内容，这都不是我们人类能够破解的。没有办法，我们只好从自己日常的生活经验、从已有的感知出发去认识和猜测这些异类。有时候我们猜准了，真的能够想到一只猫或一只狗在干什么、它的欲求，但是更多的时候是不可能的。

对于动物，哪怕有一丝一毫心灵和思想的印证，也会让我们欢欣鼓舞。有时候猜中了它的心理活动，恰好它也在用行动证明我们的猜测，这时候我们就会特别欣喜。因为人类要理解神秘的生命世界，总是习惯于通过眼睛这扇窗户，甚至觉得这是那个世界的唯一入口，再无别的路径。

我们对他人复述自己接触的动物，表达对它们的理解，总要拟人化，说它多么懂事、它在想什么做什么，娓娓道来。实际上这时候我们已经不自觉地进入了一场自我寻觅，在搜索我们自己丢失了的某些重要的东西。这丢失其实关乎我们人类的核心利益、本质利益，因为这属于生命的性质和品质。我们一开始不知道这个“利益”是什么，但潜意识中一直在寻找。我们能够感到这时候身边的动物所起到的作用，已经超越了一般的娱乐、玩耍和友伴的意义。

动物的眼睛是蓝色、褐色、灰色、黄色、淡绿色、深黑色的，有时眯着有时瞪圆，与它接通的时刻，会感到通向了渺渺深处，通往一个更开阔的未知世界。它是那样的单纯、无功利、天真烂漫，没有什么社会属性，没有物欲牵制，更没有我们人与人之间时常提防的那种无处不在的机心。从它们张开的嘴巴中，我们看到了通红的舌头和雪白的牙齿，以及双眼显出的稚气和纯洁。类似的气质与特征只有儿童身上还能保留一些，但通常不会存留太长的时间。人很快就会失去这一切。失去并不是成熟，而是在所谓的成熟过程中令人遗憾地一次次丢失。人随着年龄的增长，其神色几乎无一例外地变得沉重和复杂起来。

我们可以假设，如果人类能够与心智的成长一起，一直葆有这种纯粹和天然，那种创造力该有多大，人类又会变得多么可爱与无私，整个社会将是怎样蓬勃向上的、美善而健康的生存。这当然是过分理想主义的幻想了。但它们引向的思路是自然而美好的，我们可以学习，可以受其影响，或多或少地接受一些熏陶。从文学的角度来看，我们的文字若能表达出这一切，哪怕是沿着这个方向往前多走一步，也将构成更新的风景、更深刻的诗意。这其实就是文学的功用，也包括了诗性世界的部分奥秘。

它们的眼睛既单纯又晦涩，还有神秘到深不可测，以至于无限。我们在自己的世界里生存得太久，浮云已经遮住了我们的视野，稍远一点的旷渺都不可能望到。当我们恐怖于未知世界的时候，就从未知的力量所规定和创造的无数生命，特别是近在眼前的动物身上，去感受某种深远而恒久的许诺吧。这时候我们就会觉得安定一些，在莫名的安抚中稍稍地平静下来。也许这就是我们渴望保护生命多样化，特别是保护动物的内在的、潜入心灵深处的意义吧。地球和人类社会都处于一种不可预知的、无所不能的巨大力量所结构的秩序之中，生活只是在这秩序中运转的一小部分。在一个失序的世界中，人类在某个时候丧失一切，也许只是一念或一瞬之间的事情。

有时候我们会想，或许在整个奇妙而神秘的循环中，在广瀚的自然世界中，那种永恒的存在与力量可以不要我们，但我们却没有办法抵抗。我们还会想，在类似于人类的生命中，最靠近的当然是无数的动物，如果那个神秘的世界要拒绝人类，它同时也能舍得下无数的动物吗？在这个无比复杂的生命世界中，那种不可预测的力量要放弃我们，可能就要同时放弃一切。放弃数不胜数的万千生命，这怎么可能？这样一想又会稍稍安下心来，仿佛千万年来，动物植物已经和我们一起，与这个世界签署了一纸承诺书，由此来保证我们大家的共同生存。

我们与万物一起生活，是一种不可改变的永恒的生命伦理。我们和它们的这一场交往与寻找，更有永无尽头的两相厮守，实际上就包含了对这种伦理的遵循和守护。我们将默守这种生命共存的原则，因为只有如此，那种无所不能的力量才会跟我们、跟它们，包括小虫子、蚂蚁、鸟、猫、狗，以及来不及结识的万千生命，维持与之签署的这一纸承诺的有效性。这当然是承诺共存，承诺彼此都作为这种秩序中的一环、一分子、一部分。这就是人类看到某种植物动物消亡，所感到恐惧的内在原因。

我们正在以自己的方式求证生存的原理，感受和遵循秩序的力量与规律。这里寄希望于所有人性累计的悟想力，总有一部分还没有昏睡的人，他们才是有力量的人。许多人在昏睡，人的社会性，每个人所从事的专业，人类文明所制定出来的某些道德规范、日常生活契约，已经把人性磨钝和异化。人类不再理性地思索，更失去了觉悟。今天，仅仅在潜意识里偶尔泛起这些念头，已经是远远不够的。我们要拒绝昏睡。

没有昏睡的一部分人才是人类的希望。没法统计这一部分人的数量，但每时每刻每个地方都可能存在，所以人类至今还没有彻底绝望。我们要以文学的全部的美、尊严和洞悉力，来走进这种伟大而艰难的精神跋涉。

我们的道路多么漫长

人和人之间的互相学习被强调了一万次，那么不同的物种之间、生命之间，是不是也可以相互学习？有人认为这是当然的，像科研领域里开设的动物仿生学，就是向动物学习。我们模仿复眼、脑磁场等很多动物特有的技能，探求其他生命的特异功能，来增加我们人类的能力。这种仿生学就是不同生命物种之间的一种学习。

事实上我们所能做的如果仅止于此，既远远不够也非常可惜。这种学习是一种功利性的、实用主义和物质主义的思维。其实在生命更本质的方面，不同生命所固有的一些特质和属性，也就是我们平常所强调的“道德品质”的意义和层面，生命与生命之间也可以互相学习。有人认为在动物身上不可以谈“道德品质”，这会显得滑稽；那么就降低一点，只将“道德品质”作为人类的专利，说到其他生命则只谈它们的“本能”。我们在生活中经常讲谁是“老黄牛”，谁“像猴子一样机灵”，这种种比喻实在蕴含了对精神品质的界定，表现出向另一种生命向往和学习的态度与欲望。

动物最吸引我们的不仅是它的吃苦耐劳、快捷与机敏，还有那种非生理机能方面的元素。比如某些动物的单纯和忠诚让人产生一种高尚的冲动。人的机心、规避与疑虑太多，而动物那种简单纯稚就会让人觉得可望而不可即，让人有一种探究和欣悦的心情。它们身上的确具有能够与人类相通的某些精神情愫。当然，人类在与它们相处时，也会循着自己的理想与愿望，将它们的这些特征扩大和引申。比如说我们喜欢自己的猫和狗，就会不停地夸赞它的聪慧与机敏，言说它的热情、懂事、忠诚，在美与善的方向不断地延伸开去。但许多时候却并不是故作夸大，而是共同生活中获取的一些实感、一些理解。

人面对一只可爱的动物，特别是在一些特殊时刻看到它表现出的勇敢，内心里常常会泛起自愧不如的羞愧感。一只猫或狗表现出的纯稚和诚实，许多人都不会陌生。它们对人的爱恋与依偎是那样持久、那样无私。在这方面，人与人之间所表现出的美好情谊同样如此；不过在一个竞争剧烈的商业社会，例外的情况可能更多。当人们摆脱了狭隘的社会功利、无所不在的拼争周旋、随处可见的机会主义，该是怎样宽松舒畅的一种生活环境。对这种生存环境的向往和努力，应该是人类自我修为的一个方向，也只有这样，才能进入未来的全新境界。的确，对比动物的某些特质与品性，我们会觉得完善自己的空间不仅很大，而且这条道路还无比漫长。

有人会发出质疑，或者不以为然，嘲笑如上的思维方式不着边际。他们认为人类自身有无数难题亟待解决，比如温饱、疾病、生态灾难、文化与族群冲突、各阶层矛盾，这一切堆积如山；当今世界上令人发指的欺凌、惨烈的丛林法则，这些人间苦难用尽全力尚且不能解决，却要这样谈论和探究动物问题，揣摩它们的心思，实在是过于奢侈和放浪了。一些人或许会将这些题目视为有闲阶级的无聊之议，不仅脱离实际，而且还要引起反感和厌恶。果真如此吗？那么可否让我们反问一句：人间所有的惨烈与苦难，人类社会自身这一切不可改变的痛苦，无数的悲剧，是完全独立于世界其他生命而存在和发生的吗？再问一句：人类所经历的全部或大部分磨难与悲惨，是否与人类自己荒谬的生存伦理有关？这其中是否也包括了对其他生命的漠视和冷酷？

显而易见，人类对于生命的畸形心态、生存理性的丧失与泯灭，正是导致自身苦难的主要根源。世界是相互连接的生命关系，人类不可能在无情绝望的生命观念中，追求和抵达自己的完美与幸福，这是绝对不可能的。人类对其他生命的态度，正好折射出对自身和同类的态度，也更能够表明其生命立场和心灵状态。

我们正处于一个数字时代，那么就可以由数字的角度去思考一下：整个世界从物质到精神的一切存在，都有一串固定的编码，它们在运行中如果有一个数码出错，那么整个世界便会因此乱套甚至崩溃。这是一个互相牵扯、联系紧密的整体，严密到不可有丝毫逾越的地步。人类与其他生命的关系也是一系列严整有序的数字，它复杂而又单纯地、不可更移地存在着。我们经常将“丛林法则”这个词用于动物，说明动物之间的恃强凌弱、弱肉强食、黑暗和残暴；然而我们事实上早就将这种法则施与了整个世界，当动物们总体上被置于“弱者”的地位时，强食者也只能是人类自己。谈到“丛林法则”，我们会看到，今天的“弱肉”几乎化为了全体动物，人类真正掌握了生死予夺大权。当然在同类之间，也有他们的“强食”和“弱肉”，因为法则是统一的、不变的。

人类是丛林中的百兽之王。动物之间的杀戮已经无法继续演绎，因为人类基本上取消了它们的舞台。那只是远古时代的“史诗”，属于前古典主义时期。而今这样的“法则”与其说适合于野兽，还不如说更适合于人类。当今的人类世界有多么黑暗和危险，我们是有目共睹的。“丛林法则”引用和源发于对动物世界的观察，最后却落实于人类自身，真是一个绝大的讽刺。

我们现在可以尝试稍稍偏离一点“人类中心主义”去思考问题，因为这个世界不仅仅属于人类自己。人类在整个宇宙中多么渺小，现代科学早就给出了答案。有了答案并不一定能够时刻进行超越的思索，而这种自我遮蔽，正是悲剧发生的深层原因。超越一般意义上的社会思维，去寻找世界存在的本真与原理，应该是现代人最基本的功课。在日常生活中，这会起到精神的牵引作用，会使我们的视野敞开来，看得更远和更高。在商业主义和物质主义时代，人类对同类的役使与利用关系一定会进一步加强，动物一定要陷入空前的危机。在这里，所谓的“人道主义”就将越发显出它的虚伪性和不彻底性。可见古老的人性会因为客观环境的改变而不断演变，但改变的方向不一定是更完美、更仁善，也不会更道德。我们所谈论的是综合的立体的生命观，是在这个基础上论说无私、宽容、诚实和信赖等概念。这一切不仅表现在对待动物方面，而是要化为一种不可替代的、无所不在的基础情感和基础伦理。

所以人对动物的心情，对它们是否体现出应有的怜悯，这一点其实正是关系到“活着还是死去”的古老命题。这个命题我们是从莎士比亚的名作《哈姆雷特》那里听到的。有时候我们觉得只有自家的宠物才是聪明可爱，甚至是幽默多趣的。其实再扩大一点范围，从它们开始放眼所有的生命，展开我们的理解，寻找相处之道。现在是一个疯狂追逐科技进步与物质财富的时代，而这个时代恰好存在更大的伦理问题、生存问题，不解决它们，其他都会化为泡影。

如海潮一般的诅咒

在很早以前，特别是一些偏远的地区，民间传统中常有“施咒”的迷信做法。其方法既不可思议又令人恐惧，就是用“诅咒”让某些仇人遭殃，走入不可挽回的噩运。据说这个过程是十分烦琐的，通常由专门的人来做，要有画符施咒等一系列复杂的程序。这样暗中做下来，让那个特定的对象生病或遭受可怕的惩罚。前不久看一个电视节目，这才知道直到现在，世界上一些边远偏僻的特殊群落还有这种事，那里的人还在做这种神神秘秘的大事，并说“真的有效”。这种因为极大的仇恨在暗中施与的伤害，实在渊源深长，如果它果真有效，也实在让人觉得恐怖。一个族群与另一个族群、一个生命与另一个生命，他们之间发生了深刻的仇恨，以至于需要采用如此黑暗恶毒的诅咒去解决，当然不会是一件小事。

关于残酷报复的事件历史上有很多，当然是发生在人类当中。在不同的群体之间，通常是要诉诸武力的，比如发动一场战争。只有力量相差悬殊的极弱一方，或者不必以明确的理由还击的一方，才会放弃武力而改用其他方法，比如“施咒”之类。人类与动物之间就是这样一种关系，二者在力量上毫无对称性的关系，而人对动物犯下的恶行又罄竹难书，动物作为绝对的弱者，对人也没有任何办法。于是它们所能做的唯一一件事，就是默默忍受宰割。这些手无寸铁的生命如果要发泄心中无尽的怨恨，要做出反抗，也只能在暗中发狠，对人不停地诅咒了。

我们并不认为这种诅咒会有什么效果。不过有时候又恍若担心：哪怕只发生一点点效应，那后果也将非常可怕，因为这个世界上有无数的动物。

现代人竟然对伤害和杀戮动物无所恐惧，以至于肆无忌惮，甚至没有一点罪恶感。一个和善而体面的人也会做出令人发指的事情，这通常是对动物。比如我知道有这样一件事：一个女诗人与许多人崇拜的一位上年纪的男诗人一路同行，两人都非常高兴。男诗人广受尊敬，素以天真幽默、博爱与多趣而令人喜欢。他们一块儿在街上游逛，高高兴兴地散步聊天，到了中午饭的时候就一起进了饭店。男诗人拿过桌上的菜谱开始点菜，嘴里咕咕哝哝：“烤一只小狗吧。”

老板问：“多大的？”“一定要现宰杀的，不要超过一周岁，选一只最活泼的。”一旁的女诗人简直不敢相信自己的耳朵，当她确定听明白了之后，就吓得夺门而去。她一口气跑出了很远，再也没有返回。这件事让她十分痛苦，事后很久提起那个男诗人，她说：“原来他是个坏人！”

人性和心灵的分裂如此可怕，一个写出很多好诗的令人尊敬的人，一个仪表堂堂的人，却是这么残忍的一个非人。而我们自己，我们身边，其实也在发生类似的残忍。我们不敢正视。是的，这种人性的分裂状态不是发生在某一类人身上，而是一个很大的群体，只是程度不同而已。除了那些严格的素食主义者，没有人会心安理得地将自己排除在心灵分裂的名单之外。这不是在某种语境下的特别表述，也不是自我想象出来的道德危机，更不是什么危言耸听，而是我们每个人都要直面的惨烈后果，是事实。因为人类的集体残忍造成的结果，实际上早就非常突出和严厉。我们即便是彻底的唯物主义者，也仍旧要担心一种称之为“报应”的东西，害怕它降临人间。

感觉动物们对人的诅咒日夜不息，正在暗中汇集，日益围拢和逼近我们。人类在自我完善的道路上能走多久、多长，或者换一个说法，我们还剩下多少时间？

一只小狗作为宠物，谁要踢它一脚，主人都会怒不可遏，因为它已经属于“家庭成员”，通常要受到严格而有效的保护。这种因爱而肩负的使命、一种由时代风尚和生存需要所赋予的权利和责任，好像并没有谁会觉得有什么奇怪的。可是那些还没有机会走进家庭，成为其中一员的动物又将怎样？回忆一下我们经历的年代，五六十岁的人都会对那些轰轰烈烈的“杀狗运动”记忆犹新。一个六十多岁的人至少要经历三到四次这样的“运动”。在一个城区或者一个村镇，说不定什么时候上边就会颁下一道杀狗令。那时候养狗的人比现在少，但仍有许多。这样的时刻他们才是最痛苦的人，怎样的痛？痛不欲生。凡是养狗的人家，孩子大人一定要哭成一团，抱着狗哭。一家人没有任何办法。即使把狗送到远处的亲戚家也不行，因为杀狗令是统一的、大面积执行的。

狗当然看得懂主人的一举一动，这样的时刻它什么都明白。它的目光和主人的目光不敢对视，彼此同样恐惧和绝望、同样仇恨。这样苦难悲惨难忍的时刻，只有世界上最丧心病狂的流氓才会制造出来。问题是那些年代每隔几年就会发生一次，人能做出这样的事，再做出其他什么事情都不必吃惊。其实人们对他们早已不抱任何希望。狗的惨叫、人的哭喊，响成一片，鲜血淋漓，蔓延到整个村镇和城区。时间过去了几十年，那种恐怖既不敢经历也不敢回忆，这当然是一种屠杀，而且只能用上一个词：惨绝人寰。

米兰·昆德拉指出，希特勒早在屠犹的前一年，就在国内不止一个地方下令杀狗。他说，那淋漓的鲜血不过是一年之后的预演。这一点都不夸张。那些徘徊在我们身边的可爱生灵遭到了这样的残害，能够对其施以毒手的，也一定能在同类中间制造最残忍、最恐怖的事件。

而在我们的记忆中，每隔三五年就会发生一次。这样一个嗜血的周期性爆发、大规模惨烈与疯狂行为的族群，还能奢望安定和幸福？还会拥有自己的未来？绝不可能，无论怎样，都是完全不可能的。

现在暂时没听说哪里再发生这样的“运动”了，可是残酷性作为血液流动在一部分人的脉管中，他们并没有绝迹。这些人的罪恶仍会污染到同类，会使我们一起犯罪，沾上名义上的共同罪恶并且难以洗刷。在某一个未知的什么角落，也许会有一个记事簿，上边记下人类的一道道恶行，所犯恶行者有一个共同的名字：人。是的，他们对动物所施行的残暴到了挖空心思的地步，完全可以说丧尽天良。比如有一种地方名吃“驴肉火锅”，为了所谓的食材新鲜，竟然把活蹦乱跳的驴拴在一旁，让食客自己一边割肉一边往滚水里放。还有一些出产熊胆的作坊工场，他们取胆汁的过程异常残忍：将熊饲养在铁笼中，它们胸膛上要日夜插一根管子，直通胆部，以便日夜不停地流出胆汁。这些熊痛苦极了，它们求生不能，求死也不能，极度的痛苦使它们紧紧咬住铁棂，直到咬折牙齿。

这些案例不可以再说下去，因为太多也太惨烈。让我们立刻打住。

显而易见，我们人类在这片丛林世界里就是胜者和强者，哪怕战争中胜者蹂躏俘虏，也仍然是一种罪行，是对失败者和弱者犯下的不可饶恕的重罪，何况是对动物。我们这里谈论的还不是素食主义的理论，也不是佛家严禁杀生的宗教戒律，而是最朴素、最基本的生命伦理。人对动物的杀伤、折磨和虐待，已经到了自身后怕和心惊的地步。在现代人的起码知觉与领悟之下，稍有良知的人，也无法平静安稳地度过自己的夜晚，事实上这样的夜晚已经彻底消逝。

人类将在一种集体折磨中结束自己安眠的幸福。弱者没有还手之力，它们只能大睁双眼，盯着漆黑的夜色，等待着什么，然后发出绝望的诅咒。

这犹如海潮一般的诅咒我们听不到，也听不懂。动物们在暗处，在自己的角落。这种诅咒一定是有能量的。那些唯物主义者，并不相信这种能量会伤害自己，但起码会从自身的心理结构中发生巨大的损伤作用。像某些偏僻之地仍在进行的巫术，它们或许产生了不可思议的作用：被施咒的人好像中蛊者，日渐枯槁，齿落发衰，最后极为痛苦地死去。

是的，无数的生命日夜诅咒，恐惧真的会降临。放眼望去的现实是，现代人越来越多地面对绝症、突发的瘟疫、各类灾殃，这一切没完没了；还有极端惨烈的相互残害、屠杀，总之灾难正以不同的方式呈现出来，让人类自己承受。面对这些，人类从各种源头上寻觅因果，总有忍不住的惊愕，呼天号地不愿接受。这海潮一般的诅咒，人类尽管没有听到，但它是存在的。人类将越来越难以承受，苦难也不会终结。

心灵分裂的后果是可怕的，也是持久的。人类目前的征服力与生存伦理之间的巨大差异，二者之间的严重失衡，最后会让人疯狂。现代社会里依赖精神药物的人已经十分普遍，好像只要活下去，就得依靠麻醉。在网络数字时代，精神疾病可能严重到史无前例。这已经不是人类社会的内部问题，这是由于对外部世界的广泛侵犯、因为自身无法摆脱的罪恶所造成的。事实上人类在潜伏的或显著的因果链条上拴绑了自己的命运，已经不可能拥有更好的结局。焦虑和人格分裂有时表现在一些无辜的个体身上，但他们真的那么无辜？他们或我们正在沉睡的心灵，其实日夜被良知的手所摇撼，如果再也不能苏醒，就会被施以更可怕的方法。我们失去了生存的基础，突破了作为生命的底线，也就没有资格谈论公平和正义。可是我们每天都在侃侃而谈，还谈苏格拉底这样的先哲，谈古怪的什么符号学之类，背诵令人尊敬的德国哲人康德的话。这些看起来似乎雅致而深邃的精神生活，实际上仍旧是自我欺骗，它并不能将我们从灾难深重的生存中解救出来。

人类对于动物的残害，其实也表现出人类的卑劣和胆怯，是非常卑鄙的。作为食肉动物的人类，正在发明“人造肉”，这可能是真正的新纪元的开始，它或许比什么太空技术、量子理论的应用还重要得多，因为从此有可能使人类摆脱海潮一般的诅咒。

那个喧哗活泼的世界

一个作家在作品中完全可以不写动物，但是一本厚厚的书，很长的篇幅中竟然连一次动物都没有涉及，也让人觉得有点奇怪。许多书中也没有什么植物，里面只有人，除了人还是人，他们的爱情、伟大或渺小、不幸或无耻之类，什么人事官场、腐败堕落、胜利和失败等各种故事。好像除了自己的同类，作者眼中再无其他。我前不久在一间书店里看到了许多写猫的书，都是图文读物，据说它们一律畅销。这些作者又走向了另一个极端，眼里只有猫这种可爱的动物。不过最常见的是不再写动植物，它们好像从这个世界退场了。这种情形非常奇怪，但谁也没觉得有什么，因为生活中本来就没有它们的位置。

我们从古今中外所有杰作中看到的，却是另一番情景。那是一个喧哗活泼的世界，这个世界是跃动的、激越的、沸腾的。我们看《诗经》《楚辞》，可谓蓬蓬勃勃，多少生灵、多少异类的声音与面孔。文学是外部世界的心灵映象，这个世界有多么阔大、多么深远，都可以从它的辉映闪烁中呈现。有人认为一个作家杰出与否，就要看他心中是否装有这样一个广大的世界，看他对这个世界普遍而深刻的关切。植物和动物不同，它不能直接交流，没有心灵的窗户即眼睛，与之不能双目对视，呼唤一声也没有反应。但也就是这样沉默的生命，如果一个人能与之发生情感的交流，一定具备更深和更高的生命沟通能力，是非常让人敬佩的。就此我们可以回味屈原在《离骚》中的深情吟哦，他周身披挂的鲜花，他的感激和沉浸。我们常有这样的经历：在一个地方看到一棵特别好的树、一株妍丽的花，都会觉得喜悦；一片茂密的林子，一棵特别大的树，都会让人心里泛起一种特殊的情感。它们不会让我们无动于衷，此刻或激越或讶异或无以表述，总之受到了触动，情绪已被激活起来。

人们经常去风景秀丽的地方旅游，就是为了接触不同的大自然，它会让我们感动和喜悦。其实每个人都有这种渴望，它尽管时常被忙碌的生活所压抑，但仍然还要在心头泛起。这种感动和喜悦不同于日常，特别是不同于人与人之间的那种情感交流活动。它会从特殊的方向激发和触动人的心灵，打破平时的局促和封闭，让视界延伸到尽可能的高处和远处，心中泛起某种崇高的感受。比如在大树和林野面前的那种冲动与欣悦，是日常生活中欠缺的。这种情感非常纯粹，无关乎物利得失，因而是清新向上的，绝不是委顿和颓废的。它是人人都能接受和诠释的一种美好情感，却在现代日常中远离了我们，所以才要专门找时间出门，而且要花一些钱，走很远的路。

我忘不了一个朋友说过的一番话。那时我抱怨自己居住的城区，说这个地方糟透了，连一小片林子都没有，到处暴土扬扬吵吵闹闹。朋友听了半晌不语，后来说："是啊，不过好在一棵树也会让我们感动。"我听得特别清晰，长时间没有说话。我在想他的"一棵树"，因为我的住所窗外就有一棵很大的法桐树，平时站在窗前，一抬头就是这棵树。不过一个人在一个地方住久了，也会忽略近在眼前的景物。我这才意识到，这棵树太大太好了，它正日夜陪伴我，而我却没有什么感谢。它与我一起住在这个嘈杂混乱的地方，不同的是它没有双脚，更没有可能离开。它生机勃勃地扎根在这里，洒下这么大一片绿荫，还遮去了许多扬尘。

是的，人虽然不是一棵树，可是生活中仍然有各种各样的牵扯，并不是想走就走的。有人跺跺脚就可以走开，一会儿南一会儿北，一个念头又要移民海外，这样的人让我既佩服又不解。情感的根、生活的根那么容易被割断，有点不可理解。所以我想，人从一地迁移到另一地总是很难的，这是一场艰难的告别，俗话叫背井离乡。身边的一切，不仅有朋友，还有熟悉的每一条巷子，有出门就遇到的流浪猫、流浪狗。我窗外这棵枝叶繁茂的大法桐树，好像经过朋友的提醒才第一次注意到它的美，它是那么英气逼人，简直无与伦比。我一直端详了许久，奇怪的是怎么以前就没有看出这一切。

如果不发生其他难以预料的事情，那么它大概要一生待在这里。是的，事实上植物与人和其他动物的不同，即生来就是扎根的，是与一片土地不再分离的。我每天在这棵法国梧桐跟前驻足的时间并不少，我感动过吗？好像没有。但是可以肯定地说，我注视它的时候，许多时候心情是比较清朗的。原来我一直受益于它。

人是有能力跟植物交流的，更不要说动物了。动物有肢体语言，可以与人长时间对视，还能相挨一起，所谓的相互“依偎”。狗能替人取东西，听得懂许多话。这类动物的可爱是无须多说的，它们实在陪伴和安慰了太多的人。有人认为怜爱动物的人更容易多愁善感，是一种女性化的情感，而男子汉满脸胡须，应该是果决勇敢办大事的。看起来这种男人形象足够豪迈，其实也是很概念化的。迟钝冰冷的人未必能办成什么大事，许多时候还会办一些坏事和蠢事。工具化物化的人表现出的勇气往往是最坏的，因为他们没有心灵判断力，只是机械野蛮的执行者，缺少人性的温度，谈不到怜惜也谈不到理性，许多时候只不过是助长苦难的帮凶。社会生活到了某些时刻，比如暴力和蒙昧横行的时候，那种粗野和蛮勇、铁血无情的“男子汉大丈夫”就派上了用场。说白了，这不过是一些无心无肺的可怜虫。真正的大丈夫是有心灵洞悉力的，是胸中蓄有孟子所说的“浩然之气”的人。鲁迅说：“无情未必真豪杰，怜子如何不丈夫？”（《答客诮》）可见要做一个饱满的、丰富的、精神健全的人，只有这样的人才可信任和依赖。

国外有一则消息曾让我十分惊讶：一个男子年纪很大了，一直没有结婚，后来看上了一棵杨树，并在朋友的见证下，跟这棵杨树结婚了，仪式后在树下搭了一个帐篷。这个人爱树，真是一个极端的例子。但我们不必怀疑他的感情，也不要将他当成一个精神不正常的人。我曾遇到一个朋友，他常常散步的山道上有一棵红叶李，他觉得它就像一个亭亭玉立的女孩，或一个特别俊朗的男孩。他一看到那棵红叶李就喜欢得不得了，每次都长时间不再挪步，还给它照了好多照片。他与它倚在一起，久久不愿分开。像类似的对植物和动物的情感，一点都不难理解。一个这样的人，心地自然有所不同，他一定是情感丰富的，也一定是善良的。如果他是一个写作者，文笔一定细致委婉，也一定诚恳动人。

说到写动物的作家与作品，我们会想到杰克·伦敦和他笔下的狗。他最有名的是《荒野的呼唤》，后来又写了《雪虎》。他牵着这两条狗一路走来，不知感动了多少人。只有和狗长相厮守、有着难分难舍的浓烈情感的人才写得出这样的故事。一只名叫雪虎的狗，性格顽强，百战百胜，实际上是一匹被驯养的狼。它忠诚、英俊和勇猛，因生计的需要，被主人用来与其他的狗决斗赌博，从来没有输过。最后写到它与一只不起眼的斗牛犬的搏斗，精彩的故事抵达高潮。这是一场壮烈的扣人心弦的打斗，场面令人难忘。雄健俊美的雪虎开始不屑与这么小、这么丑陋的犬交手，对方一挨近就将它扔开很远。但那只又小又笨的狗总是锲而不舍，再次凑上来一搏。这样往复不已，雪虎被纠缠得精疲力竭，后来一不小心竟然被对方咬住了胸部。雪虎愤怒地抡、甩，可这只斗牛犬只死死不放。经过了长时间的挣脱，雪虎再也没有了力气，而这只斗牛犬却开始发力：一丝丝向它的喉咙挪动牙齿。雪虎就要窒息。生命垂危之时，各自主人都来救援，那只斗牛犬竟然至死不肯松口。

杰克·伦敦写的是雪虎，可是让人想到的是一个英武挺拔的常胜斗士，怎样在特殊境况下被一个身在底层受尽屈辱的人打败。出身贫贱的杰克·伦敦或者在写自己，他爱雪虎，可是也深深理解和钦佩那只丑陋的斗牛犬。文字中所蕴含的那种特别意味，译为中文也仍然浓烈，那种不屈和反抗、难以言表的自尊、底层的力量，让人读来怦然心动。

艾略特是一个了不起的诗人，也是一个刻板的新教徒。他在银行里工作，要处理枯燥的海外金融业务。他在文学上获取极大成功，甚至是得了诺贝尔奖之后，在给好朋友的信中却表露出这样的不安：怀疑自己走错了路，没有文学才能，也许不该将这么多时间和精力用在诗歌创作上。这封信有些令人诧异：一个如此杰出的诗人竟然私下里怀疑自己的能力。我们大惑不解，觉得这个人傻得可爱。不过到底是我们傻还是诗人傻，还真得好好想一想。他的情形让我们想起了中国古代的庄子，他说过“举世誉之而不加劝，举世非之而不加沮”，意思就是整个世上的人都赞扬我某件事情干得好，自己也不会更加起劲；而整个世上的人都不看好我做的事情，自己也不会灰心丧气。真不得了，太安定太自信了。其实伟大的人都是很“自我”的人，他们不会跟从外部的声音奔来奔去。

艾略特通常被视作刻板的人，但真实的他也很多趣。比如他为了强调自己的清苦和其他，有时出门竟然要在脸上抹一种青绿色的粉末。读他的诗，会感到他饱满的气象、开阔的意境、辽远的神思，以及深藏其中的幽默感。像他这样大气磅礴的诗人，让人想不到的是居然写出了组诗《老负鼠的群猫英雄谱》。负鼠胖笨可爱，有人养为宠物，有点像大土拨鼠的样子，憨憨的。诗人庞德称艾略特为“老负鼠”，艾略特对这个外号也很受用，索性就用它作了笔名。他的这部组诗写了无数的猫，个个有趣，美国百老汇上演了几十年还一票难求的《猫》剧，就是根据这部组诗改编的。有一年我在纽约，闻其盛名，趁下雨天人少才排队买到了一张票。

艾略特说自己喜欢小动物而不喜欢大动物。“老负鼠”这个绰号是他最常用的一个。这是一种有袋动物，比喻他的大智若愚，装傻充愣，遇到危险会装死。这组诗起初是应邀为朋友的孩子写的，后来配上插图出版了。据说他养过很多只猫，每一只都取了有趣的名字。伦敦文人圈子聚会时，相互之间也以动物称之。艾略特和庞德通信时，对方称他“小有袋动物”，他则称庞德为“兔子”。

艾略特对猫的爱与知的程度，在我们许多人看来都达到了称奇的程度。他真是洞察这种动物的能手，把它们表现得细致入微，其个性神态与心绪都刻画得入木三分。就是这样一个多趣的、诗意盎然的人，却要一天到晚坐在银行地下室的一张桌子前，处理那些外国金融报表。庞德怜惜他，建议他辞去银行的工作专业写诗，还为之搞到了一笔保障日常生活的基金。出人意料的是艾略特慎重考虑了一番拒绝了。他仍然要坐在那张银行的桌子前，只用业余时间来写诗。艾略特的自我、定力和专注，和我们熟悉的作家们有许多不同。他这个人总让人觉得有一种类似于动物的单纯和质朴。是的，许多有大能、有巨大创造力的人，常常都给人这样的一种感受。

猫想和人玩的时候就来找人，不想玩的时候就在一旁坐着，或休息，或独自思考。它可能是所有动物中最长于思考的一类，究竟思考了一些什么、获得了什么结论，却是我们无法知道的。它不想与人周旋的时候，怎么逗它都不为所动，它的自我、专注和定力，实在超强。养过猫和狗就会发现，狗这辈子是找不到“自我”了，而猫找到了“自我”。它自己的精神天地很宽广，能够根据自己的兴趣做事。它有时候一整天都在沉思。有人会说那是猫在打盹，是浅睡眠，但我们无法得知它此刻的精神远游。

大作家的自我性、根性，真的像猫。第二次世界大战爆发的第二天，艾略特应邀去美国一所著名大学讲古罗马诗人维吉尔。一场改变世界格局的大战发生了，人人内心惶惶，无心再做其他，但艾略特仍然细细地准备这场学术讲座。他到了课堂，坐下之后只说了一句“昨天欧洲发生了一个重大事件”，接着就按预定计划谈维吉尔。整整一个星期的讲座，再无一次提到正在进行的第二次世界大战。这里面有价值观问题，也有人的定力问题，更源于一个杰出人物的专注和单纯。

艾略特和杰克·伦敦都写动物，也写了很多别的题材。他们不同于现在的许多写作者，常常专心于类型化的写作，比如有的专门写爱情小说和武侠小说，有的只写所谓的儿童小说、科幻小说。这种写作会局限为娱乐和通俗读物的层面。专门写动物的小说家也很难是杰出的，因为脱离了我们都熟悉并身在其中的，正在进行的日常生活本身，失去了自然而然地呈现和表达的机缘与环境，就会变得单薄浅近。无论动物还是植物，它们就在日常生活中，并没有独立于这个世界，而是处于一种共生共存的结构关系中，离开了这些，就只能变成一座孤岛。我们常常强调文学中的神性和宗教情怀，也并不意味着专门去写佛教和基督教等，这也容易变成类型化写作。

同样的道理，追求作品的独特与离奇，通常是通俗化的一种方法。专门化和类型化是对生活与生命普遍性的一种抽离，因而是狭窄和表面的。文学应该是日常性和生活化的，是逼真的“平凡”，而非专门的某个角落。人性中所固有的对于思想、对于完美、对于诗性的向往，以及生命在日常生活中所表现出来的各种可能性，是这一切的呈现。文学表现个体和客观世界的关系，人性的故事持续地发生着，并在与世界的对应中演变出千变万化的面貌。

杰克·伦敦写出了不朽的《荒野的呼唤》，那条狗是绝对的主角之一，但并没有让人觉得它是从生活中抽离出来的，而是自然而然地出现在当时的社会环境中。作家对生活的敏感性、他所具有的天才放射出的光芒，能够照彻四周的一切。这样的作家集中笔墨写动物，寥寥数笔也自有神采。比如卡夫卡写《关于一条狗的研究》，把自己想象成了一条狗。索尔·贝娄在他的代表作《洪堡的礼物》中，写到洪堡和妻子在草地上打羽毛球，几只猫在一边练习捕鼠的场景，随手几笔就活化出来，让人觉得再熟悉不过，而且交织在全部的生命关系中，意味饱满无尽。

屠格涅夫的《猎人笔记》是写动物的杰作，里面最多见的就是那些可爱的狗。苏东坡谪居海南时养了一条叫“乌嘴”的大黑狗，它陪伴诗人度过了最后一段孤寂的日子，还在诗人得赦时一起北归。关于“乌嘴”苏东坡有一首诗，写得生动无比，从此就有了一个不朽的生灵。作家表达的能力，他捕捉意境和进入情境的深度与潜力，许多时候会表现在对动物的描述、对作为“他者”的一份特异的情感。这种生命联结是不可取代的，这种从另一种生命身上寻觅和寄托的特征与方式，是非常奇妙的。在所有杰出的诗人和作家身上，我们都能够看到这种情感的延长。这是激情的溢出，还是普遍具有的多情多趣、对世界和心灵的特殊求证方式，还需要探究。

我们发现，凡杰出的作家几乎都能与动物心心相印，并一生保持这种好奇心与亲切度。他与它们往往“不隔”，很容易就打通联系的渠道。所以这不是写不写的问题，而实在是体现在对整个世界的情感深度，更有情怀志趣、好奇心和关怀力，有爱和柔情。这是生命的某种属性，像审美力一样不可以学习，而是天生如此的。如果仅仅看成不同的性格，如喜欢和不喜欢动物之类，那就太简单也太机械了。事实上远没有这样简单。作家汪曾祺有一篇散文，写他在农场里看到一个赶车人，这人正向马举起鞭子，却突然把鞭子扔掉了，指着马说：“它笑了！”马在一瞬间的“笑”被最熟悉它的赶车人捕捉到了，逼真而绝妙，想一想可能再自然不过。

《卡拉马佐夫兄弟》中写了一个乖戾的、反常的父亲，其阴暗与偏执令人震惊。大概陀思妥耶夫斯基想起了自己的父亲，说不上是厌恶和好奇哪样更多。小说中的父亲在很大年纪时爱上了一个女孩，他在一个大信封里装了一沓卢布，打上三个火漆印，以丝带捆好，上面写着“如愿亲来，当以此献与我的天使格鲁申卡”，过了几天又解开这个信封，再添一行字：“献与我的小鸡。”老人的荒唐可爱，更有卑劣，都表达得淋漓尽致。他心中的那个女孩非得是一只“小鸡”而不能形容，毛茸茸的，弱小可怜。进入不伦之恋的贪婪的老人，这一笔就活化出来，而不止于精彩了。这里如果离开了这只小动物，也许就没有更好的表达了。

讲动物实际上在讲人性。这当然是文学的核心内容。有人将作家关于动物的描述只看成童话，视作儿童读物。如果这里仅仅指我们所看到的那些“童话”，似乎也对，不过这种理解大致还是狭窄了一些。要知道这应该是作家普遍而重要的能力，因为我们很难看到一个与动物交流困难、对这种交流表现迟钝的人会是一个好作家。人的心灵一旦干枯，就会对动物这种“他者”显出十足的麻木。他只能萎缩回同类群体之中，因为这关系到最为眼前的物质利益，是所谓的“现实生活”。这种异化的生命，其实也一定是无益于同类的。

《诗经·豳风·鸱鸮》是一首杰作，写的是一只母鸟：“予羽谯谯，予尾翛翛，予室翘翘。风雨所漂摇，予维音哓哓！”描摹出丧失爱雏，巢穴又遭破坏的至悲。汉代乐府诗《枯鱼过河泣》：“枯鱼过河泣，何时悔复及！作书与鲂鱮，相教慎出入。”多么凄怆。白居易的《闻蛩》写蟋蟀。骆宾王七岁吟出“鹅鹅鹅，曲项向天歌”，而后还写过《在狱咏蝉》：“不堪玄鬓影，来对白头吟。露重飞难进，风多响易沉。”庄子笔下“出游从容”的儵鱼、妄自尊大的“井底之蛙”、生命垂危的“涸辙之鲋”，柳宗元的《黔之驴》《临江之麋》《永某氏之鼠》，都脍炙人口、令人难忘。李白写大鹏，李商隐写蚕，杜甫、李贺、辛弃疾写马，皮日休写螃蟹，以及古代诗词中反复出现大雁、鹦鹉、鹧鸪、白鹭、黄鹂、杜鹃、燕子、蜻蜓、流萤、乌鸦等，实在不胜枚举。杜甫草堂时期的诗歌里有那么多动植物，大如虎、熊、象、豹，小如蜻蜓、鹤、萤火虫、雁、鸡、鸭、鹅等。

最著名的句子有“两个黄鹂鸣翠柳，一行白鹭上青天”。就是这个忧国忧民的诗人，却对身边的动物投射出如此温柔的目光。

我们不能简单地把写动物当成一种专长和癖好，也不能当成是特意为儿童专修的功课，而应该是作家、诗人必备的一种基本能力。

踞于人的左右

动物当中离我们最近的，除了用来役使的驴马牛羊一类，大概就是猫和狗了。日本人和俄罗斯人偏爱养猫，土耳其的猫好像更多，被称为“猫之国”。有一次我在土耳其开会，正和一位穿蓝衣服的小姐在台上对话，突然一只大猫登台，尾巴拨弄得麦克风噗噗响。我作为客人不能驱赶那只猫，而主人似乎很高兴。整个会场至少有五六只猫蹿来蹿去，大家觉得这是一次成功的会议，这成功好像也包括了猫的参与。拍照的时候，中间那个座位是主人的，他正在招呼大家坐下，有一只大猫就跳到了他的位子上，神气地环顾四方。

猫和狗都是经典动物。这个“经典性”不仅是因为它们被人类驯养、和人类相处的时间最长，已早早地进入我们的生活，更在于它们的确有特异的性格、功能与智慧，有一系列难得的品性和特征。猫和狗不是一般的动物，甚至可以认为它们是神灵最具深意的一种安排，用来安慰和帮助人类：一个踞于左，一个踞于右。狗在左边，代表勇敢和忠诚；猫在右边，代表温柔和独立。它们真的是神奇的代表。在生活中，有许多事情如果让它们出面，即可以解决和测试一些复杂的问题，比如人对万物的仁慈、对他者的关心、对完全不同于自己的其他生命即“异类”的容忍度。关于它们的故事太多了，而且还将继续下去。它们的故事真的没有终了，它们跟我们的关系从开始到现在，直到未来，还要发展下去。它们对我们不离不弃。

而今野生动物越来越少，从数量到种类都在急剧减少，于是家养宠物就被愈加珍视。现在的孩子要认识马和牛之类，需要跑很远的路，所以他们通常最方便见到的动物就是猫和狗。它们于是也就肩负了神秘而特殊的使命，代表了生命中全部“异类”的问候和探望。这千万不要视为理所当然，也不要理解为千万年驯化的结果。事实上有些生命无论怎么驯化，也都是无济于事的。

苏联有一个作家叫阿斯塔菲耶夫，他最有代表性的作品是长篇小说《鱼王》。《鱼王》第一章叫《鲍耶》，是一条狗的名字。这本书和杰克·伦敦的作品比较，可以说写出了另一种好，并同样令人感动不已：读了以后感受的是人的力量和伟大，而不仅是狗的聪慧、有趣和懂事，不是它们在严酷的西伯利亚的不可或缺。我们会在无比同情和喜爱鲍耶的同时，感受我们人类之所以可以被称为“万物的灵长”，即在于洞察力、包容心、认真和顽强，更有对万物的巨大悲悯。他们在生活里采取的行动准确而迅速，做出的若干决定，包括在危急关头处理人和动物的关系、与动物的互动，让人产生出无比的美感。《鲍耶》之美无法复述，只能通过阅读，去逐字逐句地细心体味。

有人跟我讲了他亲身经历的一件事。有一天他路过一条石砌水渠，正赶上发大水，水流很急，一只落水的小奶猫攀着陡陡的石壁往上爬，浑身颤抖，小爪子一点一点抓住石头往上攀，可是几次都失败了。他因为急着赶路，虽然犹豫了一下，最终还是没有停下来搭救小猫。这件事过去了很多年，他的脑子里总是出现这只小猫奋力求生的镜头，让他无法安生。不知道这种追悔会纠缠到什么时候、折磨到什么时候。没有人能安慰他。

有人养了一条狗，它最愿意和鸡玩，它们受到惊吓就影响下蛋，所以主人就把狗关进一个铁笼子里，等鸡入窝后才把它放出来。狗失去了自由，也思念主人，每时每刻都在想法逃脱。这条机灵的狗竟然无法关得住，它总能挣脱：或者从下边挖洞，或者破坏丝网。实在没有办法，主人就将铁笼特别加固一番，并浇筑了水泥板。作为惩罚，改为整天囚禁。狗无法逃出，在笼子里日夜哭叫，直到没有声音。主人察觉后去看了，这才发现笼子上沾了许多血，原来它在长夜里把笼子咬出一个洞，挣脱了。但这次它不像过去一样来找主人，而是逃走了。它那么爱主人，以前为了见到主人才挣脱笼子，出来后第一件事就是跑到主人跟前。这一次它绝望了，真的走开了。主人流出了泪水，说自己一辈子对不起它。

一些受到伤害的猫和狗的故事我们听得太多了，都是揪心的回忆。

猫为了寻找主人，能够历尽艰辛千里跋涉。狗为救人可以从十几层的楼上一跃而下。人们太熟悉猫的缱绻和狗的勇敢，曾经用最美好的语言来歌颂它们，也用最刻薄的语言去诅咒它们。其实人的残忍才是难以想象的。人对于同类的残忍，也常常从对动物的残忍复制过来。人性的美与丑，在两个方面所抵达的深度都是不可想象的。比如一个刚发生不久的例子：一个男子与女友住在别墅里，竟然把家中养了多年的一条小狗烹食了。如此残忍的故事有点像编造，可惜它是真的。另有一个下岗女工，家里很穷，却把仅有的一点钱拿去买了猫粮，喂养流浪猫。她救治了太多的伤病猫。这个人头发花白，面容端庄，那种善良的美由里而外泛出，令人敬重。也就在这位下岗女工天天救治流浪猫的山路上，有人竟然用钓鱼钩钓猫，做成烤串卖。残暴紧挨善良，二者并存，感动和绝望也并存。

一位诗人写了一首屠狗的诗：狗在一旁浑然不觉地游戏时，正好来了食客，主人按住它抹了一刀。狗的脖子像戴了一条红巾，它往主人怀里躲避，等待它的却是另一刀。这首诗太过冷静，我不敢看。

人与动物的依恋体现了人性之美，还有生存的理性。女作家丁玲复出后访美，写了一篇散文，关于美国的一位女作家：她一个人生活，年纪很大了，陪伴她的是一只猫。问为什么不养狗，对方语焉不详，大致说因为贫穷。这令人不解，因为经验中这样的选择与穷富无关。可能她更喜欢猫，也可能因为猫更适合室内生活。猫温柔而自尊，狗忠诚而英勇。总而言之它们踞于人的左右，其作用是不同的。这二者的品性相加，可以集中许多生命的美德，甚至也包括了外观的美。有一个朋友家里养了一只俊猫，主人常常惊喜无限地端详着它，然后发出一阵感叹：“你啊，你怎么可以长这么俊？”她被这只生灵的美惊住了，以至于陷入了深深的不解。

动物给予我们的，永远大于我们给它的。我的老师得了较重的病，闷闷不乐，后来听从大夫的建议养了一只猫，从此竟多了许多欣快。也许就因为猫的陪伴，他到现在还很健康。他要照顾它的日常生活，付出时间和精力，但它给予他的是心灵的慰藉。的确，它们可以改变人的心情，让生命变得柔软。这柔软对于自己和他人、对于整个世界，都是最为宝贵的元素。

从最大的自由书说起

文学理论家刘再复先生说："《西游记》是最大的自由书。"说得好。自由是对自主和自尊的不断向往与追求，也是最后的结果。自由意味着平等，更意味着对压迫者的挑战和反抗。《西游记》这本"自由书"，痛快淋漓地大写特写了动物的主体精神。

仔细想一想，《西游记》中人的数量远少于妖精的数量，实际上主要写动物，表达了对动物的温情与善意，也包括它们与人的关系的更深入的思考。"妖怪"大多数时候并不令人厌恶，它们大致上是动物，有多能和好奇的本性，常常游戏起来，恶作剧的本事很大。它们总想戏弄经典人物，而这个人是大唐皇帝派出的高僧、肩负神圣的取经使命的人。它们想把他吃掉以求长生不老，但又每每落空。其实作者压根不打算这么干，游戏精神就此焕发出来。所谓的"妖怪"全是动物成精，非常可爱。这部"大自由书"的源头，就来自动物的天真和烂漫。

英国的吉米·哈利是知名的作家，他以叙说自己一生作为兽医的经历、描述各种动物的故事而闻名。《万物既伟大又渺小》《万物有灵且美》，都是非常杰出的作品。一个乡村兽医当然要经常跟动物打交道，对它们极其熟悉，并与之产生了很深的情感。书中优雅地描写着人和牛、马、猪、狗等家畜相依共处的乡村日常，让人读来着迷，不得不发出感叹。这是一个真正的人，一个由人类派出的最体面、最高尚、最有希望的代表。由他来进入并问候动物世界，我们作为人实在有一种自豪感和幸福感。

动物的一些遭遇常常让铁石心肠者也潸然泪下。在很久很久之后的某一天，或许会有熔化铁石的机会。福克纳有一个名篇叫《他的名字叫彼得》，写一条死于车祸的狗；另一名篇《熊》，写了大熊老班和一条无所畏惧的小狗，以及俊美的马。福克纳的心灵之柔软和善，大家尽可领略体味。怀特写出了著名的童话《夏洛特的网》《精灵鼠小弟》《吹小号的小天鹅》；安徒生塑造了美人鱼和丑小鸭；碧雅翠丝·波特塑造了彼得兔；西班牙诗人希梅内斯写了《小银和我》，为一头叫小银的驴子写了一百多首散文诗，这头毛茸茸的小驴陪伴诗人走过大街小巷，走过田野、教堂、村落，成为他最好的朋友。这些杰作之迷人，不仅是因为写了动物，而是通过这些描述所体现的人性之美。在某种程度上，它们代表了人类最崇高和最伟大的情感。它们作为文学的核心主题和内容之一，最能够体现仁慈与柔美的动人力量。

英国桂冠诗人特德·休斯的许多诗歌都写了动物，像《思想的狐狸》《雨中的鹰》《云雀》等。这些动物形象保持了原始天然的野性，比如“鹰”：强悍、凶狠、残忍、霸道、阳刚，俨然一个控制世界的暴君。这从另一个方面提醒我们，人不要仅仅按照自己的伦理来理解动物。

讨论

总体文明程度 / 对人性的抽样检查和鉴定

任何族群对动物和植物的态度、处理的方法，一定反映出他们的总体文明程度。我们不能轻易地用多愁善感、书生意气、纸上文章这些说辞，来概括人与动物的情感。这是无知而麻木，文明素质更低的旁观者才有的话语。如果人与动物的关系十分冷酷，也很容易转化为惨烈的人与人的关系，因为是同理同源。只要常常惨烈地对待植物和动物的族群，他们相互之间表现出的残酷一定也是相似的。

如果一个人是一个物欲主义者、机会主义者，也就很难理解人与动物正常和美好的情感关系。他们一生追逐和寻找的主要是物质利益，而人与万物最美好的那份情感关系，经常有碍于现实中的投机和物欲的实现。这一类人会指责和嘲笑他人谈论动物与植物，只当成多余的趣味去对待。这种理解是浅近而愚蠢的。这不单是“诗意”和“文学”的问题，而要从日常生活的、人性的逻辑上去理解和剖析。

爱护自然、爱护动物，对动物保护有严格立法的地方，几乎无一例外，人们的生活总是相对幸福的、安逸的、宽松的。人类生活的幸福指标当然不仅是金钱和物质，还有精神层面，精神的缺失、被伤害和被侵犯，再多的物质财富都弥补不了。当一个人温饱都解决不了的时候，大概较少谈论动植物保护的问题；但也正是这样的时刻，动植物给予人的安慰有可能是更加深刻的。

在那些贫穷的、生活条件十分严酷的地方，比如沙漠之地，也仍然会有人与动物相处的感人故事。这并不是什么闲情逸致，而是生命之爱。当我们在一个植被葱郁的地方生活，觉得那么幸福，这幸福有一部分就来自植物无私无言的帮助。小鸟跟着我们走，在离人不到一米远的地方也并不逃去，抬头看着我们；打开窗户就是鸟的喧哗，连野猪都跑到跟前，瞪着红濡濡的眼睛看着我们，我们也不觉得它凶恶。鸟和野猪不怕我们，这是需要很久才能养成的一种信赖关系。动物的习惯和记忆能够遗传给后代。在动物的血液里，需要融进仁善与和谐的记忆。人见了面先跟狗打招呼，狗主人就高兴了。生活如此安逸和温暖，人生又该如何？这其实是很简单的道理。

我们讨论动物，实际上是在讨论人和人之间的规则与规律，谈生命的属性。文学就是书写生命，就是表达人性在各种各样的环境下会怎样成长和演变。好的文学，总是让人类经验得到延伸、得到补充。文学的价值也在这里。我们讲动物，更是对生命、对人的社会性、对人性的一次次抽样检查和鉴定。

“你的树”的年代 / 语言和情感

我写《融入野地》的时候是三十岁左右，时间过了这么久，对一些事物的看法毫无变化是不可能的。“你的树”的演讲是在威海，那时候二十多岁，好像是一次动情的演讲。那次说到了人在一个晚上，沉浸在夜色里，独自在树林里游走，在自然浑然苍茫中的感觉。现在可能说到这些就冷静多了，但对于人与自然万物的相处，想得会更多。那时候那么单纯和诗意化，但基本的看法今天也没有改变。人和其他生命的关系，应该有那样的一种依存关系，这才是健康的。

人类在生活中，不得不处理各种各样的现实矛盾，不得不跟那些不可摆脱的苦难、不可逾越的人生难题宿命般地纠缠一起。实际上它是一个整体问题，是生来就要如此的。人类在大自然的共处中肯定惹出了大麻烦。人类处在一个不断进化、认识、探索，艰难地完成自己的过程中。一个写作者会沿着这个路径、作为个体往前发展，也会有一些调整和变化。

有人说生命情感如果充沛和强烈，会使语言表达变得粗疏。这是怎么回事？我觉得恰恰相反，感情淡薄才会造成语言的草率和粗劣。人对万事万物的细腻和深入的情感，是言说的内在动力，是语言艺术的生命力。

如果说这里说的“粗疏”不是一种风格，而直接就是指“粗糙”，那么网络时代的语言真是一个大问题：语言粗糙，其他大概也就谈不上了，情感也会很粗糙。

惊心动魄的精神叙事 / 古典主义

很有意思，今天无论一部文学作品写得怎样“强烈”，在有人看来还是“平淡”。他们希望字里行间不断地出现谋杀和其他一些奇闻，不断出现社会和物质层面的“大事件”。这是当代阅读出了毛病。某些写作已经丧失了精神叙事的能力，在阅读群体的接受上也同样如此。精神需求淡薄，对物质却极为重视。

比如有些作品写得惊心动魄，作者自己都难以承受这种巨大的精神撞击，涉及令人无法忍受，只要活着就没法苟且、没法回避的一些致命问题，可是有人读后还是觉得大不过瘾：最后什么都没有发生，没有爆炸、暗杀，也没有绑架，没有大企业的倒闭破产，没有血肉横飞的械斗。他们认为人的尊严、最敏感的心灵苦难、心灵重创、爱与背叛，这统统不算问题。

大概他们看肮脏的文字太多了，总想得到更下流的刺激。起码需要出现一个通俗作品中的“大侠”，有不费吹灰之力就能灭掉一群武士、引起核爆那样的本事才好，这就真的“发生”了“什么”。他们不知道，真正的杰作无论写到多少物质层面的冲突，最后仍然要回到精神的层面，要触动纤细而敏感的心灵。离开了心灵，胡编乱造出的所谓“强烈”是很容易的。但这些所谓的过瘾的内容通常都是写给低俗读者的，不会提供给有教养的读者。

英国的通俗小说家格林的了不起之处是给悬念小说里捏进了两撮火药：宗教和爱情——是那种信仰的力量，是那种真挚的、铭心刻骨的爱，这就超越了通俗小说。人和人是不一样的，有的人有着无法消除的精神洁癖，对心上的变故和创伤终生记忆。作家写到这些层面的问题，才算得上“大事件”，才不会平淡。

作家丧失对时代精神的把握力，缺失了心灵的敏感，只好求助于“盖世武功”，什么黑社会、官场阴谋之类全来了，破产、火并，爆炸之声不绝于耳，刀子上鲜血淋漓……这都是廉价之物。美国总统里根说过一句话令人印象深刻，他说："我每年最少要读两遍《复活》。"这部大书的忏悔、罪感，对自我的审判和不能饶恕，能够如此吸引一个读者，那就需要具备相应的真实和诚恳，有一种自我追究的人生态度。《复活》的负罪感、灵魂救赎，主人公最后跟随流放的故事，现在的一些人看了不仅不会感动，还会认为矫情、不可信：一个大富翁、大贵族，能为年轻时的一次艳遇而将自己置于如此可怕的境地？

托尔斯泰的伟大之处，就在于书写这种罪感的真实。人与人的精神和灵魂的世界是大不相同的。在阅读中寻找伟大的、关于生命和灵魂的故事，这才是真正的大阅读。可惜，当代文学已经鲜有能力处理古典主义的那种撼动人心的道德力量。那是一种绝对强大的感动力，而不是沉迷于现代主义的诡谲和审丑快感之中。现代主义使我们沉迷，古典主义让我们震撼。当我们感叹索尔·贝娄、米兰·昆德拉、马尔克斯这些超绝之才时，再回头看托尔斯泰和陀思妥耶夫斯基，需要努力忍住什么，那是一种久违了的灵魂的震颤。这是高人一等的文学。无论多么绝妙的现代主义，遇上《卡拉马佐夫兄弟》《复活》式的文字，都会觉得比它矮了一截。不是现代主义作家无能，而是空气与食物已经变馊，他们无法强健如初。

三十多岁的时候我被一位法国朋友告知：卡夫卡是伟大的。我长时间不愿附和，但也无法否认。现代主义作家确实了不起，深刻绝妙，更有不可替代的时代的诗与思，让人觉得不可企及。但是"伟大"作为一件定制的服装，好像是专门为古典主义大师们准备的。我心里这样想，并没有对那位法国朋友说。我说不清楚。

爱是一种强大的力量 / 人格的分裂

对动物的善行与恶行背后，说明的事物并非那么简单。一件善行表明了一个人正沿着善的方向往前，这大致是统一的方向。社会状态与人的状态一样，一切都不是孤立存在的。我们会在一个族群对动物的行为和态度上，看出他们的品质、他们的未来。

善良与残忍同样多得不得了。每个时代有每个时代的残忍，每个时代有每个时代的美善，所以我们一定要努力地去爱，去寻找，去理解，而不要仅仅对人性失望，不要仅仅是对人的诅咒。爱是一种强大的力量，尽管它有时候战胜不了恶。爱在某些时候会异常强大。

今天的一个严重问题是：人的生存理性，在许多时候需要探索和把握，因为普遍存在着人格的分裂和矛盾。人类文明要走向完美，很多问题亟待解决，比如摆在眼前一盘羊肉，吃还是不吃？有一个人特别嗜吃羊肉，到“东来顺”的时候要自带胡椒粉，可他最爱的动物就是羊。这不是虚伪，而是一种宿命：人格分裂。人类终有一天会大胆地接受这种挑战。

真正的佛教徒是不打蚊子和苍蝇的，但大多数信众仍然要打，这是一个现实问题。严格来讲蚊子也是生命，也有血液循环系统，也是一个不可再造的生命。但是人类连近在身边的经典动物都处理不好，如何奢谈其他。一只美丽的小羊，刚生下两三天的时候，洁白洁白，会故意踩一下人的脚，再抬头看人的反应。人看到这样的小动物，心中生出的爱怜一点都不虚伪，那种感受多少年都不会忘记。但是吃羊肉的时候也很投入。这是可怕的人格分裂，不是个体而是群体的问题，只有在时间里解决。可是人类还拥有那么多的时间吗？

并非出于迷信，即便以最朴素的心理去猜度，那么多的生命，日夜在角落里、在暗处诅咒人类，人类还会有好日子吗？我们会得病、会遭难、会在各种苦难中挣扎。从数量的庞大到种类的繁多，动物是比人类多出无数倍的生命，它们一起来诅咒我们，我们当然不会好的。

这样的思维贯彻在我们的生活中，必会促进我们的人文精神，促进人的道德，促进我们对于生活的敏感，促进真正意义上的美善。善良不是一句空话。

有研究证明植物也是有感觉的，甚至有一个绝妙的试验：水也会因为人对它的态度而呈现美或丑的结构形态。万物有灵，神秘不解，万千生命都是如此，我们人类怎么能不慎之又慎？世界真是复杂，生活不是两难，而是多难，但是不能因为多难就放弃了思考，放弃了其中的诸多伦理。我们谈文学，而文学不是一个专业，它是关于生命的自然表达。研究文学就无法回避人格的分裂，以及人类的未来。

文学的提醒 / 疼爱动物与贫富无关

文学就是不停地提醒人去面对复杂的伦理问题、道德问题。文学把一些彻底无解的、近似绝望的命题，生动具体地推到每个人的面前。起不到这样的作用，文学就是低人一等的，就会变为简单的娱乐手段。文学调动一切，把那些尖锐到不可回避的而且看不到任何希望的东西推到人的面前，把人唤醒。

以存在主义的观点，人生来是没有意义的，没有一个设定好的意义，它需要自己确立和寻找，这才产生了自由。从存在主义的角度去讲文学，它是伟大的。它引人进入自由的通道，去进行选择。可以选择沮丧，可以选择欢乐，选择向上和选择向下，因为人是自由的。有了这种自由，面临着非常沉重的问题时，要问自己该如何选择。

人在生活中面临很多不可解决的矛盾、尴尬，还有艰困。人格的分裂和内在的困苦不可解脱，各种状况都会出现。一群人在为生活挣扎的时候，顾不得去考虑其他；有一些人会疼爱宠物，这与贫富无关。古语云“仓廪实而知礼节”，物质不成问题之后，我们更有余力去思考一些物质层面以外的问题。当我们被物质严重拖累和纠缠的时候，可能无暇顾及更多精神层面的东西，可是我们不能等待富裕之后才变得善良，因为人群的道德状况从来不能这样判断。一个人生活得非常艰难，也完全可能对动物很好。人性是复杂的，人的差异是很大的，道德水准的差异更是鲜明到让人来不及惊讶。人和人之间的敏感度、人的柔软和生硬，差异巨大。

在外部环境发生剧烈变化的时候，人性扭转与改变的幅度和速度，在人和人之间也大为不同，这是一种常常被忽略的情况。我们往往在同一种物质环境和客观环境里边比较人性，而缺少机会观察当客观环境、物质环境发生变化的时候，人性究竟发生了怎样的扭转和改变。

第三讲 荒野

每逢你打开一部小说——自然，我指的是货真价实的东西——你便同作家形成了亲密的关系。在字里行间，你听到了一个声音，或者一个个体的语气。你，读者，所以能辨析出这语气来，不是凭借着姓名，而是凭借着一种独一无二的鲜明人性。它似乎不是发自胸臆，而是发自胸骨下面的某个地方。它比言辞更富音乐性；它是一个人、一个灵魂的特有铭记。这样的作家拥有驯服心神涣散和碎片化的力量；他能够从痛苦不安，甚至混沌的边缘，将我们带入无目标的专注。

——索尔·贝娄

荒野离永恒最近

“荒野”作为一个概念，接近“大自然”，但二者的内涵仍不尽相同。“大自然”包含了土地、山脉、星空，所有这些未经人手改造的全部外在空间；“荒野”是指大片没有或较少人工痕迹的土地，上面有始料不及的各种植物的茂密生长，是一片苍茫，是“大自然”的一部分。

荒野与人发生联系的时候，将相互产生作用。一个人面对荒野，会引起诸多情感的波动，通常不会无动于衷。事实上，荒野是塑造人类心灵的最大的客观事物之一。人们观察荒野，情志会发生变化，由内而外或从外到内，产生或激越或沉郁等心绪。这是非常自然的现象。如两位古代诗人登高远望发出的慨叹：“前不见古人，后不见来者。念天地之悠悠，独怆然而涕下。”（唐·陈子昂《登幽州台歌》）“风急天高猿啸哀，渚清沙白鸟飞回。无边落木萧萧下，不尽长江滚滚来。万里悲秋常作客，百年多病独登台。艰难苦恨繁霜鬓，潦倒新停浊酒杯。”（唐·杜甫《登高》）人的心情总要受到视野内不同景物的影响和牵拉，引发一系列的联想，滋生抒发、爱怜、疼惜等复杂的情感。

谈荒野的意义，是着眼于这样一个命题：与荒野建立怎样的生命关系。我们生活在大地上，荒野就是我们常常说到的“大地母亲”原来的模样。这正是我们立身的基础，是起步之地、生长之地。认识到这一点，才能从网络时代繁复而虚幻的人工造物中有所超越，当然首先是思维的超越。从精神和心理意义上看，荒野常常会激发人类的审美崇高感，因为它没有或少有人工的创制，充满了原始的生长。

就文学写作的角度论，这还不能简单地归到“自然文学”的理解范畴，更不仅仅是什么“景物描写”这样简单。它涉及的美学及哲学问题要复杂得多、重要得多，也深入得多。

从某种意义上说，保护荒野就是保护自由和生长。面对荒野，我们可以想象它源于具有强大规定性的神秘力量，是由它所创造的伟大雕塑品。它空旷浩渺，无测无尽。荒野对人来说既有巨大的审美价值，比如可以引起我们诸多不同的思绪、不同的想象，会让人产生激昂和畅想之类的感触；另一方面也暗示了诸多不祥和诡谲，意味着危险和恐怖，因为它在很大程度上是陌生的、未知的，隐蔽和潜藏了无数的事物，意味着踏入野性之域将要发生的警惕和惧怕。人如果置身于一片没有人工痕迹的荒野，而且能够忘掉恐惧，就再也没有什么东西可以约束，这时候会是相当痛快的。人在这里心情尽可以展放，有一种奔放自然的流畅感、自由感。大地辽远无边，充满了各种可能性，也意味着寻觅刚刚开始。

一个人面对荒野的感受是复杂的，常常无法言喻。人已经习惯了现代群居生活，于水泥丛林中辗转奔突之后，忽然来到荒野中间，那种由大自然的刺激而引发的种种冲动，将是非常巨大的。这时或感到惊悸与震撼，或焕发出前所未有的激情。如果从文学表达的角度去考察，荒野作为一个客体，既是关于描述对象的一种特殊呈现，也是人物故事崭新的、相对粗粝的生命背景。这种审美效果会大大有别于惯常的社会化、都市化表达，成为古老而新奇的元素。

荒野意味着个体面对苍茫不测的大自然。当这样一种极不对称的关系逼近和来临时，也就不得不正视它、思考它。荒野代表了孤独，一个人一旦接近它并进入它，长时间告别了同类去跋涉，就开始了天地间的独往独来，无论愿意还是不愿意，都要与陌生的万物、与时间、与未知展开一场对话。这其实就是关于永恒的对话。

存在决定意识，表现需要对象。今天人的视野中已经很少苍茫野地，这是现代社会人类生活的普遍情状。中国人口主要集中在东部沿海地区，平时要见到真正的荒野是困难的，相比之下西部和更北部的人会容易一点。“荒野感”与国土面积是否辽阔有一些关系，但并不完全如此，因为还要看一个群体向外开垦的意愿、力度和结果，即最后能够保留多少原始的荒野。这样来说，也就多少涉及人对大自然的态度：是否对大自然有一种敬畏感、有怎样的自然观，都会在一个族群的精神上体现出来，并且一定决定他们的生存状态。

英国虽然是个岛国，不是什么大陆国家，可是我们从他们的文学经典中会发现很强的“荒野感”。英国有自己著名的写荒野的作家，如哈代这样的“荒原圣手”。《还乡》中有名的埃顿荒原令人着迷，是脍炙人口的篇章。人们通常把哈代当成一个小说家，实际上也是一位大诗人，这种深刻的诗意首先就在埃顿荒原上得到了尽情倾吐。他年轻时就有诗人的梦想，不过开始写诗并不成功，而是小说赢得了荣誉。到了五十岁左右，人们对他的《远离尘嚣》《无名的裘德》等小说产生了误读，多少也与他转向写诗有关。哈代的诗和小说一样，荒野都是重要的表现元素，是激发诗情的不竭源泉。

英国除了哈代，还有勃朗特三姐妹。人们如果身临其境，亲眼见到英国那片长满了石楠的野地，就会理解那是他们的日常生活，是生存背景，逃避不开。勃朗特三姐妹写的是英格兰的北约克郡的霍沃斯荒原，既是《呼啸山庄》的实景，也是精神家园，它跟复仇、爱情、人性的变态冷酷、死亡等主题紧密相连。男女主人公希斯克利夫和凯瑟琳的极端性格，与狂暴、变幻多端与阴晴不定的自然环境相似。艾米莉·勃朗特还写了很多诗，这些诗也是同样的风格。夏洛蒂·勃朗特的《简·爱》色调要温暖许多，但同一片荒野仍是不可忽略的存在，如孤儿院的荒原阴雨，简·爱于暴雨之夜的奔走，都令人难以忘怀。

他们作品中的荒野和我们不一样，那是与人物和故事浑然一体的。我们当代文学中的荒野已经变成了生僻之物，当人们大量以虚拟的方式表达一些纤细的现代情感时，才有一小部分作品涉足“荒野”。然而这大致还是数字时代纤弱与畸形的对称物，是对包括所谓的“异化”“审丑”在内的某种添加品，是另一种类型化的表达。看起来好像是对现有文学版图的补充，有一定反拨的意味，其实仅仅是作为一种文学策略而存在的。它们仍然缺少真正的荒野意识。如果写作者在面对荒野时，精神状态与客观对象不能够在深层上统一，表达的目的也就不再纯正。这只是作为展示所谓的“特色”与“异趣”的写作，与哈代和勃朗特姐妹笔下的荒野相比，其意义和呈现深度是迥然不同的。这仍然是物质主义和商业主义时代的特色文学与功利文学。

人类失去荒野的过程，首先表现在物质层面，进而是精神层面。后者才是最严重的问题。如果仅就文学来讨论，也仍然要分析人类精神品质的呈现方式，实际上是在关注一个族群的生命质地。现代人越来越被眼前的物欲所控制，所以即使有茫茫荒野横亘在眼前，也恍若看到了一帧粗粝的图片，不能真实地面对，以至于长时间转不过神来。烦琐而曲折的人造空间强烈地牵制我们，吸引了全部的注意力，改变了思维方式，也决定了现代人的命运。今天的荒野虽然仍旧存在，但已经萎缩在了某些边远的角落：这里不仅是指绝对意义上的自然面积，还包括人类经过了生存方式的选择之后，正自觉不自觉地规避和过滤，已经不再看到和想到它们，无视其存在。人们的关注力一步步退缩到水泥化纤的世界里，而后再继续退缩，缩进了小小的电子屏幕里。

一部掌上手机竟然可以解决我们基本的求知欲、大部分的娱乐和精神需求，让它成为一个打发时间的去处，甚至成为心灵交流的主场。这多么荒唐，又多么可怕。我们会过上极为满足的荒诞生活，渐渐将虚拟当成更大的实在。生活几乎出现了这样不可逆转的趋向：越是处于需要学习和认知的阶段，比如涉世尚浅的年轻人，也就越是回避真实的大自然。一开始人们离不开电视，后来离不开网络和电脑，而后就离不开智能手机了。人类演进到了今天这一步，已经是难以改变的一个生存现实。

从此以后，人在物质的实体和精神与心理这两个方面，渐渐与大自然形成了严重的脱离、隔膜甚至对立。这种后果最终会怎样，可能比我们想象的还要严重和糟糕许多倍。

因为文学不过是一种生命现象，它严格讲不可以简单视为一门专业技能。所以，我们总是将文学作为人类生命演化重要的、具有细节和指标意义的呈现方式。如果从更早开始关照，会发现古典时期的文学景观与今天迥然有别。《诗经》中的“蒹葭苍苍，白露为霜”（《秦风·蒹葭》）、“鹤鸣于九皋，声闻于天下”（《小雅·鹤鸣》）和《楚辞》中的“雷填填兮雨冥冥，猿啾啾兮狖夜鸣，风飒飒兮木萧萧”（《九歌·山鬼》），以及我们熟悉的“大漠孤烟直”（唐·王维《使至塞上》）、“一片孤城万仞山”（唐·王之涣《凉州词·一》）、“燕山雪花大如席”（唐·李白《北风行》）、“旌旆逶迤碣石间”（唐·高适《燕歌行》），那样的意象和境界现在绝无可能出现，因为当年人类与大自然建立起来的那种生命关系，已经消失了。

哈代的《还乡》开头就写埃顿荒原。由于喜欢《还乡》，我特意找过三种译本来读，首先是人民文学出版社采用的张谷若译本。张先生国学基础深厚，年轻时的译笔即非常老到。再就是孙予先生的一个译本，那是更加流畅简洁的，似乎更为适合当下的便捷轻快。近来作家陈占敏先生又出版了新的译本，致力于将哈代原作意涵一丝不差地落实到中文层面，文笔极其用力。这虽然在一定程度上影响了阅读的滑畅，但忍耐下去或有更多收获。埃顿荒原那种自在独立的生命意味，给人的神秘感与压迫感，它与时间的关系、与忙忙碌碌的各色人等的关系，这些难以言表之物都被悉数传达了。陈先生的译文坎坷而晦涩，可一旦读进去，那种巨大的笼罩力、还原力让人感慨万端：这就是荒原，这就是哈代。原来荒原才是哈代一生表述的主角，不是苔丝，不是市长，也不是红脸青年等。在有限的文字描绘出的荒原气氛中，这些人物全都成了陪衬，他们只是在荒原上活动的一些生命，是荒原上生长繁衍的一些小动物，如同一棵小树。

埃顿荒原才是哈代笔下的第一主人公。哈代的笔贴近了荒原，荒原的阴影便笼罩了他的写作，即使他离开了荒原，荒原的力量依然压迫着他的写作。化纤和虚拟时代的人，对大自然原始未知的力量，对它永恒的雕塑力，都过于陌生了。许多时候，文学表达一旦远离荒原，就会变得纤弱无力。普希金的长诗和小说中的荒原都表现得异常杰出。他有一句有名的诗："我是荒野中播种自由的人"，这是何等气魄。是他播种荒野上的自由，还是荒野决定了他这个生命，呼唤出他身上全部自由的元素？他一生都在歌颂自由，像长诗《茨冈》，写荒野上游荡的茨冈人，实际上是写自由。

抽离了荒野意象，便是逃避了自由。当代文学中的荒野意象在逐步退场，以至于最后消失。这是不得不接受的折损。这远远不是现代主义和古典主义的"区别"所在，而是广度和深度的差异。有相当一部分现代主义文学除了写肉体的欲望、淹没的情欲，还有现世的骄傲和沮丧，似乎再无他物。我们想想笛福的《鲁滨孙漂流记》，一个水手被突来的灾难抛到荒岛上，从此告别了充斥人造物质的世界，来到了真正的荒漠。孤独的生命不得不面对一片未经雕琢的原始天地，重新归置自己：既是物质生活和肉体方面的归置，更是精神和心灵的一次归置。

《鲁滨孙漂流记》最大的意义之一，不是教科书上常讲的再现和浓缩了西方资本主义社会对世界的改造与资本积累的过程，而是写出了人的灵魂与荒野碰撞之后，发生的生命质地的改变。可以说：主人公离永恒更近了。

摆脱狭窄的精神空间

很长一段时间，中国文学主要产出在东部地区。西部人烟稀少，作家也少，但这个情况近年有了改变。这是极好的现象，它使我们当代文学的地理版图变得完整，弥补了文学本身的一些不足，出现了关于荒原的粗粝表达。但这些表达，有一部分仍局限于艺术风格的层面。

东部荒野的退化发生得最早也最快。印象中的二十世纪七八十年代，东部还有不少荒野的残留，现在已全部消失殆尽。我最熟悉的胶莱河以东的那个半岛，西北部沿海是冲积小平原，在冲积平原成形和稳定之前曾有大量的沼泽地、沙堡岛，到处一片荒芜，蒲苇连天。沙堡岛是河流入海的时候带来大量泥沙形成的，入海口海潮冲荡，不停地堆积，成为许多大大小小的沙堡岛。我小时候还能看到这种自然景观，后来就没有了。半岛地区有一些惯常的建筑规律，比如在清末以前，所有的城镇中心都不会建在海边，而要离开海岸距离至少二十里，因为这个范围之内大都是沼泽地，海水长期倒灌，不利于人的生活。近海地区看上去非常原始，栖息了大量水鸟和其他生物，很长一段时间都相当荒凉。

二十世纪五十到七十年代，中国发起了一场改造荒地的运动，大量荒山野地得到改造，荒野从此消失。从现实生存的角度讲，这或许是文明的“进步”。但凡事都是两方面的，“进步”一旦失去了限度就会发生包括生态在内的许多问题，所以又有了后来退耕还林的补救措施，可惜已经有点晚了。人类先是出于生存的需要而毁灭荒野，然后又为了同样的目的而不得不恢复一点荒野。从毁灭荒野到复原荒野的过程中，人类总算有所觉醒，但似乎一切都来不及了，因为失去了太多：自然景观不可逆转，精神层面的损失更是如此。

中国人口太多，要养活这么多人，就必须将荒野改造成农田；除此之外，也与我们的民族性格不无关系。我们是农业国，对荒野的存在常常是不能忍受的，总想让它变得“有用”，于是就要动手开垦。其结果就是我们所熟知的破坏生态平衡，造成生存危机，进而还要引发其他方面的一些问题。我们对大自然缺乏基本的敬畏，人和自然没有建立起一种和谐的生命关系。这些也必然在我们的文学中呈现出来，可以从中看到一些表征和后果。

大量荒野被改造的同时，人与人的关系也受到相应的调整。社会剧烈动荡，人们不得不重新适应，如此一来所应对的就不只是自然问题了。上古时代人们面对的是非常尖锐的人与自然的矛盾，人类属于退却的一方；到了人类拥有先进工具，可以大肆开垦荒野的时候，也就对自然失去了敬畏，同时将注意力更多地转向了社会层面，即人与人的关系上。这一主观方向的扭转，使得大自然加速退出了人的视野。人们不再像以往那样在意大自然，很大程度上解除了这方面的压力，而只专心于社会环境的治理。到了工业化和现代化时期，这种改变的趋向和节奏就更加明显，荒野作为一种实体和记忆，几乎扫荡一空。当年改造荒野的社会运动，使中国东部荒野的地理面貌发生了决定性的改变，而精神环境的变化，也是与之协调一致的。

进入现代社会，科技和商业主义的发展进一步增强，它比较实体和精神的大自然样态，显然更为干燥和缺乏诗意。这种状态下的人类生活发生了剧烈变化，审美与表达日趋畸形，精神的地平线消失了。农业文明被工业文明所代替，这作为一种进步引起很多写作者的欢呼雀跃，他们天真地认为这将同时步入艺术的现代化。支持这种观念的文学理论也振振有词，动辄言说历史、道德、社会变革，并不关心语言艺术的特质，更无视文学审美的演变。这种空洞的道德感、责任感危害的不仅是文学，还导致了精神的苍白和虚伪，形成空洞肤浅的社会文化形态。

与创作并行的文学批评言必称社会历史道德、进步倒退诸类大词，这些大词牵涉的问题固然重要，但语言艺术本身的问题，如基本的审美判断也仍然需要解决。苏俄在“别车杜”时期的文学批评高屋建瓴，一定要谈道德与历史，论述如何推动历史的车轮。这里的目的和意义不言而喻，它们属于作家的使命和责任，也是文学的题中应有之义。但问题是，如果文学批评对语言艺术本身没有兴趣，完全忽视和背离了语言，一定会对作品的温度、质感、诗性、幽默感，包括对意境和情思疏失无察，变成一种简单的社会批评，与文学审美无关，可以说基本上属于无效的批评。看起来文学的责任越来越大，精神越来越高阔遥远，令人生畏，实际上不但凌空蹈虚，而且狭隘局促。这不过是一个时期的套路和惯性，实际上无济于事。审美力一旦丧失，无论堆积多少知识、暴发多少社会热情，都是不可弥补和挽回的。

审美力由天赋和学习两个方面构成。一个人对语言艺术的敏感，直觉力、把握力、表述力，甚至语言特质，不仅是后天训练而成，还源于天然。它来自大地、星空，来自一种很难测知的复杂规定力，属于生命本身的特异性。从这个意义上讲，作家在很大程度上是不可以培养的。既然不能培养，为什么还要学习和阅读？因为只有后天的教育才能激活和唤醒天赋，最大限度地将它诱发出来，使之固定和明晰。文学创作是一种表述，表述需要途径和方法，天赋的能力是鲜活的、敏感的，有温度、有质感的，如果没有受到正确对待，就会被后来的阅读、被程式化的教育所框束和辖制。所以我们的教育如果从一开始就离开审美，将是极为荒唐的。

文学写作与批评的褊狭，正匹配了人与大自然的畸形关系。荒野的退出和丧失，不过是人们离开永恒之思越来越远的一个外部表征。眼前的、有用的、切近的、功利的，一种实用性和工具性的思维方式，会以现代的名义加以改装和粉饰。这个过程最终导致了概念化的表达，陷入逼仄的精神空间。天然生长消失了，创造性也就丧失了，不再有深入的、出人意料的发现，只有陈词滥调。文学写作中某个时期惯常使用的语调甚至语汇，比比皆是。关于文学的言说，比如那些大而无当的高头讲章，无论评述对象怎样，言辞却大致一样，无非是社会与道德、改革与进步之类。随着新的知识输入，或者是另一种套路，通常将苏俄文学批评传统掺进西方意识流、存在主义、结构主义、符号学之类。这是一种姿态化演进，是时髦所需，是一个时期的说辞，与诗性把握力和审美的思悟力其实是没有多少关系的。

时代的统一服饰只是一种表象，证明不了内在品质。就像一群刚刚从现代教育流水线上下来的硕士、博士生一样，只不过一律披戴了特制的衣服、帽子拍了一张照片而已，真实的才具和能力仍然是各个不同。拍照时，通常要往天上扔帽子，并要抓拍这个瞬间。这都是很老套的东西。可见形式可以有，但并不是最重要的核心部分。

我们要从既成的套子里走出来，与鲜活的生长的事物建立深长的联系，激活身上本有的潜能与灵性，打开自己的精神空间。现在的问题是太关心娱乐、关心肉身、关心物质，而对精神是麻木的和没有兴趣的。现在的文学书写热衷于凶杀、背叛、权谋、拼搏，充斥着物质主义的命运跌宕。写作者以为这是大事情，而对更大的事情，即人的心灵失去了敏锐的把握力。从我们奋起驱逐荒野，进入农业文明到城市文明，再到今天的后工业时代、网络时代，这个过程中物质变得丰盈，精神的荒漠却如此明显。这二者之间的关系，其显而易见的对应性，确实需要我们深长思之。如果缺少对这个进程的预警，没有深切的忧思，将是可怕的缺席。

文学的当代性，一些人推崇的所谓“先锋”，其核心都应该是关照精神生活在现代的演变，以及这个过程中交错出现的诸多问题。如果我们不问青红皂白地把“先锋”与“现代”理解为简单的跟进和模仿，惟妙惟肖地学习一早醒来变成没法翻身的大甲虫之类，是远远不够的。现代人的精神荒漠化，也包含了这种“刻舟求剑”。缺少真实的体验，试图变成“大甲虫”，进入一座“城堡”，迎接一场“审判”，这样的设计是虚浮的。

整整一代人缺少对实体荒原和精神荒原的关注和体验，这是致命的问题。艾略特书写《荒原》，因为他感受了现实的强烈刺激和精神压迫，是不可模仿的。

荒野与农业文明

农耕时期的中国存在大量荒野，人们与之建立了一种自然而然的生命关系。《诗经》和《楚辞》，汉乐府、古诗十九首、“三曹”的部分诗歌以及唐代的边塞诗中，都保存了这种鲜明的特征。但“土地”和“荒野”是不一样的，二者还不能完全混淆。中国作为农业国，反而有可能更加缺乏荒野文化和荒野意识。耕作者畏惧荒野，恨不得将每一寸野地都开垦成农田，“荒野”在人类的干预下很快变成了“田园”。中国是世界上改造荒野面积最大、成就最高的国家，这固然是文明进程中的巨大进步，是人类对生存环境的再次归置，有满足基本生存需求的意义。但随着时间的推移，这其中发生了越来越严重的过度开发，以及与之相伴的更多精神问题。

表现在文学写作中，容易产生一种误解，即以田园式的抒发来代替荒野的生命感受，其实是很不对榫的。与“生态文学”和“自然文学”不同，对大自然的生命感受与深刻表述，不只是一个文学门类，而是人类与之相依相守的产物，是深深的沉湎和感动，是人的怦怦心跳。

中国的田园之美是农业文明的组成部分，是恬静的、人为的、安居的，是现代化前期自然变迁的一部分。对田园之美的诗意表述，在两千多年前的《诗经》里就有了。中国文学史上的田园诗人很多，他们写耕作、写悯农，与我们谈的荒野意识还不是一回事。

陶渊明是最典型的中国田园诗人。如果要举出古代最重要的四五个诗人，陶渊明的名字常常要列入其中。他的名声有些像西方的凡·高，活着的时候很少被理睬，一二百年后才有人诠释，逐步意识到他是一位了不起的艺术家。陶渊明被称为“隐逸诗人”或“田园诗人”，以他的诗境与其他写荒野的作品来比对，区别是明显的，也是有趣的。陶渊明是不朽的，他笔下的田园有一种明净质朴的美，但这和荒野之美仍然是不同的。田园和荒野不是一回事，田园打上了沉重的人工痕迹，虽然那时的田园和我们现在的田园还不一样。今天可以看到良田万顷，当年很难见到这样的景象。陶渊明在诗里描述自己辛辛苦苦整顿田园，一转眼又被杂草淹没的情景：“晨兴理荒秽”“草盛豆苗稀”（晋·陶渊明《归园田居·其三》）。那时田地四周还是荒凉的山林，抬头可以见到一片苍茫，荒野仍在视界之中。也就是说，陶渊明的“田园”与“荒野”为邻。

古代人对荒野常常是无能为力的，田园总是被包围和被淹没，和今天工业化的农业、现代人的种植园当然不可同日而语。当年看得见地平线，今天已经看不见了，这个区别是重要的。古代的荒野没有退出，还在人类社会的视野和经验之中，人无论愿意与否，都要与之建立起生存的关系。现在不同了，城市人触目皆是高楼，没有远方，更谈不到荒野。《诗经》和《楚辞》中那样的荒野，真正的荒野，在当代文学中不可能得到展示。我们经常表达的所谓“大自然”，其实大致是经过人工改造的田园风光。

看一下李白的《蜀道难》，会发现他写蜀道的惊惧敬畏溢于言表，因为客观事物是一种巨大的、神秘而突兀的存在，就像哈代笔下的埃顿荒原一般，有独立的精神气质。我初读《蜀道难》时不能理解，后来年纪渐长就有了更多的惊叹。“上有六龙回日之高标，下有冲波逆折之回川。黄鹤之飞尚不得过，猿猱欲度愁攀援。青泥何盘盘，百步九折萦岩峦。扪参历井仰胁息，以手抚膺坐长叹。问君西游何时还？畏途巉岩不可攀。但见悲鸟号古木，雄飞雌从绕林间。又闻子规啼夜月，愁空山。蜀道之难，难于上青天，使人听此凋朱颜。”（唐·李白《蜀道难》）令人惊奇的是这种极度夸张竟然完全来自想象：李白一生都没有踏上这条蜀道，他根据听闻放纵猜想，创造了西入蜀地必要穿行的那片山野之貌。因为那时相差无几的幽深陡峭和无边广瀚实在太多了，城街市井只是其中的点缀，人对大地的敬畏是自然而然的。

中西方的文明发展史不太一样。西方古人大致过的是游牧生活，游牧民族逐水而居的跋涉史，就是一部长长的荒野流浪记。他们的荒野意识深植血脉，可谓是西方的民族基因。《圣经》作为西方最重要的经典，常常写到荒野，比如先知摩西带领以色列人走出埃及，在旷野里跋涉了四十年才抵达应许之地迦南。华夏汉族是农业民族，一方面热衷于开垦荒野，另一方面在心理上更偏向于田园志趣，无论是在现实生存还是诗意想象的层面，都有类似的倾向。中西作家在荒野意识方面的区别，根本上来自文化的不同。

西方有大量关于荒野的动人描述。美国著名诗人史蒂文森本来是一位律师，后来是保险公司的副总裁，他笔下最好的诗就是写荒野的，其中很有名的一首叫《坛子的轶事》，说一个坛子放在田纳西的小山上，结果四周荒野都向坛子聚拢，引起了普遍的警觉。还有艾略特的《荒原》《四个四重奏》，都涉及了荒野："四月是最残忍的月份，从死去的土地里／培育出丁香，把回忆和欲望／混合在一起，用春雨／搅动迟钝的根蒂。"（《荒原》）"仲东的春天是它自己的季节／漫漫永昼而到日落却一片湿润，／悬在时间中，在极圈和回归线之间。／当短暂的白昼因为寒霜和火成为最明亮的时刻，／匆促的太阳点燃了地上和沟里的冰。"（《小吉丁》）盖瑞·斯奈德一直生活在美国内华达州的荒野中，自称山神之子，写伐木、狩猎和行走，像《八月中旬，索尔多山瞭望台》《浆果宴》等，都是名作。美国诗歌中的荒野特别多，很难找出一个从未写过荒野的诗人。

如果不从文化基因上探究，只简单地模仿西方文学的形式与技法，必然会流于皮相。东亚的所谓"后现代艺术"中有很多稀奇古怪的东西，比如弄些电熨斗、破烂的自行车、腐朽的木头放在屋子里；比如将压扁的牛粪镶在漂亮的镜框中。这些现象令人很受刺激，不由得感叹："艺术"怎么走到了这一步？其实某些文学写作大致也是类似的倾向与方法。二十世纪九十年代初，我在美国大都会艺术博物馆里看到这类"艺术"时，它们已经在那里展示很久了。我在"台北艺术村"住过一段时间，去台北艺术馆，看到了许多电熨斗放在桌上，上面画了一些著名的历史人物，称之为"后现代艺术"。还在某个艺术馆里看到折叠的纸飞机，吊在半空一大片，占了好大一块地方。在中国大陆，这一类东西就更多了。有的"书法艺术"走得更远：书者先是尖叫一声，然后就在案前狂舞乱涂起来。

看了西方的“达达主义”，杜尚在堂皇的美术馆中放置的那些“小便池”之类，今天的人很容易恍然大悟地冲动起来，然后找到捷径：你吊一些纸飞机，我也可以吊；你在半空挂几个土块，我也可以挂，而且面积与数量更大；你倾泻出一些莫名其妙、前言不搭后语的文字，我可以加倍堆积，染上更芜杂的颜色。这些直接的模仿和移植让人无话可说。我在法国也看到过很多奇怪的东西，然而它们已经是半个多世纪前的物件了。毕加索一生画了多少精美的艺术品，上了年纪不再耐烦，开始纵情使性，比如把眼睛画在一些古怪的部位，人长出好几张脸，甚至将生殖器画在了额头。其实不仅是绘画，有些文学试验和改革也非常极端，其中有一种“自动写作”，要求作者一定排除意识，不能刻意控制思维的感性或逻辑走向。文字中性的泛滥、丑的登峰造极，荒诞与无理性，情感的怪异和突兀，比比皆是。其实这些很早就发生了，在西方那儿是一点一点走过来的，总算有一个脉络和过程。而我们这样一个农业文明国家，文学艺术对西方游牧民族后工业化时代的亦步亦趋，总会让人觉得不真实和没面子。

我们从西方后现代主义的胡涂乱抹中，从他们的谵妄与呓语中，似乎还能够听到遥远的回声。那是人类进入工业文明的区域之后，在自我囚禁的樊笼中发出的惨烈吼叫，这声音投向更远处，那里是记忆中的无边荒野，是祖先们无休无止地穿越和出走之地。

切近而深刻的诗意

如果从自然地理的意义上考察不同族群的诗性品质，就不能不说到地跨欧亚大陆的俄罗斯，说到俄罗斯文学中的荒野。其地位之显著、成就之突出，需要我们单独拿出来讨论。

说到俄罗斯就会想到西伯利亚，想到流放，想到十二月党人，想到《复活》里聂赫留朵夫的那一场忏悔和跋涉。俄罗斯的苦难、俄罗斯民族的精神炼狱，都与西伯利亚的冷酷和辽远不可分割。一想到西伯利亚，我们就会有一种冷肃感。

俄罗斯作家和欧洲、北美，尤其是巴黎的作家大不一样。俄罗斯的地理地貌塑造了民族性格。广袤的荒野引发一代代人的探索，产生出惶惑和迷茫、肃穆和敬畏，塑造了一批特殊的心灵。一个人生活在那样的地方，也就无法不严肃。我在一个冬天去了俄罗斯，这不是一个适合旅行的季节。当车子穿行在桦树林和松林中，一天下来，感觉这片土地上的主角就是荒野。寒冷严厉的天气中冒着大雪去托尔斯泰的雅斯纳亚·波良纳庄园，真是一次难忘的旅程，一次让人惊叹的精神旅程。这片庄园里的主要建筑比起它所在的莽林实在太微不足道了。这广茂的林子一时走不到边缘，它的一些局部曾经在托翁的作品中出现过，如他和弟弟寻找那个小木棍的地方，池塘和大道。厚厚的雪覆盖了肥沃的土地。大橡树沉默无语，仿佛凝聚了那个老人的目光，他刚刚离开不久。这里尽管很冷，但仍有不少瞻仰者。林子太大了，人们散在四周。我走进一幢绿色屋顶的朴实建筑，登上一间不大的阁楼，里面有一张小小的床、一张小圆桌。墙上还像当年一样挂了一把木工锯、一把镰刀。老人就伏在小圆桌上写出了《复活》。

回程还要穿过图拉县城，穿过大片大片的松林和白桦林，一直到莫斯科。记载中，年纪已经很大的托尔斯泰还曾步行走过这条长路，一直走两到三天，累了就坐在一个可充当手杖的独腿小凳上歇一会儿。这片林野至今仍无稠密的人烟，只偶尔见到一座小小的木屋。白雪，黑松，桦树，冷凝的空气。我们真不能想象，这样的土地上会培植出嬉皮士一类的人物。这里的精神气质是高度严肃的，是沉思，是牺牲和悲剧美。

今天的俄罗斯也进入了网络和娱乐时代，一些城市青年也在模仿欧美。他们的文学艺术开始呈现出“后现代”的样态。我们当然熟知它的总体色调，不会陌生。一些秉持传统的俄罗斯文学家非常痛苦，像拉斯普京，就认为这是一种背叛和堕落，不可忍受。这其中固然有时代的区别，有“代沟”问题，但同时也有另一个问题：对俄罗斯文学气质的背离和偏移不可能不受谴责。这个大陆的传统实在不是轻巧的、物质的，过去不是，现在也很难改变。它仍然像高冷的猫，在严肃地思考；这其中的代表者，一定会远离化纤化和物质化。荒野作为伟大而原始的存在，在塑造民族灵魂上起到了巨大作用，直到今天，这里的人也仍然有不同于西方“后现代主义”的审美冲动。

我从年轻时就大量阅读托尔斯泰的作品，包括他的自传、代表性的长篇小说和中短篇小说。就在前不久，我又重读了他写高加索地区的《哥萨克》和《袭击》。写作这些作品时托尔斯泰年纪不大，还在当兵，是利用休假和战斗间隙完成的。隔了几十年再看，仍然被深深地打动。这感动很大一部分来自他笔下的大自然、山脉和荒野。他与之建立了一种深刻而神圣的关系。他描述月光下山脉的轮廓、星空下山间沟壑变幻的颜色，使人惊叹：一个人的感受和表述竟能达到如此敏锐和精准的地步。这超出了一般的文学描述的意义，让人心神远驰，好像一同置身于冷冷的山地，月光清纯而锋利，马蹄声，深色军服，屏住的呼吸，这些都毫不夸张地落在实处。

托尔斯泰对高加索山地的描述，精确到“鬼斧神工”的地步，却远非技术主义的阐释，那不能切中要害。那是一个极特殊的心灵对大自然的捕捉和再现，它本质、细致，更主体化，也更清晰、更神圣。许多外国文学选本里都有托翁的一个短篇小说《暴风雪》，写的是一个迷路的故事：一个人怎么喝酒、怎么醉倒，最后又怎么冲出夜色的迷茫。看完后发现其中的真正主角是暴风雪本身，而不是人。它写雪跟人的关系、跟马的关系、跟车轮的关系，高度准确精细。他是一个伟大的大自然的画师，其作品让人想起他的好友、大画家列宾入木三分的描绘。

这里又要谈一下契诃夫的《草原》。这部杰作写到了山野在不同光色里的变化：突出的石块像一个人在用标枪投向一只猛兽，整个表述之生动传神，难以言喻。当代作家有一部很有影响的中篇小说，有一段文字与《草原》高度相似。作家没有模仿《草原》的人物，也没有抄袭故事，而是写下了类似的一段景物描写，有些奇怪。作家后来稍有愧歉地陈述了他与这段文字的姻缘，说自己一直迷恋契诃夫，实在是太喜欢这段文字了，以至于在脑海里生根，创作时几乎是不自觉地将它写了出来。我认为这样的解释是可信的。这使我们能够从侧面领会文字的至美、它不可企及的高度和难度。一段自然风物，一道心灵映象，它绝非是程式化的景物描写，而是人与大地的那种生命对应关系，是一生仅有一次的诗性捕捉，是饱含感激的一声抒发。严格讲这是无法学习的一种才具，就像大自然本身那样独生独有独在。

托尔斯泰他们关于大自然的文字，清冷中泛出炽热，细腻中显现简约，那是上一个时代才有的神韵。今天如果有人动辄写出一万字的“景物”，读者可能读不下去，无论文辞多么美妙。因为尽管文字可以是漂亮的、通畅的、华丽的，但缺少了那种生命关系，就难以扣动我们的心弦。化纤数字时代的敷衍是不可忍耐的，功利主义的直接性再加上虚荣心，就会变得格外令人生厌。人与自然的关系是文学最高与最深处的诗意之一，而今天最常见的做法，就是把大地当成一个廉价的符号来书写，心中是无感无痛的。当我们以“母亲”来称谓它的时候，已经离那种深刻的生命体验越来越远，这不过是一种点缀，一种可有可无的装饰。今天的文学格局，这里主要指精神气概，之所以整个在变小，原因也出于此。

我们今天还要谈到一部杰作，仍然出自俄罗斯，它是阿尔谢尼耶夫的《在乌苏里的莽林中》。这部作品翻译于二十世纪五十年代，最早是黑龙江大学俄语系组织翻译的内部参考资料。它的老版本是上、下两册，纸张和装订技术都似乎不如现在“先进”，但翻阅起来那么舒服。我有一个朋友就说，他最不愿看现在的出版物，一股化纤味，封面花哨，华而不实。他最爱读以前出版的鲁迅作品选，那么朴素自然。过去是铅字印刷，仔细看书上的字都是有力度的，稍稍压进了纸里。后来电脑排版告别了“铅与火”，印在纸上的字只是浅浅的一层，字体也不好看，感觉是轻浮的，很长时间难以习惯。

《在乌苏里的莽林中》是一个地理探险学者对东北乌苏里地区的考察笔记，其中有山脉、河流、动物以及罕有的人迹记录。它读起来不完全像一部地理志或单纯的学术著作，而是一首长诗。一位朴实的、有学问有修养的学人，笔下流淌的文字是最朴素、最动人的。这是那些拿腔拿调、所谓专业修养的空头文学家不可再现也不可演绎的文本。这本书我读得很早，当年躺在胶东半岛的大炕上，拿起来就读，每一次都陷入感动。比如写兴凯湖风暴的一章：学者和一位赫哲族老猎人德尔苏一起去探究那里的地形地貌。老人只会说很少几句俄语，他在湖岸仰脸一看天色，发出警告说要快走快走，不然就来不及了。学者迟疑不决时，猎人已经急急伏身，拼命拽草。学者惊问为什么要这样，猎人嘴里蹦出一个字：死。

接下来写了整个得救的过程。学者被老猎人的满脸惊恐吓住了，没有也来不及听更多的解释，只好跟上老人拼命拔草。但老人特意留下了几处草棵没有拔掉。大风暴说来就来，气温陡然下降，他们赶紧动手搭帐篷，而帐篷就拴在那些没有拔掉的茅草棵上。刚才拽下的大量茅草全部堆进帐篷里，他们两个拱了进去。这一夜的大风雪太骇人了，如果不是这个帐篷和这堆茅草，他们这一次必死无疑。

书中的某一章这样写北极星：长长的夜晚，学者和老猎人一块儿烤火聊天。篝火里的木柴不时发出炸响。老猎人是万物有灵论者，他把一切都说成“人”：这炸响的木柴是“坏人”，正常燃烧的木柴是“好人”。他们仰望北方的天空，老人指着北极星说：“那是一个最大的人。”北极星看上去只是一个不甚清晰的亮点，渺小而微弱，但它恒定不动，是用来指引方向的，所以老人说它是“最大的人”。

直到现在，我还没有读到哪一部荒野之诗比《在乌苏里的莽林中》更美，滋味更绵长、更丰富从容，也更激动人心。这部作品冷静而激越，实在难以超越。还有一本名作叫《沙郡年鉴》，作者奥尔多·利奥波德是美国植物学家和环保工作者，他在书中记录气候、水文、野生植被，观察橡树年轮，在雪地上追寻动物足迹，读来让人阵阵入迷。我们不能狭隘地理解文学写作，认为杰作只会出于职业作者之手，只会是一门娴熟机巧的“专业”。最好的文学很可能不是文学家写就的，而是另一些不以文学为志业的人，他们以非专业的心态、非文学的目的创造出来的文字，却能踞于最高的地位。这样的作品因为特别纯粹的气质，往往是那些匠人难以望其项背的。

俄罗斯作家写出的荒野格外苍凉冷峻。《诗经》《楚辞》和边塞诗也有无尽的荒野景象，却是另一种格调。在北美和英国文学中，荒野呈现的色泽和风格也不一样。

这里要再次说到日本文学。眼下最为大众熟悉的，可能是那些具有通俗气息的畅销作家。有一年我在日本停留了二十多天，这期间因为要和日本研究者做一场涉及这类文学的对话，只好抓紧时间将一些作品看了一遍。以前虽有耳闻却没有读过，这一次才发现原来是这样的文字：结构松散，格调不高。不过掩卷之余，还能感受文字中透出的一丝苍凉。这稍稍超越了一般的通俗读物，但整体看仍然是松弛的、市井气浓重的。

类似的写作大致属于商业主义，并没有语言艺术的极端严苛的个人追求，也没有一条与物质主义对立的界限。它当然融入了时代风尚，比如写现代嬉皮士的无根与空虚，写丰盈的物质和精神的恍惚。放纵，适意，沉沦，向西遥望，得意与自卑；得过且过的邋遢，无所不在的讥讽，颓丧的烟酒。总之是相当概念化的时髦和新潮，是另一种稍稍掩饰的现代城市病，一些说个没完的二十一世纪的陈词滥调。我们所渴望一见的新鲜与锐气在这里是没有的，没有那样独辟独行的勇气。它的最大问题仍然不是其他，而是庸俗和陈旧，是因袭的浅浅一层哀伤和忧愁。这种消费主义的迁就和随意我们其实非常熟悉，那是投向无根一代的喜好，其中仅有一丝的孤独和高冷是伪装出来的。背时的性格，在这里是找不到的。我暗中惊讶的是，似乎在某些当代日本文学中领略过的那种清美的余韵，而今何在？我多想就此与研究者做一对话，可惜对方偏爱的仍是大众话题。

今日东亚地区的文学不是全部沦陷，而是大面积沦陷，诚如俄罗斯作家拉斯普京的观察。他在对中国东北的一次访问时说出了内心的感受：“在东方，最先向无意义的和肮脏的文学投降的是日本，然后是韩国。一些国家随后也会被征服。”接着他又说：“我不想在这一点上指责任何人。这是时代的使然，多数人都要屈从。而真理在哪一方？未来会对这场讼争做出判决。”说得多好，只有继承了俄罗斯强大文学余脉的老作家才能具备这样的洞察力。是的，时下的东亚是一片片耸起的水泥建筑，拉斯普京说：“居住在上面的都是一些‘天人’。”是的，他不准备也不奢望某一天，这些脱离大地的“天人”会理解自己的作品。人一旦割断了与大自然的脐带，也必定要失去精神的辽阔感，不再有撼动人心的诗性品质。

曾经的日本也有大量的荒野，在《徒然草》和《源氏物语》这类作品中，都能找到关于荒野的表达。这方面的艺术敏感性在画家那里更为直观，比如平山郁夫和东山魁夷的散文与画作。东山魁夷是画风景的，工作内容决定了他更多地到山野中间，到日本的荒凉地区，去画山川丛林。他的散文也经常写到野地山脉，但那与俄罗斯文学有着极大差异。他的笔下充满了欣赏和喜悦，只没有太多的神秘和恐惧感。大自然是如此优美，美到令他兴奋和陶醉，以至于深深地沉迷。

汉民族先是热衷于垦荒，然后向往田园的宁静，再后来又追随西方的工业化、城市化，最后一起走进数字时代。文学艺术也是这样的一条路径，不过中间匆匆掠过了最为关键的工业化和后工业化时代的后古典主义，直接让自己“现代”和“后现代”了。异化、荒诞、先锋，看上去很像。我们的“荒野”早已变成了神话，它比一般的传说更加遥远。大自然对我们来说只是一个谎言，它甚至比不上传说更可以追溯。我们总的来说受够了“土地”，父辈土里刨食的记忆已经足够折磨人了。就精神和艺术气质上来说，脱亚入欧已经是太过矫情了，还不如直接说出对自己的厌恶。面对大自然，东山魁夷的喜悦感，托尔斯泰和契诃夫式的敬畏与神秘感，都是十分遥远的心绪和情志，我们真的非常陌生了。

诚恳朴素的文学，辽阔深远的文学，当然源于大地。可惜，荒野给予的肃穆和崇高感，早已扔在了农业文明的前期。

遥远的敬畏和恐惧

按照达尔文的进化论，人类来自茫茫无际的荒野，是由丛林里的爬行慢慢进化到直立行走，最终走出。荒野作为人类最初的居所和最遥远的记忆，已经沉淀在人类基因中，它在现代书写中也许难以消失净尽，只有屏息静气地寻索，等待它重现。在某些地区，即便是极为精致纤巧的文字，比如在结构和语言技巧上做到了极处的现代小说，也时有荒原的意象和精神，甚至仍旧沿用那样的地理背景。

美国作为新生国家，文学传统不长。从最早的哥特小说进入到现代主义的文学进程中，出现过一拨过渡性的作家，他们是“二战”后的一批作家。这些人大都去巴黎学艺，成为装备齐整、技法全能的现代作家。菲茨杰拉德、海明威，稍晚一些的拉美的科塔萨尔和马尔克斯等人，都在那里忍受贫穷和寂寞，锻炼自己的技艺。几乎所有的现代艺术的发端，美术、文学、电影的改造与革新，都发生在巴黎。

昔日的荣光，或许已在今日的巴黎变得黯然。有人认为今天的法国电影缺乏内容，稀奇古怪，形式翻新走到了穷途末路，失却了生气。法国的一部分艺术经历了达达主义之后，什么意识流，变形、审丑、异化，各种试验应有尽有，到后来不仅苍白，而且完全看不懂了。它是经历了一系列的蜕化和变异，受过诸多折磨才走到今天的，尽管有些乏力，但毕竟是无数辛酸换来的。

马尔克斯的自传里写他过去在巴黎怎样受苦，没有钱，住在一个下等妓院的角落里，吃粗糙的饭菜；交不起房租，就抵押半部手稿给房东。一天早晨，他在浓雾里看到从巴黎地铁出口上来的一个男人，这个人边走边哭，让他想到了自己的处境。马尔克斯能够理解贫困，因为他自己经历过一个作家成功前所要接受的全部磨难。与此同时他做着各种各样的尝试和训练。有一次他实在尴尬到了极点，需要一点钱，就伸手跟一个从旁经过的人讨要。那个人看了他一眼，拿出一枚硬币，恶狠狠地往他手心里一放，头也不回地走了。他永远忘不掉那个人的眼神。

在巴黎，像中国古代士子中举前“头悬梁、锥刺股”的经历，海明威也有过。他住在巴黎一个木材场的阁楼上，寒湿的冬天，只要有一点钱就买些小柴棒烧起来取暖。他在《流动的盛宴》里写过这些受苦的日子：忍着饥饿，写出一页页文字。

石黑一雄和奈保尔这些有东方血统的作家，都在欧洲经受了洗礼。奈保尔的“印度三部曲”文笔紧致细腻，可能是他最好的文字。石黑一雄的《残日》，将对语言的敬惜和敏感悉数呈现，显然经过了刻苦的专业磨炼。这本书中写到的人的自尊，令人难忘，是典型的精神叙事。

去欧洲学艺的拉美作家，阿斯图里亚斯、里维拉，还有略萨和马尔克斯，他们的作品中都回响着荒野的强大旋律，一律具备空旷辽远的空阔感、镜头的纵深感。里维拉有个作品叫《漩涡》，写橡胶林里卖身的奴隶，读来令人心惊，如同面对茫茫荒野发出的诅咒。美国的当代小说，如玛里琳·鲁滨孙的《基列家书》、沃克的《紫色》，都洋溢着荒野的浓烈气息。还有一个法国作家尤瑟纳尔，同性恋者，文笔雄健，男性气质，作品呈现的那种荒漠气质、寂寥和孤独、思想的深沉跋涉，叩击心弦：仿佛一个现代骑士回返原野，正像堂·吉诃德一样巡视那片大陆。

中国的当代小说，从中华人民共和国成立初期大量表现战争和阶级斗争，到二十世纪七八十年代写时代变革、经济开放，以及后来对现代主义的模仿，大体上无涉于荒野，从内容到形式少有例外。个别以大自然为背景的垦荒作品，写的也是人与大自然的斗争和狂欢，是简单的社会冲动，比如表达人定胜天等。我们与“共工怒触不周山”“夸父追日”的神话，与《山海经》这些上古时代的荒野表达，二者之间的精神联结已经断掉了。现在我们需要重新连接，哪怕为时已晚。

埃利蒂斯的《英雄挽歌》是我最喜欢的长诗之一，它开笔就是阿尔巴尼亚的少尉之死、告别人间、归于未知浩渺的眼睛里的恐惧，岩石、天空、荒野的苍凉，读得人心头发紧。阿勃拉莫夫的《普里亚斯林一家》是苏联时期写荒野的代表作。它的第一卷开篇即写荒野与大河，河岸上有一个古老的大树墩，拂掉杂物，上面露出无数细密的刻痕，那是遥远年代里垦荒者留下来的。这好比一部遗落在大自然里的人类史，翻开它，各种声音扑面盈耳，各色人等一齐走来，血泪故事就此开始：人与不测的大自然紧紧相融的生存状态，人的渺小，命运的呼喊，浑茫的大野。这部书的主角仍旧是大自然。

俄罗斯文学即便到了苏联时期，荒野的余脉也一直没有中断，它的底蕴实在太深厚了。拉斯普京的《告别马焦拉》等，虽然写的是集体农庄的故事，却透出了一种永恒的苍凉。这种色调与韵致属于那片辽远无际的大陆，即便是体制发生如此巨大变化的时代，也依旧未能根绝。

渺小无知的虚拟世界

数字时代是进入荒野认知的最大毁坏期，也是人类的盲目追逐期。人们沉溺于虚拟世界，甚至以此来代替真实的生存，好像一场人人之间首尾相连的接龙狂奔。这是多大的危险。现在很多人沉溺在网络世界里，沉入拙劣低廉的数字传播中，翻阅稀奇古怪却不必负有任何责任也没有任何禁忌的故事。那些对大自然尚无实感和体验的孩子，当然造成了更大的心灵戕害。他们对于世界的见识，比一般的误读更严重，后果也就更加持久和严重。比如所谓的星际穿越，将天体物理探索的实践和虔敬，与虚拟的混乱荒诞掺杂一起，令严整肃穆的科学探究，更有广瀚无边的宇宙意识在嬉戏中扭曲。这样的童心装不下大事，从客观到主观，整个世界都变得轻微而渺小，成为不可承受的轻。数字时代的芜杂与泛滥改变了人的心地，使人走进飘忽和游戏的人生，将沉甸甸的实在从脚底抽离。

如果说城市化阻挡了人的物理视野，那么数字虚拟化就使人在精神上进一步退却，陷落到个人见识与人生境界的低凹里。文学要做的，就是与沉思携手，一起走出陷落的洼地，重新回到广阔的真实中来。物质主义时代，一部分文学先是衔接了无根的“现代”，然后是东方农业社会突兀的跟进，接着就是数字时代孵化出的怪胎。网上倾泻的海量堆积，犹如沙尘暴一样涌荡，形成了淹没和覆盖的风暴潮。这可能是有史以来语言与精神的双重变异期，一切都需要重估。

我们没有经历完整的农业社会到工业、后工业时代的转换，文学艺术也缺少古典主义和现代主义之间的摆渡，一味搬弄和模仿只能是畸形的。我们没有能力适应和匹配一个数字时代，没有一群奇倔的反思者和保守者，也就只能任由数字利器的拨弄，在淹没过顶的泡沫中遥望。

今天我们回头去看更早的、年轻的美国文学，看这些文学家对大自然的表述，如库柏和欧文，如杰克·伦敦的荒野叙事。爱默生在《论自然》中说："在荒野比在城市和乡村我发现了更多可贵和密切的东西。在宁静的田野，特别是眺望遥远的地平线，人能抓住某些如同他本真的美丽。"再看今天的变化，不过一二百年的时间，美国一片片科技高地与荒野比邻而居。那里的荒野像我们的西部一样多，甚至更多。这种差异究由何造成、怎样形成，令人深长思之。人类对自然环境的毁坏，与精神环境的呈现是怎样一个过程，是最需要探讨的部分。年轻的北美文学远溯不到《楚辞》《诗经》那么远，中间也没有遥渺的链条；现实中对大自然的毁坏、巨大的地理变迁，在某些地区发生过，在另一些地区则没有。可以说，从物质自然到文化精神，"黄石公园"那一类原生态的保护是极其重要的。

近在眼前的问题是，我们如何对待自己置身的数字环境，对小小的冷漠的荧屏有所规避。诗人与庸人的不同，即在于对世界的超越性认知。我们要拒绝毫无警醒地沿着虚拟的方向一路走下去，而应该在某个地带有所收敛，像苏东坡论写作时讲过的一句名言："止于不得不止。"虚拟的世界不能当成判断的全部依据，更不能成为生活的核心内容。小小荧屏里没有沃土。

讨论

荒野与作品气象 / 写作者的世面

文学是生活的表达，虽然会有想象的部分，但它不会成为最初的根底。文学只凭想象必然行之不远，因为它一定是日常的、现实的倒影，是它的投射。在社会生活的丛林里，人和人之间太过拥挤，不要说荒野，就是找一片农耕地都要花费很大力气。这样的情况下还要强调“荒野”，是否不着边际？但这里说的显然是这样的意思：并非一定要在作品中出现“荒野”，不必将其当成具体的描述对象，而是指人和荒野的关系。可以不写荒野，但是胸间不可以不装。很多杰作没有出现荒野，却有那样的视野、那样的气象。

生活中与“荒野”两不相干，并不意味着心灵与之绝缘。这里起码有两个层面，一是物质层面，比如说我们到西部，到那片广袤的土地上去看、去感受，这种实感是不可替代的。一路上看到或没看到、是否在心里堆积过这些大自然的元素，当然不一样。感受和理解“荒野”，不能完全求助于《在乌苏里的莽林中》《告别马焦拉》《漩涡》《普里亚斯林一家》这一类书籍，还需要切身经验。我们有了物质实感之后回头再看这些文字，理解会更深刻。在未来的写作中，物质空间一旦拉开，精神空间也会被强烈地牵引和拓展。

现在有一些作品写得很“精致”，但它们的精神空间却逼仄狭小，可见实际生活经历与精神状态二者是相依相存的。没有见过大山、大河、大地，只在一个小屋子里闷着，热衷于酒吧、咖啡屋等鸡肋式的趣味模仿，精神空间很难打开。今天我们面对高阔的事物会有些反感，感到不适。因为长期以来早就适应了“接地气”，有一种向下的快感，甚至觉得这才是足够时髦。其实沿袭日久也成了套路，是一种老土。畸形男女，歪嘴抽烟，这些东西不能排除，因为也是生活中的一部分；“现代主义”艺术中的变异关系，在不可缺少的观察与描述中，要有更远的回响。西方后现代主义的抽泣声里掺杂着很复杂的东西，也包括了远离大地的委屈和不安。表面化地写那一点生活，没有开阔的地理空间，气象会有问题。

要认识到现代社会精神和心灵方面的荒漠化。前面提到，有一次我因为要去日本参加一个文学对话活动，不得不读了一些畅销作品，那种阅读体验，就像捏着鼻子去闻一种不好的气味一样。但最后发现，这当中有些作家还是写到了心灵的荒漠，给人一种苍凉感，这是其中最重要的东西。所遗憾的是，他们用那么一大堆松弛的文字，才换来这么一点点收获，不太划算。如果能在很少的文字里透露出这样的苍凉，表达出心灵的荒漠，整部书就有了品质，空间也拉开了。

物质实体的荒漠和精神的荒漠，两种感受同样重要。谈物质层面的荒野，想的是精神层面的“荒野”。两种“荒野”是什么关系，正是我们要探究的，是我们工作的内容。

有的作品瑟缩着，有的舒展着。写非常小的时空，比如一天中一间小屋内的事情，同样可以有空阔的感受，这取决于作者心里有没有大事。心的大与小，是否见过世面，文字显现的色调与气质是不一样的。

“见世面”无非有两种途径：一是实际经历，比如走过了多少地方、有过多少曲折的社会人生阅历；再就是文字上的经验，读了多少书、在文字上有过多大见识。写作实践也是一部分，但代替不了阅读，更代替不了生活中的其他经历。

时常听到抱怨，说虽然努力也不受赏识，更多地从身外寻找原因。这样的抱怨也有负面影响。其实不如反问几十年来读了哪些书、经历过多少生活。如果连几十本通常认为的必读书都没有读，或者仅仅写了几十万字，而且缺乏基本的生活阅历，大致从学校到单位，那么显而易见，努力的空间还是很大的。偶然的“成功”不会持久。

法国作家玛格丽特·杜拉斯的作品，从形式到内容多有矫情，我并不喜欢。但她有一本散文集叫《物质生活》，还有一部中篇小说《情人》，读来很好。作家如果努力地表现自己的“个性”，就会显得矫情。总想耸人听闻，怪招迭出，也容易小处着眼。她的《情人》写得好，是因为暂时摆脱了矫情的心态。据说这缘起于一家杂志要刊登她的一些老照片，需要她给每一张照片写出说明文字。她对着一张张照片写当年在昆西（越南西贡）的往事，越写越多，最后发现这些文字堆积串联起来正是一部小说。这种工作的性质决定了要回到朴素、回到真实，所以这部作品就感人了。原来一切的花招都不如诚恳和朴素有力量。

一个人多多地经历，深入社会生活，当然重要，比读书重要，虽然这二者也不可相互替代。一个人不能年逾不惑才见大江大河和大海大山。见大世面的最好的办法是认真生活，不回避矛盾、不要滑头、不搞机会主义。但也不要把“深入生活”误解成一定要到前线、工厂之类。那是找一些素材和资料。朴实诚恳地生活，认真地生活，就是最好的深入生活。现在的人都非常聪明，满脑子想着怎样抓住机会，这不可能写好。

一个作家可能要写到几百万字，一支笔才听一点点话。还得把中外大多数“正典”读遍。所谓“正典”，是几千年积累下来的经典。《史记》只读了课本上选取的一段，还不行；《资治通鉴》这样的大部头即便未能通读，主要的部分也需细看。屈原、陶渊明、李白、杜甫、苏东坡，这几个大诗人，加上王维、韩愈、白居易、杜牧、李商隐，这些古代诗人都得读。基本功课没做完，写作即不可想象，因为有些积累和训练是不可或缺的。

经典的精神空间 / 与大自然的直接摩擦

我们古代留下来的好东西貌似简单，但包含了太多内容。《千字文》很通俗，很基础，但心很大，手笔很大，很了不起。心里有大事，精神空间就拉开了，上去就是“天地玄黄”，多大的气象。当然有时候写点大话容易，但心中有理解、精神有共鸣，写出的感觉就是另一回事了。《千字文》有这样的开篇不会是偶然的，命笔者一定有很大的心事，有大关怀。

我们都知道张载有名的“横渠四句”：“为天地立心，为生民立命，为往圣继绝学，为万世开太平。”现在有人就嘲笑张载，说知识分子太爱吹了，就会说大话。以此类心思去对应张载，毕竟不好。张载是何等人？“为天地立心”，并不是说具有为天地立心的能力和功能，而是说出了人的理想、目标和情怀。把“天地”作为一个诠释的对象来表述和转达，不是大话，是很实在、很了不起的一段话。

再看孟子谈大丈夫。那时许多人认为张仪一类的纵横家了不起，只需动动嘴皮，贩卖权谋，各国就害怕了，对之礼遇有加，相印加身，真是了不起的男人。但孟子对此嗤之以鼻，说这算什么“大丈夫”，真正的“大丈夫”应“居天下之广居，立天下之正位，行天下之大道。得志，与民由之；不得志，独行其道。富贵不能淫，贫贱不能移，威武不能屈，此之谓大丈夫”。在孟子眼里，张仪之流为蝇头小利游窜于各国之间，挑动天下，那是多么渺小的动物。《孟子》真正值得好好去读，当我们突破了基本的文字障碍以后，会觉得孟子是真正的文章大家，文字酣畅淋漓，大话好话都说尽了，却绝不虚空。因为他中气充盈，见过大世面，和孔子一样，在大地上游走，什么都领略过。《孟子》里记载他周游列国，和诸侯国王们的对话，既入情理又气势健旺。读《孟子》不要看白话翻译，因为把古文翻译成现代白话文，损失比外语翻成中文还要大。

古文无论多么晦涩，都要读原文，看不懂就看注解，磕磕擦擦地对照注解把它搞懂以后，会发现白话文没有能力与之对应。所以《诗经》、《楚辞》、诸子散文、先秦策论、《史记》、《汉书》、李商隐的诗、苏东坡的文章等，翻译成白话文就寡淡如水了。古人说话音节铿锵，意象辽远，而且一字多义、一词多义，白话文与之不可相比。

文学表达和公文、说明书、论文的逻辑不同。论文要厘清概念的内涵外延，要划清边界，一是一二是二，不允许含糊多义。但文学表达可贵的正是其多义性，一个词或一句话，字面上是一个意思，内里氤氲了多层意思，还有影射和联想。

有大关怀的人物留下的文字毕竟不同，因为他们是有来历的，是见过大世面、中气十足的生命，而绝不是简单说漂亮话的人。孔子、孟子这一类人物所以了不起，与他们实际的经历大有关系。那个时代出国没有飞机，也不可能去神州以外，他们坐在一驾马车或牛车上，颠簸了多少个国家。一辈子大量时间都在大地上游走，会获得多少经验实感。一个古人做到孔子和孟子这样，很不得了。今天不一样，人在胶东半岛上了飞机，打个盹睡着了，搓搓眼断断续续睡一会儿，再一睁眼人在欧洲了。空间拉开了，但没有物质层面的实感，身体与大自然的摩擦少多了，效果也就大不一样了。

荒野与墓地 / 早悟兰因

墓地是一个非常重要的坐标和参照物，它耸立在面前，是生命实体的有形归宿。西方和中国一样，一旦谈论生死，就会涉及一些终极对象。墓地是生死参照，在它面前会觉得生活中那些费尽心机做事、拿出所有热情追名逐利的人实在是想不开。这样的人好像会活上千年不死、财富权力可以伴随永远似的。

经常回到墓地意象或者生死话题，近乎残酷。但思考和判断事物，一些非常现实的终极坐标确实会开阔人的胸襟，帮助人们看清很多事情。墓地和辽阔无边的荒野一样，某些方面的蕴涵是接近的。一个生命归于坟墓，实际就是进入某种未知的苍茫和渺茫中，那是另一种人类未知的无测无限的所在。荒野对渺小的个体来讲，是何等阔大无边的存在。而死亡就像在人们面前展开的一片荒野，既令人恐惧又让人肃然起敬。

回避是无力的，我们需要的是正视。荒野和墓地在意义上有重叠的部分。艾略特的诗中经常写到荒野的意象、写到恐惧，这都是大命题。济慈诗中常有死亡的想象，更直接写到墓地。瓦雷里的《海滨墓园》，诗人凝视阳光下的大海和正午的公墓，开始了独白式的抒情。这里的墓园可谓辉煌肃穆，是一个接近永恒之地。谈文学，过分拘泥于文学内部是断然不行的，虽然这种谈论也有用处，但不能总谈这些。我们需要不断地回到更大的参照，回到另一些最基本的问题。至于如何围绕这些问题来构筑个人的精神世界和文学世界，那才是重要的问题。

我们感叹大自然中荒野的减少，以及更严重的精神与心灵方面的缺失，是因为已经不能正视，或者回避或者无感。上面谈到的墓地，实际上就是正视那片生命终要进入的荒野。那片荒野的纵深多大、到底是怎样的情形，谁也没有体验。因为那是一旦走入就不能回头的“荒野”。这片没有亲历者讲述的“荒野”，的确是人生的大参照。

有一部京剧叫《锁麟囊》，是程派代表作，我看过很多遍，主题是嘲笑势利眼的。里面有一个大富大贵的绝色女子，在经历了一场家庭剧变之后，流落到某处打工为生，受尽了屈辱和辛苦。其中有一段核心唱词，讲人生的大彻大悟，很长，一唱三叹。这部戏的编剧是翁偶虹老先生，功底深厚，写出了极好的唱词。这一段有“早悟兰因”四个字，极简又深。老先生笔耕不辍，一辈子写了百余部戏。所以常讲要多写多看多练。有人说少写才能出精品，写多了就完了。其实不是这样的。我们看到的天才只有少量杰作，那大都因为享寿不永，如果他们得以高寿，一定会写出煌煌巨作。大作家生命的河流必然阔大、辽远和顽强。也就是说，大作家都有荒野气象、有巨大不测的纵深感，不会像搞家庭装修一样，做个玄关吊个屋顶，那样不成。

文学排斥类型化 / 语调和韵律 / 真正的难度

写作不要追求“短平快”，比如类型化。现在文学变得商业化是一个世界性的现象，我们这里尤甚，所以文学的类型化也更加严重，它常常被拆分为“儿童文学”“军旅文学”“煤炭文学”“女性文学”等，“儿童文学”里面又要分“幼儿文学”“少年文学”，这基本上不通。严格来说文学连一个专业都不算，而是生命本来就有的一种能力。不读书识字，没有办法通过文字展现出来，但并非意味着没有这种能力。人天生就有审美力，比如见了荒野自然涌起的冲动，面对大自然油然而生的优美感和崇高感，就属于诗性范畴。我们对坏东西的憎恶引发的想象，对事物完美性的追求激发的感动，我们的演绎力和幻想力，都属于诗性。文学创作无非是将生命中的诗性有形化，以记录的形式展示出来。文学的能力需要学习和训练，需要借鉴前人的作品，最后综合开发自己。

类型化的文学，可以说是一种机会主义，是为了在商业产销链中提高辨识度和造成不可比性，为了胜出。比如专门写妇女和专写儿童，仿佛这二者之间不存在孰优孰劣似的。我发表了一些所谓的“儿童文学”，有人即说“转型”了，转到了哪里？写作只是生命的一种自然流淌，再无其他。五六十岁写《少年与海》《寻找鱼王》，十几岁写《木头车》《狮子崖》，从没想过改写“儿童文学”，它们只是文学。如果出版社觉得哪一部更适合儿童，交与儿童就可以了。

每个作家都有自己的语言风格，这种风格会伴随一生。《古船》《九月寓言》《寻找鱼王》在语言质地和风格方面的变化，实际上是作者为每一次创作寻找的语调和韵律。这就和一个歌唱家不能老唱“我的痛苦哀伤”“她冰凉的小手”一个道理，换了内容，情绪和唱法会有调适，但基本音色还是歌者自己的。

如果连寻找新的韵律和语调的能力都没有，就太机械了。作家在几十年里絮絮叨叨，同样的笔调，重复大致的一些词语，更不要说雷同的故事，当然是一种危机。这大致是惯性写作。创造一部新的作品，一定要花大力气去寻找新的旋律，高音低音、起承转合，都需要处理好。我不能一直重复《古船》的韵律。仔细鉴别之下会发现，无论一首新歌的韵律多么特异，高低音转换如何不同，只要是同一个嗓子唱出来的，变中仍有不变。

类型化的写作，可以用科幻、侦探、军旅、硬汉等术语去标识，但毕竟通俗化了。真正意义上的文学往往需要好的专业技能，同时又具有非专业的心态和立场。如果把文学过分地工具化、匠人化，就会丧失生命本有的能量。所有的人都具备文学之能，这是生命的特征和特质。过于专业化、技艺化，就一定会损伤生命的原力，走向了反面。

大量地阅读和写作，是为了练就第一流的专业能力。具备了这种能力却又把自己放置在非专业的立场上，这就有了进出自由的生命强度。现在常见的问题是立场不对，即一定要做职业作家，而且还要做一个出名的、外国人喜欢的、老百姓喜欢的畅销作家。这说白了只是要做一个投人所好的机会主义者、一个病态的职业人。立场不对，专业水准也不会高，不会用心学习，只会两眼锃亮地盯住名利之类，这都是腐蚀文学的强酸。

写作的最高意义是作用于自己和他人的灵魂。朴素诚恳地投入工作，尽可能忘掉这种工作带来的利益，怎么高兴怎么写，一场下来才特别痛快。当然也会疲累，因为享受总会累的。写作的乐趣在于不停地往前，不停地寻找，不断地证明。一点功利心没有，不可能，问题在于是否陷入了功利的魔怔。

一个两眼透着聪明的文学人意义不大。文学不是那种庸俗的工作。

写作者的专业技能一般需要漫长的训练，现在市场上大量流通的书，大致缺乏这样的过程。与乒乓球等体育竞技不同，文学写作在进行专业训练的同时，要始终保持强烈而高远的人生目标，总是“在场”，总是关注道德与美。它的难度在这里。

粗粝与柔软 / 斑斓无尽的笔触

荒野的广漠、阔大和无测，在于包含了各种各样的元素。粗粝是荒野的一种，它看起来如此，其实还有更复杂的东西。这是一个无所不包的生命体，也包含了柔和。杰出地表达了荒野的《普里亚斯林一家》《在乌苏里的莽林中》，还有《鱼王》等书，里面都包蕴了浓烈深长的爱意，一颗心柔软到无法转述的地步。只有进入具体的文字，才能体会这些。对动物、一片草一朵花，甚至一缕天色，那种怜惜和爱、那种柔细的表达都无以复加。如契诃夫笔下的大自然，贯穿于山脉、河流这些至大的存在之物，不单是粗犷、冷峻，笔触是极为丰富的、斑斓无尽的。

苏东坡的《念奴娇·赤壁怀古》用一条“大江”表现大自然、表现巨大的存在，很多人引为豪放的典范。词和诗不一样，词的“出身”不太好，大致用于酒宴场所的消遣，所以往往艳丽，带着情色。词虽然最早出身于民间，不乏清新刚健之气，但后来转入宫廷娱乐、文人笔下，转入花间月下烟花柳巷，就变得细腻委婉，长于抒写士大夫的闲情逸趣，状描闺阁闲愁男女艳情等。词的出身决定了它的质地，而苏东坡的贡献，在于用一条“大江”冲走了俗腻。“大江东去，浪淘尽，千古风流人物”，当然是豪迈粗粝的，但转头写了一句“小乔初嫁了”，还是记了一笔男女情事。一方面是大开大阖的历史，是虚无；另一方面又记挂着当时周郎娶下小乔的喜悦，那种迷人的年少夫妻的生活情致。苏东坡很多情，他对情感的把握、向往、迷恋和猜测，是非常纤细的。

粗粝与柔和并不是难以调和的矛盾，它们是一个综合体。没有对粗粝的深入领会，没有对事物的全面洞悉，可能就会漏掉其中含纳的柔软。有的诗人气象不可谓不大，愿意写大物、大象，但还是会写到细微。像辛弃疾，既写“醉里挑灯看剑，梦回吹角连营”，也有“茅檐低小，溪上青青草”；李清照以婉约著称，却能写出“水通南国三千里，气压江城十四州”。人的心胸应该是丰富的，就像大自然一样无所不包。大象在奔跑，老虎在蹿跳，小虫子也在蠕动，还有大量看不见的微生物，都活在其中。一个文学家应该是复杂的、多面多元的。

高科技带来的危机 / 寻找开阔地

在谈童年的时候我们说到，网络时代的孩子不能简单地说好或不好，因为事物并非总是这么简单。所有的问题都不能一刀切，只看弱项不看优长。我们只是从一个特定的角度，来谈一个时代的疏失。网络时代的好处当然很多，比如信息的透明，比如将阴暗晾晒的功能，它给生活带来许多便利，节省体力和时间，这都是看得见的利益，让人兴奋和接纳。人通过一部手机看遍世界，大量的音乐和图片都汇集到指掌之间，当然是了不起的科技进步。

但是在巨大的利益和方便之中也隐藏了很多问题。我们容易被眼前的大小便宜所蒙蔽，忘记其他。网络时代给了我们这么大的便宜，当然要享受它、利用它，甚至贪婪地图谋它。但我们对利益和便宜的贪图心，也会阻碍我们思考一些更大的事情，而我们的文学往往是要表现大事情的。从巴掌大的手机中感受喜悦和痛苦，却背对大自然，那会失去太多。任何事物都有两面性，不能简单地否定现代化、否定高科技，但高科技应该有助于我们追究一些大问题，而不是遮蔽和掩盖它，更不是替换它。

我们手里的小小荧屏带来了再多的方便，也不能让它成为沙漠化的一个标志，不能让它把人类的整个生命品质给改造得面目全非。

它一旦成为我们唯一的或最重要的生活窗口，那就离悲剧不远了。到处都是数字的虚拟，到处都是电子阅读，那就要加以小心。

我们还是要回到大自然中，珍惜一切这样的机会，以打开视野里新的地平线。

第四讲　海 洋

记住，一切将会消逝——一切。国王和皇位，盖世的家产和亿万钱财，将会化为乌有，一切都在变化。我们自己，我们的儿孙，也不会留下任何痕迹，我们的骨头也将化为尘土。但如果我的作品能含有哪怕一丁点儿真正的艺术，它们就会永恒地活在人间。

——列夫·托尔斯泰

最遥远、最神奇的存在

对于人类，长期以来海洋都是最遥远、最神奇的存在，它既诱惑人，向人发出召唤，又引发人的恐惧。它的浩瀚让人惊叹，当我们最初看到无边无际的一片大水时，常常会在领受神奇的同时，产生诸多莫名的感触，激越冲动或战栗不安，甚至担心被它覆盖和淹没。海洋是我们居住的地球上面积最广、体量最大的存在物。人类需要慢慢将这个事实接受下来，最后习惯于它的存在，并为生活在它的身边而喜悦和感念，深深地爱上它。

直到几十年前，人们居住和活动的区域通常都要离开大海稍远一点，除非是一些出于劳动和生存所必需的渔村。稍微大一点的城镇，一般都要建在距离大海十几公里以外的地方。这其实是一种心理距离，觉得至少离开这么远才比较安全。由此看来，人们将安居与大海对立起来，这很可能是一种本能，而且是在很久以前形成的。今天看，东部临海的城市是中国人口最密集的地区，但形成这种状况有一个漫长的过程，它最初出现时往往不是为了接近大海，而是因为开阔的冲积平原对人的诱惑。这里气候湿润，植被好，有诸多生活和生存的便利，比如建筑城郭的方便、开垦种植的方便、获取大量生活材料的方便。到了近代，在西方文明的影响下，特别是航海时代的来临，港口和城市才不可分离，于是有了现代海边城市群的兴起。这时候人们对于临海而居的意义，已经有了全新的认识。

就文学表达来说，由于个体经验不同，写作者完全可能从来没有写过海洋。可想而知，有人多半辈子没有见过大海，所处环境与海洋完全无关，也就绝无可能去表现海洋生活。从更高的意义上分析，文学与海洋的关系既是物质的，也是其他的，很难用简单几句话说得清楚。就创作来说，它涉及题材和内容，引发关于未知世界、边缘和中心、天外梦幻等想象。现代写作者已经无法回避海洋这个大角色，它和以前谈到的“荒野”可以作对应的理解。这不得不再次说到作品和作家的格局与气度，不得不从这个意义上考察海洋和文学的关系。

我们于是发现，杰出的作家几乎无一例外地拥有大海般的浩渺，这不光指内容和规模，也指气象。所以这里谈的海洋，已经超越了具象和物质的层面。海洋与荒野有相似的地方，它也包含着荒芜，而一望无尽的荒野也会让人想起茫茫大海。看到一条条山脉人们会联想到大海中的巨涌，想到大洋的青苍一片。夜晚走向田野，或者走在莽林里，都会产生海洋那样浑茫的、浪涌滔滔的感觉。人们在海边极目远望，看到天海一色，会觉得这是无边无际的天空铺展到陆地上，天地融为一体。

我们阅读哈代、汉姆生这些钟情大地的作家，会觉得他们都有大海的气象，苍苍茫茫给人一望无尽的感受。

大海使人想到冒险，让人产生许多迷茫的幻想，不由得要去想象世界的尽头、生命的起源。西方有一种理论，认为人类和其他生命都源于大海，而不是陆地。是的，大海比陆地还要开阔出许多，这是人类对大自然深入了解之后得出的结论。生命从更深处、更辽远无测处发生，这种推想应当是更合理的。生命的出现一定是特殊的、原始的和巨大的机缘。人们自认识海洋那天开始，就将它更多地与激情和浪漫连在一起。

有的孩子会从老人那里听到类似的故事：大海是无所不包的一个所在，单就动物来说，里面有海狼、海豹、海马，甚至还有“海人”。总之，凡陆地上有的，大海里一定也有。这就给人从小留下了关于海洋的神奇印象，并知道自己所生活的陆地只是这个世界的一小部分。这对于人的成长、向往未来的探索精神的发展是好的。

在海边生活的人有一种贴近辽阔存在的优越感，这是了不起的一件人生大事，会让他受益终生。他也许早早有机会见识大海，如果随大人登船，就成为一段不可思议的经历。二十世纪七八十年代渔村捕鱼，要驾一艘小船，到稍远一点的海里去撒渔网，然后将人群分成两组，揪住两边的网绠往上拉，叫“拉大网”。这是一个很沉重的活计，我当年看了曾经想：这么辛苦的工作，能不能使用牛马往前拉？答案是不行，因为那样就会把宝贵的渔网给拉坏。当时哪个村子如果有一面大网是很了不起的，使用时必须小心翼翼，踏着拉网号子的节奏一点一点往上拽。快要收网了，这时就能看到圈在网内的一片海水沸腾了，各种海物都在里面跳蹿，有虾有鱼，还有谁都不认识的什么奇怪生物。

有一个常在海边拉网的渔民多次言之凿凿地讲，他见过一个谁都不认识的海中动物，它长了人一样的小脸，会哭，哭的时候还会用带蹼的小手去揉眼睛。这听起来有点像“美人鱼”，只是当时没有看过安徒生的童话，不知道这回事。他说打鱼的人觉得这个小东西哭得可怜，就把它放了。就这样，我们因为小时候听到的这个故事，一直认为海里面也有人。

海太大、太深邃了。至今人类对海洋的认识还是很有限的。人类热衷于太空探索，去其他星球寻找天上的奥秘，但对自己星球上的这片大水却所知甚少。人把各种幻想化为行动，用不断进步的科技手段来完成一些工作，上天入地，遗憾的是对于海洋的探究还远远不够。人类目前制造的潜海器可以抵达很深的海沟，这当然是空前的进步。可能因为长期地仰望星空、太阳、月亮，我们对外部空间的好奇心一直超过大海，比如对火星，特别是对那个美丽的月亮，我们早在几十年前就登上去，探测器也能够降落在它的背面。不过一想到我们对自己置身的这个星球还是这样生疏，就会感到讶异。有些研究不明飞行物的专家，甚至认为大部分所谓的外星人是从大海里冒出来的，在大海深处，极有可能生存着将会威胁人类的更高级的智慧生命。

这大都是推测和假想。但有一点是肯定的，大海的神秘性并没有因为人类有了强大的航海能力而消失，它的秘密仍然很多，而且似乎离我们还很遥远。我们对大海从好奇到恐惧再到更加好奇，从尝试深入大洋到获得难以估计的物质利益，已经走过了很长的路，并且这条路才刚刚开始。

海是很多人现实生活的一部分，是工作的对象和场所，也是向往与想象的对象。但是对于另一部分人来说，它还一直停留在想象中。仅仅在几十年前，一生都没有见过大海的人还是很多，现在虽然减少了，但数量仍然十分庞大。我十几年前见过一个刚来省城打工的青年，她不过是住在离大海二十多公里的山区，整个地区属于半岛，算得上是比较富裕开化的地方。可是她说自己有两样东西没有见过，一是大海，二是苹果。这令我吃惊。由此可见地区差异之大、人的生存状况之不同，怎样估计都不过分。

我在《寻找鱼王》中写到了二十世纪的事情，写到了鱼的稀罕。有一章的标题是“鱼宝贵”，接下来的一章标题为“鱼很宝贵”，对鱼的稀缺做了递进式的强调。有人看了觉得这是一种艺术夸张，或者是出于修辞的需要。他们不知道这是完全真实的。我前不久听到一个画家朋友讲小时候的生活，他的老家距离大海只有十几公里，那里竟然也有鱼类稀缺这个问题，这实在让我吃惊。他说那时候家里摆宴席，找不到鱼，就用木头刻一条鱼放在盘子里，浇了汤汁端上来。这种事情如果发生在西部黄土高原还可以理解，而在离大海不远的村子里就显得太奇怪了。但这完全是真的。他说那时候如果搞到稍微大一点的鱼，比如两拃以上的鱼，是不能随便吃的，通常要好好制作一番：放很多盐再经过油炸，这样就可以存放很久。从春节开始，每逢来客，这条大鱼就要被庄重地端到桌子正中，懂事的客人是不能动这条鱼的，要让它一直完好地保存到正月十五才能真的动筷子。他说有一年过了二月，天都有点热了，孩子提议说吃了这条鱼吧，老人还是阻止说：“再放一放吧，过几天要盖门楼，留给泥瓦匠师傅吃。”就这样，这条鱼又放了起来。

海洋给人提供食物，激发幻想，同时又让人惧怕和远离。人类在很长时间里，对大海都有一种亲近不得、拒绝不得的奇怪心情。大海时常涌起的风暴潮、冬天凛冽的海风，都是进入现代生活之前最让人害怕的。关于大海，令人战栗的回忆太多了，对它的恐惧已经化入了血液之中。中国是一个农业国家，除了极少数地区有渔猎生活、有一点航海经历外，大多是远离海洋、对它感到遥远和隔膜的。

人们对海洋抱有怎样的想象都不过分，用现代人的思维去看大海，觉得它就在生活的切近处，临海而居成为很时髦的事，在这里既能得到一片相宜的美丽风景，又有开阔的视野和新鲜的空气。但尽管如此，中华民族血液里最古老的文化基因，是“土文化”而不是“水文化”。南方有许多水，最常见的是水田、水库和湖泊。不过这样的水和大海仍然有所不同。我们很容易田园化地去理解这样的水乡，到最后还是要转化为一种田园性格、土地性格。过去人们常讲“三山六水一分田”，我们更愿意在这“一分”上做足文章。

文学是生活的表现，所以从世界文学版图来看，中国的海洋文学可能是最不发达的之一。在人文地理方面跟西方对比一下，可以清楚地发现中国古代都城大多建在西部和中部，比如秦岭一线，再后来是中原地区。北京和南京在古代给人的感觉，也属于内陆深处。正统文化的中心离大海很远，大多数人没有海的概念，或对“大水”有些惧怕，并认为这里是贫瘠浅薄的边缘，并非“皇天厚土”。由此形成的文化性格里也就缺少水的元素，它顶多是作为一种补充而存在。例如齐文化就是一种海洋文化、商业和冒险的文化，在整个中国文化版图之中，始终是作为一种边缘的部分存在着。秦始皇和汉武帝也向往大海，都派人去海上冒险，寻找长生不老药。但这都是国家安定之后才有的行为，与水性格或海洋文化没有多大的关系，只是为了一种很现实的眼前利益才向往海洋。

有人想改写一下历史，将秦始皇的向往东方做出另一番解释，说他这样做并不是为了追求长生，而是为了开拓疆域；甚至还有更大的美化，说他是为了沟通其他东方国家。实际上并没有发生这样的事情。中国有很长的海岸线、众多的岛屿，却远不是海洋国家。中国不像荷兰、英国、西班牙、葡萄牙这些国家，它们国土面积狭小，只有奋力开拓，所以动辄出海。那些靠航海开拓属地的国家，从很早就形成了另一种文化：海洋文化。

文学是承载和传承文化最重要的方式。中国文学的海洋意识是比较欠缺的。整体来看，中国文学作为农耕文化的载体，它所呈现的还是一种封闭的性格，这是相对于西方的文学性格来说的。尽管一个族群的文学会有显著的个体差异，但总体性格还是向内收缩的。比如四大名著的三部就很少写到大海，它们属于传统的“土性格”。有人说《水浒传》写了“八百里水泊”，还有诸如“浪里白条”张顺这样的人物，应该是“水性格”。不，这只是内地水泊，实际上并不是通向大洋的，所以也不是向外开拓远航的，仍旧是泥水气很重的“土性格”。《西游记》写到了大海，神灵的一件小小的宝器就可以把大海全部装进去，孙悟空在东海来往无碍。可以说《西游记》的一部分是开敞的、向外的、奔放的，它跟西方自由浪漫的“水性格”较为接近。

西方经典的情况就大不一样了，那是另一番气质。古希腊史诗《伊利亚特》《奥德赛》，还有维吉尔的作品，都可以看到浓烈的“水性格”。维吉尔《伊尼特》中的英雄埃涅阿斯，在特洛伊城被希腊联军攻破后，曾经在大海上漂泊七年。英国盎格鲁—撒克逊时期最古老的史诗《贝奥武夫》，写了一个北欧的大英雄怎样去深渊斩除妖怪。可见大海如果缺席，西方的史诗就写不下去。

我在《柏慧》里写了一首古歌，它贯穿全书，有读者以为这真的是一首流传下来的古歌，其实不是。它是根据全书的需要创作出来的。这里显然受到了西方史诗的影响，让大英雄徐福去海里斩妖除怪。不写迎风斗浪，不写斩杀妖魔，要突出史诗品格是很难的。这种气质不属于本土，它要借鉴海洋的气派，有那样的一种格局。那种不测、幻想、乐于冒险的突击性品格，不属于东方美学。当然，这本书做到了怎样的程度，是另一回事。

现代人愿意讲一个词叫“弄潮儿”，用它形容各个领域最能干的人。这个“潮”，就是指大海。

水与土的区别

“水”和“土”这两种文化会引发完全不同的审美感受，结出不同的艺术果实。中国文学的总体性格正因为属“土”，也就更加浑厚沉重，生长力非常强旺。土地的生长力在很大程度上要依赖水的滋润分布，从而决定了收获。雨水充沛就长得好一点，雨水稀缺便成为不毛之地。北方通常缺水，有一些地区实在是太干燥了。

南方水多，这是南北差异，是自然地理特征。水是不停流转的，所以在意象和气质上，南方不仅是秀气精细，而且还比较舒放。在相对富裕的水乡，自古以来培植起一种文化，产生出丰厚的文章，所谓的诗书传家成为一种传统，这个传统比寒冷的北方要深长久远得多。就文学来说，水乡产出当然有着独特的韵致，但这仍然还属于南方的“乡土小说”，有一股属于当地的气息和意味。这不是好与不好的问题，而是说它的审美特征。水乡也有内陆和边缘的区别，深入的内陆和接近大海的不同，一定是受自然地理的影响。说到底生命是依赖大背景的，而文学无非是一种生命现象。

水乡的优越通常被称为“鱼米之乡”，其内陆特产的丰饶被说到的太多。这样的文化是自给自足和自我满足的，这种内陆的经营感和丰裕感表现在文学传统上，往往也不会是以开放探索见长的。其中的一部分内陆水乡滋生的文学，其优秀者是韵味十足的，也是内向的，它作为一个地区的风味特产是无可比拟的。但这种文化一旦走到了极致，再加上社会性或其他因素的浸染，就会变得更加固守。当然任何地区的类似情形都是不好的，问题是原有的轻灵性格会加剧变异。这与北方走向的粗粝简陋又是不同的。

改造一种蜕变的区域文学是困难的，有一个办法就是防止它进一步缩入内陆，陷入一种过分封闭的性格。熟悉水产烹饪的人会知道，淡水鱼一旦做得不好，土腥味也是很重的。而海产就没有这样的问题，那种自然而然的海气息是极强的、呈覆盖性的。一味地畏缩向内陆是有问题的，越来越趋向局部，对水最终要流向哪里也就忘记了，即忘记了大海的归宿。水的开阔自由和汇聚汪洋的本质被抽掉了，最后也就失去了大美。

比较一下南北方文学，会看到它们的差异非常明显。南方文学总体上细腻润泽，水汽重，北方则彪悍粗粝，生硬，也很有力度。来自南方的水蜿蜒向前，秀美自在，却最终通向了大海。如果没有这样的向往，就不会有超越，就会始终带有土腥气。而北方的粗粝和干燥生冷常常是令人畏惧的，在文化上的表达与自然地理一定是相通的。我很难忘记从欧洲往东的飞行中，从空中看到的景象怎样深深地刺激了自己。那时候正是黎明，经过了一夜的飞行，大地灰蒙蒙透出面貌，紧紧地贴到舷窗往下望，总要忍住心中的惊叹。一路飞过蒙古高原，那粗犷可怕的大自然让人屏息静气。如此广袤和贫寒，空无一物的严酷，高原的冷。这不是大地，是大山，很奇怪的广瀚，什么都没有。偶尔能看到一处人工的痕迹，好像是开掘的矿坑，从万米高空看下去只是细小弯曲的路、苍白的巴掌大的工地。这让人不解，如此的荒凉深处还有这样的开掘和劳作，真要钦佩人类的坚韧卓绝。无边的雪，再就是大风吹出来的光光的山石。没有人迹，没有一个活动的人或其他活物。只有想象的冷风，只有无法预测的高寒和严酷。

再往前飞不久就到了另一个地界，那是我们的北方大城，最大都会之一，人口密集的人间城郭。可是从上往下望，仍旧还是酷寒的不毛之地。这怎么可能？但一切真的是这样。接着下边的风物渐渐有了一些改变，大城到了。这时候我们心里才会发出感叹：原来如此密集的人口、不可思议的拥挤，就发生在世界上最酷寒的山地一侧，是它的近邻。这种地理概念和印象需要从高空才能获得。这就是真实的自然地理，是从旷远的时代刻画塑造出来的、无法更动的实在。如果一个人只从陆上乘车，从南方或其他方向行驶到这座大城，印象也就大为不同了。那会是从热烈的人流或大大小小的城郭中穿行而来，会感到一切都自然而然，因为经过了大大小小的城市与乡村的过渡，这样一路走过来，心里不再会有那么大的落差，也就不会有惊诧和长叹。

走在热闹的北方大城中，会暂时忘掉对严酷的自然环境的恐惧。如果是其他季节还好，遇到了深冬，就会明显地感到穿城而过的北风是那么凉，凉得刺骨。这时候才会想到，它离那片干冷的不毛山地太近，惨烈的北风从口子外一下就吹进来。这里尽管是人流密集的地方，一片片望不到顶的大楼遮住了一切，却挡不住北风。这就再次提醒自己：此地离惨烈的环境只有一步之遥。看来视野是决定因素，只有更高处，才会有更大的关照和认知。北方环境的干燥、冷肃，以及自然条件的恶劣，不能不影响到人的创造，也一定会形成它的美学品格，这是肯定的。

古人讲中国自然环境有“三横列”。这里说的是地形地貌，但最后总要归结到文化上，因为它要接受大自然的塑造和雕刻。“三横列”最北边的一列是漠河两岸，第二列是黄河两岸，第三列就是江淮地区了。“三横列”的划分实际上是以水为界的，而水无一例外都要流入大海。“三横列”所产生的不同文化，在文学中都有重要表达，但第二列即黄河两岸才是最发达的，如《诗经》等。作为文化标记的水是通向大海的，所以这些文学中最优秀的代表作，总体气象仍然有一种阔大感，这几乎是没有例外的。

我有一个半岛地区的朋友到北方一座大城去工作，最初被那里的繁荣震惊了，回来后很是欣慰自豪：“咱这地方哪有什么高人，去了那里一看，到处都是高人，了不起的人太多了！”这是他的真实观感，而不是故意使性的偏颇和偏激。他暂时还理解不了一方水土养一方人的深刻道理，不理解土地与文化的不可替代性，更没有想过原生性的创造与蜂拥交织的知识之不同。凡事不可太过简单。一年后我们再次见面，发现他情绪不高，交谈中才知道是水土不服引起的。他去那座大城已经三年了，每年冬天脸上都会开裂细小的血口，还会干燥得流鼻血。这当然有个慢慢适应的过程。可见无论看上去怎样繁华，实际地理环境仍旧是一种最大的现实，这是无法改变的。

大自然的性格一定会强烈地改造和左右一个人的生活。我们生命中的温暖与柔和的部分，要应对干冷，要迎接口子外吹来的烈风。但这不完全是负面的，因为寒冷和严肃会让人思考一些很大的问题。水乡润泽，可以培植出柔软光滑的物性，但也并非人人喜欢。鲁迅是绍兴人，却非常喜欢北方，认为北方干爽。所以事物必有两个方面，不能简单地全部否定或肯定，而须看到它们的差异。鲁迅生于江南，宣称喜欢北方，认为北方风景是伟大的，而江南虽秀气却小气。他喜欢吃北方饭，无论从人际关系、世相还是日常生活，都更喜欢北方。

西方的大航海家如麦哲伦和哥伦布，代表了海洋意识的最早觉醒者。典型的海洋国家有西班牙、挪威、荷兰、英国、葡萄牙、冰岛、爱尔兰、希腊、意大利等，所以西方文学传统中有着浓郁的海洋气息。欧洲大陆的史诗如果不讲英雄的海上流浪和历险，几乎就无话可说。大海的苍茫和远眺几乎存在于所有的西方文学中。即便有的作品少有大海的描述，却也有这样的气象，这正是因为感染和传承了海洋国家的气质。在西方文化里，海洋与荒野一样，既是物质的也是精神的。海洋代表自由和冒险，变幻无穷以至无限，有一种悲壮之美和开放之美。

随着海上冒险的展开，新大陆不断被发现，那些海上小国通过航海大大开拓了自己的生存空间，获得了丰厚的物质。他们的文学从内容到精神，充满了大海的元素。不仅是西方，印度也是如此，如史诗《罗摩衍那》大篇幅写到了海洋。古希腊史诗《奥德赛》讲述奥德修斯在特洛伊战争结束后返家的故事，背景都与海洋和岛屿有关。诞生在北欧的《萨迦》也是伟大的文学，也有海洋的广阔气象。

其实在"土性格"显著的中国传统里，也曾出现过哥伦布式的人物，但他们没有被主流文化所接纳。郑和下西洋的壮举屡被提到，那是怎样的远行，前后七次，浩大的船队抵达西太平洋和印度洋，历经三十多个国家，最远到过东非和红海。可是自明代以来，这样的海上远徙竟然没有再次持续，中国仍然是一个典型的内陆国家。我们的航海故事、海洋意识，没有得到很好的演绎和记录，文学中的表达也就淡弱得多了。总体上看华夏还是一种大陆文化，偏重于"土性格"。尽管美洲和澳洲也是大陆，但他们主要是来自欧洲的移民，是坐船去到那片大陆的，祖先来自大海包围的岛国，其文化基因跟东方是大不相同的。

土地的培养力、生长力是明显的，这里有各种植物的茂长，特别是盛产粮食。对于食肉民族来说，水域产出也是极重要的，这相当于他们的粮食。中国最早的哥伦布一样的人物，就是奉秦始皇之命出海寻找长生不老药的徐福，他的航海活动早于哥伦布一千七百多年，比郑和也要早一千六百多年。可惜如此惊人的举动在中国文学里罕有描述，只在民间广泛流传。这实在是一个很大的历史事件，除了《史记》中不多的记载、一些地方志的零星记载，主要还是民间一直在谈论他的那次冒险。《史记》写到秦始皇时，只用几句话交代了徐福入海求仙的事情。

现在的徐福研究已经成为一门重要的学问，在中国和日本各有二十多个研究组织。很有意思的是，这两个国家一个是徐福的出航地，一个是他的登陆地。除了中国、日本、韩国之外，两千多年前的航海壮举在相当大的范围内竟然不为人知。当年徐福率领的是浩浩荡荡的舰队，将其还原一下就知道这是怎样的规模：几十艘楼船，在当时算是吨位最大的了，远不是哥伦布他们那三只船和九十名水手可比的。据《史记》记载，船队的人员组成和携带之物较为复杂，有五谷百工、三千童男童女等。因为是经历了秦朝的焚书坑儒事件之后，所以船上一定会有大量儒生。

发生在咸阳的那个事件引发了大量儒生的逃亡流散。有一部分向东移居，最后到达了齐国的疆域，然后继续往东，抵达了胶莱河以东的半岛犄角。那里就是现在的龙口和蓬莱一带，在古代地图上是远离中心的沼泽和荒野。龙口到现在还留有不少遗迹，像“儒林庄”“士乡城”这些村落的名字还保留着，民间还有这样的歌谣：“古有士乡城，夜夜琅琅读书声。”这些读书人在海边集合之后，最终以寻找长生不老药的名义，随徐福渡海。这样的远航是危险而辛苦的，大概经过了多次才最终成功，启航地也不止选择了一处，所以今天东部沿海才有那么多的出航遗址。这个庞大的舰队一路向东，穿过对马海峡，先到韩国济州岛，停歇休整之后才抵达了日本的九州列岛。这样的壮举竟然发生在两千多年前，当然是伟大的航海奇观。

唐代鉴真和尚东渡日本是更为人们熟知的历史事件，我们都知道其伟大。但与徐福他们的远航相比已经晚了千年。鉴真渡海是从南方扬州港出发，六次启行，航海三次，最后成功踏上岛国时他已经双目失明。唐代的物质条件和航海经验已经比秦代发达了很多，所以由此观之，两千多年前的徐福航海壮举就更加显出了伟大。这样雄伟的一支船队到了韩国、日本，甚至据研究还有可能抵达了美洲，中国正史上却记载得这样少。研究者认为美洲的印第安人，应该与两千多年前的徐福远航船队有关。

徐福的远航史迹在本土几近湮灭，这其实可以看作文明的悲剧。这当然与中国传统的文化性格有关。文学作为文化传承与记录的主体，海洋元素的缺乏以至于淡弱，也就成了一种自然而然。权力的等级与象征就是宫殿，是皇权的核心部分，是它的外形。作为建筑群物，它必须建在土地之上，而不能建在水中。那些堂皇的宫殿必然建得整俨，必须建在中央之国。如果水上也要有大的建筑物，类似于宫殿，那也只能是船了。然而无论多么雄伟的大船都是没有根的，可以随便选择方向。再大的船也没有地面宫殿那样固定的、坚不可摧的、堡垒似的雄固。海上有海雾和急流，人在船上远眺，可以朝着任何一个方向前进。可见“水文化”和“土文化”完全不一样，水既是无测的，也是自由的。土地承载是固定的，水上浮载是漂移的。在水上生活，需要更大的冒险精神。

大片的水，无边的水如海洋，强烈地呼唤着人的自由精神。

西方文学中的大角色

西方文学中有一个大角色，就是海洋。西方文学有这样一种显著的传统，而中国文学就不是如此。中国写海的文学作品中，只有一小部分可以算是海洋文学，但终究是特色化和类型化的居多，大致是作为一种补充而存在的。传统和现代创作中有几部以海洋为描写主体的作品，但总体来说还显得比较粗率和单薄纤细，是涓涓细流，还没有形成冲荡的江河，没有形成大气势和大格局。

海洋文学与海岸文学仍旧是不同的，二者有相近处，却不能混淆。许多作品写了海岸上的生活，但这终归是土地上的事情，安全且容易接近，也多少可以满足人们对海洋的好奇心。譬如在海岸上能够听到很多海的故事，还有机会到近海做点什么，赶海和拉网捕鱼等。岸边的人出海通常是比较安全的，也多少满足了探究的心情，关于大海内部的知识，他们比内陆人知道得多，虽然有远航经历的人也很少。渔民在很长一段时间里只乘小舢板去近海打鱼，现代有了机械动力船才能到公海去。

海岸文学还不是西方那样的海洋文学，它跟海洋文学的区别，就如同田园和荒野之间的区别。说到西方文学中“海洋”这个大角色，首先要说到英雄史诗，它们的故事都发生在大海深处。这个文学世界从内容到精神，都有着狂风疾浪的海洋气概。到了十八、十九世纪，这样的作品更多，杰出者如《鲁滨孙漂流记》《白鲸》等，还有《金银岛》《海底两万里》这样的海盗探险和科幻类小说。这是西方传统文学精神的继承。到了现代，那些杰出的作家仍然没有割断这种古典精神和内容。如拉美的马尔克斯，他的作品几乎难以离开海洋，大海的气息非常浓烈。《一个海难幸存者的故事》是一部写实作品，算不得他的代表作，在另一位拉美作家略萨那儿却得到了推崇，他说这部书写得“既无怜悯，也无煽情”。马尔克斯笔下的加勒比海，得到了一次次神奇的演绎。

《霍乱时期的爱情》里面写男主角一生的单相思：一辈子都以各种方法接近女主角，最后却在最尴尬的时刻才走到一起。他们年轻的时候无法结合，已经衰老得不再适合结婚的时候，却在一艘船上重燃爱情。他们乘坐的游船插上了霍乱的旗子，结果也就无法靠岸，只好来来回回地行驶在航道上。最后女主人公问：“这要走到什么时候？”男主人公答：“生命的尽头。”这个精彩的故事让人感受了西方文学的大传统：整部书里最大的角色其实是海洋。它写了主人公在船舱、在灯塔、在水浪下的缠绵，写了一位传奇般的船长，写了奇妙的海外旅行，总之所有故事都与大海有关。那位神奇的远洋船长每当归来，驶入海港时都会拉响汽笛：用两声慵懒的长笛通知妻子，用两声急促的短笛通知情人。

这样的细节大概也只有马尔克斯才写得出。也正是从这样的细微处窥见一个作家的才情，与平庸画出一道深刻的、无法逾越的界限。没有心灵的超绝，断不会有这样的文笔。这不属于言辞之妙，而是通过言辞表达和传递的心灵之妙。在激荡的西方海洋文学传统中，马尔克斯有一场长长的现代主义的沉醉，就是这部脍炙人口的长篇小说。除了它，还有《百年孤独》《迷宫中的将军》，以及一大批短篇和更多的随笔，它们几乎无一例外地散发出浓浓的大海腥咸，更有无测的迷离气象、浩渺和缥缈。拉美文学属于西方文学的一个分支，它们的传统是同一个，都在演绎同一个大角色。

西方现代文学中，只要是达到一定量级的作家，身上都有这种大海的气质。这个话题是遥远而又切近的。说遥远，前边谈到了英雄史诗；稍近的，则一定要提到一部伟大的小说，那就是最不可绕开的麦尔维尔的《白鲸》。

这部书是十九世纪的经典，进展稍稍缓慢，使用语言非常奢侈。它继承了西方的海洋文学传统，可谓一个时代的集大成之作。这是最饱满、最酣畅淋漓、最激动人心的一部海上传奇。西方所有写海洋的小说，可以绝妙，可以娴熟，可以像马尔克斯一样超绝，但是最终给人一种极隆重的海洋盛宴之感的，大概莫过于《白鲸》。

它本身就可称为一个传奇，而不仅仅是指它所描述的内容。从专业写作的角度去看《白鲸》，可能会觉得诡谲。比如它既是如此大胆酣畅，却又有点尾大不掉的怪异感，甚至像一个没有弄通文学基本结构、缺乏类似能力的业余人士所为，通篇章法随意而粗糙，显得太不专业。《白鲸》五六十万字的内容中，有极大一部分从专业写作的角度看完全可以舍弃，这些内容真是明显多余，它们令故事不紧凑、不精彩，更使一部文学著作冗长而不纯粹。一部讲究的文学作品怎么可以允许写得这样大而无当，尽是一些跟文学毫不相关的东西？写船桨，写小游艇的悬挂位置和作用，写怎样猎鲸和炼油，写包括炼油桶在内的很多器具。这使它的一部分章节几乎变成一种海上科技生活介绍文字。

从这部书的写作背景中我们得知，麦尔维尔准备写它时，到图书馆查阅了大量典籍，从头了解与鲸鱼有关的记载。也就是说他做足了功课，而有些功课是这样多余。小说开篇之前先摘录一段又一段关于鲸鱼的资料，然后才开始述说。这显得笨拙。《白鲸》的第一句话后来演变成一种类型，即“《白鲸》式的开头”，与《百年孤独》的开头同样著名：“管我叫以实玛利吧。”这部巨著就这样开始，既直接又莽撞，正符合《白鲸》全书的性格。

我以前谈过，写作者要拥有第一流的专业技法，却不一定秉持专业的立场去工作，这两者最好不要颠倒。这只是一般来说，但是对一些伟大的作品，对那些旷百世而一遇的文学巨作，情况可能就大不一样了。通常判定一部文学作品为杰作，首先要用文学的标准，这是独特的尺度，比如语言、思想、结构、叙述、韵律等层面。许多市面上流行的书算不得严格意义上的语言艺术，所以更有必要使用文学的独有标准加以衡量，这一来它们就被过滤掉了。但是对于那些伟大的永恒的杰作，仅仅用所谓的文学标准也还不够，这时候也许还需要一个超越文学的，更高的标准。

单纯以既定的专业标准去看凡·高，就可以明白他一生都卖不出一幅画的原因。还有法国画家卢梭，同样也通不过这样的专业标准。如果没有进入另一个标准，用更超越的眼光去打量，对这一类艺术非但不会理解，而且还要发笑。凡·高粗犷的笔触，不合规范的透视，往往会受到专业人士的指摘。但是一旦采用更高的标准，调动更高的感悟力，以更宽容的心胸、以生命的高度去超越狭窄的技艺之门，就会沉入深刻得多的审美感动。

这样的道理即符合《白鲸》的阅读体验，是另一种生命感受。它有一股生猛之气，什么都敢写，怎样都能写，看似稍嫌芜杂的物事组合起来给人以巨大的冲击力，有一种专业作家用尽力气也无法抵达的悍然性格、一种强大的力道，那种境界和意味，一般的写作是难以企及的。这其实就是海的气势，却不是一般的海，不是我们平时所看到的那种平静温柔的大水，而是它的深处、不为人知的深处所发生的一场决斗，一个职业捕鲸人与他的海中仇敌——那条大白鲸的殊死一搏。一个人的生命力，冒险精神到底能走多远，在这里得到了罕见的表达。我们现在常讲的一句话叫“能拼才能赢”，而这部书中写到的人生，才是真的“能拼”，这里只有生生死死的相搏，而没有什么投机性和赌博心。就文学写作所能体现的雄健，通过文字而传达的知识与场景之阔大、故事之生动逼人、内容之生僻新鲜，这部书都做到了一个极致。

这种作家向往和追求的效果，这种惊心动魄的气概，真的是专业作家做不来的。长期严格的专业训练，已经把人的这种生猛悍气给磨掉了。让一个经历漫长而严苛的专业训练的写作者，让一个在文坛上辗转、摸爬滚打几十年的文章老手去干这样的活计，是不可设想的事情。一个历经千锤百炼的文人写出《白鲸》，似乎是不可能的。写作者手中的笔太娴熟了，写下的每一句话、每一个词语都有不自觉的经验在里面、在潜意识中，这些技术像钳子一样紧紧地把人夹住，使其不再可能大幅度地腾挪。而《白鲸》这种文学写作是属于真正的冒险者的。

专业作家当然能够写出杰作，这得益于辛苦的磨炼。相较于麦尔维尔这样的人，海明威、索尔·贝娄、马尔克斯、米兰·昆德拉这些人，毕生致力于研究结构、语言、韵致、色彩、思想奥妙，巧设伏笔，首尾呼应，第一笔与最后一笔，潜埋处处。他们的写作就像职业赛场上的乒乓高手，每一拍子扣下去都暗藏杀机。长期严苛的一丝不苟的职场操练，带给他们的是艺术家的高超能力，这种历练当然会有杰作。但这只是通常经验里的部分，是另一个话题。

大部分杰作是专业作家写就的。然而有一部分超级创作，却会出自另一些人之手，像麦尔维尔、塞万提斯这样的人，像艺术家中的凡·高等人。这是有些陌生的另类，他们身上有一种孟浪气，傻愣愣的闯荡气。艺术对他们来说哪里是什么专业，而只是生命中的大快之事、冲决之事，有时像大游戏，有时又像一场生死之搏，生与死、胜与负，在此一役。如果这一战成功了，也就不朽了。《白鲸》的作者就是这样的一个人，阅读时感到他猛烈的脾气与不知深浅的非专业性格是一致的，也正是这些因素合起来，形成一股巨大的海洋力量，像风暴一样将人裹卷而去。

塞万提斯是另一种气质，但总的看也属于比较莽撞的一类。他们不忌讳什么，没有那么多文章作法，比如说不在乎要命的重复。修辞学上讲重复是为了强调，但如果总是重复一些场景，就显得过于老旧和笨拙。《堂·吉诃德》是这样，中国的四大名著之一《西游记》也是这样。读过这本小说的人都不会忘记，妖怪们一伙又一伙总是要吃唐僧，最后都吃不着，因为到了紧要关头总有天上的神仙把妖怪们制伏收走了。读者就在这一次次的重复中看下去，虽然知道接下去不过是换成另一伙妖怪。《西游记》最初是在老百姓中口耳相传的民间文学，最后可能被一个叫吴承恩的人整理出来。民间文学一定有通俗文学的手法和外形，这与单个文人创作的雅文学作品大不一样。通俗文学很难成为了不起的经典，它们写得再好也不会是一个民族登峰造极的代表。伟大杰作一是来自雅文学，二是来自民间文学。参与民间文学创造的人很多，历时很长，一个人独自写作，再有本事也无法与之相比。《白鲸》《堂·吉诃德》里面容纳了民间文学，而民间文学就是一片无边的大海。这是很了不起的。

《鲁滨孙漂流记》《白鲸》《老人与海》是三部伟大的海洋小说，它们全都气势磅礴。还有皮埃尔·洛蒂的《冰岛渔夫》、杰克·伦敦的《海狼》，都给人留下深刻印象。《海狼》开篇写一艘船从曼哈顿岛那儿穿过海峡，文笔拖沓，结构老套，今天看有些一般。但它给人的总体感受，它的气概、生猛和自由，仍旧是不同凡俗的。这又要说到另一个伟大的文学人物，法国的雨果。他的作品数量巨大，我有一次在巴黎一个朋友那里看到他的诗全集，还以为是其全部作品，精装的一大排。他的创作力确实惊人。他的长篇小说《海上劳工》《九三年》《笑面人》，都在写海。他的大量作品，从诗到小说到政论，即使那些没有直接描写海上生活的文字，大海气象也一直存在，滔滔不绝，气势磅礴。小拿破仑政变时，他很快就写出一部抨击小拿破仑的书。与一般作家不同，他深度参与了当时的政治生活，演讲口若悬河，出手就是长篇檄文。如果将一位作家的作品比喻为大自然中的形象，那么雨果的文学世界就是一片大海。

托尔斯泰写海的著作不多，但俄罗斯横跨欧亚大陆，本身就有海洋般的苍茫辽阔。托尔斯泰的作品自然有大海的浑茫，这是确凿无疑的。《战争与和平》具体写海的段落不多，然而通书看下来，会发觉作者编织了一幅从波罗的海沿岸到整个东西大陆的巨幅地图，从山地平原到海洋，从村野连绵到城郭宫廷，无所不包。

《老人与海》是一个从古典向现代过渡的作品，或者说是从现代到后现代过渡的一个作品。把海作为一个客观对象去写，它并不是最出色的。但是它深入而个别、细致而简洁地写出了人面对大海、与大海对峙的精神，仍然气势夺人。《白鲸》与之大不同，它写海比《老人与海》更生动、更逼真，更称得上气象万千。它写那条可怕的鲸鱼，写可怕的船长，写船长被鲸鱼咬掉一条腿而发誓要与之决斗的古怪而凶狠的性格和意志。船长失去了一条腿，为了能站立在摇晃的甲板上指挥战斗，不光给自己装了一条假腿，而且还在甲板上设计了一个专门支撑固定假腿的凹坑。这个人就这样呼风唤雨，指挥人们殊死搏斗，看得人惊心动魄。这故事既感人又古怪，一次次接近毁灭，最后一起毁灭。

而《老人与海》情节简单，篇幅有限，人物设定也极单纯，却因此变得具有另一种力量。它只突出一个主题："一个人可以被毁灭，但不能被打败。"它对一个人所能抵达的心理坚硬度，给出了一次最好的文学诠释。在孤独的茫茫大海上，也许只有海明威式的单调才得以更好地诠释这样的故事。这个看上去一无所有的老渔人怎样坚持到最后，挺住，终未被打败。

到了伍尔夫《到灯塔去》这样的作品，就走入现代文学的重心，向后现代过渡，融入了意识流等手法。这时候突出的不再是力量和气势，而是大海的诡谲。海洋对应了现实的节奏，也对应了人物的心理，写恐惧、迷茫、挣扎、释然与顿悟，以及对永恒命题的追问。东亚地区如日本、韩国有许多写海的作品，色调大致属于阴柔。日本最早的一部小说《源氏物语》，它大篇幅地写海，那是东方和女性的海。俄罗斯的普希金有诗作《致大海》。塞菲里斯和埃利蒂斯这两个希腊诗人，几乎没有一首诗不写大海，他们就生活在地中海的半岛上。塞菲里斯靠意象和意绪的融合，赋予大海新的意义；埃利蒂斯被称为“饮日诗人”，写尽了阳光下的爱琴海。帕斯和沃尔科特都是写海的高手。在九十年代名噪一时的沃尔科特，看他诗作的题目就能感受与海的关系：《海滩余生及其他诗歌》《海湾及其他诗歌》《飞翔号纵帆船》，都是诗集的名字。他曾经说：“我最初的朋友是大海，现在，大海是我最后的朋友。”他在《飞翔号纵帆船》里有这样的诗句：“仍然坐在桅杆钩挂的提灯下 / 试图遗忘幸福为何物 / 无法排遣时 / 我查看星星 / 有时我独自一人 / 伴随温柔剪碎的泡沫 / 当甲板变白 / 月亮开启 / 云门 / 我头上的光 / 是一条路 / 在白茫茫月色中带我回家。”一句“伴随温柔剪碎的泡沫”，超绝。帕斯的《太阳石》具有史诗的气魄，诗中写道：“我是大海环抱的城市，/ 被光线分为两半的桃色的粉墙，在全神贯注的中午管辖下，/ 一个海盐、岩石 / 和小鸟栖息的地方。”

索尔·贝娄说到文学的作用和功能，是把人“引向无目标的专注”。“专注”和“无目标”之间有怎样的关系？“有目标”的“专注”，太局限、太固定，甚至导向概念化。如果是“无目标”的“专注”，更有可能进入具体和个人，有具象的、独特的发现。现在的诗、小说以及批评，有时那样令人不满，就因为它们是从概念出发来诠释对象的，写作者心里有成见，有许多四四方方的盒子，用来盛放对象，一旦离开了盒子就寸步难行。一个人在大学接受文学教育，会学到很多概念：理想主义、道德、进步、光明、黑暗、改革、勇敢等。这些概念形成之初当然是好的，然而它们是从众多具体的事物中产生出来的，当人们面对一个对象的时候，情况总是要变化的，所以一定不能用原来的、固有的那个概念去装它了。一定要走向“无目标的专注”。正是“无目标”，并且正因为能够“专注”，这才有刚才的那句好诗，这是妙得与发现：“温柔剪碎的泡沫。”假如用现成的概念去诠释这个泡沫，怎么会有这样美妙的句子？

诗如此，所有的好艺术无不如此。作家和诗人的责任，就是打破现成的概念的局限和制约，进入个人，进入自我的真实发现。这不仅是专业和业余的区别，更是杰出和平庸的区别。大量的文学写作者和评论者只学到概念，也只习惯于用概念套在镶在具体的鲜活的物种和生命上。他们会写“雪花一样的泡沫”“鲜花一样绽放的泡沫”“沸腾的水一样的泡沫”，然而都是被无数次使用过的概念，准确，然而无力。

谈海和文学，最不能忽略聂鲁达。聂鲁达一生依恋大海，不想与之分离。他甚至把房子造成了船的样子，还在门口放置了一个船锚做装饰，把厨房做成帆的模样，室内墙上描绘了起伏的波浪，还挂了古旧的航海图，使用船上设施。他去世后，墓地也紧邻海边。聂鲁达的诗，响彻着大海的涛声。心中没有海洋就没有开阔，没有生气，没有万千气象，没有滔滔不绝，没有隐晦难测，没有真正的深渊。无论就整个文学版图还是就一个作家的创作来说，海洋都是当之无愧的大角色，这意味着他的文学气质、文学疆域。就文学而言，海洋是一个如此重大的话题。

齐文化是一个例外

儒家文化属于农业文明，是中国的正统文化。孔子说过："道不行，乘桴浮于海。"但这只是一种假设，实际上孔子一生都没有离开陆地，长时间乘牛车马车周游大地，去过的离大海最近的地方是齐国临淄，《论语》中有"子在齐闻《韶》，三月不知肉味"。这句话其实包含了更多有趣的故事和内容，说的是齐国物质的极端富裕、娱乐业的发达程度。他到了齐国，但书上没有记载他继续往东，没有说孔子抵达大海。这好像是十分遗憾的一件事。

这似乎象征了中国的正统文化与海洋关涉不大。而齐文化只是一个例外，那是典型的海洋文化。这一定要再次说到徐福。秦始皇派出一些方士去海里寻找长生不老药，这种追求实际上是极端畸形的帝王之欲，并没有改变山地文化和土文化的意义，只是出于现世主义的需要。皇帝仍然居住在阴森的宫殿中，幻想着长生。他派人出海，不是精神意义上的远行，而是寄托于虚无缥缈，是追求长生不老的贪婪。徐福乘势而为，这就有了率领船队的机会。这在当时是相当冒险的举动，因为率大队人马远涉重洋的事情没人尝试过。徐福显然有长远的图谋，比如提出船队要载三千童男童女，还要带五谷百工，这是显而易见的移民海外的举措。他利用帝王的急切和贪欲，抓住了这个千载难逢的机会，作了一篇历史上的大文章。

千余年来，研究历史的学者认为徐福的舰队最重要的贡献，是借此次出海，让大量有可能被秦始皇杀害的儒生得以逃生，并把许多典籍挽救下来。东亚地区保存而国内失传的古老文献，当是一种旁证。有一种意见，认为东亚的文明，特别是考古上发现的岛国从石器时代向弥生时代的飞跃，正是外部文明流入的不争之事，而这无论如何不能忽略更不能回避徐福的航海壮举。他当然是一个伟大的探险者，一个发现者和开拓者。

达尔文写有《贝克尔舰上的日记》。作为一个科学家，他接受皇家授命随舰出发，并拥有自己的一个单独舱间，以便随时研究一路上发现的各种陆地和海洋生物，做地理地质考察。他每天要记载洋流情况，从海中打捞生物制作样本；每到一个海岛，他都要登岛采集动植物，以作保存。他对一路的气候天象及海流都做了详细的记录。这是一位西方科学家的不朽贡献，留下了具有伟大功用的文献，这在两千多年前的徐福来说是无法做到的，起码我们没有看到传下来的文字，真是太遗憾了。如果有这样的一些记录，哪怕不太周详的片段，意义也是无与伦比的。

徐福一行的事迹在中国正史上只有寥寥数语，却是不争的史实。与之谐配的是几千年来的民间传说，这属于心史的部分。而后的记载文字就更多了，但它们不在正史的范畴，只构成对正史和民间记忆的补充。这次航海的意义是多方面的，在规模与时间等多个维度都超出了西方的哥伦布和麦哲伦，后者由于时间的切近及其他原因，得到了全面的保存研究，他们发现新大陆的首开之功被后人推崇。物质的新大陆和精神的新大陆总是连在一起的，它们相互补充。伟大的自由精神和冒险精神，是他们更是徐福一行最重要的价值。这里要说的是徐福更上一层的意义，即在于更大的反抗性和冒险性，因为他除了仅凭借两千多年前的航海技术，冒极大的风险之外，还要与残酷的“千古一帝”周旋，是在血腥的“焚书坑儒”事件之后的壮举。

如果一千多年来的徐福研究能够更开放一些，不再忽略如上谈到的两个因素，那么这种研究会有真正意义上的突破。那时候没有现代国家的概念，所以不能远扯“各国人民友谊”之类的题目，也很难扯上拓疆的题目，因为这都是不存在的。齐国有漫长的海岸线，这种文化本来就有冒险、开放和开拓的性格，是半岛国家，其文化性格比较接近西方的海洋国家。从地图上可见，齐国是深入大海深处的一个犄角，离一些海岛本来就不远，算是隔海相望。可以想象，齐国东部地区与海中岛屿的来往是古已有之的，民间的小规模交流一定不是什么罕见之事。所以在这样的传统和基础上，再有徐福船队更大更遥远的探访，也就不是什么神话般了。

齐国对东南亚，甚至更远一些地区的古代移民，包括后来对东北的大开发，对文化、政治、经济诸方面的贡献，都是了不起的，有着不可估量的影响。齐国是春秋战国时代的东方第一大国，它的作为文化主要载体的文学，是中国海洋文学的主要部分。齐国稷下学派中有一位重要人物叫邹衍，他提出了“大九州”的学说，成为当时关于世界地理最自由、最富有想象力的一次描绘。《西游记》打上了深刻的齐文化烙印，孙悟空出生的地方就在“东胜神洲海东傲来小国之界”的花果山上。这个神奇的猴子精灵竟然能到东海借水，而观音菩萨应其所求，从一个净瓶中倒出了一个大海。《梦溪笔谈》与《本草纲目》《老残游记》都记载了海市。这些书中所写到的大海是无比浩渺、无限旷阔的存在，而相比较而言，陆地最终是脆弱和局促的。这样的印象与结论，只有在向外敞开的、开放和探索的齐文化中才能出现。

《山海经》是第一部写海洋的经典，它的海洋叙事是卓越的，其中远国异人的奇闻令人称绝，如《精卫填海》，即展示了大海与顽韧的生命之间的关系。《逍遥游》和《列子》中有关于海洋的描述，《淮南子》中有“鲸鱼死而彗星出”的句子，东晋《搜神记》《拾遗记》中有大鱼、鱼鳖浮为桥、曹公船、西海之槎和沦波舟等神奇怪异的故事。民间流传最广的神话传说“八仙过海”，就发生在齐地蓬莱。李白的《梦游天姥吟留别》写到的“海客谈瀛洲，烟涛微茫信难求”，苏东坡的《登州海市》中的“东方云海空复空，群仙出没空明中。荡摇浮世生万象，岂有贝阙藏珠宫”，都写了蓬莱。除了直接写东部海域，受这种文化影响的大海故事就更多了，如《三言二拍》里的“杨八老越国奇逢”“转运汉遇巧洞庭红，波斯胡指破鼍龙壳”“叠居奇程客得助，三救厄海神显灵”，《聊斋志异》中的“海大鱼”“海公子”“夜叉国”“罗刹海市”“安期岛”等，明代罗懋登的《三宝太监西洋记》，清代李汝珍的《镜花缘》，都是这方面的名篇。

在近代，开放的海洋文化却连带着民族的屈辱，因为长期的闭关锁国一旦被打破，国门即从海上敞开，从此就有了诸多痛苦记录。留给国人的“大九州”的想象，是与不堪回首的近代史连在一起的。这将引起长达几百年的关于海洋文化的思索，这种思索在一个农业文明的国度里展开，其意义是无比重大的。但一个民族只要图强，也就必须打开国门，必须面向海洋。海洋文化开始在国民心中生根，并逐渐占据显著的位置。今天齐文化已经复活，有研究者甚至说，在战国时代，如果命运的手指不是指向了秦国而是齐国，那么这个民族将有一个多么美好的结局。这只是一种假设。历史是不能假设的。也可以反观一下：齐文化主导下的物质主义和商业主义，同样会将一个民族引向不幸。

干燥的现世主义

“现世”比“现实”更进一步。在物质主义时代，很大一部分人的精神状态是“现世主义”的，他们不可能有放眼远望的气度。海洋的世界是远大辽阔的，它与常人热衷的市井之利和眼前物欲是格格不入的。细琐的世相纷争、物益相搏的强者故事，通常在当代文学的描述中要占一个显著的位置。但它们的境界是狭隘的，趣味是低下的。它们完全营造不出十九世纪古典主义时期的英雄气概，也没有现代主义潮流下关于人的异化的深刻揭示。现世主义的文学往往是以世俗功利为目标，通常推崇计谋和机心，并赞许类似的行为方式，不可能有什么超越性。这里已经告别了诗性的追求和幻想，想象力大大降低。这样的文学通常被说成“接地气”，实际上是接了污浊之气。精神上不能登高远望，气息也很难好到哪里去。这样的文学是焦干和苍白的，无法滋养生命。

有些为人所鼓励的所谓“佳作”，价值观是低劣庸俗的，如热衷于书写所谓的“强者”，其实不过是赞扬如何出人头地、从底层挣扎出来，境界毕竟卑琐。这种企盼只是一己私念，却作为正大光明的目标去颂扬，作为一个崇高的文学主题去书写，则有些离谱。这种作品得到大面积的肯定和赞许，足见某些趣味的粗鄙了。有的书中秉持“能拼才能赢”的逻辑，编造新贵之女苦苦追求贫贱者的故事，太过虚假和廉价。这种古怪的“成功故事”是不可信的，它演绎的不过是丛林法则。强者为王的故事的确老套，传递了腐朽的价值观。

现世主义者是极端自私的，这样的文学只会教唆损人利己，有时候是不自觉的。有人以为采用不择手段抵达了目标就是胜者，而胜者是不受谴责的，是一定拥有道德解释权的。这样的所谓“奋斗者”和“胜者”是需要警惕的，如果我们周围有一个这样的人，那会相当麻烦的，因为他为了达到自己的目的什么事都干得出。歌颂这样的强者其实就是一种愚昧，而且不可救药。如果社会为这样的风气所包围，那我们的生活就太可怕了。人们只关心自己，机会主义盛行，一切行为皆以自身私利为准则。通过生活中的观察我们会发现，有一些孩子成长在知识分子或其他良好朴实的家庭，往往较为单纯，与之相处也很愉快；另有一些受过很多折磨或屈辱，知道何为苦难，能够有所超越的人，也可以成为真正的朋友；而那些对苦难耿耿于怀并深深惧怕、想尽一切办法远离的人，则有着很大的危险性，这些人一旦有了权力和地位，获得了一点机会，就会变成制造和传播苦难的最可怕的人。文学要与之斗争的，就是这些恶劣、庸俗和阴暗。契诃夫有一句话“文学是跟庸俗做斗争的”；我们还可以说，文学是跟制造苦难者势不两立的。

在生活中，那些将遥远目标排除在外，将脚下这片小小的泥土作为安身立命之所，倾尽一切心机去经营的人，也会是可怕的。他们对远方景色不屑一顾，对星空陌生，对海洋拒绝，只对身边的机会感兴趣。一个族群和一个人的道理完全一样，仅仅局限在内陆、满足于向内拥挤，格局一定会小，内斗一定会多。当今的人类生存需要海洋视野，这种观照已经是现代观念的一部分。就文学表达上看，本土性许多时候并没有表现为健康的生长力，而常常沦为阴暗的向下的趣味。仅有的一点水性渐渐转化为土性，即固守土地的保守性和封闭性，转化为庸俗且又短促的市井生活惯性，不再有开阔的展望。这时候，关于海洋文化这个向度的话题，已经成为不着边际的“海客”之言。这时候，一切关于瀛洲的消息都是虚妄的，是“烟涛微茫信难求”。

在物质主义的挤压之下，东部临海的生活圈一旦形成，也不再呈现探索和开拓的海洋意识。东部在开敞的自然世界中，本来应该出现真正的海洋文学，事实上却一再成为空想，海洋在这里远远未能彰显“大角色”的价值，而且从来没有。这里不会产生形而上之诗。书写海洋的边缘和内部并非同一回事，它们不能互相代替。写海边生活也仍然不是表现大海。对于当代文学来说，只有敢于进海才能实现这种梦想。

作家是否生长于内陆，这不会成为问题的关键。杰出的作家与海的关联在于心灵，在于精神视野。类型化的海洋文学同样是可有可无的。托尔斯泰和陀思妥耶夫斯基写海并不多，但这并未妨碍他们的大海气象和雄浑气魄。我们的主要人口分布在东部沿海，但遗憾的是真正的海洋文学并没有因此而变得发达。漫长的海岸线并没有抵消浓重的“土性格”，正统文化中的某种自我认定，隐蔽和遮盖了海洋的冲动。在这种文化中生长的植株，通常会因为干燥缺水而枯萎。

苏东坡的坡与海明威的海

有一本书叫《海明威与海》，抓住了“海明威”与“海”的意象对应，译成中文很有趣。书中讲了海明威这个人的海洋性格，写他一生与大海的不解之缘：不仅是作品内容多与大海有关，而且实在有着男子汉迎风破浪的闯荡精神。海明威喜欢海上冒险，“二战”时曾把自己的游艇改成一条侦察船，还有一段时间和走私酒水的人结下了友谊。晚年，他在古巴哈瓦那海边买下了一座院落，命名为“瞭望山庄”，“瞭望”的对象当然是大海。海明威许多作品都写到了海，这些长、中、短篇小说都很成功。他不太满意的一些长篇小说生前没有出版，去世之后才由妻子和朋友整理出版，包括长篇小说《岛在湾流中》《曙光示真》等。这些作品和他生前出版过的长篇小说《过河入林》，大都算不上优秀之作。它们显得散漫，一些无甚意义的生活场景写得太多，与他所一再提倡的极简风格两相抵触。

海明威身上没有多少“土性格”，也缺乏许多作家向往的田园诗性。他是一个很野性的人，生活十分开敞，热衷于野外冒险。战争期间他到过西班牙和巴黎，直接或间接地参加过一些战斗。他的性格是不安的、多方游走的，像水一样漫流和冲荡，当然很难安稳地居守土地。当然，要写作就要有一个相对安静的窝，这样才能持续地思考和阅读，然而这对海明威而言只是短暂的时光，从其一生行迹上看，只要在一个地方安稳一段，很快就不再忍耐，一定会出行，去打猎，去钓鱼，去看拳击，或者去畅快地旅行一次。

树木是需要扎根于土的，而动物包括人就会到处游走。与海明威属于同一个时期同一个国家的作家福克纳甚至有过一个妙比，他说上帝凡是要它四处走动的，就把它做成长的，比如牛和马、火车等；凡是不让它走动的，就将它做成高的，比如树木、烟囱、人等。这可爱的联想和比喻也许包含了深刻的道理，他本人就有这样的觉悟，也有这样的恪守，一辈子尽可能地待在自己的农场里，实在不得已才出一次门，比如为了生计到好莱坞去写电影脚本等。如果一定要将他们二人做一个比较和区分，那么海明威显然更像"水性格"，而福克纳则是"土性格"。单就生长的需要来讲，种子非常需要土的培植，要在土中不断地萌发。水中也有许多植物，如藻类和水草等，但毕竟不如泥土上的绿植更多。所以一个作家的"土性格"，往往意味着强大的生长力。福克纳写了近二十部长篇小说，海明威只写了四五部。海明威的写作仿佛有些困难，不到六十岁就丧失了创造力。而福克纳显然更富生长力，去世前仍有诗集和长篇小说出版。

苏东坡是中国历史上最高产的作家之一，他的作品数量为北宋之首，其创造力无与伦比，好像随手就是锦绣文章，从无艰涩。他贬居黄州的时候开垦了一处坡田，"东坡"之号由此而来。他从此打算做一个农民，踏踏实实地跟当地农民学习种地，一天到晚奔走在这块坡地上，腰上系了一个浇地用的大瓢。"一蓑烟雨任平生"

这个名句，就是他在这儿写出来的。他一生渴望安居，想学陶渊明，拥有自己的一片田园，但命运偏偏让他到处奔波，不让他在一个地方扎下根来。但他是生就的“土性格”，生长力异乎寻常：只要有一点机会就要伸展绿芽。

苏东坡出生于多水的南方，也十分喜欢水，如对杭州西湖这样的地方一直着迷。他一度对干旱的北方如密州等地极不适应，但一旦安定下来就要精心经营。他对山河大地充满了探胜心，挚爱而好奇，所以旅途上总是十分用心地品味赏览山水风光。但这并不意味着他能够顺应奔走辗转的不宁人生，相反成为他最为痛恨的事情。晚年谪居海南儋州时，他和大海有了密切接触，也渡过了最苦最难的一段岁月。当时他已经做好了在腥风苦雨之地了结一生的准备，搭起草寮安顿自己，然后开始读与写，完成了平生最引以为傲的几部著述，还创作了许多诗篇。他之所以具有强大的生长性，是因为心中始终拥有一片肥沃的田园。

原来所谓的“土”与“水”的性格区别，给人的类似感受，只不过是一个人的心灵状态：或者像水一样汹涌，或者像土一样沉厚。水是流动不宁的，时而激扬奔腾，不然就成了一潭死水；而土是沉默固守的，接受阳光雨露的滋润，然后即有萌发和生长。水是生动鲜亮的，令人耳目一新；水的冲击给人奇倔震惊的感觉，那往往是始料不及的。土的承受和滋生都是自然而然的，好像天生如此；土没有声音，不会喧哗。水在行动时有巨大的响声，甚至能够呼啸。总之这是两种不同的形象，没有什么更好或不好。我们在这里将其比喻为不同的写作者、不同的性格，也只是借用和联想而已。我们也应该知道：所有的比喻都是蹩脚的。

苏东坡如果没有黄州开垦的那片坡地，也就没有了一生最满足的几年田园生活，甚至连他传扬于天下的名号也不会有。这块坡地对他真是非同小可。种植者必要依赖土地田园，这是多么简单的道理。而对于一心思念和留恋田园的苏东坡来说，要得到一小块可以长期厮守的土地却是那样难。除了在海南岛的临海而居，另有在山东半岛登州出任了五天知州，他这一生都在大地上辗转。他的作品写尽了各种植物，对他而言好像没有不毛之地，只要有一点机会就能播种、莳弄和收获。

他有“苏海”之称，这里既指作品的数量，也说宏大的气象。一切都有赖于他那片坡地上的强大生长力。哪怕处于极端的干旱和龟裂，在他人看来已经没有一丝生长的可能，如“乌台诗案”羁押在狱，在日夜折磨催逼的严酷环境里，他竟然还能写出惊人的诗章。原来，生长就是土地的常态。

海明威的“海”则有着迥然不同的风格。海里有冰山、有鲸鱼，也有海洋植物。大海掀起的风暴潮是惊人的，它会吞噬和漫卷大片陆地。海在阳光下安静着，等待风，等待激扬的时刻。水面下有一种庞大的动物突然出现，让人惊叹。一座冰山的雄伟，据说是因为它的八分之七在水下。海明威真是一个传奇人物，他有那么多故事，提供了那么多谈资。他停下来的时候，就像一片静海那样平淡。

埃及作家纳吉布·马哈福兹似乎也是一种“土性格”，一生中，除了其他形式的作品，仅长篇小说即写了三十多部，这片土地可真能生长。作家的审美类型与创作倾向可以有多种划分、多种比喻，土与水只是一种。将强烈的冒险性、激越与冲撞的特征，与憩静的田园风情结合在一起的作家，或许也不鲜见。就气象而言，大地性和海洋性也是合而为一的，如雨果、歌德、狄更斯、托尔斯泰，他们的巨量创作与不绝的激情，每每给人以排山倒海之感。

讨论

文学的超越 / 翻译 / 当代文学的丰富参照

谈到文学的超越，这是一个较为复杂的问题，这里还不能简化为题材的改变和选择。当代文学中写海洋的并不少，但要酝酿成大气候却要待以时日。海洋的开阔气象，是指精神和物质两个方面的统一，是指能否贯彻到自己的写作生涯中。

中国的传统文化性格仍是内陆的、土地的，这会在一定程度上影响当代文学的风貌。我们讲的海洋意识，包括分析西方海洋文学传统，实际上就是在追求当代文学的超越性，这是一条重要的途径。齐文化有很强的海洋性格，只是后来逐渐被正统的儒家文化所覆盖。传统文学中的海洋性格一度是非常明显的，只可惜没有得到更长时间的持续，中间发生了断裂。反而是物质主义和土地的性格，在某一阶段和某种程度上发生了畸形地、牢固地结合，大大影响了当代文学的超越性。

当代翻译家很多，许多译作的品质也好，总之有一股活跃的翻译力量，所以我们得以读到大量的海外作品。但本土作品外译的情况就不太相称了。有一些不算小的语种，能够译出汉语的译家竟然只有一两位。要真正懂得汉语言文学，即便再做努力，也有很长的一段路要走。中、西两种文化的隔膜本来就很深，所以文学艺术的相互理解是困难的。有时候我们会感到国内对当代文学的感悟有些不靠谱，有很多误读，但换一个角度看，不同语种和文化之间的沟通是更难的。这方面没有奇迹发生。

我们的翻译家很多，历史也很长，以前对译作是优中选优的。像《白鲸》《鲁滨孙漂流记》这样的杰作很早就译过来了，那些大经典如英雄史诗也早就译过来了。我们拥有这样丰富的参照，已经是很了不起的条件了。我们的当代文学从现在开始，应该会发生一些蜕变和进步。

好作品让人激越 / 史诗来自民间

作家的写作习惯和风格是千差万别的，很难说哪一种更好。想写的时候就写，不想写的时候就不写，一般应该是这样。好的作品是最想写的时候才写出来的，而不是相反。每天坐在书桌前“上班”，这是不好理解的。也有人非常规律地作息，如我认识的一位前辈每天六点起床，先出门赶早市，八点半准时坐在桌前，到十一点半停笔。他每天如此，只在星期天休息，每逢周三还能看到他一定背着手回家，手里攥着一只烧鸡。

作息规律是好的，写作规律就不一定了。我们都知道诗人有时候会突然冲动起来，而我们能够理解他们。文学的所有样式，核心都是诗，所以写什么体裁的作品，都不一定遵守时间规律。写作是心灵之业，而心灵是很难刻板地固守时间去变化的。但写作者要努力，比如阅读，就不一定非要有了冲动才读，反过来常常是阅读引起写作的冲动。好的作品让人激越，这就不仅是简单的学习，而且对创作欲也是一种诱发。因为人心是相通的，文学之心也相通，不停地阅读会使人处于激活的状态。阅读还可以增加人的修养，使日月变得丰富。

海洋方面的文学书籍很多，可以从西方古典史诗读起。印度史诗译得一般，读起来不过瘾，但可以慢慢感受。译者大概准确地传达了意思，但是转化为汉语艺术的过程中，没有带来相应的喜悦感。即便如此，有人真的把它读过之后，竟然也要写一篇关于大海的史诗。这不可能，因为史诗来自民间，而不是个人。

像《鲁滨孙漂流记》《白鲸》《老人与海》这样写海的杰作，毕竟不多，所以应该是必读的。这种阅读对于我们更熟悉一些的土地性格、对以儒家文化为正统的族群性格，是很重要的补充。

文化与群体性格 / 物质主义的西方 / 敬畏和勇气

我们大致是农业文明，而西方的游牧民族是另一种文明。游牧民族逐水而居，一个地方资源消耗得差不多了就要离开，整体上是一部流浪史。我们是田园定居，古人聚集起来建筑村落，出远门总是急着返回，所以“背井离乡”通常被看成苦难的经历。例外的是齐文化，这是一个支脉，属于海边的东夷民族。从考古上也可以发现，这里其实并不属于发源于黄河流域的中原文明。

海猎者有一种冒险性格，同样属于游牧民族。文化与族群的特性，说来说去还是土地山川塑造出来的。我们变不成别人，别人也变不成我们，这由血液里积淀的元素所决定。正因为如此，不同文化之间的参照比较就有了意义。它的意义在于吸纳和反思。

中华文明中有齐文化这一脉，所以可以有海洋的气象，狂风巨浪式的，开阔与浩渺也是可以期待的。许多人的海洋基因可能被覆盖了，在群体的暗示下，个体慢慢也就找不到自我了。因为不同才要学习，也才有价值。

西方海洋文学对我们的影响并不大，相反是物质主义的西方被我们吸收得更多。娱乐主义在商业社会中一旦畸形发展，会涣散勇气，让人失去思考力，失去底线而浑然不觉。类似的写作不能叫作冒险，它们不过是人性中卑劣一面的自然流露。在虚拟的网络数字时代，奔涌的文字垃圾往往是自大和狂妄的，不具有彬彬有礼的文明品质，更没有生气勃发的创造，没有批判和揭露的勇气。这与真正的冒险文学中的搏斗精神，以及谦逊敬畏的品格是格格不入的。

一些作品写尽了人的残忍，却没有对真理的追求，是不能打动人心的。没有教养的读者不值得信赖，也不值得对其抱有阅读期待。嬉皮士的文字一般都没有什么希望。我们有时候误以为脸上涂满油彩、头上插着鸡翎四处招摇的人才是作家的材料，不是的。

从起步开始，就要将勇敢与狂妄区别开来。没有敬畏就没有勇气，也不会为真理而冲动忘我。真正勇敢的人反而会小心翼翼，不敢逾越。例如肮脏与暴力、媚艳，作家会极谨慎，会拒绝。我们似乎比以往任何时候都厌烦道德家，因为曾被虚伪的道德伤害多年，于是便转向了另一个极端，接受狂徒和流氓赤裸裸的表演。我们将为此付出代价。

我们还容易成为这个时期技术主义的迷信者和盲从者。当年的爱因斯坦说，科学家们干了很多好事，也干了很多坏事，二者功过相抵。确实如此，“科学”让我们的生活充满希望，也让我们走向了毁灭的边缘。爱因斯坦说：我最敬佩的是那些宗教人士、艺术家和教师；我尤其佩服道德家，他们对人类才是最重要的。

是的，我们一起赞同这位超越的大科学家吧，相信他的判断是对的。道德的原则矗立在其他原则之上，它是最高的。正是从这个意义上，我们谈到了杰出的文学家，谈到了艺术的尊严和不可或缺。

“仁”与酒神精神 / 水是船的天地

“酒神精神”是尼采提出的一个概念，用来解释古希腊艺术的特性，它与我们说的海洋精神是一种什么关系，还说不好。但有一点可以肯定：出海的人都很能喝酒，喝醉了也不在乎，因为寒冷的海风一吹，人在船上晃晃荡荡就醒了。“酒神精神”或许跟这样的浪漫之物有关，很虚幻，喝醉的那一刻也能产生超越。喝醉了就说一些真话，做一些大事，这可能也包含了“酒神精神”的意味。

说到大海里的冒险，总体上是浪漫开阔的，也是想象、幻想和冒险，它与“酒神精神”有好多是相通的。中国传统文化中有没有这种精神说不好，但正统是儒家文化，它的核心为“仁”。这种文化其实是晦涩的，不像看上去那么简单明了。“克己复礼”的思想也需要放在当时的客观环境下才能理解，它也许是改革与进取，而不是对等级权力的维护。这实际上有点像韩愈倡导的古文运动，像西方文艺复兴打出的“复古”旗号，本意还是一种锐意变革。这样的口号很容易被误解和利用，因为它不通俗，在面对具体的、现实的事物时需要非常理性地甄别和判断。儒家的思想在贯彻时特别需要时刻保持理性。在看似保守的说辞之下，真正涌动的东西未必与“酒神精神”相去多远。

为了实现自己的理想不惜渡海而去，这是孔子说过的话。这很像酒后的冲动之言，实际上也不失理性。有时人们的道德判断很容易化繁为简、化理性为模糊，这是危险的，会发生误导。封建专制时代培植出来的“道德主义”，之所以令人反感的深层原因，就在于它以权势为本位，诠释和改造了真正的儒家学说。这样的道德宣言和道德家都是伪装出来的，不仅在现实中无法落实，而且是在维护最不道德、最不义的恶说。

海洋性格是自由的、开阔的，是欢迎出航的。孔子说的“道不行”之结果，就是出海寻求出路。这在当年是了不起的一句话，我们不要忘了这是在两千多年前说的话。那时候人们看到的王权之象征，所有稳固垒起的宫殿一定要在土地上，如果在水上漂着才是不可想象的。水是船的天地，是经风雨、见世面、接受大浪冲击的世界，人在开阔的水上，可以沿着无数的方向前进。在两千多年前还没有现代国家的疆域概念，如果有，孔子的这句话就不得了。现在想，他的所谓出海，可能只是去山东半岛的登州海角一带，顶多是像徐福那样的远航。

海洋的性格和海洋文化意味着“无疆”和“自由”。平时讲“地界”和“地标”，总是立足于“地”的，都有泥土在，可见与来往无碍的大海不同。海洋文化和内陆文化的确不一样，后者的生长性、根性是很强的，但也有一些危险，即固化和保守。龟裂的土地是寸草不生的。

一种气度和气概 / 本土美学 / 扭曲的引号

谈文学中的“海洋”气象，意在拓展精神的纵深，不能表面化、概念化地理解。写海洋同样不能成为一种机会主义。要进入海洋文化的直率和冲撞、自由与开阔的境界。有人不断地强调“现实主义”，其实并不是在说那种与“浪漫主义”相对应的创作方法，而是在说一种“现世主义”。即便是原来意义中的这两个文学概念，在写作学上也未必说得通。这两个“主义”在本质意义上已经重叠，许多时候是自相矛盾的。海洋意味的艺术精神与这两个“主义”并不抵触，它说的不过是自由和开阔，是一种气度和气概。仅仅是回到题材上看，当代文学也需要更多地接纳它。

有人甚至把“现实主义”的概念偷换掉，就差没有直接改为“现世主义”了。我们多年来一直强调的那种美学观念，尚且还要“莎士比亚式”和“歌德式”，而不要“席勒式”。长期以来得到肯定的一种本土美学，也号召“浪漫主义”和“现实主义”的结合，怎么突然就丢掉了“浪漫”？这到底有什么忌讳，谁也讲不清。有人以为写“现实”就是好的，并等同为“现实主义”，这是说不通的。

要打破这种狭隘、干燥、扭曲和打引号的“现实主义”，就要有比它更高更远的“海洋精神”，让这种阔大去冲决它。它是一味难得的解药。我们今天也还需要希腊神话、英雄史诗，需要齐文化、“精卫填海”和“大九州”学说。从这个意义上讲，“大地文学”和“海洋文学”是相通而不是对立的。

大海般的盛唐气象 / 天才总是个案 / 生命的爆发力

《唐诗三百首》我们都熟悉，《全唐诗》就更加浩瀚了。唐代诗歌浪潮汹涌，真正是大海的气象。人们谈的“盛唐气象”往往着眼于它的物质层面，这样的认识还嫌狭窄。精神之盛、艺术之盛，才是真正的盛。积累一点财富、许多财富，也还不够。因为仅有财富可能是粗鄙的。一个伟大华丽的时代，需要文学放射光辉。

语言艺术和其他表演艺术不一样，它不一定与物质的丰盈并行共存。在社会安定经济发达的时期，许多表演艺术如娱乐业会比较发达。但语言艺术的发达，也并不意味着思想的活跃与强大。思想和文学，语言艺术和其他艺术，这之间的关系到底是怎样的，可能比想象的还要复杂。它们不是对等也不是平衡的。社会高度昌盛而安定的时候，文学有可能反而不行。这从世界范围内看得更清楚一点。混乱的世相，有时候也能产生杰出的文学和思想。

唐代是一个文学的好时代，唐诗整体具备了大海般的气象。春秋战国和魏晋时期各方割据，社会动荡，但这个时期思想灿烂，文学表现也相当出色，出现了《诗经》，更有屈原、陶渊明这样伟大的作家及其作品。唐代诗歌规模宏大，文辞绚烂，思想界却未能与之匹配。因而我们需要理性地看待社会、历史和文学之间的关系，理性地看待思想、艺术、语言艺术以及其他艺术之间的复杂关系，不能轻易下结论。

精神和文化的现象是极为繁复的，它极其依赖个体生命的爆发力、先天的才具。探讨甚至猜测和怀疑现成的文学史，发现其中的瑕疵和不足，也是很有趣的。天才总是个案，不能把天才的出现和社会动因过多地联系在一起。他们的出现是一种未知、一种大喜过望、一种时代的欣悦。把个案放进普遍规律之中去鉴定和解析，得出的结果总是令人生疑的。

如果说文学艺术的实践和投入的深度与广度，大概没有一个时期可以与今天的网络时代相比。但是没有人能够得出结论，说这是一个出现伟大杰作的时代。如果按常理推断，这个时期出现杰作的概率应该是更高的，但谁也无法笃定能够出现旷世奇才和千古杰作。影响它们的因素很多，因为这不是一般的工作，而是极难、极诡谲、神秘莫测的事物。

有人写出了许多作品并且不乏广受赞扬之作，却一直怀疑自己是否具备写作的能力；也有人从未写出一部优秀作品，却坚定不移地认为自己是旷世之才。过于狂傲或过于自卑，二者都很有趣，因为文学就是最有趣的。

第五讲 流 浪

我们全部的尊严就在于思想。我们必须在这方面，而不是在我们所无法充填的空间和时间方面提高自己。因此我们要努力好好地思想，这就是道德的原则。

——布莱瑟·帕斯卡

杰作常有流浪的气质

我们从文学史中发现，流浪的内容或流浪的气质，存在于许多杰作之中。有的作品直接写流浪的生活，有的虽然没有，但整个的精神气质也常常给人这种感受。这些文字的背后总有一个不安的、游走徘徊和寻觅不已的灵魂。有一种生命无论在顺境或逆境，总不能长久地停留在一个群体当中，而会以各种方式疏离或挣脱。这并非是他的性格缺陷所造成的，而是出于其他更深层的原因，比如对外部世界永不满足的探求欲望、对心灵深处的自我寻索、对孤单和静处的深刻需要。所以流浪一般是与寻找的需求联系在一起的，这样做的客观结果就是不断地打破庸常和惯性、冲破生活中有形和无形的封闭。

当然一个人的出走，理由会千差万别，有时候甚至没有什么明显的缘由可寻。许多人是出于不得已，也就是被迫；有的则是欣然离去，身体听从了心灵的召唤。但只要上路了，所谓的流浪也就开始了，一个人就此处于不再安居的状态。这种游走的生活或长或短，有的能够驻足回返，有的一生都不能停下来。有的只是身体回归故地，一颗心却留在了路上，从此就变成了一个张望者和回想者。我们所读过的文学书写中，有着各种各样的故事和生活，它们当然是由写作者的心绪和精神、人生经历引发的复杂感触投射出来的。可以说，大多数作家是敏感的和充满梦想的，他们不可能截断自己的远方，那个远点既牵引着当下生活，与之互为补充，同时又迥然有别。

一般来说，流浪是不确定也是不安全的。一个人如果待在一个固定的地方、一个熟悉的环境中，生活起来似乎更好也更方便。但这种日常的内容和熟悉的节奏也会把一个生命磨钝，让他终有一天不再耐烦，抬腿走开。现实生活中是经常发生这种事的，没有谁会觉得特别奇怪。但作为当事人是一回事，作为一个旁观者则是另一回事。我们大多数时候能够理解这些行为，只是不能去做，更多的还是迁就于日常。几乎每个人都曾经有过远行的冲动，但具体实施起来就不那么容易了。这其实是一种意志的软弱和妥协，因为就生命与现实环境的关系而言，终生固守一隅的生存状态并非自然合理，也就是说不一定理所当然，有可能是因时因人而异的。关于人生追求，无论从心理还是身体的意义来说，都需要我们“在路上”。这才是一种正常的生活。这种真实生活的再现，其实也是一种生命的谦卑，体现了积极向上、多思和寻找的品质。

但流浪或游走与现实生活是经常发生冲突的。因为这有悖于人类长期以来形成的群居习惯、一种相对稳定的社区结构。群体与个体的责任是连在一起的，打破一种结构就意味着摆脱一份责任，这要牵涉到其他人。加入一个群体或摆脱一个群体，有时候不是个体所能决定的。也就是说，流浪的合法性需要有一些前提条件，甚至需要某种裁决。因此通常是这样的：有的流浪能够得到认可，有的则要受到谴责。有的流浪直接就是一种逃匿。可见离去者可以是英雄，也可能是胆小鬼，还会是“二流子”，即通常意义上的无所事事的懒汉。人们习惯于将“流浪”赋予游手好闲的内容，然后才具体分析它们的不同。固定的职业和居所，通常是一个人安全可靠的标志。人们不太相信一个居无定所的人，也不太相信一个从远处到来的陌生人。

尽管流浪对人造成了无数的苦恼和不便，甚至是苦难，但它的魅力仍旧是无法抵挡的。对一些个体来说，这个世界太大了也太复杂了，充满了各种可能与机会。从物质到精神，人们都希望到远处去观察和寻索，然后加以印证。文学的大部分表达内容，无非是这种印证的过程。就游走本身来看，一个农耕民族显然与游牧民族是不同的，这在现实生存和精神上都有很多差异。文学对于传统的固守和出走也是同样的道理，进入现代之后，东西方都有一批作品渴望走出传统，从观念和形式上做出反叛，但在表达中却是各不相同的。西方不缺少游走的传统，所谓的现代主义不过是反抗后工业社会的秩序，形成一次次观念上的出走，当然也伴随了表现形式的创新。

中国古典文学中曾经写过大量的流浪，有一些代表人物可以说一直在路上，并且把一路行吟写到了极致。他们有的是因为不再安定的生活造成的，有的则出于个人的心志和趣味。李白和杜甫游走了一生，苏东坡基本上是走一路吟一路。最早的一位大流浪者是因为被放逐，他就是诗人屈原，为我们留下了最瑰丽的吟唱。唐代大诗人孟浩然曾求仕，也曾是四处游走的“孟夫子”。这种行吟气质是古典文学中最可宝贵的，可惜没有一直延续下来。庙堂中的大部分诗人缺少辗转跌宕的人生，他们害怕远行。

总体来看，与西方工业化、后工业化这一时间段对应的东方，在文学表达上是比较封闭的，这种情形一直持续了很久。到了文学史上的所谓“现代”时期，一种“出走”感才逐步增强，然而这种活泼的状态基本上随着战乱的结束而结束。在物质主义和娱乐主义时代，比如今天，写作者更多地胶着于人事机心之类，醉心于描述庸俗的世俗竞争。作家更容易专心于市场和读者，被消费主义的微小目标所吸引，被商业主义所左右和腐蚀。这样的情形之下不再可能奢谈精神的远行，也不可能上路。

当代文学往往被世俗和庸俗纠缠不前。一些所谓的社会历史的“大视野”，所谓的“宏大叙事”，在精神方面也是相当狭窄的，实际上不过重复着一些概念化的表达，甚至连最基本的个人见识都没有。这种由于封闭所造成的极端化的机械复制，由套语和大词组成的毫无生命气息的篇什，会在一个时期充斥于出版物中。每个时期都会出现一批振振有词的作家，他们写得慷慨激昂，似乎很有社会性和道德性，但仔细看下来才发现只是重复一些蹩脚的公文说辞，与小报上那些敷衍文字同样廉价。

激昂并不总是感人的和有意义的。人们会记得鲁迅笔下的那个“红眼睛阿义”，那是一个愚昧而冲动的角色。据说这个人还有一身好拳脚，对夏瑜这样的革命青年既不能理解也不能容忍，当时就施展了一番。鲁迅创造这个角色之绝妙，在于不会轻易过时，总是呈现出很强的当代性。我们的一部分“文学”用了很大篇幅，许多时候歌颂的就是类似“红眼睛阿义”这样的人物。“阿义”们在堕落的物质主义时代已经走到极致，并在娱乐至死的昏昏欲睡中扮演起正面的角色。以这样的人物为写作对象是卑微而屈辱的。当代文学正面临着一次新的上路，第一步是将门窗打开一道缝隙，呼吸一口田野上吹来的新风。

说到西方的流浪文学，人们会记起凯鲁亚克的《在路上》，它已经是国内年轻人口中的一部经典。谈到文学描述的流浪和出走，一定会谈到那个不安的美国青年凯鲁亚克。这个满不在乎满口粗话痞气十足的后工业化时代的都市青年，成了一部分跌跌撞撞进入现代的东方人的迷爱，甚至是学习创作的入门课程。那个大大咧咧的年轻人松松垮垮的腰带都让人着迷。都知道他不是规规矩矩的好青年，一路上并没干多少好事，但依然向往和模仿。因为这是一部惊世骇俗的作品，是那个时期及后来很长时间被人谈论的生猛之作。它有一些名言，如“我还年轻，我渴望上路，带着最初的激情，追寻着最初的梦想，感受着最初的体验，我们上路吧”。

这样的率性，一扫几个世纪以来欧洲洛可可艺术的纤弱和精巧，让文学变得粗野奔放，不拘小节，让青春折腾起来，让梦想试试运气。洛可可艺术的装饰性，它的烦琐典雅和贵族的奢靡连在一起，从根本上讲并不属于劳动阶层。在资产阶级的梦想实现之前，人们的生活其实并不幸福，一切都在路上，在折腾中。中产阶级的安逸支持下的艺术，影响了很长一个时期的绘画、文学、戏剧、建筑。美国是一个崭新的移民国家，它在艺术上长期沿袭欧洲的传统，渐渐也让人烦腻了。这与生活中许诺的不兑现合在一起，到了唾弃的时候。而凯鲁亚克的《在路上》，就将那样一种艺术和精神的均势给打破了。这好比一场现代摇滚，粗野却也生命力十足，吸引了美国年轻人的目光。最后，很久之后，居然还能回响在古老的中国。

美国当时的本土文学，包括日本、韩国和较早开放的东亚其他地区，甚至更远一些的非洲小说，都有人模仿了《在路上》《裸体午餐》《嚎叫》《祈祷》这样的写作，而且有的更放肆、更大胆。然而它们当中的一大部分缺少那种独特的生命品质。形式上的模仿可以走远，但是内在的原生力量，那种对当年美国社会最大公约数的精神状态和意识形态的冲决力，却很难觅得。跟随它的作品更多在形式上打转，或在一个貌似熟悉的地方急急奔走，实际上是无法“上路”的。这样做的结果除了在精神上的进一步颓丧，并没有带来好的结局。刚健的生命、成长的生命，反而让位于颓废和欲望主义、玩世不恭与油嘴滑舌。没有现代青年的焦渴和痛苦，没有生气勃勃的生长，远行不过是懒惰的借口。经过了这轮沮丧的尝试，他们更快地投入和加入后工业时代的物质主义、欲望主义的潮流。人们最终发现，他们所嘲弄的恰恰是这个时代里所剩无几的勇气、同情心、勤劳和怜惜等最珍贵的东西。

一个时期的模仿者的确发生了本末倒置的现象，甚至走入了悲剧。因为他们没有模仿的对象所立足的土地，更没有他们的经历。比如一战以后的那批协约国的年轻人，一群朝气勃发的青春面孔，打量自己的家园，发现为之而战不惜流血的这片土地，与理想和期待中的差距是那么大。他们在热望和等待中失去了最宝贵的时间、健康的身体，等来的是混乱的城市，令人厌恶的老旧的生活。这里没有年轻人的位置，一切都无从谈起。他们在精神上是非常苦闷的，即将丢失青春，却仍旧看不到出路。这样的一批人先后离开，其中的一批去了巴黎，他们是一些无所事事者，画家，文学家，表演艺术家。他们在那里租船屋、狭小的阁楼，过着清苦的生活，思考和摸索，试图找到改变命运的方法。艺术家们寻找新的出路，想在欧洲艺术传统里发现和学习，着迷于当时的艺术中心兴起的新的艺术流派，参加到全新的艺术实验中来。

他们来自北美新大陆，在继承和学习欧洲艺术传统的同时，酝酿着一次反叛与创新。然而这对于欧洲艺术庞大的体量而言，在数量上是微乎其微的。打破这个传统的有两类人，一是从各地会集到欧洲的一些艺术家，再就是早就感到厌烦的欧洲本土上的革新派。他们走到了一起，集聚起一股力量，比如画家毕加索和勃拉克那一些艺术家，都应该是这个阵营里的人。他们看到并参与了欧洲文化的蜕变，保持了上升时期的蓬勃冲力，显示出空前的锐利和生气。绘画艺术只是其中的一个支脉，一些小说家特别是诗人，也像画家们一样活跃。

凯鲁亚克、威廉·伯罗斯、艾伦·金斯堡比他们稍晚一点，走得更远也更放肆，却是那些人的继承者，一个绝望时代的代表。他们带着新的基因，混合以颓丧、不屈和冒险精神，开着一辆随时可以扔掉的破车摇摇晃晃上路了。凯鲁亚克的这部有点疯狂的文学书写，开始是打印在一条长长的卷状纸上。没完没了没日没夜地打字，常常处于疯癫状态，卷纸上满是呓语和醉语，是天才和小丑的混合文体。一种新的格调正在生成，嚎叫和垮掉，坏青年，不可复制的标本和榜样，时代的新病毒，就这样面世了。后来的情况我们都知道了，《在路上》虽然并未成为真正意义上的文学杰作，混乱而松弛，但在美国新文学史上仍占有重要地位，在欧洲和东方影响都很大。

这部垮掉派的代表作尽管对中国影响晚一点，还需要等到“改革开放”之后，随着中文译本的出现，年轻人开始阅读。还有其他类似的一些文学和艺术作品，如金斯堡的诗，也都陆续出现在这片板结的大陆上。这种文学和精神的病菌扩散得比想象的还要快，几乎在一夜之间不声不响地占据了私聊的话语空间。一批赤脚文青出现在街头，但命运似乎没有当年的赤脚医生那样好，得不到庙堂的鼓励，只受到侧目。这种效果也许更好，是新的艺术最好的出生方式。果然，连边远小城也有人追随他们，涌动着凯鲁亚克式的上路冲动。冲动有了，到哪里去则是另一个问题，一旦踏上新的旅途，走了一会儿也就四散而去了。这种交错混乱一直延续了很长时间，至今余波仍在。本土传统，切近的和遥远的，古典主义和我们这里特有的“现代派”，都拥挤在不太宽敞的二十一世纪的街区上。

本土经验、民族性格，这一切都是无法超越的。从农业社会到工业时代、后工业时代，如果存在未能连续的空白和跳脱，就会呈现奇特的错位感。许多社会问题，物质与精神的特异性，决定了一种艺术不能落地的悬空感。急躁地移植《在路上》，以及金斯堡式的嚎叫、冲决和反叛，就显出了贫瘠和苍白。尽管从语气上做到了惟妙惟肖，但因为缺乏中气，从高调往下滑落的时候很快出现破音。这是非常遗憾的。

毕加索、海明威、米勒和菲茨杰拉德，都大致被算作“迷惘的一代”，是这当中比较典型的代表人物。他们怀疑自己在生活中的位置，也怀疑生活本身，因而陷入了“迷惘”。尽管海明威本人对这个命名并不满意，甚至有些轻蔑，但人们还是表示认可。文学史家总是图个方便，找不到更好的命名，也只能这样用了。反正他们出走了，离开了母语，离开了土地，不管主动或被动，终究是做出了选择。他们的艺术独辟蹊径，自成一格，而且很难在同一向度上被超越。这就是出走和流浪的收获，从那时到现在，都是被一再证明了的。可见出走总有代价，但也有不菲的收获。

印裔作家奈保尔写出“印度三部曲”和其他小说；拉什迪出生于印度，后来到了英国，因为歌颂撒旦而触犯伊朗，不得不逃避。这两位都带着古老文明的印记，在欧洲取得了成就。他们身上发生的超越是不同的，同样是印度血统，奈保尔好像比拉什迪更内在，给人的阅读体验也更加瓷实，语言意象和思维更绵密。拉什迪在题材和观念上十分灵动，动作幅度很大，是颇具挑战性的选择，成为移民作家中引人注目的一位。

巴尔加斯·略萨和马尔克斯这两位杰出的拉丁美洲作家同样离开家乡，远赴欧洲，到西方文化艺术的中心浸泡多年。略萨出走更早，四十多岁就具有世界影响，当过国际笔会主席，较之马尔克斯成名更早。马尔克斯和略萨的区别很大，但他们都有拉美大陆的野性，有让欧洲人惊叹的生活内容，并勇于在形式上做出革新和创造。马尔克斯的内在力道更大，有密致超绝的细节，奇异的想象，令人入迷。略萨在题材和形式上更为大胆泼辣，色彩斑斓，令人有一种眼花缭乱之感。他的《绿房子》《胡丽娅姨妈和作家》等作品，都是聪明与妙设的典型。与马尔克斯不同，他的文字也许经不起反复阅读。同时看两位来自同一地区、有相似经历、在某些方面非常接近的作家，会发现许多妙趣。我们可以思考他们的异同、各自的实践得失、对当代文学和本土写作的启示。

略萨的写作异巧被称为“结构现实主义”，强调结构上的创新。他能够做到不同时空的穿插自如，多重内容糅合一体，并有一种缜密感，并不涣散。这一点《绿房子》做得最好。然而形式创新也有一种危险，读者一旦意识到这种方法成为一种模式和定式的时候，形式的意义也就淡化或走向了反面。创新变成了老旧和成规之后，读者要求的就是内容上的硬通货，是更持久的东西。人物、语言、细节，以及洞见和发现，对人生经验的拓展和延长，是这些。就译本所见到的，深思与缜密、异质与奇幻，略萨逊色于马尔克斯。所以后者的影响力更持久也更内在。但是略萨在文学理论方面的造诣，议论之优异，常常让人叹为观止。

从本土出走的作家，他们对原来的文化一定会发生反思，视野和参照也就显然不同了。但并不是人人都能通过出走抵达新的高度，这是另一回事。对一般的作家而言，体验不同的环境是至关重要的；对另一些作家而言，也可能越走越坏。有的人需要满世界跑，越跑越开阔，思路越灵活，越能焕发出个人的想象力和创造力。但也的确有一部分人需要固守土地，以便更深地扎根，从这土地中吸取营养，在恒常古老的天地里放飞自己的灵魂。比如福克纳的行走就不多，一生写了近二十部长篇，好像特别依赖那片“土地”上的萌发。可见情况是复杂的，总是因人而异。

写作《汤姆·索亚历险记》《哈克贝利·费恩历险记》的马克·吐温，是一个步履不停的人，他常去海外周游，即便在国内也南北颠簸，各处旅行和演讲。他笔下的人物也不能安分，绝对是野性的。许多西方文学杰作都涉及流浪的内容，流浪的气息挥之不去，这是一种很长的传统。谈到这些，忘不了哈克贝利·费恩出走时坐的竹筏，忘不了堂·吉诃德骑的瘦马，“竹筏与瘦马”，这在西方文学中成为重要的道具和象征，它们意味着游走、远方和上路。

从某种意义上来说，文学即人的“一路所闻”。具体到一部作品，有的内容可能只涉及几天或几个小时，却凝聚了作者半生或一生的见闻，复杂的人生经历都浓缩在方寸之中了。

俄罗斯的巴乌斯托夫斯基一直强调流浪的意义，他自己也在践行这样的理念。他说自己每一本书都意味着一次旅行的展开，没有旅行就不能成文。周游一场，归来即能成书，有时直接就是一路纪实。他的大量素材和灵感都来自旅行，以此维持整个创造生命的激活状态。许多作家的灵感都产生在火车上、飞机上。在游走中，无限新事物刺激出无穷的新念头，引发很多联想，新的创作也就产生了。巴乌斯托夫斯基经常在穷乡僻壤写作，他的《金蔷薇》是中国人熟悉的文学教科书，尤其在二十世纪八十年代初，人人都读，里面包含了许多非凡洞见。《金蔷薇》中有一篇《夜行的驿车》，写安徒生一生常在旅行之中，总是随身带着写作的行头，许多故事都产生在旅行中。他对旅行生活的描述充满了诗意。

狄更斯一生酷爱旅行，游遍欧洲大陆，去美国时还自制了一张随身携带的小桌子，在轮船上供写作之用。毛姆足迹遍布世界，很多小说都以旅途为背景，如以南太平洋岛屿和马来半岛、以中国内地和香港为背景。

有一部影响广泛的电影《走出非洲》，讲一个丹麦女子在肯尼亚辽阔蛮荒的土地上挣扎生存的故事，她在那里打猎、经营庄园、遇险、婚姻破裂、失去所爱。给人的感觉是，很多时候仅仅是异域风情，就已经极具艺术价值了。远方，新大陆，最早的见闻，这些总是宝贵的。这有点像中国历史上的西域游历、美国和欧洲的见闻录，就曾经因为新鲜和稀有而颇受重视。现在从网络上见识新事物变得十分方便，但写作者仍然不能满足于斗室网游，仍然还要亲自到异地去。行走对于文学永远都是重要的。

人生的单程旅行

世上不存在绝对静止之物，从宏观到微观，都在不停运动之中，比如我们居住的地球，实际上也是在宇宙中不停地移动。人生并无静止，实际上只是一次流浪或放逐。一个人从出生那一刻就开始了远行，从某种意义上可以说是一次悲壮的行程。即使一个人有故地、有居所、有相对稳定的职业，偶然间因事从一地到另一地，生活中的空间腾挪是局部的、能够控制和感受的，但人生旅程的真相却并非如此。我们需要正视生命的本真，对人生单程旅行的实质有一些具体的认知。这种觉悟对于精神的成长来讲非常重要。

人大部分时间渴望安定，但仍有另一种渴望，想到远处去看一看。世界很大，人也难以一厢情愿地静止不动，总是要自觉不自觉地移动。人的一生无论怎样选择，说到底都是一次单程旅行，无人能够例外。这种认知和发现，属于成熟的大人。人是否明白一个道理、感受一种真实，将导致看待世界的眼光不同。总体看，在文学表达上，潜在或显在的放逐感从来都是自然和深刻的。这种感觉常常来自真实的生命体验。只要是朴素自然的、不矫情的，就一定是有意义的。

人生是一场单程旅程，这是命运的规定。每个人自出生开始就持有一张单向里程的车票，然后上路。

一个勤奋的作家进入老年的时候，可能会出版数十卷文集，以记载这一生的旅程。旅途越长记录越多，托尔斯泰文集有一百卷，是何等漫长的记录。大量的人生细节，读来令人沉醉或唏嘘。

人要考察自己，考察他人，考察流浪和故乡之间的关系。通过游走寻找精神的家园，探究一个合理的、可能的归宿。人对他乡的好奇，对故乡的不满足，常常与疑问相伴，总之种种因素都会推动他的游走。我们的文学中不乏描述大家族中不安出走的作品，如颇具代表性的长篇小说《家》。“出走”是一种文学题材，也是被反复书写的主题。它的发生正是源于对故土、对原有生活的不安，以及对外部世界的好奇。出走有时，回返有时，在一个地方待过了或者失望了，还会返回故乡。从地理意义上看一个人是“回来了”，但在精神和生理层面上，他既然经历了那么多新事物，身心都有了多次更新，已不再是原来的自己。人不可能两次踏进同一条河流，经历了出走，对脚下这片土地的认识也就不同了，心灵的里程已经向前延伸了，生命本身也就改变了。

就文学进程来讲，现代主义已经从古典主义的故园中出走，并且再也难以折返了。今天无论是文学形式、主题、塑造人物的倾向和语言风格，统统远离了古典主义，那只是一片回望的“旧景”。绘画也是如此，十九世纪之前的古典主义绘画，笔触细致，色调偏暗，内容大多写实，而现代画家下笔粗犷，色调鲜亮。将油画按照创作时序排列在同一个展厅中，观者便能感受到艺术的路径和速度，怎样变异，领会艺术如何从古典的故园里一路出走。它真的再也不能返回了。一旦走入了明媚的现代主义画廊，便再也看不到古典主义的凝重，所有画面都变得明亮、鲜艳，更具刺激感。秩序经历了打乱重组，艺术生命经历了再次归置，然后以全新的面貌呈现在我们面前。

文学艺术是生活在时间流水中的倒影。一些映象在波纹中起伏，宛如希望的破碎。生活并没有像原来期待的那样不间歇地向前，也没有趋向完美，而是不断遭到阻遏和破坏，甚至走向万劫不复。现代主义艺术会表达这样的情绪，表达苍凉和绝望。仅仅从形式上看，这就是一次出走，绘画和文学方面的表现都异常明显。现代主义文学再也不复古典主义时期的沉稳，也不会像那个时期一样奢侈地使用文字、按部就班地展开情节。古典主义的故事、人物和结构稳定而苍老，曾经产生强大的撼动人心的力量，但以现代人的眼光去看又会觉得不耐烦。作为读者，现代人自以为预知和通晓全部事物，不需他人絮叨，只想捕捉某种状态，获取一些信息；作为作者，他们想抓住最想说、最急于说出的那些尖厉、响亮和刺耳的语言，在最短的篇幅里解决一切，哪怕是匆匆而行。写作变得更直接，如果不得不曲折，也属于现代的暧昧，仍然远离了古典主义清晰确定的元素和色调。

现代艺术在形式上无所不用其极，打碎、再打碎、审丑、荒诞、梦幻、意识流，所有的可能与所有的元素一拥而上。绘画艺术像毕加索后期的那种绝望和冷漠，则表现得更加直露。毕加索说自己十几岁时就可以画得像拉斐尔一样好，古典绘画的完美技能已经掌握。而他说一辈子的愿望，就是能够画得像儿童一样稚拙："我花了四年时间画得像拉斐尔一样，但用一生的时间，才能像小孩子一样画画。"这里在说艺术与生命的单纯关系，这是很深刻的道理；还有一个原因，便是他发现了古典主义的伟大成就是难以超越的，一场重新出发在所难免。毕加索在蓝色时期、粉色时期画得是何等完美。在他未成名时于巴黎船屋中烧掉自己的画作取暖，想尽办法度过巴黎严冬的时候，他的创造力是多么强盛。今天看来，他那个时期的作品既有古典主义的完美和力量，又有现代主义的革新和冲击。画马戏团小丑，一个孩子站在大球上，那么生动传神；画猴子、演艺人员，从技艺到神采都登峰造极。这个时期的毕加索中气充盈、健旺，心力集中，洋溢出极大的生命活力。

后来人们对他议论最多、最为瞩目的，却是那些"后现代"作品。变形，夸张，狂躁，甚至是色情。盛名之下的毕加索不受谴责，作为一个"胜者"，好像已经不被追究。这是世人可怕的庸俗与势利，是丛林法则在艺术领域的表现。毕加索凭借巨大的才能，利用漫长的艺术训练形成的深厚功底、常人难匹的想象力，可以无所不至，无往不利。他随便一个线条都意味着不可超越的高度和意义，最终成为无人能比的最具市场价值的现代画家。这一切包含了多少艺术的色盲、无知与麻木、人云亦云，时间一定会给出答案。他的后现代艺术名声是极为可疑的，虽然并非没有价值。时代的混乱失序催生了后期的毕加索，人们错待了一个天才的绝望和疯狂。毕加索的伤绝在于永远不可能超越自己，他的疯狂在于自杀式的摔打和毁坏，甚至构不成一场放肆的革命。这其中凝聚的劳动远远不够，它向市场和庸众的妥协、它的沮丧和苍白，其实同样明显。

文学的发展史与毕加索的艺术历程大体是一致的。毕加索个人继承、发展、改变、绝望、颓唐和疯狂的历史，恰好对应了文学艺术这一路的进程。毕加索式的作家太多了，不过不如画家那么成功而已。美国亨利·米勒的代表作《北回归线》，其笔法较之劳伦斯的《查泰莱夫人的情人》更恣肆，除了在法国，这本书皆列入禁书行列。它是如此的放肆与无耻，欲望与恶被描绘得淋漓尽致。与《在路上》和《嚎叫》之类稍有不同，沦落到了这一步，已经没有功勋可以建立。这只是作为污脏的肉欲表达，颓废、放荡和狂欢的套路，被人谈论和列举。

现代主义创作的一部分，总会突出所谓的“认识价值”，这也是被一部分人肯定和讨论的依据。我们常常因为一些“认识”而非“审美”价值，对一些肮脏不堪的宣泄大加赞许。这种赞许是有快感的，是冒险和向下的快感，是开明和激进的标榜，是物质主义时代包赚不赔的一笔买卖。将“认识价值”独立于“审美价值”，将二者分割开来，当然是荒谬的、不会成立的。以《金瓶梅》为例，它在历史上一直都是禁书，却被今天的一部分人释放出来，好像历史上的一切文明与禁忌全都大错特错。甚至有这样的论者，开始热情洋溢地将其判为超越《红楼梦》的“伟大杰作”。好像正因为格调低下、趣味丑浊，才要被推至这样的位置。他们的理由是，这些作品不仅在艺术上“绝妙”，而且拥有真正的“认识价值”。

市井生活的鲜活逼真，细节的绵密与人物的生动，这样历数它的优长还可以有很多语言。这些自然不争。但是他们努力强调和挖掘的不在于此，而是它的另一面：人性的糜烂。好像只有这样的书写才足够无畏和真实，已近旷世之大勇。就此，在文学艺术的价值论辩中，已经将审美、教育、认识诸项功能分割开来，把所谓的“认识价值”提高到空前的地位。殊不知一部文学作品离开了其他价值，抽离出来的某种价值根本不会存在。如果能够抽离，那么社会与历史中发生的任何至丑至恶的事件与事物，都拥有这种“价值”。

《金瓶梅》当然有“认识”价值，正如我们生活中的所有恶性事件一样。事实上凡是大恶，皆有大的“认识”价值。然而这并未妨碍我们的价值判断。这本来不是什么问题。然而艺术评判复杂许多，故而留下了诡辩的空间。这里其实不再是道德评价问题，也不是什么“道德理想主义”的问题，而是一个诗学问题。谁也不能把某种元素从价值体系中剥离，更不能以任何理由和口实来代替审美，因为文学艺术的价值判断只能是一个整体。

只有一个奇特的时期才会发生如此混淆。失去坐标的评判是危险和荒谬的，它表现出人的软弱、对恶俗的妥协和机会主义。在物质主义和娱乐至上的时代，紊乱的艺术判断并不让人惊讶，因为它比一般意义上的社会判断更难。我们需要面对难以表述的复杂内容，倾听心灵深处的各种回响。一个人要调度全部的人生经验、综合全部的文明修养。

论说《金瓶梅》与《红楼梦》的文字很有一些，有人认为没有前者就没有后者，以此证明前者的“伟大”。随着消费社会的来临，数字狂潮的推拥，有人对《金瓶梅》《北回归线》这一类作品评价越来越高，不乏玩味和沉迷。《北回归线》问世之初，诗人艾略特、庞德、写《一九八四》的奥威尔、写《刽子手之歌》的梅勒，都曾有过一些正面评价。他们是令人信任的作家，可能并非简单。现代主义走入了自己的单程旅行，需要寻找一些极端化的榜样，当然不是幸事。事实上当代雅文学缺乏一条接续的链条，无法对接自己的传统，这是真正令人惋惜的。

东方“现代主义”的盲目性，集中呈现的后工业时代的颓废，实际上与西方的厌倦无关，因为无论在文化传统还是物质和精神层面，都较少相似的经历。形式上的模仿未能击中要害，只能是虚浮无力的。杰作一定是“现代”和“先锋”的，这不可能有什么例外，但绝非是一次简单的移植。真正意义上的“现代”是从本土和传统出发的一次远行，是可以追溯故地和渊源的长旅。它回不到原来，只能一直走下去，终其一生。

从这样的意义上讲，原地踏步的“乡土小说”同样很难成立，因为它没有出走的经历。“乡土小说”并非不好，但在长达几十年的时间里踞守，没有流浪，没有接受二十世纪的一路风雨，也就成了一个问题。语感、形式、意识、结构，还一直停留在幼稚的工具论中，是畸形、贫血和虚假的。真正的乡土艺术一定是饱满和质朴的，而虚假的乡土艺术不仅吸饱了通俗元素，而且迁就了肤浅的社会功利。这种写作说到底，与某些“现代主义”互为表里，基本上是同根同源的。

“乡土文学”并非指乡村题材，写城市与知识分子也可以是这样的文学。乡土意识贯穿在价值观、结构、语言、格调、韵致和整体氛围中。一个时代的写作者要保持生机，就要从中出走。有人将《古船》划入“乡土小说”范畴，作者也许难以接受。它显然不是经验中的“乡土小说”，也未能与那种传统靠近，尽管仍然使用了乡村和原野的元素。

文学须保有尊严，它常常在出走之路上。一路追求的最大事物，可能就包括了尊严。既告别了自己的“乡土”，又不能一头扎入地球的另一面。有一年春天我到安徽，第一次看到了无边的油菜花，它是那么鲜亮迷人。后来我在国外也看到了，恍惚迷离，但知道它们是不同的。天空不同，气候不同，同行的伴侣不同，油菜花也不同。我们喜欢卡夫卡，但是否一定要变成一只大甲虫赖在床上，却要慎重。卡夫卡生活在奥地利，距今已有一百多年了。

精神远游的重要方式

身体的移动会带来关注力的转移，因为心思会随步履远游；而身体居家不动，思虑却不会停止。踏上远方的道路，一路的遭遇会迫使自己回答一些猝不及防的问题，这就是平常说的“有感而发”。与这种情形相似的大概就是阅读了，他人的文字也能引发精神的远游。读书之外便是写作，这都是精神业务。写作和读书彼此关联，互相印证，彼此牵拉。可以说，阅读是另一种旅行。

尽管如今获得信息的方式多到不可胜数，但行走与否，对大多数人而言还是极为不同的。许多书本上的内容，唯有通过现实接触才能活化，变得立体起来。“纸上得来终觉浅，绝知此事要躬行。”

（南宋·陆游《冬夜读书示子聿》）读书一旦与行走结合，心中的知识网络便会密织起来。路上景物对思维的启迪和开拓，不可替代。古人讲读万卷书行万里路，就是这个道理。我们现在讲阅读的意义，更多是从精神远游的角度去认识的。

我们经常谈到的古人中，苏东坡是旅行与阅读并重的一个突出标本。他的游历有自愿的也有被迫的，一生没有停止。他在后半生不停地受皇家驱赶，有时在一个地方为官刚刚五天又要挪动，甚至走在赴任路上，新的任命就追上来了。苏轼直到六十多岁还要不停地迁徙，这对一个老人而言真是不幸。然而他生性乐天，爱好山水，听说某处好玩便一定要去看看。月光、竹影、水流、花香、荒寺、野地，他都能从中找出格外的情趣。名花、异人趣事、新鲜饮食，他都不想错过。这是一个具有极大好奇心的人、多趣的人。

苏东坡四处奔走，北至边陲定州，向南穿过海峡流放到海南儋州，还曾在西部边境凤翔和东部海角登州为官。在今天看来他的行迹不算出奇僻远，但在当年就不同了，一个人去过那么多地方简直就是一个奇迹。最让人惊讶的还不是身体的流浪，而是精神的远游。他可以终日偃坐，不停地阅读。少有比他读书更多的人，从诗文中可见，他对经史子集的熟悉程度、记忆之深刻，真正达到了随手拈来的地步。典籍在他手中的活化转用处处闪现，以至于同代注解者个个为难，认为要诠释他简直是不可能的。

“古人学问无遗力，少壮工夫老始成。”（南宋·陆游《冬夜读书示子聿》）读写需要“童子功”。苏东坡从少年时代就逐字抄写过《汉书》，中老年再次抄写，一生竟然抄过三遍。以他超人的记忆力和理解力，却要下这样的功夫，实在不可思议。他拥有最活跃、最聪灵的天资，尚且如此，可能不是他太过笨重，而是一般人太过轻松了。这样一个人在阅读上如此死磕，结果也就可想而知了。他的精神远游被标记下来，以诗，以文，以长卷，以短章，这就是我们今天看到的《苏东坡全集》。其实还远远不止这些，他在实际生活中的无数劳迹，包括庙堂作为、地方事功，都属于心力外化，而凡心力都不能脱离见识、不能离开精神的蓄养。

人的精神远游并非呆坐呆想，而要求助于阅读，这是对他人心情的跟随和默对。文字的大功用不仅是直接告知，而是留下许多空隙让人用想象去填补，阅读者越是具有丰富见识，就越是能够想得准确和遥远。除了阅读，有一部分人还能再进一步，这就是写作。用文字记下心思的活动，更有一些打算和计划、欣悦和忧伤、发生或未发生过的事情。有些想法可以交流，有些只留给自己。这些心绪平时无迹无痕，一旦写下来，也就存在了那里。

我遇到的好多读者和作者，也包括自己，在记录心情和思绪方面有许多难题不能克服。这就是平时说的写作之难。没有什么比心灵再难以表达的了，它许多时候是难以说清的，我们不过是努力地接近它。一般来说我们总是觉得自己在文字上所见世面太少，也就更加求助于阅读。这种方法大致是可靠的。写下一段文字，自己认为已经写得很好了，可是一旦读到更好的文章，就会自愧不如。我们自以为巧妙的想法，一些事情，一些情致和人物，一些显而易见的道理，一旦打开视野便会发现它们早就被人表达过了，而且人家做得更好。在这种境况下，最好是把无数的时间用来阅读，大概这就是那些大读者产生的原因。我遇到的这种读者太多了，他们简直无所不知。这些人当中如果有一个写作者，那么他将是很优秀的作家。

如果在阅读上浅尝辄止，只顾得记下自己的所见所闻和心中的想象，有一天会沮丧的。因为他发现自己常常在拙劣地重复，语言，思想，谋篇，情趣，都只在一个不大的范围内打转。自己的行走发生在一个小小的院落中，或者离居所三百多米。是的，那一场远游还没有开始，放下手头的事情，出发吧。

我们的阅读和写作是难分难解的，写作是不得已而为之，用符号标记走过的地点。精神地图的建立，物质空间的记号，都需要坐标。人会自觉不自觉地绘制出一张地图，上面密密麻麻，最后还画了等高线，涂了颜色。在这幅斑斓的地图上，他人不可能读懂的隐秘或清晰的记录，全都杂糅一起。一个人不知疲倦地标记，的确是重要的和不可替代的。一个写作者回头看自己写下的文字，如同回溯自己的生命地图，按住这些曲折的线条，辨认走过的道路，直到天涯海角。这幅“地图”有物质和精神的双重意义。它记录了实际经历，如同雁过留声；在精神层面，则包括了想象中的抵达、期望和幻想。

精神旅行的长度与阅读的深度有关，也与个人记录频率相一致。每一次深入阅读都是与某个灵魂的相逢和对话，时而停顿和耽搁，发出一连串问询，并不时地驻足回望。一个人能够实际经历的风景是有限的，要领略更多的风景也只有阅读了。如果没有他人的文字记录，生活会多么寂寞。我们所倾听的他人的讲述，其丰富和深刻程度要超过自身经历数倍，尽管二者性质不同。将阅读放在这样重要的位置，不过是对仅有一次的人生的最大珍惜。一个人无论精力多么充沛，寿命多么漫长，所能亲历的也就这些有限的部分。扩充生命容量的唯一方法便是阅读。尤其是阅读经典，它们是更坚实、更紧密、更深邃之物，有大贮藏、大奥秘。如果与一些不同凡俗的生命擦肩而过，将是多么可惜。

读一个人，领受一个世界；遇到一个重要的人，就是领受一个独特的世界。

随着年纪的增长，我们越来越愿意读作家的全集。有一套全集放在书架上，仿佛靠近了一个长长的人生。即便随手翻阅，也能粗粗地摸到一些节点，看到他曾经有过的闪回和游移、他所经历的斑斓风景。像歌德、托马斯·曼、雨果、托尔斯泰、陀思妥耶夫斯基这样的经典作家，他们的一生很长，留下的文字也长。我们不仅想了解他们的经历，还想窥见内心的波澜，找到一些大痛苦和大情感。他们微小的情趣更有意思。赫尔岑的《往事与随想》百读不厌，一遍遍抚摸细密的文字，唯恐遗漏。一旦进入他的语言系统，即不再觉得烦琐。这么精准有力。世界上原来有这样的人生，它离我们所熟悉的人事情怀并不遥远。

《随想录》是赫尔岑的一生、半生、生命之躯上掉下的碎片、时远时近的剪影或素描。这真的是他而不是别人，是属于他的风景。

阅读的确是对生命的最大珍惜，是只赚不赔的度日之方。苏东坡和陆游留下的文字可真多，他们无疑是大生命。索尔·贝娄何等诡谲，奇特无测的异人。哲学家海德格尔竟然写了几千万字，他的玄思和爱情一样浪漫深长。巴尔扎克研究了很多钱的事情，他大把地使用文字，并用这许多文字赚钱。了解他们斑驳的一生，对比我们的一生，就像蹲在河岸上看对面的房子，盯着屋顶上出神。

会阅读的人，越是身处嘈杂的时代，越是自我封闭，有时不见客不开手机，尽可能减少杂务，腾出精力，与一些杰出的生命好好相处起来。这就如同经历了一场伟大的友谊、深刻的交往，或者一场惊心动魄的爱情。我们真的要想办法找一段完整的时间，将自己塞进一个角落。我们不必太过匆促，不能以简单和草率的方式度过复杂不测的人生，这太遗憾了。要沉浸于阅读，就必须拒绝网络时代的碎片化。我们遇到了严重的人生问题。

古今行走之大不同

人在路上的遭逢大都不是预先设定的，是不期而遇。迎面而来的一切都要或深或浅地留在心中，这些具体的感知和印证、切实的欢乐与困苦，都不是室内生活所能给予的。古人一开始只能步行，后来才有车船代步，那时人的身体与大自然有更贴近、更实在的关系，摩擦多，实感强，所以收获是不同的。人有了现代交通工具如飞机高铁和快轮之后，也就很少有机会体验那种辛苦跋涉的感受了，关于行路艰难、流离辗转的体味，只从书本上才能看到。如果不是出于具体目的，一般人是不会对大自然下一番实勘功夫的，因为这需要时间，而现代人对时间有特殊的分配方式。今天的人更愿意直取物利，为了节省时间，做任何事情都要选择最短的路线。留下时间享乐，而到底什么才是享乐，又取决于不同的价值观、不同的嗜好和性格。

因为价值观的区别，我们对各种各样的行走，比如我们对书中所记载的这些行走，有时是极不理解的。历史上发生的远途奔走，不畏艰险，甚至是以命相搏的事迹，显得多么遥远、多么陌生，简直近似于编造出来的神话和传奇。这些故事好像只为了留下来供人惊叹和讲述，不可能真的发生过。但它们全是真的，因为那些记述是无法怀疑的。比如探险家们九死一生的极地之行，比如为了一个热烈的想念而不惜穿越枪林弹雨。这些事件和目标很大，或者还容易理解；不好理解的是有人为了见朋友一面，为了能有一场谈叙，竟然会苦苦奔走千里。

说到远行的古人，我们会想到玄奘。他的漫漫西行后来被演绎成了小说《西游记》。还有更多往来于西域北国的人，无比艰辛或冒生命之危，有的为了求法，有的为了国事，有的说不清楚。北魏郦道元写下《水经注》四十卷，被认为是中国游记文学的先驱，全书记述了一千多条河流，还有大量掌故和传说遗迹等。明代徐霞客从二十二岁开始直至五十四岁离世，一生基本上是在旅行考察中度过。他留下的《徐霞客游记》据说有二百六十多万字，今天我们看到的六十多万字只是一个零头。威尼斯商人马可·波罗十七岁来到了元代都城，在中国游历近二十年，写出了《马可·波罗游记》。

中外这一类触目的行迹，近一点有契诃夫的萨哈林之旅、马克的黑龙江流域勘察，还有达尔文登上贝克尔舰、阿蒙森南极探险，数不胜数。这些人物身上有着令人震撼的勇气，个个都是大行动者，身与心的生猛让他们不再犹豫，一气呵成。这是一个人对未知的探索，想见证和考察，想对这个世界推敲一番，留下自己的意见，并认为这些意见十分重要。极其看重自己的意见并付诸行动的人，都是坚强执拗的人，这样的人有一股很高的心气，把非物质的精神与意义看得高于一切。这样行走的动力与物质主义激励之下的拼搏相比，不知要大多少倍。其实人与动物最深刻的区别，不过是对真理追求的意志力，是一种精神力量。

不同时代的远行由于方式不同、花费的成本不同，目的与结果也大为不同。流浪与旅行，探求与投奔，流亡与迁移，同样是在路上，内容和性质的差异又该多么大。有一些行走半是探索半是观赏，还有一些人在路上，开始是信心满满的追逐，最后却变成了辛苦的游荡。无家可归者、风餐露宿者、逃亡者，都是我们能够想象的最不幸的人，旅途上有各种各样的艰辛在等待他们。这些人形形色色不一而足，有一点是相同的，就是都在路上，都在移动，都没有一个长期固定的居所。他们分别在路上享受、在路上奢华、在路上泣哭，或在路上瑟瑟发抖，痛不欲生。旅途上倒下的人太多了，他们统称为“路倒”。

前边说过的苏东坡是一个少年得志的罕见人物，也是一个高官，最初上路是因为发达、因为荣耀，后来却一度变成了被皇家驱赶的丧家之犬，十分狼狈。他多半生都在路上，名义上是一个赴任的官员，实际上是在催命般的转任和放逐中流转与漂泊。他在经受颠簸折磨的同时也领受了旅途上的快乐，只不过越到后来快乐越少，最后死在了从南海北归的半途。今天的行旅方便了许多，不必像苏东坡一样在车马舟船上转折。当时坐船就算最舒服的了，戴罪之身在流放途中不能坐船，如年老多病的苏东坡为了能改走一段水路，还要专门乞请皇帝的恩准。

人与道路的关系是人生大事，这其中发生的任何一点改变都关乎到人的心灵，其中有一些变化是让人始料不及的。比如交通工具的便利，一再提高的速度，从甲地到乙地所需要的时间和方式，竟然会引起生命的变异。而这变异也将引起整个世界的改变，因为维系人类社会的情感结构发生了变化。一段路程、一个消息，它们与时间的关系已经发生了翻天覆地的变化。一千年或几百年，从历史刻度看不过是一瞬，可是人类对速度的追求却取得了惊人的进步。即便是工业时代的轮渡，从亚洲到欧洲也需要几个月的时间，而今只不过几个小时。一封信函从地球的一面到另一面，今天只需光标一点。

速度的贪求是无止境的。所谓的进步主要指提速，它几乎决定一切，快的被更快的战胜，所以现代人只有更快，没有最快。但是什么会被慢的战胜，会有相反的道理？我们知道，因为匆忙，很多事情被办砸了；因为过于追求速度，我们铸成了追悔莫及的大错。我们终于知道：一个正确的方向比速度更重要。人的道德感、理性深度，都需要与速度相匹配，一旦失去了这种平衡，就会出现灾难性的结局。我们不得不向自己发出呼唤：慢一些，再慢一些吧，请给我们一点时间。可怕的是时间根本不等人，它飞驰而去，奔向一个目的地，不论前面是光明或黑暗、生存或死亡。时间让我们害怕了。

除了如上的一些忧虑，我们发现更令人悲哀的是，时间让我们在许多方面，比如说最致命的道德品质方面，变得更加复杂难测了。

道德是时代的，它随时间而变化，不过有一些元素是永远不变的，是永恒的。比如爱和怀念，比如真诚，比如认真和质朴，类似的有许多。我们发现飞快的速度让一颗心变得麻木，常常连死亡都不能使人动容。不是我们变得无情无义，而是情感消耗太多，已经快要流失净尽。人与人相会太易，分别也就不难，今天的人再也不会因为思念而远行千里，只求一晤。

世上的一条条道路还在，怎么走则是另一回事。现代人更急切、更贪婪，他们要以更快的速度追求物质、追求享受，也更难以专注和耐心。速度的催逼之下，人也更加想得开，更加懂得利益的互换和对接。如果今天做一下速度与伦理关系的研究，大概会是一门沉重的学问。现代交通工具的便利化，信息高速公路的建成，人们考虑问题的方式和角度发生了根本性的变化，原有的道德伦理需要重新打量和界定。

在古代，要见到千里之外的一位朋友是一件大事。道路坎坷，行走缓慢，一路上要不断地改乘，旱路水路交替，翻山越岭辗转。经过这样一番苦程才能见到好友，友谊的分量也就自然不同。两个人有多少话要说，这番话的代价也太大了，所以才要句句珍惜，要与之交心。王昌龄“忆君遥在潇湘月，愁听清猿梦里长”，王维“劝君更尽一杯酒，西出阳关无故人”，李白“孤帆远影碧空尽，唯见长江天际流”，杜甫“今夕复何夕，共此灯烛光”，苏东坡“但愿人长久，千里共婵娟”，表达的都是心中的恋惜和不舍，是别离的伤感。有万水千山的阻隔，哪里有说走就走的便利。那时候仅仅是行旅的艰难，就避免了许多现代的轻率。

现在人们熟悉的是这样的场景：两个相隔千里的朋友相见，从微笑握手到分手，十分轻松，就像什么都没有发生。相见时易别更易，再亲密的朋友也不过如此。回想二十世纪八十年代的笔会，那时候难得相见的朋友聚在一起，都舍不得独处，通常要围坐一起谈个不休；中途听说谁要先走，实在是难以割舍。现在开类似的会议，大都是各自关在自己房间里，吃饭的时候发现少了几个人，才知道他们早走了。

人的情感变得这样稀薄。过去一位朋友去世，会引起多大震动。而今相知多年的文友突然离世，悲伤淡淡若有若无。各种信息太多了，好像所有的幸福与痛苦都层层叠叠地推拥过来，堆在身边，谁如果有足够的泪水，那就淌出来吧。不可能了，因为眼泪的贮存也就那么多。

频繁的信息打扰、现代科技压缩的时空，使人类伦理发生了深刻的改变。如此下来，人类将更有希望还是相反？见恶不恶、见善不善的麻木感十分普遍，最后只有一种可能，就是一起跌落混乱污浊的深渊。也许到那时候，我们才会猛醒，但一切都来不及了。速度影响了人类的价值判断，这真是始料未及。关于道德的基本标准一旦发生变化，世界即发生巨变。我们在应对灾难，对待弱者和强者、真理和艺术的时候，会变得轻浮，甚至寡廉鲜耻。

强烈的爱恨消失在生活和写作中，也就不必再对道德的“二元对立”感到痛心疾首了，因为世上已经没有黑白。人们不必努力追究，也不会因爱恨而激越、寻找和救赎。像《卡拉马佐夫兄弟》那样，出于对罪恶的恐惧而彻夜辩论、热泪盈眶的人与事，再也不会出现。

还是要说到好友去世，这总是让人震栗：即使手足一样的深情，也会木木然转瞬释怀。记忆中一位文学兄长去世，那是二十世纪九十年代初，事情已经过去了几个月，有人还是抑制不住，独自在僻静的山里按住一棵老树痛哭不已。类似的情形越来越少了，在信息时代，人的情感紊乱了也单薄了。是的，世上条条道路还在，只是行走的人变了。

那么，今天的人可否依靠“复古”的方式找回一点？于是就出现了现代的徒步旅行者，或骑着自行车去西藏，或溯源而上走黄河。这是一些个案，他们希望以身体的摩擦，重塑不可替代的记忆和感受。我曾不止一次建议年轻人利用假期去山区考察，听人讲述，用眼睛和笔去记录，固执地认定行走的意义。尽管今天可以通过多媒体便利地“看到”和“知道”，但这些风物人事与自己是没有多少关系的。要一步一步走，一个一个看，富裕之地和贫穷之地、幸运者和伤痛者，都要看。即使在最著名的富裕地区也会发现家徒四壁的人，他们的整个家当就是一个破柜子、一个粮囤子、一小堆地瓜。

我们常常探寻经济“快速发展”的秘密，其实最大的秘密，就是我们有这么多绝对贫困的人，他们为了活下去而不惜代价、不知疲劳，将生死置之度外。这不是秘密，这不过是人类求生的本能。我们只有在路上才能看到这个世界的真实：相对贫困和绝对贫困。是的，他们什么都没有，而有的浑蛋什么都有。

古典主义和现代主义时期，行走方式上存在根本的差异。今天浮光掠影所导致的破碎印象显然更多，速度让印象破碎。这么多的变形、幻觉、荒诞以及怪异。对比现代的畸形和扭曲，古典主义是确凿的、肯定的、坚实的，也是有力的和积极的。古典艺术的产生需要一个人立定、专注，身心不再飘忽。如果人类总是处于脚不沾地的转移中，那么视野里就不仅是稀薄和淡漠，而是拉扯和变形，是一些重要描述对象全部或部分的丧失。这里不是否定现代主义艺术，而是指出时代与艺术的变异及其得失。杜甫式的融情于景、托物咏志，契诃夫和屠格涅夫式的景物描写，再也难以出现。人们舍不得时间感受景物，感受空气和温度，细看树叶的形状，看它在风里摇动的样子。托尔斯泰所看到的景物不仅是准确细致，更在于一个生命对它们满溢的感激之情。一个人那样看待高加索夜晚的月下山峰，山的轮廓，那样捕捉天籁之音，也只有发生在那样的时空之中。有人评价《复活》是一部主题先行的作品，有太多的宗教宣谕。然而我们除了倾听这不顾一切的忘情述说，还会记得聂赫留朵夫和玛丝洛娃在月下的追逐、新鲜麦草的气味、麦草划过身体发出的嚓嚓声。这一切直到阅读几十年后还是楚楚如新的感受。如此深刻的共鸣和记忆，只会发生在最高级的文学中。

当代文学与速度是绕不过的命题。苏东坡“共婵娟”的缱绻、清美，祝祷的深情，今天无论如何都难以寻觅了。现代人不会像苏轼一样享受林中月影，不会于竹叶筛下的斑点之间寄托情怀。有人说这是他心情的闲适和清幽，可这是在他刚刚从死亡的阴影里走出、在初踏黄州的夜晚发生的事情。

现代人行路，只需一梦醒来，就可以穿越从亚洲到美洲那样的远程。我们固然要享用现代的便利，只是要警惕这其中的变质和堕落。

一些流亡的作家

从古到今，有许多作家因为种种原因不得不出门，远离安居的生活。屈原、李白、杜甫、韩愈、刘禹锡、李商隐、苏东坡、陆游、辛弃疾、荷马、雨果、兰波、米沃什、黑塞、茨威格、索尔仁尼琴，古今中外的这个名单可以开得很长。一般来说，这种生活更多的还因为迫不得已。有主动和被动的流放，一些人会把追求真理当成一生最大、最终的归宿。

流亡是一种生命现象、一种生命需求，关键在于如何理解和思考流亡的意义。但流亡不是一种资本，要能够质朴地对待这种迁移，要诚实，对自己、对他人都是同样。做到这一点并不容易。像“吉卜赛人”[①]、犹太人，都来自著名的流放和流浪的民族。这些群落中产生了许多很了不起的人，对人类的生存发展做出了重大贡献。

屈原算得上是一位流亡作家，苏东坡和李白也是这样。他们的行走与诗歌的关系都非常紧密，甚至可以说没有这种特别的生活方式，也就没有了他们的大部分吟唱。在安史之乱的奔窜中，杜甫差点死去，从西部一路流离，奔往河南。这都在他的诗中留下了浓重的痕迹，并深刻地影响了他的人生和写作。李商隐为生计所迫，从少年时代就在天南地北奔波，直到去世的前一年才回到家乡河南。

---

① 吉卜赛人，即罗姆人，为起源于印度北部，散居全世界的流浪民族。现代汉语中的“吉卜赛”一词，是“Gypsy”音译，这是欧洲人对罗姆人起源的误解性命名，因此，不少人认为“Gypsy”这个名称有歧视意义而避免使用。

杜甫实在走得疲惫，几次要安静下来，好不容易才有了几年草堂生活。李白也是一样，王维和白居易更是如此。王维有一点钱就建起辋川别业，在终南山下建了庄园，在泉边竹下写诗，到了老年以后辞掉官职，只为了回到一个地方安居："晚年唯好静，万事不关心。"白居易五十八岁结束宦游，直到七十五岁离世，吏隐于洛阳："不如作中隐，隐在分司官。"（唐·白居易《中隐》），"驿吏引藤舆，家僮开竹扉。往时多暂住，今日是长归。"（唐·白居易《归履道宅》）

不少大作家一生没有安居，原因多种多样。看看中国古代诗人、文学家的大事年谱，会发现这些人大多少有安宁。像李清照、陆游、辛弃疾这些著名词人，一生都是大腾挪大开合，就像他们的手笔一样。李清照幼年在济南，青年在开封，婚后在青州，因为战乱辗转南方、再嫁。辛弃疾也是济南人，当时北方沦为金国统治，他起兵抗金，南渡归宋，最后死在南方。陆游生于北宋灭亡之际，随父辈从京城汴梁逃回故乡绍兴，一生怀有恢复中原的壮志，宦游四方，临终之时留下绝笔《示儿》："死去原知万事空，但悲不见九州同。王师北定中原日，家祭无忘告乃翁。"读他们的作品，将其中的思想轨迹和一生流离的痕迹两相对照，会获得无穷的人生滋味。

雨果在英属泽西岛上的杰作也与他的流亡生活分不开。一个人在路上的述说，会有强烈的动感，有一种远距离打量的清晰，有一路印证的理性关照。特别是这其中的"动感"，是生命激活状态下的呈现，实在太重要了。没有动感的文学是呆板的，仅从这一点，我们就会感受他们的不同。我们太熟悉刻板无趣的、视野褊狭的文字，这样的文字往往与世俗功利的狭隘连在一起。人死死守住眼前的一块地盘，专注局部利益，目不转睛，直至终老。这种生活会产生一种依赖，然后习惯和接受下来，心理上失去其他需求，再也不想挪窝。盯紧眼前这一亩三分地，精神和肉体也就不太可能流浪。

在二十世纪上半叶及中后期，世界发生了空前的文人流亡浪潮。“二战”前后流亡国外的有茨威格和聂鲁达，苏联与其他东欧国家也先后有一批人走开，包括纳博科夫、索尔仁尼琴、布罗茨基、别尔嘉耶夫、茨维塔耶娃等。作家们虽然背井离乡，但是对祖国的关注始终没有中断。特别是波兰的米沃什，始终能够持守独立的人格。一般来说一个人被迫去了远处，难免引发深深的悲伤。所以，自立独守的气质本身也就格外动人。流浪和流亡的性质大同小异，但自我认知上绝不能有情感的夸张。鲁迅曾经戏谑说，有人在十里二十里的范围内走了一通，就看成了一场悲凄的流浪。

这种“为赋新词强说愁”的伤感，并不独属少年。这样的情感夸张，在当代游走中也会发生。有时难免从社会层面、物质层面、感受层面，尤其是心理和精神上，做出极端化的表述。演变成功利也是无聊的，这时候所讲述的伤痛、觉悟、悲愤乃至于勇气，实际上并不是足斤足两的。最为难能可贵的，还是始终如一地将真理和真实作为追求的目标。屈原、李白、杜甫、陀思妥耶夫斯基、雨果、聂鲁达、马尔克斯、科塔萨尔、米沃什、米兰·昆德拉、海明威、尤瑟纳尔，这些古今中外的流亡者，他们在寻求，也在忍受、反省和书写。这跟一些地方性很强的作家有什么不同？比较中会发现，所有的杰出者，都需要质朴、诚恳和真实。那些没有流亡的人，会有另一种相依和厮守的本土美，像陶渊明、福克纳、哈代和汉姆生一类，就是这样。

如果把流亡迁徙和博闻多见的世界主义者看成最重要的甚至是唯一的方式和道路，那也是一种浅薄。在二十世纪八十年代初，海外见闻本身就能在读者中产生很大的吸引。在一次笔会上，一位作家不断地讲述自己外轮上的经历，常说的一句话就是：“我吻过西班牙女郎。”这让大家无言，好像有一种挫伤感。重要的还是写出好的作品，哪怕展示异域风情也好。一路见闻对写作来说，只是诸多条件之一。

极少数天才不需要旅行

有极少数天才不需要旅行。有一句老话说：“秀才不出门，遍知天下事。”可见足不出户而广知天下的人很多，像康德、梭罗就是这样的人。梭罗嘲笑旅行，但为考察之故，去过一些较近的地方，并到过加拿大。诗人狄金森几乎闭门不出，去世之后，人们从她的诗稿中发现，她几乎什么都懂，简直是一个全才。康德在那个小镇上安居静思，除了散步基本上不出门，但我们读他的哲学著作便知，他对世上万事万物及形而上的思索，不仅毫无闭塞，而且还无所不知、无所不晓，真是一个洞悉的天才。

天地无处不在，永恒的启示也就无处不在，大天才对永恒拥有超越时空的觉悟力。这些人的身体并无流浪，却是一个精神的大流浪者。他们具有特别的、超越而强大的领悟力，一般人既不具备也不可学习。对大多数人而言，增加见闻的办法不外乎多走多看、多问多思。

这些出现在现代主义前期的天才，足不出户却无所不晓，实在是特异的生命现象。到了后现代，因为信息渠道的多样性，许多时候不是知道得太少，而是被满满塞入的消息所烦扰，一个人要不出门而知天下事似乎很容易办到。不过事务缠身，交通便利，现代人不可能不出门，而是要经常出门。相反的是，现在要找一个一生固守在小镇上、村庄里，或一座城市的人，恐怕是极不容易了。尽管如此，人生类型古往今来还是一样的，可以说现代也仍然有这样的大天才，他们不出门也能知道很多、知道一切。

我遇到一个诗人，他腿脚不便，所谓的“不良于行”。他的旅行当然不易，几乎不太出门，但读他的诗，会觉得这个人什么都知道，比到处走的人传达的新鲜事物还要多出几倍。那时可不是现在的网络时代。他有超强的悟性，什么都懂，那些南来北往东奔西走各处旅行的人，都乐于听他谈话。听他谈人生，谈对事物的一些看法、对世界的观察，会觉得他的见识无人能比。相反的是，有些天天在外面奔跑的人，因为接受力和感悟力差，行遍天下依然闭塞，看不懂也听不明。人的差异真大。

还有一些隐士，半生都是“岩穴之士”。这样的人中国古代就有，胶莱河以东的半岛上至今仍能看到高士们留下的岩洞。他们在洞中偃坐，一坐就是半辈子。这种静默产生了觉悟，留下了著作，记录了独到的认识，信息量巨大。奇怪的是人有时候的确需要封闭起来，这样才能有更多的知晓。可见并不是游荡就好，也不是看谁走得更偏更远。悟想的力量有时真的要来自封闭。如德国哲学家海德格尔，这是个见过大世面的学者，“谈笑有鸿儒，往来无白丁”，在希特勒时期还一度掌握重要的文化权力。海德格尔到了八十多岁的时候，要找个地方封闭起来，因为他觉得有许多重要的事情，得独自安静地想一下了。这算是繁华落尽以后的事，他在法国普罗旺斯的山林里找了一座小石头房子住下了。我去看过这座小房子，它小到几乎只能住一个人。当地人介绍说，当年石屋附近的村民见他很久没有出门，怀疑他是不是死掉了。两个老太婆悄悄靠近石屋，从窗户上一看，见那个老头儿仍在里面独坐。

普鲁斯特写《追忆似水年华》的时候，要将房间的窗户全部堵上，墙壁装了隔音的软木，只为了营建安静和孤独的氛围，静静地回忆。

许多人的自我封闭是为了求知，而不是为了无知。现代人对信息有一种可怕的迷信，唯恐遗漏了重要消息。其实一个人时时在奇迹中，面对山脉、树林、星月、大水、动物，需要问的永远是心灵的包容力和感受力够不够。天才与一般人的区别就在这里。一个人真的面对树木、大海、星空，看到一棵树，涌起感动之情，突然哭了，可能并不是精神有问题，而是其他。他哭泣，因为听到了永恒的鸣奏，而我们没有。

现代人懒于实勘，所以才对虚拟信息过度依赖。现代人对于永恒启示的漠然，即表现在严重缺乏独处的能力。独处作为人的一种能力，它并不比行走更容易获得。少数的天才必然具备这种能力，那看似没有来由的哭泣，便是发源于丰富的感情之中，发生在超验的聆听之中。

迄今为止，我遇到三位善哭的人，而且都是男性。俗话说“男儿有泪不轻弹”，但这三位却恰好相反。有一位，我请他帮忙找一些树苗，他答应“好，好”，一边说一边背过身去。等他转过头来时，竟然满脸是泪。他握住我的手说：“你放心，一定放心啊！”还有一次去参加一位词作家的讨论会，刚刚落座，词作家就哭了：“多不容易啊，你们都来了！”他哭了，而且不能停止。还有一位老画家，讲起前几天哪位领导来看过他，一边说一边呜呜地哭。

他们的泣哭让我想到了许多。这可能是一种特殊的能力，能在极短的时间里陷入深深的感动。

我们是喜静的民族

中国汉民族的文明属于农业文明，总的来看习惯于安居。整体看我们是一个喜静的民族。孔子说“父母在，不远游”，但他自己却是一位漫游者，当然那时父母都不在了。我们也说“读万卷书，行万里路”，民间还说“人挪活，树挪死”，并出过徐霞客这样的大实勘家和大旅行家。可见关于行走之益，虽有一些理性的思考，但能否尝试和实践则是另一回事。历史上的大诗人，很多是无法安居乐业的人，一辈子总是东跑西颠。这通常被视为苦难。西方的某些人是马背上的民族，和汉民族的明显区别，就在于天然的流徙性格。汉民族乐于建立田园，不太愿意向外扩张，所以很少侵犯性。

汉民族特别适合生长山水诗人，也容易产生老庄的信徒，而不太有堂·吉诃德式的冲动人物。汉民族具有马背性格的人不多，古代齐国人在精神气质上虽有不同，也不属于游牧民族。齐国腹地深入大海之中，地处海角，齐国人是边地夷人后裔。胶莱河以东的半岛地区有一部分人，可能是血脉的关系，看上去眼神别是一路。曾有一位作家，个子矮小，却有一副生利的眼神，有人开玩笑说他可能是金兀术的后代。金兀术是女真族人，少数后人迁徙到海角未得回返。金兀术在民间演绎中是反面角色，上了戏台就是两条野兽尾巴挂在身上，其实是有大能的人。

东部半岛人多是东夷后代，祖先就在海边渔猎，经受大风大浪。齐国人是东部异类，文化与中原地区大为不同。这里在战国时期就极不安分，冒险精神代代不绝，大概是血脉所决定。古齐国人最能开拓，他们两千多年前有船队去海外，近代则开发了东北，并南下江浙一带。上海二十世纪五十年代的管理者中有很大一部分半岛人士。传统记载中，农耕民族只有受到逼迫才会游走，比如贫困和战乱引起的流浪。《九月寓言》写到一个小村整体流浪远乡，到了海边再也无法往前，就说“停吧”。有人从谐音中读出了“鯅鲅”二字，那是一种令人畏惧的毒鱼。这是一场古怪的迁徙，也是一场悲剧的命运。

书中写到的小村人真的走了一千多里，流浪到海边，然后定居下来。那个只有二十多户的村子，怀念祖辈传下的煎饼，就派出一个人徒步跋涉，翻山越岭，从千里之外背回一个鏊子。这个人就像圣徒一般。

千里背鏊子的人叫金祥，生活中实有其人。

对中国人而言，安居真是一件大事。动荡的生活，在许多时候是极大的伤害，对于一个农耕民族来说，流浪是不可接受的。我们一旦放逐他乡，就会日夜思念故土。

讨论

流浪与失群 / 文学的被放逐 / 绝非一走了之

今天说的流浪，也可以叫行走。不管出于自愿或被迫，人在路上都会回答心中的一些好奇，有一些发现。对永恒和未知的发现，对无限的向往，所以流浪与行走是没有尽头的。

任何流浪的意义，最终都需要归结到心灵，最后一定是这个归宿和目的。古典意义上的行走在今天有两个方面被改变。一是代步工具改变，上路不难，观念和感受也就不同。看起来现代人走得更远，实际上却是浮光掠影，印象碎片化了。二是现代人精神远游的能力较差，表面上看知道得越来越多，信息拥堵，却难以引起深长的思索，没有个人沉湎的空间。

流浪是一次出走，有时也是一次放纵，其意义不仅就自然环境而言，也是对群体和个体关系而言。一个人告别了原来的群体，却很难归于其他群体，这样的"出走"似乎才是彻底的。这样的一生是孤独的。有一部分人在群体中艰难生存，有强大的被压迫感与被排斥感，最终投向了新的群体；或者不被接纳，发生了新的冲突，然后又一次出走。

一个卓越的人，受到放逐的可能性极大。而一个真正意义上的漫游者、杰出的人、坚守自我的人、追求真理的人，一旦离开某个群体，并非意味着一定要归附另一个群体。这里我们想起了索尔仁尼琴，出走之后，另一个群体很快也不喜欢他了，他不得不再次出走。后来的俄罗斯欢迎这位流亡者，他坐上火车穿过西伯利亚，很像当年高尔基的归来。可是让他大为失望的是，这仍然不是理想的家园。有人代表国家向他颁发勋章，他拒绝着说："这不是我心中的俄罗斯，我不能接受一个破败、衰落的祖国给予的荣誉。"他再次选择了孤独。

米沃什也是如此。他不是简单地从一个群体到另一个群体。米兰·昆德拉《生命不能承受之轻》中有一个重要的情节：一群人拟定了一份宣言请主人公签字，他却发现宣言的部分内容非己所愿，因而拒绝。

无论被迫还是自愿，出走仍然要保持强大的自我性。满足于"做硬币的另一面"似乎容易，而要"做另一枚硬币"却是困难的。出走并不像想象的那样容易，因为一路上随处都有考验，绝非一走了之。

安居与流浪各有利弊 / 流放和奔走的本质

仅就写作而言，安居者也可以留下丰厚的著作，一生主要生活在一个地方，体会和见识却不一定是狭隘的。比如上面谈到的康德与狄金森这一类人。我们也看到大量流浪迁移者写出的杰作，这些人的足迹踏遍广大地区，见到了不同的景致和人，经历了更多的事。但他们还需要饱读，在精神与肉体两个方面都要发生远游。这样的人很多。出走也具有两面性，不只是良性的。一个写作者假如生活安定，也是创造的有利条件。如果把生来就喜欢安居的人抛到旅途上，这对他来说将是严重的伤害。不过这种伤害也有可能给他带来更深入的认识，让他产生强烈的诗情。康德一生住在柯尼斯堡，即现在的加里宁格勒。而海明威这样的人，不管让他留居古巴还是美国，他都会抑制不住地到处游走，去非洲，去西班牙。两次世界大战他都参加了，第一次世界大战时他还在上中学，就去前线开救护车。第二次世界大战期间他陪新婚妻子玛莎到了中国重庆，接触过蒋介石和周恩来。这是一个不得安宁的生命，折腾的过程即成为写作的内容。

人和人之间不能简单地模仿，有人适合的，有人却会视为大害。就像中医治病一样，需要因人而异。我们不能一味地提倡流浪，而要一切顺其自然，听从命运。有的作家出走后的创作质量远逊于以前，这也可以理解：离开了母语环境，要熟悉很多陌生的东西，不利的条件陡然增多。我这一段时间只不过从济南到了武汉，也有一些水土不服的感觉。

可以肯定的是，人的一生就是一次流浪，而且不能回返。认识这个可能也很重要。

移民作家的成就 / 走出去和走进来

英国的移民作家“三剑客”，通常指奈保尔、石黑一雄和拉什迪，其中两位是印度裔。石黑一雄是近年才有许多读者知道，他的文字如轻音乐，风味难得。他的《残日》，译本读来语言极其讲究，语感把握是极敏锐极有分寸的。衡量一个作家的水准，还是看语言，离开了对语言的判断，其他也就无从说起。当代文学判断面临的问题，往往是离开了语言，上来就抓“大事”，什么历史和变革，全是无关痛痒的套话。文学的一切都蕴含在语言中，好在哪里，哪里有温度，哪里有幽默，哪里动人，细腻还是粗糙，都在语言中。

那些高屋建瓴式的社会道德批评其实是伤害文学的，会把写作引向概念化、非艺术化、非诗化。这种批评其实是不成立的。

文学“走出去”和“走进来”的道理一样，须看是否优秀。有些被过分关注的社会性，并没有太大的意义。对文学本身的尊重，才是对一个民族的尊重。有些强势地区，认为不必与某些地区谈文学，对方似乎“不配”，真是可怕的误解。这是妄自尊大者的自我羞辱，其实是自卑的小家子气，一种机会主义。

上面说到的“三剑客”大致沉浸在自己的诗意中，其社会意义和认识价值也包含其中。他们重视艺术本体，享受语言、趣味和细节，给予读者的享受也很大，幽默感，爱和恨，一切都在细部。没有诗性的社会化写作，“走出去”再远也没什么意义，无论写得多么惊悚。

米沃什曾经这样谈文学：有些作品是极具反抗性的，但除了单一的愤怒什么都没有，打开一看，就像一个干瘪的核桃。是的，只有愤怒是不够的。石黑一雄幼年离开日本，融入了英国社会，父母都是日本人。他的《残日》细致地刻画了典型的英国庄园，写出了醉人的风味。他写人的自尊，也写到了第一次世界大战的外交博弈，但重点不是后者。

奈保尔和拉什迪也洞悉两种文化。地区文化差异拉开了个人的精神空间。心理空间和物理空间的变化是连在一起的，拉什迪从东方到西方，奈保尔来自中美洲，心理怎能没有改变？这种移动是有后果的，它推动人向前或向后。人与人是不同的，各种可能都有，也可能有人因此而变得惶惶不可终日。

大艺术家的不安 / 与艺术冲动相匹配的冒险

《月亮与六便士》是毛姆的代表作，是为他赢得名声的一部好书。它是我年轻时候印象最深的书之一，给予的感动不亚于后来欧文·斯通的《渴望生活》。毛姆是一位流行作家，很受读者欢迎，作品介于雅俗之间。他的短篇写得更好一些。大概很少有一个作家的作品像他那样得到广泛传播，改编成那么多影视剧。他在市场层面上是非常成功的，更难得的是某些作品还具备很高的文学价值。

刚才说的这部小说，会帮助我们深刻地理解艺术与人生。我第一次通过它，知道第一流的艺术家心中想些什么、什么是致命的诱惑。安居于日常生活的艺术家，大概心里都有一颗高更的灵魂，它平时待在角落里，有时醒来有时睡去，有时会奋起一跃，远远地走开了，自我流放去了。

也有许多大艺术家终生过着安定的生活，子女众多，家业丰裕，似乎是富足而庸常的。然而这中间有一个问题，即他们花费了多大的力量去建设安定的生活，生活对艺术的损害又是什么，一切都不为外人所知。他怎样把这种平庸的生活给予的物质援助，转化为艺术创造的巨大能量，是另一个隐秘。像高更一样始终不安，忍受不了富裕安逸的生活，需要追求更大的、跟自己的创新和不凡的艺术冲动相匹配的冒险，也是可以理解的。假如高更不去孤岛，就没有后来的杰作。毛姆写出了一个艺术家的冲动和痛苦，心理和精神的蜕变，全部的亏欠和喜悦。

这真是一本好书。二十多岁读了，至今还要向人推荐。我们常常难以理解那种富裕的、体面的中产阶级生活，它对一个时常渴念的艺术家造成的损害和腐蚀，在书中得到了令人信服的诠释。高更内在的性格逻辑、生命逻辑，乃至于艺术逻辑，交织一体。毛姆和欧文·斯通都写出了关于艺术家的杰作，他们面临的任务是艰巨的，因为大艺术家不好写。

第六讲　地 域

走进文学——世界文学——的天地，曾经意味着逃出民族虚荣心、平庸无知、强加的地方主义、愚蠢的学校教育、不完美的命运和厄运的牢笼。文学曾经是一张进入更为广阔生活——自由地带——的通行证。

文学曾经是自由。在现在这个阅读和内在性价值受到不遗余力地挑战的年代，尤其如此。文学现在还是自由。

——苏珊·桑塔格

地域性与世界性

每个写作者都有无法回避的两个问题：一是怎样创造和保持自己的独特性；二是怎样在更大的范围内被接受。自己长期生活的地方当然是写作的依据，有最熟悉和最长于表达的内容，具有不可替代性，但是这种“地域性”一定要和“世界性”发生关系，并成为这其中的一部分。

通常有个说法，即文学与艺术“越是民族的越是世界的”。这句话出处不详，却一直像某种公理一样，无人质疑。这种说法已经将“民族”与“世界”对应起来，实际上蕴含了稍稍复杂的关系，如果不加分析地笼统一说，也会产生混淆和误导。何谓“地域的”或“民族的”？它当然首先是一个地理概念，然后是族群和文化的概念，就是从特定地域和族群出发，考察某种独有的文化特质。一个地方的文化传统和日常生活，会在时间里演化出自己的鲜明性格，但总体上看又是多元镶嵌的，许多时候显得并不单纯。几乎所有的地区都是如此。可见一个地域或群体的文化特质很难简单地用几句话来概括，无论怎样努力，最终得出的总论也往往是勉强的。比如说一个地方或一个民族“勤劳勇敢”，那么很快就会发现其他地方的人也这样说自己；什么“热情好客”“聪明智慧”，诸如此类的美好说辞常常出现在很多地区的广告词中，实际上并没有多少实际内容，也并无特殊的标记意义。

如果要对一个地区一个群体真正特异的内容及文化性格有所体

悟，就需要长期深入其间，成为其中的一员，而不能做一个临时的旁观者。一个地方的传统、风习和特性的形成一定是漫长的，既有继承的因素，又有随时代发展和衍生的部分。水土的决定力是最强大、最持久地发生作用的。

文学写作者习惯于从局部理解生活，尽可能写得具体，从而写出一个地方的特殊性，力求鲜明生动。也只有这样才有价值，才能给人新异难忘的感受。一些理性的读者，尤其是文学史家和理论家，则可能更多地考虑局部和全局的关系，从更大的范围去把握它，看这些文字里增加了什么减少了什么，从社会、道德及审美多个方面，鉴定和确立它的价值和意义。这种视角和写作者的视角不完全一样，既要考察作品本身，进入它的内部，又要判断它与外部世界发生联系的过程与方法。

“地域性”即显著的个体性，这是最宝贵的部分，写作者当然懂得这个，也非常希望通过它的彰显而获得肯定，进而被更广大的范围所接受，融入所谓的“世界性”。引起后者的注意和承认极为重要，因为如果失去了这样的可能性，大概会有很大一部分人放弃自己的写作。他们通常会怀疑这种工作的意义。作者写到的是很小的地方，渴望的却一定是遥远之地的共鸣和理解，是传播的深度和广度。这也就是我们所要讨论的“世界性”。

只有鲜明的区域色彩才能在更大范围内引起兴趣，让更多的人关注和议论。这样做屡屡奏效，似乎是唯一的途径。但这个规律性、经验性的实践，如果缺少具体和理性的分析，也会引发很大的误解。有的人甚至认为，所谓的“世界性”不过就是“地域性”的强势放大。

比如一些国家因为国力强大，文化成为重要的输出品，语言使用频率高，于是它的“地域性”经过一再放大，就变成了许多人不再持有异议的“世界性”。比如往前历数，当年的巴黎曾经是世界文化艺术的中心，它的风尚与趣味也就具有重要的指标意义，成为最大的“世界性”。

但是冷静一些看，放到更长更大的时间和空间里看，历史上出现的所有“世界性”标本，真的就比其他地方的艺术与文化更优越吗？这是一种质疑，也是进入具体分析的开始。最好的标准当然是时间，是岁月淘洗之后的结果。有的经得住这种严苛的检验，而有的不能。由此看，或许“世界性”只是一个阶段性的修辞，因为它处于一个时期里经济军事或文化的强势，借助于这种强势，某些意义将被放大，暂时形成了被普遍认可的“世界性”。

抽掉了时间的因素，“世界性”的界定一定是不太可靠的。如果只着眼于浅近的因素，最终还是经不住推敲的荒谬之物。只考虑国家和地区的经济及军事实力，以及连带生成的文化实力，以此来提升声音的强度，就会被整个世界接受下来，可能也太过侥幸。也许会有这样的效果，但最后如何还要等待时间，还要接受文化与文明本身的鉴定。某些标准会有变化，但无论怎样变化，“世界性”的最终形成，依据的还是文学自身的审美价值，尤其是它的价值观，是对我们整个人类文明是否增添了向上的和有益的部分。正是这些关键的元素综合一起，才最后形成了“世界性”的基本的、恒定的指标。

作为经济和文化的弱势地区，有时会过于依赖和强化“地域性”，认为以某种方式加强它，提高和放大它的辨析度就会部分地、阶段性地达成目标，成为重要的以至于不可忽略的部分，自然而然地变成“世界性”。这样的认识有可能过于乐观化、表面化了，只是一种文化和艺术的投机心理。因为“地域性”和“世界性”说到底是统一的，一个只是另一个的分项，或者说局部之中即包含了全部。“地域性”绝不会是在品质方面独立出来的陌生之物，“世界性”也不会是离开了价值判断的依附或入伙。以强势对立的想法，以一端或一极挑战人类共同遵守的价值观，是注定不会成功的。“世界性”不是挑战，而是融合，是共同寻觅和建设过程中形成的一些规则和意志。如果“地域性”把自己想象成弱者，倔强地去对抗“世界性”这个强者，也会是一种假想的错位。从“地域性”中发现和弥补、融入，才能对“世界性”有所贡献。回头考察强势的欧洲文化、北美文化，其中的一些部分也被弱化甚至淘汰，但那一定需要经过时间的冲刷鉴别之后，是对人类进步和生存不再相宜的剔除元素。它融合、容纳的很多新因素也包括东方文化，则是共同形成的，这个漫长的历史过程才是更可信任的。认识“地域性”和“世界性”应该有理性精神，有与之相匹的胸襟和高度。

“世界性”是不需转译的价值观，呈现出普遍的积极性与丰富性，是审美多样性自然拼接而成的完整图形。“地域性”是生机勃发的个体，是不被集体淹没的独唱，是鲜明色彩中凸显的一笔颜色。所有的杰作都是“地域性”和“世界性”的高度统一。一个具有世界意义的写作者很难被混淆，因为他个性鲜明，非常具体，同时又具备重要的人类共同价值。

印度史诗显然不会和古希腊史诗混淆起来，它们拥有各自的性格；古希腊史诗和另一些东方史诗也不会混淆起来。藏族有史诗《格萨尔王传》，神农架地区发现了汉族神话史诗《黑暗传》。各个地域的史诗不会模糊，不仅是因为它们所处的时间板块不同，而且所在的文化地理板块也不同。动辄说某个地区的作家相当于某位国外作家，是太过随意的说法，并没有多少价值。

维吉尔是古罗马时期的大师，通常认为他对整个欧洲的诗歌、文学和文化都影响深远，传世之作有《伊尼特》《牧歌》等。表面看来，当代文学离维吉尔的史诗时代非常遥远，从内容到气质，都是如此。但我们仍然需要阅读古典史诗，因为它们是属于世界的。属于世界，就意味着某处存在的一片土地，它展示、凸显、挖掘和追问的最后结果，便一定会进入世界文学和文明的版图，成为它的一个板块。一地一国的文学都不可能脱离拼接的命运，这是一种光荣，也是存在的意义。

要洞察世界文学版图上一些最重要、最绚丽的色彩，就必须深入其中。托尔斯泰和雨果、海明威和福克纳、托马斯·曼与汉姆生、艾略特与惠特曼、马尔克斯与略萨、屈原和陶渊明、李白与杜甫、王维与孟浩然、韩愈与白居易、杜牧和李商隐、欧阳修与苏东坡，这些人不会为我们所混淆，正是因为他们各自携带着自己的“地域性”，组成了一个斑斓的文学大陆，组成了所谓的“世界性”。

在封闭的古代中国，所谓的“世界”也就是“神州”大地。以这样一种眼光来看待古代的“世界性”，便可以发现当年星罗棋布的文学家，具有何等的价值和力量，他们以鲜亮的色彩，以谁都不可能忽略的艺术与精神气质，建立起中国古代文学沉重而庞大的躯体。正是因为他们，这个族群的文学才一直走到今天，立于现代世界文学之林。这种理解，需要对古代作家所立足的“地域性”做深入追究，看他们与那片土地的关系、与文化的关系。

“地域性”的表达既不是再现式的照抄，也不是对其特异性做出全力标榜。这只是个体与群体的关系，是个人的沉浸和反思、爱与恨、自然和真实、不能停止的追问、形而上的思考，这样自然而然地生长。用文学的方式、审美的意义去设问和寻找，将它们说出来，呼应更广大的时间和空间。在这个过程中，写作者将会发觉自己立足的这片土地、置身于其中的这个群体已经不能分离；还会进一步发现，离开了自己在此地形成的语调和言说方式，表述是困难的。有些事物是这里独有的，随便拆解开来都沾满了它的尘粒和粉末。自己要做的就是从这里起步，一直往前。他发现要让遥远之地听懂，需要更多的时间和耐心。这样的努力没有多少个人功利，更像是一种嗜好而不能舍弃。也就是这样的过程，“地域性”的价值和意义才凸显出来。如果仅仅出于一己之私，为了快意和炫示，就会发出恣意夸张或无所不用其极的尖叫。如此一来，“地域性”的价值也就丧失殆尽。

一味地提高分贝、增加辨识度，“地域性”并不会变成“世界性”。

“地域性”对一个作家来说常常是一种必然，而“世界性”却未必。一个孤陋寡闻的写作者自然地带有“地域性”，却未必具备了“世界性”。因为自觉的追问与沉思并非随时发生，对一片土地的探究也是漫长而艰辛的。可见仅仅局限和热衷于“地域性”还不够，发出很大的声音也还不够。因为文字不能是空洞的、表面的，更不能是言过其实的。做一个“地方歌手”并不容易，这种称谓其实是一种荣耀，它包含了沉甸甸的内容。

虚假的“地域性”也会在短时间内被粗率地接纳，这是时有发生的。这促使一部分写作者更加无所顾忌，也更加耸人听闻。这种情形在商业主义时期是频频发生的，人们很容易就妥协了。人在不够强大和自信的时候，对潮流和庸众是很愿意依从的。

回视我们的古典时期，从屈原、陶渊明、李白、杜甫到韩愈、苏东坡，都有浓郁的“神州”气息，成为无与伦比的代表。他们被“世界性”接纳的前提，正是对自身所立足的那片土地所表现出来的诚实、痛楚和挚爱，是深度，是卓越的个人才情。直到二十世纪八十年代，欧美人对这里最熟悉的人仍然是孔子和李白。记得当年我去德国的一个酒吧，刚进去就听到里面的人咕哝“李白、孔子”，很惊讶。后来才明白过来，他们从一个突然而至的东方面孔联想起两个遥远的古人。这很有趣。后来我又发现，在他们那儿老子和庄子也有影响，接着是鲁迅。这些文学家、思想家融入了人类的历史。

类型化是一种机会主义

机械而单薄的地域主义和民族主义，会有一些聪明的盘算。写作者为了惊悚的讲述，会暂时丢掉怯懦，在欲望中变得相当泼辣。这些表达不需要真实的根底。其实只有诚实和真挚才是真正动人的，对比之下，任何虚妄和夸张都不会长久。在艺术创造中，机心是无力的，“术”比“技术”更低一级。良好的技术训练是必需的，但一定要与精神探求的执着一致起来。这二者的剥离，通常会有不好的东西发生。

商业操作是一回事，写作者自身的归类和认知又是另一回事。写作者一般来说对各种各样的文学分类是无动于衷的，因为这种剥离与深刻的审美体验、与文学的诗性本质是卯不对榫的。没有什么独立于文学之外的“文学”，无论它在内容上多么特异和偏僻。有无数的方式和角度可以进入写作，但在语言艺术的核心指标上不会降低或转移。写地狱和天堂、魔鬼与天使，当一视同仁。类型化的称谓和划分不必在意，但写作者自身的认知却会是致命的。说到底，“地域性”也会变成一种类型化，如果它在商业主义时代被过分地强调，也就成为新的陈词滥调。

分门别类是为了研究的方便，是学术常有的量化与归类。但它是有局限和前提的，只在某种学术规范的独特语境中出现，而不能溢出。学术的目的也正是融化这些“借代”和“临时”概念，而不是反过来使之变成堂皇的定义。如果走入了后者，那么这种学术就是不通的、虚假的，同样是借助类型化的廉价而存在的。商业主义的氛围最容易将类型化的操弄做得有模有样，奉为圭臬，通常还会结合学院腔的高谈阔论，变成一种愚蠢的条理和振振有词。

狭隘的“地域性”不过是以画地为牢的方法来标示自己的“文学特区”。其实文学不仅没有保税区，而且实行统一税率制和诗性硬通货。这里不会成为机会主义逃避的角落，更不能成为一个陷阱。我们近年来最常听到的就是“接地气”之说，有点笼统。自古以来都谈到了“文”与“气”，然而是“浩然之气”还是鄙俗之气，邪气还是正气，文明还是愚昧，清新还是污浊，这一切却不可不辨。“地域性”当然“接地气”，但它不能因此而充斥无聊低俗。底层在晦暗封闭中形成的闷热蒸腾，也会潜伏瘴疠，是必须绕开的。

文学当然首先是与庸俗做斗争，而后再讲其他。如果自愿投向粗鄙和庸俗，并与之结成一体，就是堕落。内容和形式有时被当成一种修饰之物，如将低俗糅成奇怪的混杂体，既有色情淫荡，又有浓稠的血污；既有令人作呕的表演，又有啰啰唆唆的抱怨和调侃。这一切都是卖点。驳杂与荒诞不经、彻头彻尾的胡扯、阴暗的宣泄、胆小卑琐，它们纠集堆砌在一起，既是对社会工具化的一次切割，又是对地方主义的强调。也正因为如此，它们其实是最有害、最糟糕的东西，而且具有极大的欺骗性。

真正的地方民俗总有一种朴实清新的气息，有可亲的憨厚气，如果有什么刺激引起了痛感，也很快与之和解。我们对这样的民间艺术全不陌生，它们的温煦淳美在许多艺术形式中都有表现。这些创造者大致身在民间，没有什么做作和夸张，给人的强烈印象不过是淡淡洇出的什么，它们渐渐汇聚起来，然后才把我们给吸引。一开始不太浓烈、没有什么刺鼻气味，也没有什么辣眼的色彩。因为创作者自己从来没有哗众取宠的野心，很是平易。如果专业的广闻博识再加上这些元素，将出现一种了不起的艺术。这时会创造出深沉健朗的东西，还有一丝向“世界性”靠拢的企望。不过这大致是纯粹而健康的，有暖洋洋的生长感。

尽管如此，我们还是会留恋那种原汁原味的民间艺术，它们厚重，旁若无人。它们的可贵在于自然而然，尤其没有那种自我包装的奇货可居。这种存在本身就是真正的价值，但不是以“地域性”做出的炫耀。后者可以成为市场的宠儿，也可能被一帮专业人士拥戴，因为庸俗简单的符号很容易得到阐释，所以才追随者众。低劣的趣味总是让一些人得到满足，他们常常包括体面的学人，这也很有趣。

或许只有在畸形的商品环境下，才会出现艺术与学术的怪胎。它们的另一层意义，就在于网络时代和商品时代的高度结合中，在碎片化阅读的情势之下，将一种危机推到了近前，让人们从此不再幻想。独立而清澈的工作态度，会在一些个体那儿得到强化；而所有的杰作、杰出的学术工作，常常是以个案的方式出现。这其实是最好不过的，也是艺术的力量所在。

可信赖的写作需要在时间里慢慢培育，培育起一种极冷漠、极热烈的性情。这种心性将从一般化的创作状态中抽离出来，形成不可思议的品质，很孤独很自为地存在着。人们不知多少遍重复一些恒常之理，什么“人品决定文品”，什么“大巧若拙”，什么“大智若愚”，此类例证不在少数。任何时代人们都可以寄希望于为数不多的一些人。

一篇不长的文字能够凸显美丑，几百万字当然更是无可掩盖。狂傲、无知或谦逊，更有仁善，它们将自内流出。修辞的力量是有限的，而一生的修辞却会变成很大的力量。恪守不是装扮，写作即向善。写作可以是一种修行，也可以是一种堕落。在深处的黑暗里，总有一股“地气”，它很快会溢上来，把人吞没。

笼统地强化“地域性”是没有什么益处的。写作者在数字时代或许会陷入焦虑，因为太阳底下无新事。但如果失去了美善，比谁的底线更低以至于全无，比谁在道德的锋刃上游走更险，只能变得卑微。即便到了网络时代，寡廉鲜耻也不能等同于艺术。

在同一片星空下

在这个时代，“地域性”的内容和概念正在发生变化。地域板块正在被数字化、全球化大面积覆盖，不断复制的模板式认知也在取代具体和真实的内容。“地域性”的表达更加无力，因为人们已经习惯于忽略烦琐的事物，宁可无视它的存在。往往是一个约定俗成的说法就把复杂的东西简单化，将人的印象和结论统一起来。这种拙劣的概念化的表达，是随众随俗的最大公约数，实际上也是无效和空洞的。

正是为了破除和分解那些虚假笼统的“概念”，作家的表达才要走向更具体和更真实，也只有这样也才有意义。网络时代不负责任而又轻率奢侈的言说，溢满了地域，抹平了差别，让人在焦灼不安和烦腻中更加不求甚解。在此情境之下，写作者的价值就愈加体现于自我，要真正拥有自己的笔触，直逼真实，写出事物本来就有的差异。就这个意义来说，对文学表达中的“地域性”当然要予以肯定，因为这是绕不过去的存在，也是唯一的途径。没有“地域性”，世界会呈现“地球村”的扁平化，所有的起伏和棱角都会在数字传播中被处理掉，变得千人一面万人一腔。在全球化时代、数字时代，“地域性”大概是保持个性、呈现出生气勃勃的成长的基础和条件，是最可宝贵的。但也恰恰是这样的时刻，反而需要进一步讨论，确认它必须具备的品质、它的限度、恪守什么、坚持什么。也就是说，我们需要怎样的“地域性”？

从文学写作的角度谈论它并不是一个新问题，古今中外的写作者都在表达自己的生活，都在体现自己的“地域性”。比如哈代和陶渊明，他们终生都在写自己那片土地，但两个人在地理空间上是分离的，在时间这个维度上相隔一千五百年。环境是各自具体的，这就决定了风貌的特异性。他们独特的“地域性”早已为世界接纳，构成世界文学的一部分。但他们又在同一片星空的照耀下，一千余年的斗转星移从天体物理学的意义上看可以忽略不计。这样便会发现一个问题：无论哪一个时代的人，无论相距何等遥远，只要在这片星空下，就会有同样的仰望，而这仰望即决定了共同的关照。由此看，仰望才是决定“世界性”的主要因素。

康德说：“有两样东西，越是经常而持久地对它们进行反复思考，它们就越是使心灵充满常新而日益增长的惊赞和敬畏：我头上的星空和我心中的道德法则。”[①]“头上的星空”与“心中的道德律（道德法则）”，即确立了根本性的精神原则。星空代表了上天的规定力，道德律是星空感召之下、人类生存过程中自然而然的成长，总括为规律、律法和原则，是人性知悟力的总和。人自出生开始看到天上的星空，一生都会感受它，在它的披洒照耀之下。这是一件天大的事，生命会惊讶于空中的奇观。仰望星空的时间至少与人类

① ［德］康德：《实践理性批判、判断力批判》，《康德著作全集》第5卷，李秋零主编，中国人民大学出版社，2006年版，第169页。

出现的时间相同，人就这样不可思议地被规定、被笼罩、被牵引，这是最大的生存现实之一。随着现代天体物理学的发生发展，在所谓的科学阐释之下，星空的尊严感和神秘性反而下降。但是走到最后，走到现代科学的尽头，却发生了这样的变化：许多天体物理学家本来就拥有信仰，在探究过程中进一步得到了强化；而没有信仰的那一部分，则皈依了宗教。我们宁可相信“道德律”是人生而有之的一种元素，它一定是与星空呼应、与其共存的。没有“头上的星空”就不会有“心中的道德律”，进一步说，连“人”这样的生命体都不会有。

“星空”似乎好解，又不好解。“星空”是神奇宇宙的规定性吗？它存在天启的力量吗？“道德律”谓何？是人类天生，抑或后天综合而成的普遍的良好的德行？“道德律”显然与星空有关，但似乎与土地也有关。在人类社会的发展史上，“星空”和“土地”这两大元素是不可分离的。但无论如何它们仍然是不同的，所以我们就必须将二者分开来想，不然康德这样的哲人也不会分别提出它们，并且将其并列起来。

人常常面对星空的广漠，更常常面对土地的辽阔。但低下头，土地的局部、边界是清晰的。视野内的生理感受会影响到精神方面，比较起来，低头的生活是现实，仰头的遥望是想象。专注于脚下的土地，一定会强化“地域性”；而花许多时间仰望的人，就会自觉不自觉地感受“世界性”。后者可能是更为宽广统一的关照，是自上而下的启示。

土地上可以生产许多东西。人、动物、粮食、大树、飞虫，所有这一切都是从土地里长出来的，并在土地上享用。人们歌颂大地母亲，因为是这样地依赖她。但这个母亲生出的孩子太多了，它们是各种各样的，既生出了美丽，也生出了丑陋；还生出了有毒的或恐怖的，不可尽数。如果全然信赖大地上的生长，将是十分莽撞的。可见我们还需要在大地上规避和选择，不然就会受到伤害，就会迷失。人类想要不迷路，就要仰望星空，依靠星辰在无边的荒漠上指引。人与大地的关系是子与母的关系，人是她无数生育中唯一具备了更大灵性、能够仰望和祈祷的生命，这和动物简单的趋光性是不一样的。假设人类是唯一因为具备了特异的灵性而仰望星空的生物，那么它最终就一定会摆脱恶习，走向梦想的完美。没有星空的指引，人类这种大地生物就会坠入迷茫、堕落下去，与邪恶肮脏的东西混为一团。

人类的未来，最终还是靠星空指引的。在同一片星空下，一个人是否能够仰望，决定了他的前方，尤其决定了他对土地的态度。我们所说的文学的“地域性”，其实就是人对自己所立足的土地的认知，是自然而质朴的表达，是感性与理性的综合。

人在他乡

任何一片土地都有生长性和哺育力，尽管它们并非完全相同。完全邪恶的土地是没有的，正像无限完美的土地是没有的一样。无论怎样说，一片土地对于一个人，也只有“母亲”两个字才能作比。一个人从自己的土地上走开会怎样？在谈到“流浪”时，我们说过离开土地的人将发生怎样的变化。对于他来说，时间和空间都改变了，他最熟悉的土地从脚下抽离了，成为一个背离乡土的人。这样的人一旦转述自己的故乡又会怎样？这一定是有所不同的。依恋、想念、因距离而产生的达观与理性，都有可能产生。这和踞守本土的写作者是不同的。

美国作家赛珍珠的《大地》写了中国乡村，这是一个土地观察者背后不同的文化血脉相融相通的典型。法国原文化部部长马尔罗写了《人的命运》，背景设定在中国上海国共冲突时期。马尔罗在越南生活过，虽然到过中国，但并没有长居上海，他将越南的生活经验嫁接到所写的事件上，最终也很生动。因为东亚人毕竟相似了一些，当然这样也会“隔”，只是比站在法国土地上理解中国要接近得多了。

外来人的眼光超越、别致，有另一种超然性与可信性，也更有传奇色彩。这是一种移植和拼接的“地域性”。由此可见他乡人的转述，最终依赖的也是“地域性”。离开了越南，马尔罗讲不好上海故事；同样，赛珍珠没有中国经验，也就无法写出那片大地。他乡人讲我们的文化与生活，让我们感到另一种亲切和奇异。这些人带着他乡人的文化观和价值观来评说我们、转述我们，在同样是他乡人听来看来，那种口吻也就更加特别，述说也就更加清晰，更容易被理解。东方人对西方讲述东方，沉入其中，有自己的细节、自己的情感，当然是更内在、更深入的，但因为文化和视角的不同，可能需要更多的整合与调适。赛珍珠和马尔罗作为西方的转述者，面对的是西方的读者，也就很理解他们的需要，知道“入口”在哪里。这种路径的熟悉也是民族文化心理的熟悉，并不是短时间内能够做到的。

有的东方人去西方生活了一段时间，摸清了西方人的口味之后，做出的中西合璧的食物很受当地人欢迎。文化也是这样。不过这样的混合也会带出复杂的问题，因为迁就，也就失去了部分原产地中最重要的元素，造成不可避免的损伤。总之这是折中的产物，是东西方最大公约数的达成。两种文化的结合互补，讲起来好理解，好像总是利大于弊、只赚不赔的好买卖，实际情形却要复杂得多。怎样从地方性之中提炼出全人类都适用的部分，同时又顽强执拗地保留了原来独有的元素，这是最难的。这种元素是这样不可取代，这样重要和不可或缺。要抵达这种境界，就需要身在其中的人具备十分的理性和清醒，拥有极强的分寸感。

在文化交融方面确实有许多好例子，古今中外都有。王羲之幼年在临沂度过，后迁会稽，即今天的浙江绍兴一带，他的书法艺术既秀美又刚劲，当与南北文化交织有关。李清照、辛弃疾后来到南方生活，也极大地影响到词的气质。科塔萨尔、奈保尔、米兰·昆德拉、石黑一雄等，都离开了出生地。这些作家对家乡的投问和遥望，一定会带出特别的力度和色泽。索尔·贝娄的父母离开俄国去了北美，他出生在加拿大，但总是时不时地写到苏俄，这大半是血统的缘故。他笔下的苏俄、关于这个国家的议论，常常达到了出神入化的地步。

以赛亚·伯林很小离开苏联，一直生活在英国。和某些脱离东方的知识分子不同，他从西方阵营回到苏联旅行，写出的文字并没有流于简单的揭露和控诉，而是深入细致地描述和回忆，写了一些人和事，有在场的目击，有思索和罗列，包含的内容相当复杂和多面。他视野之开阔首先表现在文化上，而不是简单的物质现实与政治。强大的故土情感固然会流露出来，但这不会造成偏袒偏颇的视角，而是由此增加的真切和应有的温度，更进一层的说服力和可信性。读者始终感到有一股魔力在左右他，这使他不可摆脱，那大概是土地的魔力。他没有间断地写着故乡，有时只是跳跃和回返，但没有中止。一九四五年，他利用回到苏联做外交官的机会，旧地重游，并在书中详述了革命之后的社区街道生活，工笔描述了阿赫玛托娃带来的礼物，她送的一本书，她与自己一夜难得的交谈。阿赫玛托娃居所的情况，颜色与气味，她怎么烧水，用的茶具是怎样的。这一切都近在眼前，成为不可复得的文献记载。我在时隔近七十年后，也到过阿赫玛托娃的同一个居所，所见之物与他书中的记载完全一样。

与上面两位相似的还有石黑一雄，他也在幼年去了英国，有大量作品写到日本，除了因为受到家长的影响之外，还有血脉的作用。他的代表作《残日》写的是英国，但我们感受的文化气息，却比英国人还要英国。英国本土人士可能对这样的写法不以为然，嫌题材老套或其他，比如庄园文化之类，那都是欧洲作家以前写过的，如托马斯·曼的《布登勃洛克一家》等，很难逾越。我在法国南部的普罗旺斯地区访问，与两位英国作家交谈，那时正好刚读了《残日》，他们问到对当代英国文学印象，我就夸赞起这部书来。想不到一个英国作家马上否定说："石黑一雄这部小说没什么新意，那是早被写过的题材了。"他的话我不同意，知道文学写作绝不是题材这么简单，但也无心讨论，因为要说个明白，需要很多语言，这又不是通过翻译能够进行的。他说到的那些书我大致读过，可是石黑一雄的新作却以全新的质感吸引了我。我知道它与原有作品是那样不同，不同在哪里也说不好，可能就源于一个日本人的生命视角，源于“他乡人”的讲述。石黑一雄写得再英国化，毕竟也还是日本人，血脉里有东方人的细腻阴柔，有另一种观察力和感受力。异质文化对他的触动很清晰，他的几部作品，都写得既很英国又有东方气质。他对异域文化毕竟敏感。

不同文化板块的杂交，会产生出强悍的生命。比如杜拉斯的《情人》，其实就是不同文化板块碰撞的结果。她是一个西方人，生在越南长在越南，十八岁才回到法国。但她回头看自己的少年和青年，两种文化产生了强烈对比。她对东方和东方人全都敏感。在那本书中，她不带太多色情地、审美地写出了东方男性的身体。她还成功地写出了西贡当时的街区气息。这都与地域文化的感受反差有关，对比中，刻度总是十分清晰，更难以忘怀。文化板块的杂交与碰撞有明显的效果，这其中会产生杰作。奈保尔、沃尔科特、帕穆克、杜拉斯、艾略特，他们笔下的文字都是这种情况。并不是说只有这些作家才有入木三分的能力，而是说进入他们眼中的，是经过了碰撞、产生了对比的。

一个作家对异域文化的认识，会伴随着对自己根性的认知，并在这个过程中增加追寻的热情，使写作进一步融入全人类的价值观。任何工具性的企图心、小聪明，最终都不会被接纳，尽管小市民、小农思想在移民文学中也屡见不鲜，但一定是比较浅薄的。并不是说一个作家游走他乡了，再回头打量自己的土地，就一定能在认识上跃升一层；假如世俗功利心重，作为转述者的优势也很容易被抵消。杰出的作家无论走多远，都是恋根的人，这是他们成功的奥秘。失去了心中的根性，一切将变得不可想象。不仅内容，气质、情感、色泽等诸多方面，作为“他乡人”的理解和诠释，都往往是更独到、更别致的。这来自新的生存经验，以及对比中产生的清新和清晰。

如果没有把真理当成原乡，他乡人的写作也终究会成为无根的浮萍。离开故乡的人，一种变得更有力、更深刻，另一种却会变得游移空虚。不热爱真理的人，文字和精神世界是可怜的。“他乡”并非是猎奇的优越条件，而是意味着更浓的乡愁和更强的追问。我们切不可忘记一些事件、一些事实：杰出的作家有不止一个方向的拒绝。他们追问真理，将此当成最后的故乡。一个作家被利益集团所操控和玩弄很容易，但在真正的作家那儿，这又很难，非常难。作家是格外顽韧的，极端地看重故乡，因为这是血液中奔流的东西，是终生不可埋没、不可改变的。

文化与自然的板块

因为拉开了时空，我们现在可以清楚地看到，在中国古代，地理因素对文学的决定作用是多么巨大。地理上区分出了南、北两大风土，文化上也形成了这种差异。刘勰在《文心雕龙》里提出“江山之助”，他说屈原：“若乃山林皋壤，实文思之奥府。略语则阙，详说则繁。然屈平所以能洞鉴风骚之情者，抑亦江山之助乎？”认为屈原作品的杰出，是楚地风土帮助了他。不同的江山当然有不同的助力。

我们前边曾提到“自然人文三横列”之说，强调的就是风土润化之力，这种力量之大没有什么能够抵挡。屈原的《楚辞》有鬼气、巫气、水气，有神秘和怪异之气；《诗经》生长于中原，有敦厚的气质，有中原沃土的正统气，即使有野性也不同于楚地，就像北方的风，还是有些干爽。南北朝时，南朝文风绮丽，北朝质朴。至于后来唐代边塞诗、五代花间派、宋朝江西诗派、明朝公安派、清代桐城派，这些命名均与地域有关。甚至如同一个杜甫，他在中原和成都写下的诗歌，都显现出地域的不同影响。

一些朝代的华夏版图疆域会有变化，但大致仍然分为南、北两个部分，许多文学派别常常也是根据地理命名的。命名时可能会有一些强调和夸张，因为对艺术特质的概括和提炼，既是学术的要务，也是离开审美核心的一个由头、一种借口。对一切概括性的指代，包括“现代主义”“现实主义”“浪漫主义”，这些看起来似乎是不争的学术概念，其实都要存有三分质疑。最终还要深入文本内部，抓住事物的核心和本质，提炼生命个体独有的力量和美。审美和文学写作的目的不是等待他人来划分派别，不是抓出对象中其实并不重要的因素加以扩大和强调，以敷衍自己的某些成说。这一般是牵强的，并非上乘的工作。审美是生命感动，是微妙难言的激赏，是击节之快，是沉默之余。

区分类别、学术分析，这些听起来头头是道，很有条理，似乎也很有道理，但细究起来常常也问题严重。例如“现实主义”和“浪漫主义”、“典型人物”和“典型环境”等说辞，中外出版了不少这方面的著作，不过看看就好，它们只是出于学术需要制造和归结出来的东西，细究起来并不符合文学写作的实际。文学和艺术不太可能有学术定义之下的“现实主义”，相反，凡是杰作一定是高度浪漫的，只是它们的外在笔触和色泽有所不同而已。“现实主义”不是把现实照抄下来，而是将生活所获所感来一番大挪腾、大发酵，最终变成自己心灵里的物象，也变成自己生命的一部分，这生命永远都不会重复。而“现实主义”要求把“现实”搬进文学，却又要求“文学”高于“现实”，这就自相矛盾了。我们很难找到在这方面能够自圆其说的学术。写作者如果按照各种“主义”去指导和从事复杂的创作，那一定会陷入极大的苦恼，徘徊焦灼而不能自拔。对一些学术概念谈谈可以，这样既丰富了谈资，还能借此熟悉一大批作家和作品。但最好不要与写作实践联系在一起，不能搅混，而要保持一份通透和怀疑。写作者需要诗性的孕育，而站在一旁的学术人士主要还不是做这个的。

同样在山东境内，齐文化与鲁文化就不同，不仅是文化内容，而主要是文化气质的不同。齐文化水性大，却又不同于江南。齐文化喜谈怪力乱神，更具冒险的勇气，因为临海，身上有海洋文化的基因。齐文化野性而不干燥，也并无十足的土性。山东西部有几处淡水湖，所以那边的文化虽然湿气重，却有淡水的土腥气。而胶莱河以东的半岛又不一样，那里有浓浓的仙气，有海鲜气，虽然和湖区一样水性很重，却没有土腥气。

北方干爽，南方滑软，不仅是中国，美国南北方的文学也呈现出明显的差异。《汤姆叔叔的小屋》《小妇人》和《飘》不同，福克纳写的南方文学、大家族文学，和北方的也不尽相同。日本审美的典型代表，从大自然中看可能是清美的樱花，从作家上看也许是川端康成、紫式部和清少纳言，而不是后来流行那些比较通俗的市井或青春小说。我有一年在日本讲课，经常在小河边散步，看河边小路上开着的一簇簇樱花。此处樱花树多，花期极短，日本人为了多看一眼樱花的绽放，甚至在树下搭帐篷过夜。这种渴望陪伴樱花流逝的情怀，着实令人钦佩，还生出一丝伤感。在秋天，日本人将饭食摆弄得异常讲究，食盘上总要放一片枫叶或一朵菊花，提醒人们秋天的到来。对比之下我们熟悉的一些地区在情怀上就粗糙很多了，只顾得吞下大鱼大肉，哪会有这等雅兴。可能是长期贫穷的折磨，让人失去了这样的情趣和余兴；更可能是山水培植出的文化不同，整个文化还嫌粗粝。

我觉得紫式部、清少纳言、川端康成这些人才是真正代表日本文化的。川端康成身上的日本气息很重。有人试着从当今流行的市井通俗畅销小说中寻找岛国风韵，实际上是比较淡薄的，甚至是已经变味的。这些畅销文字相对粗疏、随行就市，没有多少写作的难度，作者也无意耿倔地持守一个民族的传统和情怀。他们似乎对自己的传统是疏离的，并没有什么亲和力，相反，对于美欧流行文化倒是情有独钟的。起码从译本来看，我没有感到其语言的难度，以及特异偏僻而又深邃悠远的思想意境。好的日本文学是比较沉默的，它们通常不太进入一般读者的视野。浅表流动这一部分，是商业主义严重腐蚀下的产物，向往、表达和模仿的是西方的娱乐主义，将西方现代主义以来的颓丧与东方脱亚入欧的自卑结合起来。这一类作品几乎都有这种肤浅的倾向，自身文明在强大的西方商业主义面前手无缚鸡之力。类似的堕落和颓唐，几至绝望的情绪，美国青年凯鲁亚克和金斯堡他们早就写尽了。

那些流行文学不能代表日本，它们是轻率和廉价的。有人曾经很不喜欢这一类文字，但后来却发出了有所节制的赞许。起因是他读了某个作家的发言，发言者面对强势的权力显示了责任和勇气：弱者的勇气。是的，发言很好，与一大堆扯淡的作品不是一回事。寻觅日本文学之美，可能还是要回到《源氏物语》，回到紫式部那儿。后者除了那部伟大的长篇小说，还写过宫廷生活的散文随笔，全都才华横溢。她写宫中小女官午间小寐，长发披散，醒来后额头压了一块红印；写了庭中溢满菊花的香味，女子和官人的身姿与神情。这些精致的细节非常动人，那种情致和气息完全是日本式的。清少纳言、川端康成、鸭长明、谷崎润一郎、和泉式部、松尾芭蕉、岛崎藤村、德富芦花等，也有这种清美。要读出他们对待自然那种情怀，那种蹑手蹑脚的怜惜。

我在一个冬天去了俄罗斯，而不是在春夏去看温暖热情的圣彼得堡，据说那时美极了。于是我看到了一个无比严肃的俄罗斯。俄罗斯文学留给我们陀思妥耶夫斯基的《卡拉马佐夫兄弟》《死屋手记》，留给我们托尔斯泰的《战争与和平》《复活》。还有其他无数杰作，诗章与其他文字。我们忘不了一片大陆的多思、忧郁、冷漠和孤独。那是一个大雪天，车行在俄罗斯的雪野里，一路看着白桦林、松林，来到了托尔斯泰的雅斯纳亚庄园。在茫茫树林中踏着大雪，感受世界文学中一位永恒的人物，他的平易可亲与不可企及的伟岸。许多令人称绝的现代炫技、荒芜和异化的深刻，在这里都变得轻淡了，从记忆中远退和消散，没有踪迹了。

现代主义文学无论如何超绝，如何展现不可思议的智慧，以现代异化、丑陋和美好综合而成的令人沉迷的魔力，也比不上托尔斯泰、陀思妥耶夫斯基他们的俄罗斯大地。马尔克斯已经是杰出的作家了，但他见了陀思妥耶夫斯基或有深深的一躬；索尔·贝娄的《洪堡的礼物》异常睿智，但他前面还伫立着托尔斯泰这个会亲手缝鞋子的小老头。认为古典作家一定比现代作家高出一级，这是我们的某种偏执还是其他，最好留给深夜细细思之。看了俄罗斯文学，人们会感受什么才是大陆文学。在俄罗斯大地旅行，会感知这样一个广袤而寒冷的地方，为什么会产生这样的艺术家和思想家。这片土地上的文学即便到了最纤细苍白的时节，还能产生拉斯普京和阿斯塔菲耶夫等令人叹服的人。

现当代的东方，这里指我们熟悉的某些地区，似乎还缺少一种抱负：既写出现代的变异性先锋性，有索尔·贝娄、马尔克斯、石黑一雄这样的洞悉力，有对一个怪异时代的深入表达和综合呈现，又能让作品闪射出一点伟大的古典色泽。这需要自我的强大独立精神，有坚定的意志力，对一时风气无察无觉。只有傻傻的人才会害怕人多势众这回事，在进行文学判断时，最需要剔除的因素就是庸俗的众声附和。有人一听书的印数就慌乱起来，再也没有自己的主意。从文字中感受语言与思想和诗性，需要特异敏感的知悟力，而且这应该是卓越的专业人士所必备的能力。这种能力要在时间里慢慢洇开，汇引成溪，然后流动开来。杰作都是这样产生的。优秀的作家从不追逐发行量，也不写糟糕的流行读物，他用来衡量价值的只有一个：心灵的指标。

辽阔苍凉的俄罗斯大地与精致的格外人工化的西欧，在文学气质上的差别是自然而然的。它们有各自的品质和美，并因此而把阅读引向偏爱。

虚假的乡土文学

“乡土文学”作为一个概念是暧昧不清的，它指的是“本土”还是“乡村”？是格调和语言、气质和境界，还是书写的内容？如果非要说“乡土”，大概首先应该说到它的质地和格局，主要区别应该在这些方面。“乡土”不一定是指农村题材，写市井、城市，甚至写现代科技之类的内容，也仍然有可能属于“乡土”。荒谬的是，近年来有人一度将“乡土小说”与“现实主义”联系在一起，还将其确立为“正面”的创作方法。这是根本不通的业外之识。

在一定的情势下，为了某种需要而培植出来的这些“乡土文学”，说到底是畸形的，是目光短浅的口号化工具化的变种。在二十世纪七十年代前后，一些“乡土”化的表述是相当模式化的，大多粗浅简陋，是很初级的文字连缀。比如最常见的句式是“张大爷语重心长把话拉”“李大婶脸上笑开了花，手拉手说起了知心话”等。这种语言气息并非不好，但不能成为一时模式和通用范例，不能在一切题材中推广应用，更不能都来如法炮制。这种表述的口气演化和承续下去，使一个时期的文学语言变得非常贫乏，起到了很不好的示范效果。朴实不等于粗俗无文，生活化、底层化也不等于某种言说套路。这种语言继续演变和发展，越来越土并且趋于生硬，走到今天又是另一副面孔，如“能拼才能赢”和“底层”“民间”之类，这些语调写出的强者和倔者的故事，其实境界很低。这种语气笼罩起来的意识和大致的内容，可能就是一些人推崇的“乡土文学”的正宗，把一个好生生的文学概念给糟蹋了。

我们的“乡土文学”一度专门写乡村奋斗者，写出身卑微的人如何不甘，通过打拼终于“出人头地”的故事。这种主题毫无新意，也不需要写作者动太多脑筋，但具体表达起来仍然要处理很多问题，如人物形象是否概念化，情节是否老旧。读一些中外老书就会发现，写底层人挣扎的小说、写硬汉和强者的已经太多了，比如美国的杰克·伦敦就是这方面的一个代表，今天要超过他是很难的。关键是这些经典是个人的、不可重复的，是生气灌注和异常饱满的，因真挚和诚恳而撼动人心。它除了写主人公的愤愤不平、改变命运的拼搏，还有与之不可分离的许多元素，如大自然的神奇、人的悲悯、怜惜和挚爱、黑暗和救赎。其中蕴含的人性的纯粹与烂漫，和坚韧顽强的精神从来都是密不可分的。这里面没有廉价的从“奋斗”到“成功”的一条线性思维，更没有主人公“成为人上人”的狂喜和自满，没有“混出来”的那种小人得志的神色。

“乡土文学”理该有另一种美，那是踞守一隅的自给自足，是于生活实用性中提炼出来的，类似于剪纸窗花和蜡染花布那样的淳朴可爱。这样的艺术是不可取代的，有着长久的生命力。

某种区域性的文学艺术，特别是文学，失去了耕读传家的古老传统的培植，是不可能茁壮的。它由很狭窄、很低俗的认识培育日久，最后竟然大致形成了一条专门的路径、一副熟悉的面孔。通常它用一副破败的嗓子跟上喧哗，使一个小地方显得很吵。它的世俗功利性越来越强，工具化也越来越明显，而且特别小家子气和地方主义。这种被扭曲的“诗意”同时也有很大的普及性和传染性，所以很容易就流行起来，并且化为一些低能的“专业人士”的看家本领，甚至练成了他们的一种“功底”。这种“艺术”人们大多是熟悉的，因为难以表述得清楚，有人曾勉为其难地为其命名为“文化馆气”。我们前面赞扬的“剪纸”和“蜡染花布”的淳朴，与这种“气”说到底是犯冲的。它的危害在一种特定的文化土壤上会充分显现，作用极为负面。在它的侵蚀下，本来就十分褊狭的境界会更加打不开，变得更卑微和更自轻自贱，而且对弱者有相当的侵犯性。在物质主义和娱乐主义盛行的时期，它的传播力实在不容小觑。

“文化馆气”意味着拘束和屈服，还有轻信；它以地方权势的赞许和抚摸为骄傲，以简单的吹嘘和图解为能事。这种性格一旦养成则很难改变，最好的结局也不过是成为貌似忠厚的仗势者。这其实是极为有害的一类，在所在的区域里，他们永远不会与弱者站在一起。有人认为解决的办法是有的，即引导他们进行大量阅读、不间断地做一些专业培训等。这当然有益，但一切恐怕还远没有那么简单。事实是，哪怕前面真的有一场蜕变在等待，哪怕离化蛹为蝶仅有一步之遥，他们也终究不能实现和抵达那个目标。因为贪婪的庸人一旦尝到甜味便很难忘记，所以在强势面前常常表现得手足无措，甚至感动得哭起来。这是无法指望的。我曾经遇到一些心性绵软的人，他们因为怜惜和爱，还有对艺术的沉浸，很容易就流下眼泪。

可另一些人却不是这样，他们虽然自诩为作家、艺术家，一旦得到权势人物的赞许，立刻“眼圈红了”，像小孩子一样哭了，呜呜地哭了。

这种潜在的“小泪人儿”很多，好像是水做的。这种“小泪人儿”可以做很多事情，只不宜从事文学。

不由自主地哭起来，这样的人可不一定就是多愁善感的人。我见过一位年纪很大的作画的人，画得实在拙劣，可是动不动就哭。看上去是多么可爱的老人，一说到单位某个领导来看他了，立刻就哭起来，谁也劝不住。这不属于艺术和思想的冲动，而是民间所说的那种“眼窝浅”的人。这种人是可爱的，画点小画还勉强，要从事大制作，从事文学这种需要纵横寻索、沉思和追究的心灵之业，恐怕是很难胜任的。说到底我们都需要自问：在自己人格的角落里，是否也藏着这样的一个“小泪人儿”？这样的设问其实并不多余，即便到了很大的年纪，也应该时不时地问一下。

艺术家需要贯彻自己的美学原则，培养独立的艺术人格。文论家谈到一些有名的关于文学艺术的阐述，如今绝不能将其导向浅俗，而应该导向高处，比如他们一直号称遵循的“歌德式”和“莎士比亚式”，就等待这样的阐释。“文化馆气”或“小泪人儿”，都是不与听闻的，他们通常笑吟吟的，心领神会，闻风而动。古今中外无数的艺术家，他们对生活都有很高的希望和寄托。我们最常讲的一句话，就是“要创作出无愧于伟大时代的作品”，但是否也可以反过来问一句，怎样才能“创造出无愧于伟大作品的时代”？鲁迅、托尔斯泰、歌德等许多中外作家，他们对时代和人性有过多么完美的期许，我们不能一代又一代让这些希望落空。

超越狭隘的地方主义需要极大的生命力。虚假的“乡土文学”无论怎样变种，仍然是非常有害的。那种被扭曲和误解的“现实主义”，一旦和狭隘的“乡土文学”结合起来，就会成为一种极有害的怪胎。与这种“文学”相匹配的，一定是眼界狭窄、缺乏理性、愚蠢而顽固的国民性。在现代，我们需要的恰恰是磊落清澈、干脆爽直的挺拔人格。

今天来看，一个写作者也许不必汲汲于中心城市，不必一头扎到热闹当中，相反，倒是需要去其他一些地方，比如说偏僻的乡村和小城，一些不大的安静的地方。人在寂静的角落更容易倾听天籁，因为现代生活实在是太吵了，街区上尽是如此，什么光污染、噪声污染，抬头看不到天空。我们整天接触的全是人工痕迹，已经再也感受不到身边的大自然，过的是一种畸形生活。

也有人说神奇无所不在，在哪里生活都不影响精神的成长。这样说太绝对、太笼统，也太天真了，是书呆子话。事情从来不是这样简单。

凡是谈到“地域性”和“世界性”，人们就会援引福克纳，提到他谈写作的那段话，所谓的一辈子只写邮票那么大的地方，其他地方并不重要。的确，写好了这个方寸之地，也就无所不包应有尽有了。这是作家的本钱，也是成功的奥秘。但这个套路一旦沿袭起来也很难：虽然这里只有邮票那么小，在此厮守一生或半生，竟然丝毫没有染上小地方的狭隘气，也没有我们上面担心的那种“文化馆气”，该有多难。福克纳作为一个南方农民，经营的是一片农庄，还痴迷于飞行，也就是说他有一种冲到天上去的野性。可见这还不是一般的农民，他的心思很大很高。

福克纳的《喧哗与骚动》和《我弥留之际》都是大开大阖的作品，阅读的时候不要忘记他在价值观方面的追求。邮票一样小的地方产生了大心灵，事实上就是这样。听听他是这样说的，“诗人和作家的特殊的光荣就是振奋人心，提醒人们记住勇气、荣誉、希望、自豪、同情、怜悯之心和牺牲精神”，这样的格调与胸襟情怀，一般的乡下人当是难以企及的。

再看哈代，他也是一位固守土地的作家，我们对他的埃顿荒原已经相当熟悉了。这才是真正的“地域性”，它有深刻的根性，有不可解脱的宿命，是一种魔力。哈代对他的荒原爱到深不见底，他在这里感受了永恒、神秘、敬畏和独立。这与小地方人的沾沾自喜毫无共同之处。

现在我们见到的写山区、平原、家乡与河流的文字，许多时候都过分地社会化和概念化了，没有生僻的个人情感，也没有稍稍出乎意料的生命体验。除了写人所共知的故乡的“优美”，就是写同样熟悉的“艰难”，满是道德化的标签。比如“奔小康”“改革”这些大词很多，却从来不曾具体化。邮票一样的小地方出现了这么多的大词，那就不是小事情，那就需要警惕了。关于乡土、山脉、河流等具体感受，差异性和个性，生生不息的岁月故事，这些也许才是他人想看的。人与细节和局部相处是何等有趣，可是“文化馆气”会把所有的趣味全部淹没，那种蜡染花布、剪纸窗花似的淳朴的美，也就全部落空了。

鲁南作家刘玉堂写闭塞贫穷的沂蒙山，写山里一位乡土诗人一边吃煎饼一边看《大众日报》，竟有这样妙的句子：“一手拿着大众日（报），一手拿着煎饼吃。”还有：“你也不要瞧不起，本人也是大专毕（业）。”真是幽默，确有剪纸窗花和蜡染花布那样的质地。另外我还见到一位爱诗的山村老师，他这样赞美朋友送来的新春龙井茶：“龙井茶，浙江有，有钱难能买到手；你一口，我一口，人人爱得浑身抖。”他多么爱这种茶啊，心中竟然涌出了少男少女才有的热烈之情。

真正健康的“地域性”常常具有朴实的夸张和热烈，却始终不失本分，也不是物质主义的欲望表述，更不是地方特产的说明书和广告词。它为我们增添新的审美欣悦，引起心底的兴奋，唤起对于当下丑陋和罪孽的警觉与愤怒，对人性、人道和自然的景仰与向往。它本质上具有悲剧精神和生命的悲悯，能够产生消除恐惧的力量。它站在物欲的反面，保持一份土地的生长和厮守的温情，歌颂生命的激越。它与“世界性”非但不曾隔膜，而直接就是其中的一员。

讨论

核心是认真生活 / 不能被打败

超越“地域性”的一个重要途径就是多走多看。再就是，要在自己生活的地方，极认真地对待生活。我们反复讲“深入生活”，这句话很好，但是慢慢被俗化了，认为深入生活就是简单地去“热点”了解情况，甚至把它当成任务去完成。实际上深入的核心就是认真生活，只有认真生活，才能够超越狭隘的地域主义。如果得过且过，不追求不反抗，就不会好好地爱，跟周遭的冲突也会很少。冲突一少，就失去了较真的机会；多较真就会多收获。有人说较真不起，怕得罪了什么人承受不起，这就成了世俗中的得与失。所以“深入生活”讲讲容易，要做到极难。对不公正、不真实、丑陋之物，心里要有判断，有强烈的情绪产生，然后才有心灵的记录。

仅仅读书，也许完成不了对狭隘的“地域性”的超越。读大量世界名著有助于超越，但是也不一定。因为尽管可以多多地形成知识，但还没有跟具体生活结合。伟大的灵魂可以影响一个人，但是把伟大的灵魂当成了一种符号和一种概念去接受、当成某种知识去储存，恐怕也无济于事。有人读书不多，但是生活认真，很有原则，而不仅是一个好人和明白人，还是一个有正气的人。人的正气是掩藏不住的，总要流露出来。这样的人有冲撞的性格，生活上可能不走运。“一个人可以被毁灭，但不能被打败”，海明威的这句名言就此有了着落。还有人为了真理，在生活中撞碎了自己，这就是伟人。

需要超越狭隘的“地方性”，排除“文化馆气”，当然是要向往那些“大榜样”。

表现和再现的关系 / 首先要有记者的能力

“再现”是直接描摹，是所谓的“现实主义”要素。但“现实主义”又把这个“再现”否定了，说不能依葫芦画瓢，而是要概括和提炼，要比生活本身更真更高。这就把人说糊涂了。“再现”实际也是有力量的，如实、不夸张、不走样地记录下来，这是记者做的事情。作家要有记者的能力，这也很重要。

有的人认为具备这个能力很容易，其实并不容易。好多人养成了习惯，看到了一件事，转述时马上就不自觉地变形和夸张。我们在生活中常能见到颠倒事物的人，有时也不是故意的，就是不自觉地张冠李戴、化小为大、以虚为实。每个人都会有这种心理倾向，要注意医治，让自己朴直求真。

另外，作家有了记者的能力，还只是第一步。他最终要学会和运用“表现”，这是“再现”基础之上的。但不能乱用和滥用“表现”。并不是只有夸张地描写浪漫之物才会养成乱用和滥用的坏习惯，另一种情况也会，比如为了依附和趣悦强势，就会不顾事实加以夸饰。有时作家需要虚构，极度个人化地抓住真实，如果写作者没有这个能力，也就没有文学的能力。

我的一位好友，对我讲他的姨母长期炼内丹，八十岁的时候突然“成了”，盘腿离地而去，到处游走。我马上想到了马尔克斯笔下的一位神父，那个人喝了一杯巧克力才可以离地几厘米；还有《百年孤独》里的雷麦黛丝，被一条床单裹着吹到了天上。这些描写都有夸张的力量，但奇迹出现时还要依凭一杯巧克力和一条床单。我不信好友的话，提出去实地看看，他说已经晚了，姨母被民兵抓走臭揍了一顿，没有那个能力了。我问为什么要揍。说是因为嫉妒。我当然不信。

这个故事就涉及“再现”和“表现”的关系。他显然是在“表现”，虽然当时皱着眉头跟我讲故事，但他的“表现”失去了“再现”的诚实。只说是“嫉妒”，大概不会这样简单。

没有完全邪恶的土地 / 淳朴和认真

只要认真追问生活，“地域性”就一定会通向“世界性”。二者之间存在对立统一的关系。上苍不会创造任何一块独立于世的，尽是邪恶或全是美善的土地。只要是一块土地，就具备丰富性和生长性，就是大地的一部分。

假如一个角落是邪恶的，那么对邪恶的记录和追究揭露、反抗和斗争，也会组成“世界性”的一部分。任何时候都欢迎勇士。一方面上苍不可能造出一块完全邪恶的土地，另一方面也不会造出一块完美无瑕之地。爱当所爱，恨当所恨，这本来很好理解。像古代英雄史诗《贝奥武夫》中的勇士、经历战争之后回家的英雄，是“世界性”中最重要的角色。

主要还在于个人灵魂的力量，拥有怎样的价值观，能否守住生命中最可贵也最容易丢失和伤害的淳朴与认真。很多文学问题和生活问题纠结起来，会出现许多问题，当然是有原因的，环境、朋友、运气，许多。但最根本的原因就是不质朴，一旦不质朴就会装腔作势、附庸风雅、投机取巧、耍小聪明，其他种种问题都会接踵而至。有时小有得手，有时临时得手，但总不能长远。山东有个说法叫“老实常常在”，强调老实才是最重要的。但老实并不意味着任人宰割，老实人的反抗，力量也是很大的，老实更是一种不妥协，是一种认真。

只怕没有故乡 / 思与诗的个人性 / 用脑与用心

作家与乡村的关系有多种情况。有人在乡村里生活了很长时间，可以运用的写作资料很多。还有人短暂居留就离开了，故乡的记忆很少很浅。我们讲童年的时候就曾强调，即使经历短暂也很重要。童年这一段是生命里最重要的时光，不怕短，只怕没有故乡。

有人在童年或稍大一点就被携走了，像前边讲的石黑一雄、以赛亚·伯林，故乡对他们的精神仍然有强烈的牵拉，严格来讲这只能是血脉的力量。血脉很难割舍，作家尤其难。纵使一个仿佛并不依赖童年记忆的人，一生中可能一笔也没写故乡，但我们还是相信在他的文字脉络里，能够看见故乡。

几乎少有作家对故乡一笔不写的。有一点是肯定的，在中国作家里，一生的记忆主体在故乡的，这样的人特别多。那么有一个疑问就是：作家都在写自己的故乡，尽管它很特别，只属于自己，然而中国乡村的共通之处很多，这样写是否会了无新意？无论中外，写起故乡来，无非就是农村的猫猫狗狗、好人坏人、乡间土豪、男女爱恋、凶杀世仇，是人和土地的故事，这一类大致相同的元素。实际上不光写故乡，其他的写作，大的情节上也不外乎那些元素，富人穷人、强者弱者、爱恨情仇，是这些组成了一部又一部新作。故事再怎么变，基本元素总是这些。通俗小说在品质上总是低一等，原因也就在这里，它只提供娱乐性，不需要复杂的追究，不具备难以重复的思与诗的个人性。

到了现代小说，讲述故事的意义和方法变得更加复杂，它与作家语言的关系更为紧密。现代小说的故事看起来重要，但已经不是传统的讲叙。小说里的故事不是弱化了，而是强化了，但是强化得不动声色。它溶解在语言细部，与语言之间更加密不可分。现代小说一旦离开了叙述者的语言、语调、调度词汇的方式、文字气息，故事的大半就失去了。基本的故事元素也就那么多，通俗故事的大线条都是有配方的。现在出现了自动写作的电子软件，往电脑里输入一些主要元素，只要不断电，机器就能组合出一部小说，当然是通俗小说。但是现代小说这样干就完全不成。

故土也有固定的元素：猫、狗、男女、老人、小孩、忧郁、爱情、出走、流浪、外祖母、爷爷、贫穷、幸福、娇惯、流氓、地痞、桂花、菊芋、地瓜、高粱、土里打滚、河里游泳，这些元素放到一个框架里随便摇一摇，就可以形成无数的魔方。但这种机械的组合意义何在？仍然还是给人似曾相识之感。我们现在不愿意读书，部分原因就在于遇不到新意趣、新气象，都是老一套的变相组合。

每一个地方都有特异的蕴藏。即使是出身于同一个村子的作家，如果各具才能，他们写出的村子也不会一样，色彩、趣味，包括故事，都不会相同，读完后感受差异一定很大。对极有才能的人来讲，他们观察到的那些日常生活元素已经不是特别重要了，因为目光穿越了元素表象，已经深入生命内部。在内部看到的东西，像凡·高看到的星星，总是剧烈旋转的，甚至像燃烧的金属，随时会溅到脸上将人灼伤。因为灵魂是独特的，感受是强烈的，生活中似曾相识的东西，被迥然不同地认识和表达了。

真正意义上的乡土作家肯定具备强大的特殊性。马尔克斯笔下的马孔多小镇那样著名，总被人谈论着，从古典主义后期到现在为止，无论中外都很难找到另一个马尔克斯。马尔克斯眼里的事物全都是既变形又质朴的。略萨的名气一度高过了马尔克斯，但在我的阅读体验中，略萨仍然没有那么好，他偶尔还在表现粗线条的概念化的东西，这影响了其文学性，虽然他也是十分杰出的。

无论写什么，诗也好小说也好，无论中外，用脑子写作的人容易先声夺人、容易造成影响，在很广的范围里被接受。多数人用脑子写，用心的人就少多了。用心的人是一些更可靠的人。尽管这部分人少，但最后是他们留下来。几乎所有的畅销书都是用脑子写的，当读者获得了更高的文学能力，就不会喜欢它们了。

组成和互补的关系 / 在小茅屋里咕哝

前边说过，“地域性”和“世界性”并不是简单对立的关系。写作者无论多么弱势、多么忿忿不平，表达之物最终还是要有益于人类的总体生存利益。二者是组成和补充的关系。

但是会有一个问题。强势的“世界性”和虚假的“地域性”，这里指依靠强力、依靠传播力、依靠语言和文化殖民的优势，制造出大量的原则和规矩，仍旧是靠不住的。写作者挑战的不应该是真正意义上的“世界性”，而是其中虚假和畸形的元素，这恰恰是对“世界性”的贡献。这时候的写作者是以分庭抗礼的方式，做出了重新组合与融合的工作。

不能说一个地方小、格局小、经济实力小、声音小，就一定要挑战大地方。使性子有时是难免的，人的天性里喜欢以小博大；有时则是压而不服，感受到压迫就要反抗，这就是人性。但是为反抗而反抗是走不远的，反抗者不能使性子，而需要深沉的修炼。反抗者要在强化勇气的同时，明辨是非。

反抗也是一种修行，是不断矫正自己心灵和认识的过程。反抗不可避免，自我约束和重新认识也不可避免。我们服从的最高准则，不是话语权的大小，也不是声音的高低，最终还是真理。没有道理的人站在月亮上讲话，也不会令人信服；有道理的人蹲在小茅屋里咕哝，也会得到赞同。真理和永恒在任何地方都可能产生，只要是认定的真理，就要坚持。有人会有误解，认为只有堂皇的大地方才有真理的宣讲者，事实上并非如此。

忍耐和阅读 / 经典是迷人的 / 文学阅读能力

狭隘的“地域性”最愿意做的一件事，就是迎合现实中能够左右他的人，或者去迎合读者。当内心虚弱的时候，就会寻找两种力量，一是人数，二是权势。

真正的作家大都不太在乎这两种力量。他们是认真生活的人，是有个性的，也是朴实的。奥地利作家穆齐尔生于望族，一生著作不多，翻译到中国来的更少，他在中国最有名的作品是《没有个性的人》。穆齐尔生逢“二战”，从奥地利移居柏林，因为纳粹上台又流亡瑞士，在瑞士过得很艰辛，在六十一岁的时候中风死去了。《没有个性的人》在生前没有得到完整出版。他的作品即使翻译过来，我们读起来仍然感到吃力。法国女作家杜拉斯曾经在海边的旅馆里读这本书，差不多读了一个假期，说这是一场“浩大的阅读”。那意味着她的忍耐力达到了极限。但是付出了忍耐更有收获，杜拉斯将《没有个性的人》视作她“永久的读物”。

需要忍耐的书，有一部分是无聊的，这就不需要忍耐了；还有一部分是愿意忍耐、能够忍耐，即使忍无可忍，也还是会忍下去。我读穆齐尔的时候就有这样的忍耐感。文学史中有一些这样的书，当我们付出了耐心，即会获得从未有过的营养。是营养，而不是力量，像《没有个性的人》那样，令人觉得触摸了写作的大自由：原来可以这样写。好书给人自由，使人获得艺术表达和思想探究的勇气与冲动。

有人提倡读文学经典，说尽管读经典很累，但收获很大。这样说是不对的，因为之所以是经典，一般来说是极吸引人的，因为有魅力，因为好读。假如面对一排经典反而觉得难读的话，那多半是缺少文学阅读能力所致。我们常常遇到一些很自信的人，他们评点图书，在网络时代往往很活跃，但仔细看看，这些人大半是缺少文学阅读能力的人。这种能力并非是受了许多教育就一定能具备，不是，如果在这方面有先天问题，比如一个画家是色盲，那么再好的教育也无法改变这种生理缺陷。这里不是说每一部经典都不需要忍受，《尤利西斯》《追忆似水年华》需要忍受，但需要忍受的经典，在经典的丛林中不过是百里挑一。需要忍受的，是那些过于刻意和晦涩的书。这样的经典有一部是一部，模仿它们是没有必要的。这些形式主义的、晦涩的、铤而走险的文字，要成功也是百年一遇。

经典是有魅力的、跨时代的。它偶然也有时代的错位。例如《战争与和平》这部巨著，可能让人难以忍受，但一旦进入它的语言系统，就会紧紧地被吸引住，随着读下去，还会担心它的结束。经典作品有黏人的性格。

像苏联作家阿勃拉莫夫写的《普里亚斯林一家》，第一本多好，第二本就变得急促，神气散掉了。文学作品就读一股“气”。武侠、言情之类缺少“气”，它们的文字是死的。读一部杰作，作品里的“气”会把人罩住，跟个人的生命之气混在一块儿，所以是不会晦涩的。

古典时代允许写作者大把地使用文字，而今不行了，每个人都变得时间紧任务重，诱惑的东西又多。网络时代为每个人节省了大量时间，但奇怪的是人的时间反而更加紧张。这种情况下读文字拖沓的作品，会有不能忍受的感觉。但只要是真正意义上的经典，一旦把握了它的语言节奏，谁要从手中夺走这本书，比从狗嘴里夺肉都难。

经典迷住了一代又一代的人，迷住你还有你后来的人，但条件是一定要有文学阅读的能力。

浑然交错的社会生活 / 人在大地上迷路

读者首先面对的，往往就是“地域性”。比如穆齐尔，我们面对的是他的情感、描述，他的语言和他独有的生活。

只有个人的深入表达，才会是“世界性”的一部分。为什么要这样谈“世界性”？它是不需转译的，比如怜悯、勇敢，善与恶，美与丑，爱与憎，这些内容与价值本来就是世界语言；这里不是指它们本身是“大词”，而是指贯穿其中的精神质地和心灵表述。这里说的“世界性”不仅仅是作为概念而存在的，也不是一成不变的显在内容，而是作为个体和个别的认知，作为不断变化和浑然交错的社会生活状态之下的呈现与确定。它是动态的、运行的，而不是凝固的、静止的。它是时刻考验的、幻化与闪烁的，而不是一劳永逸地横亘在某一个地方。不同的表达和寻觅趋向汇聚，从而形成了“世界性”。它不曾停止生长，是往来不息的万千生命经验。

假如在作品里歌颂屠杀，那肯定不能在“世界性”中立足。像《金瓶梅》那样肮脏的性描写，也不会。康德说的“头上的星空和心中的道德律”，“律”是天生的，连小鸟、狗和猫咪，也能发现它们身上有多多少少的“律”，更遑论人。人比动物高级，即使是至坏的大恶，在一些时候也会表现出他的“律”，即良知良能的部分。恶累积成一个箭头，就会捅穿善。所有生命，包括一棵植物都有天生向善的性格，有“律”。心中的这个“道德律”会引导人认清土地上的邪恶，即使经过伪装，也还是能够辨识。

不要忘记仰望星空，不要总是低头看地。土地生了人，营养和培育人，人就要完全忠于它、信赖它，这是不够的。土地生出了万物，包括粮食和毒菇，以及河流、高山、丛林和其他一切。“心中的道德律”依赖星空的照耀而不断强化。

星空能保证“律”的随时存在和清晰，因为这是与上苍的连通。人在大地上迷路，这就需要仰望星空找出方向。星空的遮蔽总是暂时的。《在乌苏里的莽林中》的老猎人，就指着北极星说：“这是最大的人。”

世界性经典的特征

经典的特征是视野开阔，具有不需转译的思想和美，这些是关于世界、关于全人类的，它的转达透彻而显赫。像托尔斯泰的作品，它的“世界性”是非常明显的。现代作品中有的像《在路上》这样的浑浊，转弯很多，不是一条直通通的大路，需要小心行走。中国的四大名著，像《三国演义》和《水浒传》，我并不觉得它们全然都好，其中有大量东西会被“世界性”所剔除，比如江湖义气、为达目的不择手段等，都是很恶劣的元素，终究不会被接纳。

可见并非说只要是杰作，就具有全面的“世界性”，就会被世界全部收下。有的是接受某一部分，有的是绝大部分，有的带有太多的瑕疵，只能在门外徘徊。阅读杰作的时候也要清晰，不可简单地服从。

杰作并非没有缺陷，大杰作甚至有大瑕疵。有许多经典里的东西是不可接受的。如果是价值观方面的问题，比如诲淫诲盗之嫌，就会被排斥。这一类作品不能被称作经典，大多数人心中的正典，不会认可它们。现在担心的是，在物质主义时代，特别是国民素质低下的一些角落，狭隘的趣味会将本来早就为“世界性”所剔除的内容，又大胆包含进来，且不以为耻。有人津津乐道的所谓作品的“认识价值”，总是和其他价值在一起的，是你中有我我中有你、互相交织不可以分拆的关系。然而一旦将“认识价值”强行剥离出来，视为一种评判的大依据，那就一塌糊涂了。而有时候这种糊涂人又太多，越是脏丑，就越是喜悦。有的人在诚恳的大灵魂面前会感动，但另一些人会觉得那是“虚伪”。

文学不是一种专业，而是生命中神圣的原有的能力。可以暂时与这种能力不能相遇，但绝不可以侮辱它。诗的居所在心灵的中心。

第七讲　恐 惧

作家必须将这些铭记于怀，必须告诫自己：最鄙劣的情操莫过于恐惧。他还要告诫自己：永远忘却恐惧。占据他的工作室的只能是心灵深处的亘古至今的真情实感、爱情、荣誉、同情、自豪、怜悯之心和牺牲精神，少了这些永恒的真情实感，任何故事必然是昙花一现，难以久存。

——威廉·福克纳

人类最古老的体验

谈到文学，“恐惧”并不是一个新的话题。比如在十九世纪的哥特小说中，“恐惧”作为结构手法和情节内容，都得到了突出的表达。哥特小说最常用到的元素是古堡凶杀之类，满是悬念和惊悚。这种风格从欧洲起源，后来影响到北美甚至东方，大致属于通俗文学的范畴。个别的雅文学写作也借鉴它的手法，并产生了很有影响的杰作。

谈“恐惧”要从生活的源头、生命的源头讲起。“恐惧”是人类最古老的体验，每个人都曾感受过，但是具体分析起来却比较复杂。“恐惧”存在于人类的深层记忆里，现代相关学科研究发现，这是大脑神经元对危险或臆想中的危险做出的提醒，是一种条件反射，属于正常的生理和心理反应，也是一种自我保护机制。人如果没有了“恐惧”感，反而有可能更糟，许多事情将变得猝不及防，也就陷入了更大的危险。

一般来说，“恐惧”对人既是负面的，也有正面的意义。它在许多时候起到的作用的确是消极的，因为它不仅改变不了事实和结果，还往往让人在这个过程中因为慌促而做出错误的判断，影响了行动效果和行动力。于是，一件事情本来有可能是更好的结局，却因为心里有“恐惧”，也就不能从容地处理，最后反而让其变得更糟。从正面看，“恐惧”也确实可以让人提高注意力，让人振作，使生命产生张力，增加勇气。它作为一种心理状态，有时候是潜隐不察的，有时候是非常明显的。不过它在客观上无论有多么大的正面意义，大概还是不会有人喜欢“恐惧”。人们总是设法远离它，摆脱它。人在应对它的过程中，为了取胜，为了变被动为主动，会本能地求助于许多方法和形式，让自己变得更加理性，从心底焕发出足够的勇气。

人的“恐惧”有许多方向和维度：对空间、时间，对虚无，对无限，对末日。这些是思想哲学领域里讨论最多的题目，通过不断地探讨，人的认识跃升到新的层次和高度。当然，就因为“恐惧”的存在，宗教产生了，使精神有了重要的皈依。作为一般人，“恐惧”最多的还是死亡和贫困之类，最常见的是物质的，比较切近生活与生存的元素。但如果只有这些现实或世俗的“恐惧”，对人而言大概还不能算是最深刻的。“恐惧”最终在一部分人那里还会不断地延伸和扩大，一直抵达未知的领域，它们甚至是无法言说的。这里要包括一些莫名的感觉：是预感，是渺茫而深远的感受。这些是长远的、时断时续的，对人类生活构成了妨碍，渐渐变成无法消除的、漫长的折磨。除了宗教，文学艺术也可以化解焦虑，应对“恐惧”。但是焦虑和“恐惧”又不一样，它其实更接近“困境”。文学艺术拆解生命细部、分析人的存在境况，在展示生活的意义和曲折繁复的探究过程中、在对细节的把握和叹赏中，让思维沉浸和驻留，产生一种抵御力，并且能够抵达形而上的高度。

“恐惧”也是人类寻觅和了解未知世界的结果。对外部的探求当然是一种不断地进步，这里有许多向度和领域，并产生种种衍生品，会引起新的麻烦，滋长新的忧虑。比如随着天体物理研究的深入，人们就多了一份小行星和地球碰撞的忧惧。就此看，人如果不好奇、不探索，反而会少一些“恐惧”；越是不断地进入未知的领域，就越是增加新的忧虑。再加上莫名的和预感的、渺茫的和幽深的，这样一来人的各种忧思就会层层叠加，堆积起更多的担心和惧怕。现代人的“恐惧”是认知力不断得到提升的后果之一，同时又是根植在人类集体无意识中的情绪和经验，是代代相传的，存在于每个人的身上。

现实生活中的人，通常更想回避而不是唤醒内心深处的“恐惧”，不太愿意去直面想象中的危险，总是躲避它的威胁。他们更愿意规避和过滤这些情绪与心理，比如通过娱乐或其他途径。但非常奇怪的是，有时候人们还会用相反的方法，比如用更大的“恐惧”压倒眼前的“恐惧”，以缓解时时袭来的心理压力。可能就是出于这样的缘由，有一类文学作品极善于在文本中制造“恐惧”，例如前面提到的哥特小说，还有中国的鬼怪故事，就是如此。人们之所以喜欢这类作品，有很大一部分原因就是利用它的出现，来冲淡和遗忘身上携带的“恐惧”因子。我们回忆一下从小到大对鬼怪故事的喜好，虽然听的时候也很害怕，但越是害怕就越是想听，尤其是在晚上。可见“恐惧”还会起到娱乐的作用，它是我们所能预先想到和听到的更大的惧怕，这就多少可以压倒还未到来的、现实生活中真实的“恐惧”。

当然，恐怖艺术一般来说都是娱乐性的、通俗的，更高一级的艺术虽然也会吸收它，但一定是将它改造得更有深意。

心理学家荣格用“集体无意识”理论来解释“恐惧”，令人信服。

他认为“恐惧”是由遗传保留下来的无数同类型的经验，是在心理深处埋藏、沉淀的一种普遍的精神。这种积淀当然也要依赖现实环境才能完成，一旦环境改变了，原有的积淀就会慢慢淡薄，以至于消失。

尽管荣格的“集体无意识”是针对人类的概念，但我们发现它也是许多生命的共同特征。比如说小鸟，它在有些地方一点都不怕人，离人很近了都毫无惧怕，这在欧洲和海外一些地区是常常见到的现象。同样是小鸟，它在我们这里是要远远地躲开行人的。可见“恐惧”与否，也会一代代沉淀在小鸟体内。一开始小鸟是怕人的，但是经历了一代又一代，它们都没有被人伤害，都受到了友好的对待，这样的环境就消解了它们的“同类型的经验”。

文学艺术的表达与接受，深层沉淀的作用也是巨大的。经验需要漫长的积累，一种情感模型的发育需要很长时间。只有依赖心理上的共识和共鸣，才能唤起深刻的审美感受，心灵的交流也才得以实现。不同地区的情感与经验有许多大大小小的、微妙的差异，而它们在艺术的诠释过程中，却要起到决定性的作用。

世界上不存在毫无“恐惧”的人，文学作品多多少少都会写到它。许多时候这种表达可能是不自觉的，因为它是弥漫在生活中的不安，常常沉淀在心底，属于无意识的状态。不同的只是“恐惧”的性质和深度，还有呈现的方式。不同的群体和个人“恐惧”的方向、深度与原因都是不同的。任何“恐惧”的因素都可以化入文字，人们最熟悉的莫过于战争、自然灾变，以及鬼怪一类。这其中大都是世俗层面的，而那些形而上的、精神范畴的，才是最难以表现的。

这里要再一次提到托尔斯泰和陀思妥耶夫斯基，《复活》《卡拉马佐夫兄弟》等为罪受惩罚和末日审判而“恐惧”，所以格外令人震撼。它们是精神叙事的高峰，是更高一级的文学。与古典主义不同的是，现代主义更多地写困境（焦虑），而较少写“恐惧”。加缪的《西西弗斯神话》，写推一块巨石上山，到了山顶石头再滚落下来，然后再推上去，陷于无边的焦虑和痛苦。“困境”和“恐惧”有关，但仍然有所不同，二者有先后、过渡和转化的关系。“恐惧”是短暂的，它会时时袭来；“困境”则是长久的，更难以摆脱的纠缠和磨损。

“恐惧”作用于不同的生命，其结果也不同，可以深深地改变一个人。人所经历的巨大的恐怖事件，会形成迥然不同的人生分水岭。如“乌台诗案”与苏东坡、绞刑架与陀思妥耶夫斯基，这之后，他们的生命都发生了巨变。这些恐怖事件常常突兀地出现，又出乎意料地结束。它严重地割伤和重塑一个生命，让他从此对苦难做出更加深入的打量和品咂，变得异常坚毅并不存奢望。陀思妥耶夫斯基整个后半生的文字颜色愈重，苏东坡应酬游戏的文字也大大减少，最终发出了“大江东去”的豪唱。如果没有经历过这些“恐惧”，他们的艺术在整体上可能是极为不同的，那是品质的差异。

同样的事件对另一部分人将产生完全不同的后果。有一位极著名的老画家陷入冤狱，曾被拉到法场上陪决，这等于重生了一次。有过这样的经历，就像苏东坡和陀思妥耶夫斯基的历险一样，然而老画家本人及其生活和艺术全都改变了：不是变得更有力，而是相反。自从这个事件之后，他画中的线条变得紊乱和纤弱，再也没有以往那样灵动而自信的笔触了。还有一位大理论家，蒙冤几十年，从监狱出来后瘦得皮包骨头，太太端来一碗鸡汤，他见了竟吓得全身发抖，连连后退说：“我们这种人怎么可以吃这么好的东西？”

“恐惧”对生命的改造力是这样巨大。文学要写人，也就必然要涉及它，与它形成某种紧密的关系。文学不仅要研究潜入心灵深处的“集体无意识”，还要关注生活中具体的恐怖事件。人们怎样面对、怎样运用理性、怎样回避，特别是它最后造成了怎样的后果，都需要深入探究。

对同类的恐惧

说到“恐惧”的缘由及类型，不得不说，人类对同类的恐惧超过了其他一切方面。就这一点来说，它是那样的深远和普遍，既触目惊心又全无陌生。事实上，就因为对自身、对不同族群或某些个体的“恐惧”，人类差不多耗掉了流血流汗、费尽辛苦积累起来的大多数财力，更赔上时间、智力和精力。比如为了准备战争，人类会把大部分劳动所得消耗在军备上，无数财富荡涤一空。仅此一项，就决定了人类不可能有效和持续地积累，不能专注于更多根本性的创造和发明。由于这样的原因，人类反而没有充足的时间和精力，运用智慧和财力去解决最为紧迫的问题，比如关系到生存的医学方面的突破，还有气候问题、教育民生等诸多更紧迫、更有意义的问题。这样消耗积存，对于人类智慧、精力和空间的占用，都源于对同类的深刻惧怕。这是超越一切的巨大“恐惧”，它耗损我们、重创我们。外交家、国际活动家整日谋划，他们一方面在博弈，另一方面也想达成一些减少“恐惧”的条件。

遗憾的是，人与人之间的这种提防并非多此一举，经验告诉我们，这种预设是十分必要的。有时候这种戒备也出自人的本能，而不是出自日常生活的推断，在现实层面往往并没有多少紧迫性和必要性。可见遗传可以沉淀在意识深处。有的地方小鸟怕人，而有的地方小鸟不怕人，这种来自其他生命的对于人类社会的判断，其间透露出的关于“恐惧”的信息，是相当耐人寻味的。

人类是多么智慧的生物，所谓“万物的灵长”；人类同时又是多么愚蠢的一种生物，竟然可以挤在一个狭窄的空间里自相残杀、日夜争夺。人间的血腥，突如其来的近乎荒诞的残忍事件、无理性的争端与屠杀时常发生，更远的不说，从南京大屠杀、中日战争，再到惨绝人寰的细菌人体试验、当代局部战争、和平年代的恐怖事件，数不胜数。

尽管那些巨大的悲惨事件令人发指，但人们发现，最切近、最常遭遇的“恐惧”，往往还是来自日常生活。人在生活中可以切身感受到的一些惧怕元素，是每个人都熟悉的。这通常不是焦虑，而是具体化、事件化。人类处理的大部分“恐惧”，并不是来自大自然、宇宙、宗教等至大至远的问题，而是自身的致命弱点造成的无法克服的日常悲剧。就生命和生活的表达来看，正因为付出了如此多的代价，也就产生了文学表达的主体部分之一：描写和阐述对同类的恐惧。无数的作品都在写这方面的内容，因为在现代，人类的诸多问题不是松弛和放缓了，而是加剧了。不能将人类自身的“恐惧”推远，那些巨大甚至更为急迫的、危及人类生存的“恐惧”之源就会被忽略，比如天体、气候、瘟疫、人工智能、高科技等方面，它们中间蕴藏的至大危机即使一再地逼近，人类也会视而不见，因为人们已经深陷日常的不安全感、对同类的惧怕和防范之中了。我们都熟悉的一句俗话说“工作好干，关系难处”，谈的就是这种可怕的干扰。人只要进入一个群体中，就会发现行事之难，最难的就是处理人际关系。生活中，人与人之间总有一大“要务”，就是怎样消除必要和不必要的、无处不在的提防。这一类惧怕深藏于本能之中，是非常可惜的。

“恐惧”沉淀和遗留在集体无意识中，现实生活又让其代代延续和不断发展。假如人可以生活得更加宽松，那么这种积淀就会淡化下来。这方面我们的传统文化需要负起责任，一个族群的文化中有好的东西，也有极坏的东西。比如儒家文化对民族心理、民族性格的发生和发展，综合产生的改造力和塑造力是巨大的。“四大名著”中，《三国演义》充满了权谋和帮派意识，《水浒传》中有浓烈的江湖义气，它们是只讲目的不讲手段的，这些价值观对整个国民造成了深刻的影响。人间充斥了计谋和机心，这样的生活多么可怕，它一定会消耗人们大部分创造的热情与智慧，更有宝贵的时间。

在“人情大国”里生活，人最注重的就是经营人脉，因为到处都离不开“人情”。人情社会似乎有好的一面，互相帮助，生活气息浓烈，有一种日常的温暖，但负面的东西也很多，甚至很可怕。所以当有人从人情大国进入别的国家就会很不习惯，因为两者文化不同。有的人喜欢法治国家，觉得凡事按规矩办，人和人之间关系清爽，距离和边界十分清楚。但也有人不习惯人与人之间的这种冷漠，觉得这样的生活太没人情味。一个人脱离了千百年的情感结构，就会感到极不舒服，难以适应。人一开始不喜欢某种社会状态，然而时间长了也会产生依赖。“人情”取代规则和规矩，取代理性，就会孕育出许多危机。人在日常生活中不得不花大力气建立情感关系，不然就寸步难行，实际上也是很悲哀的事情。致力于营建法治国家、法治社会，会是一个很漫长的过程。

共同的与特殊的

我们知道“恐惧”的原因不同，类型也不同。大致区分开来，会发现至少有三种情形。当然它们之间也会有某些联系，许多时候还是相互牵扯的。

一是人类共同的“恐惧”，其中有一部分甚至也是动物所共有的。比如对黑暗、疾病、死亡、地震、火山、海啸等灾变；对未知事物，比如对现代科技无法企及的部分；对命运的无常；对鬼怪幽灵、对超自然现象；对无法逃避的宿命和魔咒；对末世审判，对灵魂无所皈依，对只有现世而无永恒。这些往往是存在于人类之中的普遍情状，只是因为不同族群的文化差别，显示出来的程度不同而已。例如基督教国家对“末日审判”、对人的灵魂去处想得会更多，这方面的忧惧也就更多。

二是特定国家民族和群体的“恐惧”。例如中东一些战乱频发的地方、一些常常发生饥饿与恐怖活动的地区，他们会有格外担心和惧怕的事物。比如在东方的某些“人情社会”中，人们日常生活中因为人脉经营不足、因为维持这种关系以对应生存的忧虑，以至于带来的特殊的害怕和畏惧心理，在其他地区和族群身上就会淡弱一点。前面说到，“人情社会”有好和不好的两面，就生活和社会治理而言，有时会是极度脆弱的。一个社会只要过度依赖人与人之间的情感维系来运行，通常也就不再相信法制和规范的权威，于是就要在生活中绕开它们，转向人情之路、关系之路，平时投入很多精力，还要增加这方面的预设性。这就像在丛林里赶路，需要时时提防某处会有野兽出没一样。这样的社会实际上是缺乏规则的，所以预设和提防都是十分必要的，因为自我暗示的一些危险经常应验。这就给日常生存带来极大的不安和痛苦。

一些族群的特殊惧怕和担心，是由特殊的文化形态决定的。有时我们会看到有关方面发布预警，说到哪里旅行需要注意，哪里已经不宜旅行，指的就是特殊的群体、国家和地区。十多年前，我和一个人正走在意大利街头，一个“吉卜赛”女孩走过来，拿着一张报纸让我旁边的人看，只一瞬间他身上的支票和护照就被盗走了。受害人因为“恐惧”，两只眼睛突然鼓圆的样子让我难忘。

三是作为个体的“恐惧”。比如因性别和心理疾病造成的惧怕、对某类动物的惶恐，这都是个案。猫咪多么可爱，大多数人喜欢它们，但有的人见到一只猫却会吓得哇哇大叫，赶紧躲开。个体差异之大，有时候会达到不可思议的地步。有人怕蜘蛛、怕蛾子，有人怕狗或青蛙。这可能是特殊的心理、个人经历导致的结果。但不管如何，忧惧既然存在，就会对生活产生影响。

文学经常表现这些元素，或隐或显地将其当成思考的源路。的确，文学经常处理“恐惧”，不论是共同的、族群的或个人的、阶段性的或长久的。作品可以将它产生的缘由，它在生活中造成的难以消逝的后果，它怎样左右和影响人与社会，改变和决定一个家族或更大范围内的事物，将这一切加以表达。事实上这种不安甚至是极大的忧虑，在生活中到处存在。像《红楼梦》写贾府、写大观园，令人印象最深刻的除了无处不在的爱欲，再就是“恐惧”了。“恐惧”充斥于贾府和“大观园”的每个角落：男欢女爱，奴才对主子的侍奉，不同等级的主子，奴才所处的秩序森然的结构，几乎到处可以看到它的存在。在一部分实权人物那里，“恐惧”还可以作为一件实用的工具来使用。

《红楼梦》作为一部传统经典，可圈可点处太多，单讲“恐惧”的书写，就非同一般。好在它不像外国哥特小说和中国某些通俗小说那样，专门围绕这一点去结构和设计，而是让其自然而然地渗入其中，化为日常生活。它是生活中本来就有的，这些时而引起心头震栗的东西，无时不在、无处不在。一个权贵家族，一个庞大的封建府邸的运行，在一定程度上还要依赖这种不可或缺的元素。正因为它的存在，一座府邸才有理所当然的“现在时”，还有即将到来的“过去时”。繁荣和毁灭都贯彻着自身的一套逻辑，这其中离不开“恐惧”。

鲁迅先生讲《红楼梦》，说“经学家看见《易》，道学家看见淫，才子看见缠绵，革命家看见排满，流言家看见宫闱秘事”。除此之外，还有不需索引、钩沉和考证的“恐惧”，它无所不在。它在书中显的部分，如仆人、奴才对主子的惧怕，主子对握有生杀予夺大权的更强势人物的忌惮，以及各个阶层之间的相互猜忌和防范。人事纠葛之复杂，派系矛盾之深刻，内外联系之密织，性别冲突之剧烈，都在绵密的文字里呈现，整个叙述有一种内在的紧张感，即便是波澜不惊的琐屑生活的描述，稍稍掩起的严厉和冷色也会让人感受它的存在。这是一张细密的罗网，可以随时收紧、提拉和束起，无数弱小的生命都在它的笼罩之中。一些主子似乎是体面和安全的，但他们心底也有华丽服饰掩饰不住的忐忑，因为命运正被另一些人操控。总之这是一个无法松弛下来的世界，这里并没有因为奢华和显赫而变得幸福适意，相反总有一颗冷酷的专制螺丝在不断地拧紧再拧紧。

书中的各色女子或娇美或纤弱，或伶俐可人，或倔强不倚，一个个水性十足，自由活泼。可惜这只是表面的情形，实际上她们因等级不同而遭际不同，就像水潭中的沙草鱼虾一样，相食相依，各有各的痛楚和畏惧。她们上面大致是男人，男人又有强悍的和软弱的、中心的和边缘的，更有血缘上的亲疏尊卑。无数的物益纠缠，纵横的权利交织，使这里成为一个深不见底的欲望世界，浑茫无测，仅凭过人的精明和谨慎还远远不够；在这个世界里生存，许多时候还要仰仗运气。幸运的人不仅有主子，还有少数仆人、奴才；不幸的人除了奴隶，也包括腰缠万贯、盛气凌人的贵人。世事千变万化，没有什么铁打的永固，只有不测的风云。无情的命运就像丛林里潜伏的猛兽，随时可以出动，然后留下淋漓的鲜血。书中的“好了歌”不仅在喟叹无常，更多的是吞下一声声战栗。《红楼梦》描述和隐喻的场景实在太可怕了，就渲染和罗列的恐怖程度而言，还没有哪部传统小说可以和它相比。更加不能忽略的是，这些书写不是采取了封闭的形式，而是使用了敞开的方法，也就是说，它已经预言的全部苦难和悲剧，实际上是远远多于和大于读者所能看到与感到的。

《红楼梦》的作者是一个真正的悲观主义者。他在书中的好心情是伪装出来的，用一些男欢女爱、一些哼哼呀呀，来遮掩无情的指证。他毁坏起美好的东西连眼都不眨一下，不过是用一份繁华的生活、富贵的豪门来做比，以揭示人生的真实颜色。谁能比宝玉更优渥，谁又能比黛玉更娇美，这些天生的娇客与尤物全都香消玉殒了。他们丰盈灵活的时候也并不幸福，哭泣，躲闪，颤抖，长夜无眠，以泪洗面。老祖宗不悦，府中的最高统治者贾政也时常怒火中烧。大小人物各有各的难处，各有各的尴尬和险境，许多时候如履薄冰。要命的事很多，一不小心就要跌落，就要失势，就要杖罚，就要死亡。主子和主子之间，下人和下人之间，更有主子和下人之间，埋藏着多少忧愤。它像一条又长又韧的线，串起所有的因果故事，将一束束感性丰赡的细节，捆绑得结结实实。

《红楼梦》里奴仆对主子非常惧怕，因为他们可以随时决定下人的命运；主子自己对更高的威权，比如对皇权，又惧又敬又攀。每个人都有属于自己的“恐惧”，离皇帝最近的元春可能怀有最大的“恐惧”，而她身上维系着贾府和皇权的关系。贾政一想到皇权就慌慌张张，这“恐惧”经过转化和传递，像一轮轮水波一样传导到整个府邸，传给姨娘、侄子，传给王熙凤这样的管理者，更往下传给所有的奴才。贾府整体沉浸在巨大的“恐惧”之中。

《红楼梦》将集体无意识、人性本能的“恐惧”，写到了令人信服的细处。统治者，也就是“主子”们，把“恐惧”当成工具使用的娴熟是无与伦比的。这是人世间所有封建权势的特征，同时又是大观园里长期以来形成的独有景观。好像在各种各样维持自身利益的专有工具中，唯有“恐惧”才是最为顺手、百试不爽的。这里的被统治者，也就是“奴才”们，既承受也利用了这种沉重而轻巧的工具，相互之间经常转借和使用，这是书中特别有趣的部分。读《红楼梦》，常常不只是处于愉悦当中，而是要在赏心悦目之间绷起一根弦。就文学作品来说，凡是此弦绷紧的，往往都不是平庸之作。但这根弦平时是松弛的，它埋在情节和细节的淤泥中，一旦在阅读中不小心踩到了机关，它就弹跳起来，然后这根“恐惧”的弦就铮铮震响了。《红楼梦》的高超之处，在于它并不专为这根弦而弹奏，并不为它浓墨书写，而只写日常，写深深浸泡在人性之海里的每一道波纹、每一个浪涌。

建立在日常生活上的表达与呈现，才是最有力、最感人的。在等级森严的贾府，还有大观园，看上去一切都秩序井然。这里没有一个人在转动的齿轮之外，没有什么是这架机器的多余部分。在齿轮的严密咬合中，在因为缺少润滑而发出的吱扭声里，我们才能多少看出一些异样的危机。那些小零件在挤压中，破碎的一刻终要到来，但整架机器修修补补还能运转。吱扭声越来越大，主轴有了裂纹，轰然崩塌的时候就迫近了。所有的神经都紧绷起来，但全都束手无策。“白茫茫大地真干净”，这时的“恐惧”就不属于人类共同的和普遍的了，而是一种特定文化和体制的大家族大府邸所特有的。《红楼梦》正是写出了这种特定的“恐惧”，才传达出令人惧怕的循环之道，它或快或慢的椭圆形轨迹。贾府的最高统治者自己首先感到了“恐惧”，由此引发的慌促和战栗，又会自觉不自觉地释放出来。整个府中人人自危。这样的场景我们并不陌生，因为这是所有黑暗体制之下都能滋生的残酷。

《红楼梦》描写了“恐惧”，这是它卓越的一面。

《狂人日记》写被吃的“恐惧”和吃人的“恐惧”，当然是一种文化隐喻。《呼兰河传》写对生育和死亡的“恐惧”，有切身之感。二十世纪以来，现代主义作家着力描写机器时代的碎片化生活，高度发达的“现代文明”造成的人类异化，以及由此带来的特异而巨大的“恐惧”。自然人性被“文明”毁掉，人类离自己的精神家园越来越远，这些特殊的恐怖心理及事件，构成了现代书写的重要内容。如加缪和索尔·贝娄，他们的作品里就写到了大量类似内容。与现代主义作品相比，古典作品写“恐惧”更多。通俗的哥特小说可以不论，只说那些杰出的作家，如莎士比亚、但丁、歌德，他们将这种书写推到了更高和更深的境界。

现代主义写到的“恐惧”在数量上大为减少，因为吸引作家们的，是越来越多的“困境”。“恐惧”和“困境”有联系，但并非是一回事。现代主义小说家最早也最擅长写“恐惧”的，可能要算卡夫卡。《审判》《城堡》写出了莫名的“恐惧”，而且将“困境”和“恐惧”结合起来，写出了二者之间依存与转换的关系：“恐惧”引起长期的焦虑，而焦虑正是“困境”之一。卡夫卡那封著名的致父亲的信件，就是“恐惧”和焦虑交织一起的。卡夫卡的“恐惧”，已由个人经验上升为整个人类的感受。

哲学和信仰的力量

怎样对待“恐惧”？或者说怎样消除“恐惧”？还可以问：“是否能够尝试直面它？”对待“恐惧”有无数的途径和方法，虽然许多时候仍然是无济于事和无能为力的。其实无论做什么和怎样做，“恐惧”都无法根除。人们可以通过对“恐惧”的事物进行预习和演练，来减弱对它的畏惧，进而变得更加勇敢。许多事前演习都可以起到这种作用，提前防范，或有可能产生出新的创造力。极端一些，也可能将“恐惧”用来促进生命的有效性，令自己时刻保持警醒和警觉。“恐惧”始终存在，回避它基本上是不可能的。

我看到有人在家里的茶几上摆放一个陶瓷做的骷髅。这让我想到了西方，欧洲一些家庭里就常摆设这种工艺品。这是在提醒人们，死亡是必须经历的，甚至是猝不及防的。他们将“恐惧”挂在墙上、摆在桌上，不停地自我暗示，等于不停地演习死亡。尽管这样做有些让人吃惊，也多少有些不适，但这真的是对付“恐惧”的一个方法，目的是让人时刻记住那个不可逃避的最大危机。

除此之外，哲学和信仰可以化解“恐惧”，使其升华，进而做到不那么惧怕，甚至变为一场狂欢和喜乐。宗教和信仰就有这种巨大的改造力和转换力，使生命中最不可逾越的心理和精神状态发生难以置信的变化。我认识的一个老人突然去世，大家都为之悲伤，只有他信仰佛教的夫人满脸欣悦，说男人是转生到更好的世界去了。她觉得这更像一个节日。这就是宗教的力量。佛教、基督教、道教等宗教的宗旨之一，即是处理人类面对的最大“恐惧”：死亡的问题。

我见过一位崂山道士，年纪不大，面黄肌瘦，很瘦弱的样子，穿着道袍戴着道冠，胡子稀稀拉拉的。我忍不住好奇问他多大年纪，他立刻摆摆手："我们是不讲年龄的。"我开始觉得奇怪，后来才想起道家专于长生之术，关注的是人的永生。难道他们就没有死亡的"恐惧"吗？有，只是他们用一种宗教理论和信仰给冲淡与改变了，让自己相信那只是生命的转化，所谓的仙化、羽化，总之生命不再属于这个空间了，所以"死亡"也就不再是一个问题。

儒教严格讲不是宗教，而是关于生存的态度与智慧，是关于实践和思想的方法与学问，是大无畏的入世思想，以精神的力量和勇气来强调个人生存的意义，也能起到克服"恐惧"的作用。不同的世界观会催生不同的思维方式，解释世界，或直面人生，进行积极的实践，或陷入盲从和无知、颓丧和虚无。

陶渊明在他的诗中不断地练习死亡、想象死亡。许多人注意他的田园诗，多论及"采菊东篱下，悠然见南山"，强调他的闲适宽松、随遇而安，忘情于田园山水。实际上这是简化和刻板的印象。鲁迅讲得好，陶渊明也有怒目金刚的时候，在他的生命中，刚烈强悍的性格占据了重要位置。他的诗是复杂的，比如经常面对"恐惧"、处理"恐惧"。可能很少有人像陶渊明一样多地写到死亡。他想象自己死后的样子、埋葬时的样子，而且还想象死后的灵魂问题：有没有灵魂？灵魂到哪里去？一般来讲，一个健康的人是忌讳谈论死亡的，但陶渊明则不然，他反其道而行之，在作品中大量讨论死亡。他是中国文人里的个案，是一个特殊的人。

许多人在读书方面自比陶渊明，说自己"好读书，不求甚解"，觉得这不仅不是什么缺点，反而有那个大诗人一样的风度。然而陶渊明是罕见的天才，一般人学他的“不求甚解”显然是行不通的。陶渊明那样说可能只是谦辞，如果普通人真的学他就太傻了。

康德在论优美感和崇高感时，将崇高分了多种：高贵的、华丽的，以及深沉和孤独的。“恐惧”可以引起人的战栗，就像站在荒芜无垠的大自然面前感到的一种震撼。我以前到过阿根廷的大冰川，也曾穿过美洲无边的沙漠，那时就体会了那种震撼感。与这些感受相伴的，即康德所说的“崇高的冲动”，是这样一种体验。相信许多人对这些都不会陌生。不仅大自然会引发崇高感，其他的事物也会，那是深沉和孤独的崇高。

鲁迅笔下的祥林嫂“恐惧”极了，这是由特定精神背景、特定文化中的性别身份带来的，她想用“捐门槛”的方式来实现自我救赎。这件事在现代人看来是一种迷信，其实非常类似和接近西方所说的“末日审判”，是一个很严肃的问题，因为涉及来生。这样的“恐惧”在《圣经》、在但丁的《神曲》中是很多的。

很多“恐惧”依靠哲学来解决，哲学解决不了的就交给宗教，尤其在一些根本性的问题上。我是谁、从哪里来到哪里去、原罪如何救赎，是这样一些终极设问。文学和宗教无法分离，从这样一条文化和思想的路径来理解古今经典，会有更深更大的收获；反之，背离这条路径，许多西方文学作品也就很难理解。没有西方文化与宗教的知识与视角，就不可能读懂但丁，也不可能深入歌德，对俄罗斯古典作家也很难真正理解。

一些西方经典文本，的确需要从宗教、从末日“恐惧”入手。

进入这个思维轨道以后，会发现新的感悟产生了，而以前有许多误识。许多头头是道的西方古典文本分析，恰恰缺少这个基本的知识背景，无论讲得怎样头头是道，也只是徘徊于社会层面的诠释，总是隔着一层。在超验阅读方面，我们的能力通常是比较差的，只愿意接受个人经验中能够把握的部分，而一旦超越了这些经验，比如深刻的宗教体验，就马上变得束手无策了。

西方宗教文化核心的东西往往关系到“末日”。像圣经《启示录》宣示的那样，在天主教、基督教、犹太教、俄罗斯的东正教，许多方面都是一致的。宗教思想是西方传统文化的核心，自此产生了它们的正统文化，形成了一种精神背景。假如缺少这方面的知识和体验，只记住大致的情节，也就无法深刻地进入。怎么理解卡拉马佐夫兄弟和父亲的冲突与斗争？怎么理解格林的长篇小说《问题的核心》？这部书讲一个天主教徒与一个年轻妇人发生了关系，那仅有的一次对妻子的背叛，让其陷入痛苦、自责，最后自杀。在现代人看来这似乎不是什么问题，然而进入那种文化的内部就会发现，这里的主人公遇到了多么大的问题，面临了多么大的“恐惧”。

超验阅读能力是理解一切文学而不单是理解西方经典的重要前提。不仅要调度已有的个人经验去接通，产生共鸣，进入更深的精神层面，还要考虑到有一部分内容不在个人经验之中。个人生活经验之外的境界、意蕴和精神，会在阅读中不断地遇到。所以，设法找到步入的路径非常重要，走进他人的世界，不光是凭借已有的经验，还需要超验的领悟。

歌德的《浮士德》写到了“恐惧”。我们知道《浮士德》的成书过程跨越六十年，用于写作的时间也有五十多年。我开始对这种费时漫长的写作不太理解，后来写《你在高原》用了二十二年，才知道这么长的时间里，精神的着力点用在这里，但并不是说其他事一概不做。从个人体验中理解歌德，肯定不是停下所有的工作去写《浮士德》，而是在长达六十多年的时间里，将思考的重心放在这里。这六十年是怎样的？首先是自我救赎的过程。好的文学创造首先用于自我改造，并且还会把这种改造的具体性和深刻性，以比喻的方式呈现出来，比如通过言说故事来感动和启发读者。

歌德用六十年的时间来处理某些宗教问题，整个过程是感人的。在个人的创作中，许多人都会体味到过程的漫长。我写《你在高原》时要做很多功课，逐字逐句写在纸上，直到填满四百五十多万个格子。在这段长长的时间里，我思考的重心是主人公和他的伙伴，也伴随大量的社会问题、宗教问题、家庭问题、人和自然的关系问题，丑恶和仁善，各种各样的人性的冲动。在这二十多年里，我要把它们具体化、细节化、文字化，这当然会是一场艰难的劳作。但也正是这样长的时间，写作者自己不可能不被塑造和改造。这是一个复杂的过程，这期间的所有痕迹，都埋藏于文字中间了。

事实上在阅读中，我们面对的作品无论杰出还是平庸，都会从文字里寻到许多隐秘。好书有自我挽救、自我安慰、自我改造和自我挣扎的过程。如果在阅读中感受了这些，再步步深入，心底便会发出各种感慨，或感动、共鸣，或愤怒，或和作者一道处理棘手的精神问题和现实问题。阅读活动是随着作家自我精神的剧烈起伏而展开的，文学、美术、哲学，这些创造性的艺术，全都是在作用于创作者自己的时刻里完成的。那些速成的、草率的时髦“作品”之所以廉价，就因为它的注意力不在自我和精神的方向，而只着眼于如何吸引读者。写作一旦变为获取现实物益的工具，就会变得轻浮，最终让人厌烦。

诗性的写作、雅文学的力量，就隐藏于作家付出的时间和劳动之中。作家处于跟个人以及外部世界发生剧烈摩擦的时段中，有着不可分离的生命关系。说到底，杰作的形成总是关乎救赎、关乎“恐惧”的。读者如果理解了这样的生命关系，让自己进入到这种关系的内部，那才是真正的文学阅读。文学阅读属于有教养的人、认真的人，因为它所具有的审美及教育和认识的功能，是深沉而细微的，有时也是非常严肃的。

从纯然娱乐的作品中，我们获得的生命快感显然弱于托尔斯泰这样的古典作家所给予的。读托尔斯泰，有时会觉得他写得太细，而且没有现代主义作品所堆积的那些撩拨读者的东西。二十多岁时我读《哥萨克》，几十年后再读，竟然不能停下，非要一口气读下去不可。读完几个月之后，脑海里还在不停地闪回书里的人物、场景和气氛，一些画面盘旋不去，思绪一再地回返。这样一部中篇竟有这样的力量，它是灵魂的力量。《哥萨克》写人在战争中的“恐惧”，写得真好。一部杰出的作品必然要处理“恐惧”，而且要处理得极自然和极有说服力，让人始终信服。

《哥萨克》始终在脑海里回放。《静静的顿河》看了以后也是整月不能忘怀。这些回放并非是主动去想，而是它自己回到了脑海中。只有大作品才有这样的回放力量，这个力量完全出自非同一般的心灵。一般化的作品无论一时给予多少快感，但很快就淡出了记忆。它们没有来自心灵深处。《日瓦戈医生》也是一部有回放力的作品，只是没有《哥萨克》《静静的顿河》回旋的时间长。它们量级不同。

日常生活的深刻性

这里讲一下《聊斋志异》，这是我们中国的原产。书中有许多毛骨悚然的故事，读来有时会引起生理上的不适。我很难忘记年轻时候读它们的感受，不仅是害怕，更有厌恶，有难以忍受的感觉，这是我读西方“恐惧”文学时所没有的，即使读哥特小说也没有。一些篇章如《画皮》、《喷水》、《蛇癖》以及《尸变》、《抽肠》、《诸城某甲》，看了以后确实会产生生理上的不适。这种阅读感受好像只有《聊斋志异》才会引发，也只有某些“恐惧”文学才有，可见在文学中表达“恐惧”还不太一样，这显示出文化的差别。

《聊斋志异》是一部形式上很通俗的民间文学，它把大量民间传说不修边幅、泥沙俱下的内容收进来。如果将其视作中国的哥特小说也未尝不可，但是一经对比就会发现，它迥异于哥特小说，不仅美学品质不太接近，恐怖的性质也大有异处。它和哥特小说之间不存在任何相互影响的关系，完全产于本土。可见恐怖作为一种精神基因，一方面属于全人类，另一方面也会在不同的群体里表现出独异的个性特征。

进入现代之后，曾经是恐怖占据重要位置的文学版图，在现代主义小说中就越来越让位于“困境”了。因为“恐惧”更多地作为一种通俗手法运用，纯文学是多少排斥它的。克里斯蒂的悬念小说、哥特小说，这些都属于通俗文学，它们写吸血鬼、幽灵、老房子、古堡。也有少数雅文学的杰作吸纳哥特小说的元素，加以升华，与日常经验结合紧密，改变了文本的性质。比如艾米莉·勃朗特的《呼啸山庄》，这属于雅文学范畴的样本，其中对哥特小说的元素吸收很多。王尔德写《道林·格雷的画像》，爱伦·坡写《黑猫》，都有黑暗神秘的力量，令读者产生心理上的“恐惧”感，但它们都不属于通俗小说。

道林·格雷在别人为他画像之后，发现了自己的美貌，于是承诺以自己的灵魂作为交换，永葆青春，让画像变老。结果他成功了：自己永远那么美，而画像日渐衰老；随着作恶越来越多，画像则更加丑陋、凶恶和恐怖；失去灵魂而保持青春的他冷酷地逼死了情人，甚至杀死了为他画像的画家。许多人因为美好的外表才接近他，结果却被整得身败名裂。随着知道这个惊世秘密的人相继离世，作恶多端的他却依旧光彩照人，而那幅画像则更加吓人，成为记录他一切罪恶的证物。他为此深感惧怕，终有一天决定灭迹，挥刀刺向画像，结果却反向刺中了自己。他倒地而亡，面容枯槁，而那幅画像则又恢复了最初的青春年少。

《黑猫》写了一个原本性格温和的男人，醉酒后挖掉黑猫的眼睛并吊死了它，后来大火烧掉全部家财，他出于恐慌再次养了一只黑猫。他发现黑猫身上的一块白斑看上去就像绞架，心烦意乱之中举斧砍猫，却砍死了前来阻拦的妻子，那只黑猫跑掉了。为了掩盖罪行，他把妻子的尸体砌到墙中，警察破案时，却听到墙里传来猫叫：原来慌乱中把猫一起砌进了墙里。

莎士比亚的作品受到赞美，被认为是将通俗因素升华后的化腐朽为神奇，上升为杰作的典范。莎士比亚现在是一个大样本，当年在欧洲以及其他国家却没有现在这样高的地位和影响。歌德因为是大剧院的总管大臣，需要研究剧本，因而通读了莎士比亚的作品，发现莎士比亚心中的舞台远远超过一般的剧作家，也就是这个原因，所以这些作品几乎无法在现实的舞台上演，而不得不加以改动。歌德不仅发现了莎士比亚心中舞台的阔大，还发现他的作品中无所不包的生活和艺术元素，它们既崇高又芜杂，是把民间文学的泥沙俱下吸纳在内，形成了特殊的莎士比亚式的、恢宏复杂的美学品质。这是歌德作为纯粹的专业写作者所羡慕和难以企及的。莎士比亚的作品是文学和艺术的百科全书，更适合阅读，而不适合上演，一旦经过改造搬上舞台，那么呈现出来的莎士比亚的作品即使只有百分之一，也是一般作者无法达到的恢宏之作。

歌德将莎士比亚视作文学地位至高的一个人物，莎士比亚也因此声名鹊起，成为一位囊括了各色思想、艺术和文化元素的巨匠，诠释不尽。人们对莎士比亚可以责备，但很快又会发现，自己面对的是一种庞大的、无所不包的、芜杂的言说不尽的艺术，它简直拥有各种可能性，最后也只有承认了。

莎士比亚的作品的确有许多庸俗甚至下流的内容，是游戏意味很浓、色彩很浊的重口味，也包括了哥特风格。今天看朱生豪的译本，有时会感到这个作家真是不登大雅之堂，然而同时又写出了那么多复杂而深刻的内容，堪称范例，那些著名的思想和人物，如“生存还是死亡，这是一个问题”之类的名句，举不胜举。

托尔斯泰写有《论莎士比亚和戏剧》，其中说道，读了莎士比亚之后有一种“难以抑制的厌恶”。他年轻时候就不喜欢莎士比亚，在七十五岁那年再次细读了莎士比亚的作品，在当时面对莎翁的一片赞誉声中，写下了这篇文章。他结论说，莎士比亚是“巨大的祸害”。今天来看托尔斯泰这篇雄辩滔滔、无比诚恳，具备高度艺术洞察力的文章，并非完美。它把道德的、宗教的，包括纯粹的艺术家的标准，和艺术审美混淆了。这一切当然有其一致性，比如我们难以想象道德感特别低劣的作品，能给人巨大的审美快感。托尔斯泰强调道德和宗教的高度，强调它们的力量和作为最高原则的意义。托尔斯泰不像歌德，不能包容莎士比亚的芜杂和无所不具，不能宽容因为囊括了泥沙俱下的民间文学而产生的特殊价值和艺术效果。托尔斯泰论说的价值，在于提供了另一个维度和视角，教人重新认识西方艺术中不可逾越的某种存在。用托尔斯泰的视角看莎士比亚，有时不得不承认托翁是犀利和深刻的。他让我们不要在一个哪怕是旷世杰作面前止步，而要从内部寻找更多的路径。可以回避，可以包容，更可以重新理解一个并非完人的莎士比亚。

托尔斯泰的文论中有巨大的洞悉、有深刻的哲理，他以一己之力推动一个新的观念，后来面对莎士比亚的读者，即使认为托翁偏颇，也没人能够回避这些观点。托尔斯泰的论说中包含了对古典主义和现代主义的洞见，是打开艺术宝藏的一把特殊钥匙。

莎士比亚前无古人，也许后无来者地表达了“恐惧”对人的腐蚀，以及如何以艺术去化解“恐惧”。因此莎士比亚的剧本即使在今天看来，都是那么特异和杰出。莎士比亚的伟大，在于把日常生存中的恐怖感写得既淋漓尽致，又不露痕迹，那样的包容、广博和复杂。

谈论中国人写恐怖的作品，可以再看一下李白的《蜀道难》。唐代大诗人贺知章读了此作，认为李白真是一位“仙人”。李白其实没有走过蜀道，却在一首长诗中活化了行走在荒山野岭、万丈高崖上的“恐惧”感。原生态的大自然让人深深地畏惧，并引发了康德所说的崇高感。“问君西游何时还，畏途巉岩不可攀。但见悲鸟号古木，雄飞雌从绕林间。又闻子规啼月夜，愁空山。”“剑阁峥嵘而崔嵬，一夫当关，万夫莫开。所守或匪亲，化为狼与豺。朝避猛虎，夕避长蛇。磨牙吮血，杀人如麻。锦城虽云乐，不如早还家。”通篇读下来，令人毛骨悚然。

中国古典文学中的杰作，在思想意境、气韵、炼句等方面，有着不可企及的高度。现代白话文写作，在这些方面殊难超越古典。白话文是从文言发展而来的，却常常失去文言的起承转合之妙。如果将语言比作行进的飞车，白话文在高速运行中转弯很难，就像欠缺必要的技术或车辆本身存在着不可克服的难题，关键时刻总是跃不上去，飞不起来。如果一个人的文言功底太差，白话文也不会好。白话既然从文言而来，操练中就必须具备相当的文言修养。

藏在日常生活中的“恐惧”描写是最深刻的，而专门构思和巧设的“恐惧”是没有太大力量的。这里强调的是“日常”和“生活”。雅文学作品吸收哥特小说的手法，其实是极有难度的。海明威向人推荐过一部中篇小说叫《螺丝在拧紧》，作者是美国的亨利·詹姆斯。小说的女主人公受雇去乡下庄园，作为家庭教师照顾失去双亲的男孩女孩。就在那里，她见到了死去的家庭教师和庄园男仆的幽灵。二十多岁的时候读它，感到无比害怕；近年再读，“恐惧”感就很弱了。因为它是一种刻意营造的悬念小说，读者会产生预先的排拒心理。

现代书写“恐惧”的远不如写“困境”多，它们可以是焦虑和尴尬，也可以是荒诞。但是一旦描述了日常生活中的“恐惧”，仍然会令人神情一振，变得专注起来。土耳其的帕穆克近年有多部作品被译为中文，其代表作是《我的名字叫红》。这部作品将“恐惧”写得深入腠理，形式多有创新，但其中吸收了太多恐怖小说的元素，算是一个弱项。它的情节上有些庸俗，留下了商业主义腐蚀的痕迹。例如一位重要人物的死亡竟发生在性爱中，作者让他在双重的高峰体验中殒命，显然是败笔。

马尔克斯也有数篇“恐怖小说”，《八月的鬼怪》《福尔贝斯太太的快乐夏日》《北风》《十七个中毒的英国人》《占梦人》，都从日常生活写起，细腻，然而陡峭。以《北风》为例，小说写一帮瑞典年轻人，他们个子高，腿长，长相英俊，还刻意写了一笔：“窄臀。”北欧男人屁股窄小，身材挺拔。这些年轻人喝多了酒，坐着车唱着歌，一时兴起要去一个镇子上玩。他们需要一个向导，于是硬生生拖住曾去过那里的一位小伙子带路。小伙子百般拒绝未果，一路惧怕地蹲在车上颠簸，走到一处悬崖时猛地跳崖：宁愿死亡也不去那个镇子，因为他根据季节判断，知道“北风”要来了。

这个情节多么有悖常理，完全让人难以置信，但是马尔克斯有能力将它化入生活细部，读来竟一点没有想起置疑。故事的讲述者细致耐心地回忆，叙说着北风来临之前，人们所感受到的身心压抑、那种了无生趣的精神状态。讲故事的人说到自己以前的经历：镇上住着一位经过大风大浪的老水手，老人在北风来临之前总是忙着加固房子。老水手是个门房，对客人很好，在一场大风到来之前还用酒精炉做了一罐炖肉送给“我”吃。就是这样的一个人，在天低云暗之时忽然不见了，“我”撞开他的屋门，这才发现老人已经吊死在门后。大风太让人“恐惧”了。《北风》真正写风的笔墨并不多，但对风的“恐惧”却写到了极致。就因为惧怕北风，两条人命就这么一前一后葬送了。这篇小说好就好在“异常真实”：写的是“异常”，感受却极为“真实”，因为一切都化进了日常化和生活化。

《八月的鬼怪》也很有意思。它讲的是一个人带着家人去一座传说闹鬼的古堡游玩。堡里发生过凶杀案，古堡主人将两层楼都装修得温馨可人，供家人和客人居住，唯独保留了三楼上发生凶案的房间。那个房间里还原样保留着家具，甚至床幔上血迹依旧。这一天客人在城堡过得很愉快，孩子们甚至因传说中的鬼怪而兴奋，到处捉迷藏。至此一切顺利，全家人愉快之极，没有发生任何异常。到这里小说就要结束了，直到客人睡了一个悠长甜美的觉，在“新鲜的草莓香味”中缓缓醒来，然后睁眼细瞧：自己此刻正躺在三楼那张沾满血污、发生过凶案的大床上。读到这里，心中怦然一声，心跳终止了一般。真是“恐惧”。

这就是马尔克斯的小说，于极为耐心和别致的描述中，洇漫出惊心动魄的效果。

福克纳怎样说恐惧

有一篇不能忘怀的文字，常读常新，这就是福克纳的一篇获奖致辞。他这样谈到“恐惧”：“我们今天的悲剧是人们普遍存在一种生理上的恐惧，这种恐惧存在已久，以致我们已经习惯了。现在不存在精神上的问题，唯一的问题是：‘我什么时候会被炸得粉身碎骨？’”“作家们一定要重新认识这些问题。他必须使自己明白世间最可鄙的事情莫过于恐惧。他必须使自己永远忘却恐惧，在他的工作室里除了心底古老的真理之外，任何东西都没有容身之地。”

在这里，他将“恐惧”作为完全负面的东西来诠释，这跟当时的时代背景有关。福克纳在此特别强调“生理”上或者“身体”上的恐惧，而不是“精神”，因为当时刚刚结束“二战”，全世界都对轰炸、对核武器充满了“恐惧”。时过境迁，类似的危难不断降临，那些古往今来杰出的文学人物，又该怎样处理这样的命题？艾略特随时都觉得命运无常，灭顶之灾将至，创作一直受这种情绪的影响，例子如《荒原》和《四个四重奏》。我写《你在高原》时引用了佛教经典《火戒》中的句子，它的恐怖意象也出现在《荒原》第三部中，即“烧啊”：“究由何而燃烧？为情欲之火，为忿恨之火，为色情之火；为投生，暮年，死亡，忧愁，哀伤，痛苦，懊闷，绝望而燃烧。”这里的“恐惧”，即伴随着康德说的“孤独的深沉的崇高感”。它来自佛教，“火”在这里既是惩罚的恐怖，又意味着重生和涅槃。

海明威表述的“恐惧”更加复杂。从具体作品分析，他为了战胜“恐惧”，求助于硬汉的榜样和意志，以达到自我克服的效果，但最后还是自杀了。他一生表达“宁可毁灭也不被打败”的意志，最后的自杀也与这种表达有关。他的“恐惧”，有一部分是对文学自身的，也有其他的。

海明威与福克纳生在同一时期，然而生存方式和文学命运迥异。二人之间存在一种特殊的关系，既疏远又亲密，既紧张又松弛。从文学史上看，只要是一个时期一个时代，那些看上去似乎是天意结成对子的人物，二者之间的关系总是格外有趣的，这种关系所产生的复杂意趣，连最好的小说都写不出。如拉美的马尔克斯与略萨的关系，如托尔斯泰与屠格涅夫的关系，再如美国这一对老兄。他们的文风大不一样，福克纳芜杂、随意，文笔是扩张的，衍生性很强；海明威则是骚动、冒险，文笔简洁节制。

福克纳的现代感，如在《喧哗与骚动》中，比海明威表现得更为强烈。但是海明威骨子里的现代气息又比福克纳的大部分作品更为显性。二人的不同，需要在他们的作品对比中感知，从他们的经历和文风中，会发现由古典主义向现代主义的过渡期，在后现代的接缝中产生的美国新大陆上的这两位作家，是何等重要。尤其对中国的“先锋”写作，他们有极大的启发意义。

海明威这样的硬汉，最终却自杀了，还是没能战胜“恐惧”。所以“恐惧”似乎是极坏的东西，被它战胜的人、折磨的人，很多。

网络时代在制造便利的同时，也在制造并加重异化。从《一九八四》的“恐惧”到《美丽新世界》中的“恐惧”，我们可以知道，人只要是非理性的，就一定会在盲从中加剧这些“恐惧”。

而在“恐惧”中，创造力一定是畸形和萎缩的，人类会不约而同地走向空前的灾难。从这个意义上，我们可以更好地理解福克纳的致辞，体会他对“恐惧”的拒绝。

好的文学应该直面并且写出这种“恐惧”。虽然写出来并不一定会使人变得无畏，也不一定就能解决。因为文学往往不是为了解决问题，而是为了呈现、揭示和提出问题。它要指出，并且具体而细微地、不断重复地倚重个人经验做出表述。通过这样的写作，读者可以正视“恐惧”；因为这正视，才会带来生存的激情和勇气。

如果令人“恐惧”的东西越来越多，生存的勇气就会越来越少。福克纳呼唤人类的无畏和强大的创造力，正是寄希望于未来，企盼一场伟大的蜕变，克服懦弱和胆怯。若非如此，人类就会在不断叠加的苦难中进一步异化和萎缩，直到走入更加悲惨的结局。

福克纳的代表作《熊》，写一座镇子里每年都要进行一次的集体打猎，实际上更像是某种仪式。荒野上出现了一只老熊，它有计谋，通人性，无人能够战胜。熊有一个名字叫“老班”。镇子里的人每年都带着帐篷和食物，挑选特别勇敢的狗，在特定的季节去林子里狩猎，与这个“老班”相会。有个孩子声称不怕“老班”，到时候要亲手开枪杀死它。守夜人带着一群雄壮的好狗去寻找“老班”，谁知到了那个时刻，这些狗远远地闻到老熊的气味，就像闻到了死亡的气味，随之发出哼哼的声音，往帐篷角落和床底下钻。所以猎人们发誓，要找到一条真正勇敢的狗。最后除了找来一群强壮的狗，还有一只小个头的斗牛犬。

“老班”再次出现了，像过去一样，几乎所有的大狗都哼哼着躲回帐篷、钻到床下，只有那只可怜的斗牛犬像一架小风车似的一路飞转，迎着“老班”的方向唰唰向前。那个不怕“老班”的小孩子也随之冲上去。这孩子就像那只小狗一样，也是一个单纯弱小的生命，这样的生命没有“恐惧”。经此一役，这个孩子就如同完成了成人礼。

《熊》这篇小说有些地方议论外露，一位作家朋友觉得从技术上看不是很好。福克纳的文笔不太讲究，大量写动作，想议论就议论，有一种不修边幅的气质。福克纳不是海明威，海明威生前出版的代表作笔头非常干净，每一个词语、每一个句子都很用心，高度专业化。福克纳尽管也很高超，但从技术层面讲，《熊》是有点问题的。它的高超之处在精神叙事方面，在于它如此出色地写出了“恐惧”。杰出的文学常常离不开对“恐惧”的描写，我们有时在阅读中会忽略这个元素，即使注目，也是在通俗层面上。

我们这里讲到了“恐惧”，慢慢延伸，趋向了文学的核心，在精神叙事的意义上谈论“恐惧”。“恐惧”越是到了现代，就越是难写。现代人好像更加软弱，几乎什么都怕。福克纳的致辞中说出的每一句话都很简单，却指出了我们面对的无所不在的“恐惧”。这就足够了。

如何处理数字时代的“恐惧”，作家为之付出的勇气以及表达的力度和深度，其实也决定了当代文学的品质。

儒学强调入世，强调仁勇，强调人的精神力量。孟子说“我善养吾浩然之气”，他理想中的“大丈夫”，当然不是倚赖一点机灵去完成一些世俗事功，而是要“立于天地之间”，要“富贵不能淫，贫贱不能移，威武不能屈”，胸中充溢“浩然之气”。其实人类面对“恐惧”所产生的最为深长久远、绵绵不绝的诗意，都来自这种“浩然之气”。

讨论

围墙 / 警觉之后的希望 / 一个时期的集体趣味

海明威一度对福克纳不悦，可能平时也没有多么欣赏对方，虽然说过自己非常喜爱福克纳的那篇致辞，就是我们前面讲的关于“恐惧”那一篇。也许他暗含嘲讽。不过福克纳此文实在蕴含了人生及其意义的非凡认识，值得好好领悟。

网络时代的人很聪明，这个时期作家起步有自己的优势，数字传播给予了空前多的信息和知识。然而写作不是堆积知识，也不是简单地传递消息，而是写出人的心灵，这个心灵是不会和他人重复的。这就需要提到那个谈了一百次的词：回到自我。有时候觉得自己很有个性，实际上也还不多，不过是在模仿，或者逞强使性。不仅是年轻人，上了年纪的人也有这些毛病。

年轻时的盲目出于无知，但也因为“恐惧”，是胆怯的表现。我们不自觉地被大众的趣味、声音和潮流所牵引，畏惧群体力量，一旦背离就会陷入极大的不安。人有时会自然而然地欣赏大众推崇的艺术，然后开始追随。有的孩子非常聪明，从小写出的东西让人觉得太过早熟。这时候的阅读与行走就至关重要了，比如放假时多回老家，到爷爷奶奶的山区去做社会调查，能有一些自然地理的实勘。二十世纪八十年代的时候，我认识的一位作家与他人显出了很大的不同：每到了一个景点，大家都在闲谈，只有她一笔一笔做着笔记。这位作家后来果然取得了很大成就。

眼下的年轻一代跟前人不太一样，他们从小到大，从读书到工作，几乎更容易生活在“围墙”里面。这“围墙”是有形无形的，比如一开始被那种“系统教育”给围起来，然后再被手机给捆住，被电脑荧屏给罩住，这些都是“围墙”。现实生活到底是怎样的，他们不知道，因为一直没有走出“围墙”。要想拥有自己的具体感受和认知，就不能满足于二手甚至三四手的知识，不能被这些包围和淹没。有时自以为很有见解、很有个性，仔细听听也还是来自传媒的声音，来自这个时期达成的共识、形成的最大公约数。要冲破这些，就要强化自我的力量，要靠近经典，靠近大自然，靠近眼前的、底层的生活。接近自然，获取来自生存所需的、身体摩擦中产生的知识。这些东西对我们大家来说都是过硬的材料，它可以培植人的真实，摆脱有形无形的“围墙”。

我们有时候会惊讶于时代的差异，发现今天的催生力实在是大。有时看到一个小小的群体，会感到他们身上的任性、不请自来的痞子气，以及游戏生活和逞强好胜的心态，这一切是多么概念、脆弱和廉价。而我们自己，常常在无察中随口附和。原来大家全都未能幸免，只是警觉之后有一点后怕。

一个人年纪不大就开始流里流气，这就如同患上了顽症，是很难治愈的。模仿而成的嬉皮士有可能被称作“才能”，但从来不会走远。这种虚幻的“精彩”受人关注，最终却难以持续。写作需要持久的坚持，具有精神的纵深，通常这会是一种诚恳和深沉。写作者如果在一种集体趣味里滑行，依赖这种惯性，很快就难以为继了。

要打破这种“圆周率”，走自己的路。

不妨古典一点，传统一点，老土一点，保守一点。这样的写作者无一例外都能走得很远。有人说这是一种显而易见的偏激和片面。是的，但很实用。有人觉得自己有义务告诉身边的人，不要年纪轻轻就变得玩世不恭，不该这样。在这方面，凯鲁亚克和金斯堡那伙垮掉派、嚎叫派已经走得很远了，虽然上路了，但前边说过，他们一路上也没干多少好事。他们的重要性从一开始就是被夸大了的，名不符实。老老实实地工作，宁可被人看成一个土里土气的落伍者。有人认为所有的玩世不恭，都是因为中气不足、无能或无根底。这样的看法稍有偏激，或可参考。

看一个人读什么书，就能知道他的未来。出身是很重要的，从小读李杜和鲁迅、《源氏物语》、但丁与歌德，读经典，读古代悲剧，读韩愈，这样的人总是更可期待的。离当代的某些时髦、穿乞丐裤的那种趣味远一些，可能一点坏处都没有。

崇高的冲动 / 当代文学的稀有元素 / 社会的大指标

“恐惧”作为文学的一个道具、一种刻意表达方式，一直延续到当代。通俗小说关注“恐惧”，就是从这样的意义上。最好的文学表述要自然而然。根植于个人的生命体验，从心灵上生长出来的东西才有生命力，才真实，才能长得茁壮。仅是形式上的借重，总是可惜的。

亚里士多德认为悲剧能够引起人们的怜悯与恐惧，使人的情绪得以宣泄和净化。要使用个人语汇，抵达一个“崇高”的目标，接近理想的境界，是极为艰难的。它需要一生的努力。人要经历很多事情，每个人都会遇到生活中的一些关节，要一幕一幕演出属于个人的人生“正剧”。注意，是“正剧”，也可能是喜剧和悲剧，这并非以人的意志为转移，这只是命运。人的一生什么都包括了，悲切、狂喜，许多世俗之物，都在其中了。人要认真地走完这一程，认真地对待学问、事业、友谊，这些东西都需要诚实和朴素。这样人的生活就一点一点完成了，抵达了。写作者如果这样，那么他有可能产生和感受那种崇高感。

常常有些幻想，认为可以把生活和文学剥离开来。比如说可能有些浑蛋也写出了很好的作品，有的大善人却写得并不怎么成功。但总的来说，人生和文学还是不能剥离的，无论如何文学还是生存的倒影和展示。伟大的人也会犯下不可原谅的大错，平凡的人更是如此，但在个人的主观努力方向上，也还是要做一个诚正之人。这样一来，人所感受到的日常生活中的悲剧性，将会是彻底而深刻的，成为难以忘怀的记忆。记忆越深刻，表达也就越有力。

人对生活中的一些事情是应该记住的，作家遗忘的结果，就是尽写一些浅表之物。一个人天性浅薄，不太可能是一时造成的，不是知识的缺失，更不是因为没有读书。因为就是那样一种人。没有一颗沉甸甸的灵魂，希望他的文字有一种崇高感和悲剧感，是不可能的。

当代文学最稀有的元素，就是朴实而真切的悲剧感，它们来自日常生活。我们缺少这些，因而生产出大量无知无畏的文字，欢喜假个性和假豪放。这样的文字太多了。这个时期矫揉造作的“崇高”

很多，琐屑庸俗的讲述更多。前者藏有很大的私心，不值一提；后者往往写颓唐、沮丧、荒凉中的无耻，都是矫情的模仿，非常庸俗。一些舶来之物以通俗的笔调写当代生活，文笔松散，价值观是腐败的，影响既大又坏，就像多年前俄罗斯作家拉斯普京指出的那样，他当年从韩国到日本，再到上海走到东北，说了一番真实的观感。感谢他，我们既没有这样的勇气，也没有这样的眼光。当代人学来的那些廉价的游戏、松弛的文笔，太多了，实在令人厌烦。

今天的人阅读中国古代经典并不多，也不太读康德、亚里士多德，读莎士比亚、但丁、歌德、托尔斯泰他们。这些与我们似乎隔膜的古典诗学和哲学，一旦能够忍受一点、进入它们，将是一件幸事。我们现在的阅读常常是糟蹋时间，浪费生命。

在生活中不妨做一些社会调查的功课。在自然层面调查山脉河流，山的岩石结构、土壤等。这对人会一生受用不尽。需要关注人的生存，目光深入到绝对贫困的那一部分人中，虽然不必就此做出号召。这也并非说一个人嗜好苦难，一定要找捡垃圾的人，或者必须到贫困山区去，这里说的是那些在底层生存的人，对自然、对生命的认知更深刻、更真实，因为他们逼近赤裸的状况，心灵体验是极其宝贵的。

为基本生存而奋斗和挣扎的这一部分人，是社会的大指标。写《你在高原》的二十二年中，我常常在奔走中寻找这一部分人和生活。他们不会诱导作家去写生活的阴暗面，而是使他全面地了解生活和社会。他们让写作者全面地理解学到的知识，思考人生的意味、生活跟自己的关系，超越成见。知识无论是关乎数学、物理，还是关乎文艺、哲学，都是好的，但有时候又成为理解的障碍，屏蔽人的视界，让我们从概念出发，这是可怕的。我们已经习惯于遇到事情就对应一种概念，填进一个最大公约数中，并不在乎真实。

恐惧和诱惑 / 将很多方法储存起来 / 敬与畏

“恐惧”也许具有极大的诱惑力。比如人一方面害怕鬼怪，一方面又喜欢这些故事，而且越逼真越好。苏东坡流放到了海南岛，实在太寂寞了，而他这个人离开友伴就不快活。当地人口音难懂，很难交流，他只好领着一条叫“乌嘴”的大狗串门，求当地人说：“给我讲个鬼故事吧。”

“恐惧”和好奇相连，因此能够满足人们特殊的期待，与之共处。我们“恐惧”天体物理探究中发现的外太空物体，计算出它们可能与地球相撞或擦肩而过，这个过程伴随了忐忑，同时这也引发了更大的好奇。人类的探索，常常就发生于玩弄者之间。人是很奇怪的，有时候越是躲避、越是不敢正视，就越是要接近它。

但它终究是可怕的，无论怎样还是很少有人向往它。从人性来讲，总的来说，我们对“恐惧”还是避之唯恐不及。人类常常被它纠缠，为之苦恼，这成为人的宿命，没有办法。来自现实、来自其他方面的“恐惧”太多了，而且最终还要转化为无边的焦虑，让人陷入更漫长的“困境”，这是更糟的事情。

“恐惧”无论从生活的还是从文学写作的角度，抑或精神分析的角度，都是一个不小的话题。它当然与文学有关，因为文学就是生存状态的表述。从文学语境出发去讨论它，往往会变得更复杂一些。围绕它展开阅读，收获也会很大，我们会发现文学的揭示和呈现，原来离我们很近，我们的生活原本如此。

正视“恐惧”的目的，是为了拥有更多的生存方法。我们可以将一些方法储存起来，在面对下一场“恐惧”来临时，有一些周旋的余地。

不堪重负 / 最大的恐惧 / 像正常人那样悲伤

见识的“恐惧”事件多了，反而会麻痹，所谓见怪不怪。信息发达自有好处，人人都像处在第一现场，千里万里之外一旦发生什么大事，我们马上就能看到直播。但这种方便和迅捷，最大的坏处就是磨钝了人的神经。看到一个恶性事件，刚刚还惊叹不已，更恶劣的事件又接踵而至。过去我们了解的种种喜悦或悲惨，都在目力所及的范围，后来有了报纸可以知道更远处的，并且还有照片；现在有了互联网和手机，有了视频传播，一切都蜂拥而来，让人无从招架。即使传来的全是具有巨大认识价值的事件，它们不停地叠加和累积，也会让人不堪重负，让人崩溃。

一个人的记忆储存是有限的，感知力和反应力也是有限的。人的神经强度再顽韧，也有绷断的危险。要防止绷裂并保持起码的感受力，只好有意和无意地封闭自己。假如每件事都感同身受，人是很难活下去的。无论悲剧或喜剧，它们频频发生在自己身上，或自己身边，这个世界就崩塌下来。这其中存在一个悖论：一方面要敏感，另一方面又要迟钝。

看到恐怖分子作案的视频，有时会产生荒诞感：刹那间剥夺了那么多的生命，摧毁了巨大的建筑物，现实和电子游戏几乎混淆，虚与实的界限模糊了。一个人坐在一间屋子里，鼠标轻轻一动，千里之外就灰飞烟灭，杀戮的方式和感受全变了。道德与速度、科技和信息，它们之间的关系原来是紧密相连的。

冷兵器时代的战场，人和人对阵就使用铁器，一个人要杀死另一个，可能要打斗几个小时。鲜血与濒死的目光会震撼心灵，纠缠一生。而现在是电子游戏般的，更大面积的杀害，生命的冲撞以及产生的恐惧，全然不同了，真正是生死如戏，人如草芥。

科技和速度，严重地改变了人的伦理关系、改变了道德。这样尖锐的事实摆在文学面前。不要忘记，文学是将生命伦理和道德力量放在第一位的。一种伴随人类进步发生的巨大“恐惧”，实际上是巨大的悲剧，就在现代化的进程中。这其实是最大的“恐惧”，而且我们时刻都在这种“恐惧”的笼罩之下。

当代文学无论如何也回不到古典主义，因为人类置身于新的、从未有过的悲剧时代。文学的氛围与气质属于这样的时代。也正因为如此，从模仿与学习当中产生的联想、现代生活中的古老命题，这二者之间有怎样的联系、有什么不同，是必要追究和沉思的。我们难以回避。曾经的经典更本质、更生命化，无论从语言艺术层面还是精神层面，都是了不起的存在。它们是人类文明的结晶。但最终我们仍然要回到现代，回到眼前的生活，回到我们的现实中。

我们可能正在走入更不道德的生存，我们该如何正视这种生活？这个话题真的太沉重了。今天我们还有勇气吗？还有没有能力像正常的人那样悲伤、爱和怜悯？

时代不同了，一切都不同了，这些需要我们去面对、去回答。

第八讲　困 境

今天，有许多人甘愿充当交易所的经纪人，或者往往甘愿充当公证人，而一再反复地说，诗歌消亡了。这几乎等于说，再没有玫瑰花了，春天已经逝去，太阳也不像平日那样从东方升起，即使你跑遍大地所有的草原，你也找不到一只蝴蝶；再没有月光了，夜莺不再歌唱，狮子不再吼叫，苍鹰不再飞翔，阿尔卑斯山和比利牛斯山也消失了；再也没有美丽的姑娘、英俊的少年，没有人再想到坟墓，母亲不再爱孩子，天空暗淡，人心死亡。

——维克多·雨果

困境离恐惧有多远

我们谈谈“困境”。比起前边讲的“恐惧”，它似乎更容易理解，也更接近日常生活。我们平时需要面对的“恐惧”，引发这种感受的具体事件，大多是突然而至的，但一般来说不会过于频繁；可是生活中的忧虑、踌躇和难以为继的困窘，却会经常发生。它们也是各种各样的、复杂的，有时很难说清缘由，但的确是存在的。生活中的不快、两难，无法走出的压抑和沮丧情绪，长期的郁郁不快，都可以归于“困境”的范畴。它与“恐惧”的关系是怎样的？如果“困境”积累得越来越多，会不会变成“恐惧”？也许会的。但是还有另外一种可能，就是当某个“恐惧”事件过去了，随着时间的推移已经变得淡化了，却发现它仍然没有从生活中彻底退出去，也就是说危险还隐隐存在，只不过变成了长长的忧虑存在心里。这种情况其实是更折磨人的。这种难以解脱的痛苦总有一个开始，刚才说的，就是要分析哪一个在前、哪一个在后。

经验当中，往往是对一些突然出现的危机变得稍有适应之后，才需要着手解决更复杂的问题，这正是危机遗留下来的副产品和衍生品。紧急的情况过去了，怎样应付眼下的生活却似乎变得更难了，当时的提心吊胆成了没完没了的担心，成了一时无从下手解决的对峙和等待状态。对人生而言，这种状况其实有着更大的煎熬性。可见“恐惧”与“困境”常常是交错出现的，最后还会纠缠一起，深深地折磨我们。从古代到现代，特别是进入后工业化时代，人类生活的真相不过如此。不过二者毕竟是不同的，仍要分开来判断和分析。

为了理解的方便，在这里让我们找个常见的比喻。如果比喻成疾病的话，那么“困境”更像是慢性病；而“恐惧”则是突发的、显赫的、来势汹汹的急症。

“困境”与“恐惧”之间会有深刻的联系，但前者比后者好像更复杂一些。“恐惧”比较起来或许显得更单纯和更具体，也更强烈。“困境”往往更漫长、更束缚人，有缓慢持久的伤害力和腐蚀力，所以也更不好解决。即便在文学表达中，“困境”也比“恐惧”更难，比处理和回应各种尖利的问题更难，但的确很有张力。这方面可以从古典主义的一路演变，从西方哥特小说的被扬弃和大幅度改造看得出来。在先锋小说家那里，如卡夫卡笔下的“恐惧”，很快就转化为“困境”。在中国，现代文学中的“恐惧”一般由通俗小说家处理，像鲁迅、曹禺、巴金和沈从文这些作家，主要还是写生活中的“困境”。

唯有写出“困境”，才能进入更加曲折的、绵长深入的思索，揭示人类社会的多重性，挖掘出人性的、社会的、人生的种种问题。“困境”很难淋漓痛快地表达，这就需要作家具备更为深刻的思想力、更为高超的艺术手段，抵进与现代、后现代同步的复杂的社会心理和精神结构中。从群体到个体的“困境”，也有一个转换的牵扯的关系，是一种从普遍到个别的过程。“困境”会积累到一个极限，然后以突然爆发的方式表现出来；突来的一个事件过去了，带来的后果却是复杂的、漫长的和巨大的，这无论从社会肌体还是生命个体来看，都是如此。有的急症缓解了，却要变成一种疾病与人长期共存。

二十世纪的重要作家，像卡夫卡、乔伊斯、波特、黑塞、托马斯·曼、梅勒等，作品中的“困境”和“恐惧”几乎纠缠在一起，有时一半对一半。美国小说家波特写“困境”是一把好手，她一生作品不多，但几乎篇篇是精品。她结婚又离婚，一辈子独自生活，说像自己这样专注于文学的人，没有办法和别人生活在一起。她这句话令人印象深刻。文学的确常常给文学家带来生活上的“困境”。托马斯·曼是从古典主义向现代艺术过渡的代表人物，他早期的代表作《布登勃洛克一家》读来不忍释卷，更靠近十九世纪的欧洲传统，是那种文化和艺术的完美诠释。这是他二十多岁写出来的作品，有人认为作者终生没能超越。一方面可能人们将记忆深刻的作品等同于全部，另一方面他后来的《魔山》呈现出的更大气象、更高的文学及哲学方面的见识和深度，在技术层面达到了一个高峰，有更复杂的探究，也就需要读者具备更大的领悟力。这部作品的现代主义成色慢慢洇漫出来。

读者与作家的关系一般是这样：他们会一直记住最初的深刻印象，并生成相当固定的标准。当一部作品突兀地、猝不及防地出现在视野当中，形成的刺激是浓重而新鲜的，强烈到难以忘怀。但读者没有时间陪伴作家在文学攀登之路上寸寸挪动，不可能一直注视他，更不可能与之一起成长。普通读者跟不上那些敏感超绝的时代天才，不可能追随他艺术和精神上的每一次跃进。一位作家无论做出怎样的探索、拓展和创新，毕竟已经拥有了相对固定的韵致和语感，有一定惯性，是这些磨损抵消了新的元素。这就很难引起读者的热烈回应。只有那些极敏的阅读者才会跟随作家远行，甚至能够一起成长。

托马斯·曼是一位大师，脚步匆促，每一步都有自己的节奏，绝非原地打转。我们对待那些由古典主义向现代主义过渡的作家，要看他们怎样起到桥梁的作用，怎样在这个过渡期里避免了演化和更新的生涩感，做到了完美。《死于威尼斯》是一个小中篇，写出了特异的感受，是进入现代主义的代表作。《魔山》也是现代的，它写的是日常的“困境”。这一批作家包括更后来的福克纳和海明威，都具有过渡的意义，“困境”和“恐惧”在他们的作品里总是纠缠一起。

《魔山》开篇就写“恐惧”，因为肺结核在当时还是不治之症。“魔山”是高山上的一处肺病疗养院，来这里的人都是有身份的。被绝症气氛笼罩的疗养院，当然弥漫着不安和沉闷。尽管如此，大家聚在一起还是发生了各种事情，看上去也谈笑风生、富于情趣。这里终究化为一座“魔山”，人性的“魔山”。这座山上发生的各种事情，包括情感问题、学术问题、爱与被爱、焦虑中滋生的许多事件、特别生存状态下的人性异变，有一些是十分怪诞的。比如当时治疗方法采用人工气胸，被治疗者竟然有一种异能，不但适应了折磨，而且和他人擦肩而过时还能让胸腔的什么地方发出怪声，吓人一跳。

读过几十年了，我对一些细节还是记忆犹新。除了刚才说的怪声，书中还写到欢宴：修养很好的资产阶级人士坐在长条桌前，相互之间很注意边界，说话低声细气，使用刀叉时捞肘往肋部靠拢。这和我们熟悉的那种吃起饭来咋咋呼呼，严重影响他人而不自觉的粗鲁行为对比鲜明。现在很多人害怕去人声嘈杂的地方吃饭，不愿坐在语言的垃圾堆里用餐。文明常常等于安静，但我们无论如何都难以获得。书中写到的这群人虽然已经在不祥的“魔山”上生活，却仍然保留了欧洲上流社会的文明举止。

杰作和一般作品相比，更关注一般人忽略的微小节点。通俗文学的笔触相对粗疏，即因为不能抵达细微，只专注于生死爱恨这类社会故事。托马斯·曼正好相反，他不过分着力于那些显在的情节，却把隐性的部分照亮。在这座“魔山”上，个个都在挣脱“不治之症”，天长日久之后却也多少有些适应了，就此进入“困境”。这是现代人类生存的一个局部，却有很强的隐喻性。

进入二十世纪的欧美作家，有一部分处于现代主义初期，呈现出相当复杂的形态。他们需要面对更多的“困境”，这是与古典作家的不同。越是往后，“恐惧”作为突发事件出现的频率越少，书写的重点于是也转为“困境”，是困境化成的一场荒诞。卡夫卡如此，后来的马尔克斯也是如此。马尔克斯写马孔多小镇下雨，竟然不停不歇地下了三年；镇上人害上了集体失眠症，无一幸免。这些事件一开始属于“恐惧”，时间长了就自然而然地转为“困境”，变成了漫长的焦虑。这就像拉美人的孤独，已经是整个族群的气质，实在无法改变。

古典主义作家更多地面对“恐惧”、面对牺牲，表现英雄主义和崇高感。这里突出的代表是雨果和巴尔扎克，古罗马诗人维吉尔、中世纪诗人但丁和古希腊诗人荷马，作品中必有决战一系列至险至危的关头，必得直面生死存亡，必有回肠荡气的史诗气质。“史诗”的退出，很大程度上是因为现代生存中“困境”的普遍化，这已经不是一般意义上的英勇和牺牲所能解决的了。并非是“史诗”退出后人类生活才改变，而是生活的改变让“史诗”退出。

“困境”等待新的作家来提示和阐释。后者不再擅长写出波澜壮阔的生活，对英雄也较为陌生。马孔多的煎熬，洪堡的不安与痛苦，还有海勒那诡异的“二十二条军规”、梅勒的“刽子手”、塞林格的“麦田”、厄普代克那只跑来跑去的兔子，大多都不是“恐惧”，而是分布在日常生活中的琐屑与煎熬，它们在许多时候甚至可以被忽略。索尔·贝娄《更多的人死于心碎》写了人类的两难：“恐惧”过去了，长期的“困境”却令人心碎。这本书带给人很多的阅读快感，尽管不如作者鼎盛期那般饱满。他表现出的生命活力常常让人匪夷所思，尖锐和幽默，不可思议的机智，如更年轻时的《洪堡的礼物》，充满了生鲜活泼、无处不在的激情，它们随时都能激活和震荡。他写下的每一个字都是跳跃和飞扬的。马尔克斯也是这样。石黑一雄或许算作“轻音乐”演奏，但他有超强的“乐感”，在短小的句子中蕴藏了活力，蓄足了耐力。

索尔·贝娄所写的“心碎”，不是指被突兀的事件吓破了胆，不是一场场惊魂，而是庸常的纠缠、不可摆脱的折磨。这个“心”是精神，是比精神更深远的心的层面，属于集体无意识的范畴，先是慢慢沉淀，然后开始摧残生命。索尔·贝娄写尽了现代人的颓丧，他自己却是足够顽韧，八十四岁又结婚了，并且生了个女孩，同一年还出版了一部长篇小说《拉维尔斯坦》。马尔克斯有一部引人注目的中篇小说叫《没有人给他写信的上校》，讲的是无望的没有尽头的等待，是典型的现代“困境”。它写一位退休上校在国外生活，老人等着国家寄来退休金，却一直等了五十六年，一分钱都没有等到，陷入了焦灼。这是持久而且具有弥漫性的情绪，我们现代人常常要和上校一样，在一种承诺中无望地等待，最终一定是白白浪费了时间。生活中总是有许多承诺，当时的承诺者也未必不真诚；当然有一些从一开始就是骗子。人们像老上校一样空等，直到生活难以为继，想喝点咖啡都没有，把咖啡罐里最后一点屑末都刮下来，困窘到不得不卖掉心爱的斗鸡。老人什么办法都想过了，再也没有维持生活的东西，总之已经彻底绝望。就这样，小说迎来了粗鲁的结尾：上校太太问男人明天吃什么。一贯文质彬彬的上校答：“吃屎！”

一个极有修养的老人被逼得如此粗俗。马尔克斯不得不用一句粗话去结尾，让人印象深刻，同时也悲凄之极。这就是对人类面对无数的苦难和空头支票，受尽折磨之后的绝望。

石黑一雄的《残日》，将人类引以为荣的职业、荣誉和自尊遭到践踏之后的尴尬写得无以复加。这个无可挽回的局面和物质上的困窘又不一样。它并不干脆利落，并不接近牺牲，而是远远地绕开了牺牲。古典主义的英雄们常常以大无畏的精神来对付“恐惧”，像《堂·吉诃德》和《白鲸》，以及中国的“荆轲刺秦王”“赵氏孤儿”等。中国“四大名著”除《红楼梦》外，写尽了英雄，写尽了生死之搏。《三国演义》中的“恐惧”一个接一个，过五关斩六将，哪一个都是惊心动魄。古典主义让一个又一个的“恐惧”来考验人、激励人，并以此证明生活的意义。《西游记》有些怪异，故事中每一伙大妖怪就是一场大阴谋、一个恐怖事件，唐僧时刻面临着被吃的“恐惧”。尽管妖怪们每一次都没有吃成，但接连不断地有新的妖怪打他的主意。作家尽可能让“恐惧”充满不确定性和曲折性，唐僧一次次被捉，但每一次都能脱险，最后的故事也就变得诡谲，变成了一场又一场精神的狂欢。

莎士比亚也不能例外，古典主义作品有大致相同的美学品质，直到卡夫卡和普鲁斯特这一类作家出现，才有了深刻的改变。作家开始变得焦虑，需要面对剪不断理还乱的困局。要把“困境”写出深意和魅力，似乎更难一些，这种难度延续到现在，已经成为某种表达的“黑洞”，可以轻易地吞噬一切。当代写作正在走入自己的“困境”，似乎耗尽了大部分能量。我们需要解决的问题越来越多，许多方法前人已经尝试过，我们既不能简单地重复，又难以另辟新径。

共同的困境

我们进入了数字时代，面临着一些共同的“困境”。这其中的一部分内容过去就一直存在，只是而今变得更集中、更突出而已。气候、环境、局部战争、瘟疫、种族和宗教文化冲突，这是以前就有的，今天却以新的面目和方式出现，而且变得更加强烈。人类社会的某些规则正在不断演化和改变，但不仅没有摆脱，而是越来越深地陷入“丛林法则”之中。当下的不公、压迫和欺凌，似乎较前更为严重。这在某个区域明显，某个区域又稍稍隐晦。国家和民族在一个时期走入的“困境”是各不相同的，第三世界和发达国家、非洲和北美、拉美和欧洲，人们在感受上会有很大差异。贫困、疾病、欺凌、自然灾害、野蛮、暴力，可能是某些地区和国家的严重遭遇。不同的个体所面临的艰困，如经济、爱情、家庭、疾病和事业等，差别也很大。人们面临的问题各个不同，所谓的“家家都有一本难念的经”，说的就是这种共同性和差异性。相同的一点是每个人都要陷入难以解脱的困局，这让人联想到《安娜·卡列尼娜》著名的开头：“幸福的家庭都是一样的，不幸的家庭各有各的不幸。”

属于共同的、群体的或个人的“困境”，有可能是重叠的和相互联系的，很多时候还存在着因果关系。这些问题有的可以消失，有的短期无法解决，有的则会永远存在下去。一些漫长到没有尽头的问题由事物的性质所决定，如人类对未知世界的探索：只要这种探索没有尽头，问题也就不会消失。旧的问题解决了，新的问题出现了，它们一个接一个。比如在医疗方面，人类发明了青霉素等药物，战胜了大量顽疾，但后来又出现了艾滋病等绝症。人类面临的难题总是一个接一个，仿佛上苍故意对人类的智慧和耐心作持续考验，让我们的探索变得没有尽头，苦难和欣慰也没有尽头。

在诸多改变和进步中，道德和艺术也许是最难的，这个领域到底能否发生所谓的进步，出现了争执。有人认为它们的种种“进步”，说到底不过是一种阶段性的误解。比如我们对孔子的思想至今仍然争论不休，他关于社会治理的设计，他的主张与思辨，引起的激烈争执一直延续了两千多年，至今也未能达成一致。从进步来说，我们不能说几千年后的人类在道德上就一定超越了孔子。再说艺术，今天的诗歌总体成就超过了唐诗宋词吗？即便是出于感性的判断，我们也会加以否定。可见艺术、道德、思想文化方面，的确是很难进步的。

生活中有些最简单的东西反而无法更新也无法舍弃。即使置身于强大的科技时代，像日常使用的剪刀、锤子、筷子和斧子之类，仍与原来的模样相差无几。它们可以在外形上稍有改进，但变化实在不大。原来这些基础性的存在反而更有恒定性。文化、道德、艺术和思想，其道理也是如此，一些最基本的元素有着恒定的性质，它们从一开始就深植于生命内部，既不能消失也不能替换，只需要我们不断地认识其存在。

文化与道德的难以进步，会让人类产生巨大的厌烦。争执没完没了，反反复复，还时常演化为暴力，形成大规模的群体冲突。从思想认知矛盾变为现实生存的激烈对决的事情是经常发生的，而且无休无止，后果非常惨烈。财富的多寡、聚集和分散、交替与循环，伴随着人类强盛的物欲，也处于永远不能终结的运动之中，演化成一个个轮替的怪圈。一个以人种血缘或文化信仰构成的群体，在物质财富的占有上或处于上升期和鼎盛期，或处于难以为继的衰落期。记载中的唐代、北宋、明朝中期、清朝中期，汉民族的生产总值有可能占据了世界上的突出位置。到了清代晚期和民国时期，又变得极为贫穷。可见物质可以迅速积累，也极容易失去，贫穷和富有总是处于不断循环之中。这一切说到底，不过是讲述了“困境”的持久性和普遍性。

宗教信仰冲突已经变成越来越突出的问题。虽然很难断言现代冲突根本性地转向了文明冲突，但它已经变为一种显性存在，而且越来越板块化和剧烈化。贫富差别、资源分配的不公，成为全球化进程中最严重的问题，既折磨人又让人无能为力，是难以摆脱的现实处境。环境恶化，全球变暖，物种灭绝，文明类型的消失，性别歧视，个体面对群体的无助，少数面对多数的弱势，这些全都难以解决。人类一直反对的单边主义、霸权政治、垄断经济，以及国家之间的利益博弈、数字时代的高科技欺凌与讹诈，各色问题综合成当下的国际背景。处于这种环境中，今天的文学表达深深地打上了时代的烙印，已经与现代主义早期的格局和风貌极为不同。

当代文学难免陷入更大的危机。在“困境”的多重压迫之下，写作个体的极端浮躁和慌恐，往往转化成苟且，写作变成机会主义行为，变成获取眼前物质利益的工具。精神上的走投无路与物质上的贪婪，已经没有其他选择。无论怎样的形式与内容，更有所谓的价值倾向，只要能够博得利益，就一定是好的。良知，艺术的敏感，对语言艺术本身的执着，一切都成了多余之物。在东方，往往习惯于两个方向的追逐：一是无耻地依附强势；二是搬弄现代主义的陈词滥调，以概念化的套话遮蔽利己主义。其实有一点是共同的，即在强势和弱者、真理和谬误之间的选择中，很多人早就不再犹豫。

时代的“困境”总是与个体所面临的问题紧密相连，而且在很大程度上决定了人的处境。这些横亘在生活中的障碍与症结，比一些令人惧怕的事件更加具有超越时代和地域的性质，因而更难以走出。好像只能视为人类的宿命，反抗是无效的，只能顺从，只能待在它的怪圈中。生活一旦进入这样的危境，无边无际的折磨也就开始了。人应该有勇气，但勇气往往只能应对突发的危机，温水煮青蛙式的摧折却要让其陷入昏睡。

正是在这样的时刻，人们才需要文学。因此任何的困窘与摧折，都不意味着文学的回避。艰困的环境也可以成为文学最好的遭逢：在令人疲惫和沮丧的精神隘口，作家从中穿越，也就经受了考验。如集中营中的生死煎磨，蒙塔莱写出了《希特勒的春天》，策兰写出了《死亡赋格曲》。这都是个体在重重围困中的突击。英国桂冠诗人休斯享有盛誉，诗作有口皆碑，但是人们对他本人却有各种说法，原因在于他的妻子西尔维亚·普拉斯在二十世纪六十年代自杀，第二任妻子阿西亚·维维尔在六年后以同样方式告别人世。普拉斯也是一位才华卓越的诗人，自杀时年仅三十岁。她和休斯的婚后生活充斥着风暴，掺杂了太多的狂怒，陷入了深深的“困境”。这种煎磨是性别的、现实的、物质的，也是艺术的，或者还属于精神疾病的范畴。这种境况下没有任何人可以帮助他们，因为这是两人世界。

表达“困境”是文学的现代宿命，作家再无逃遁之路。有人经常询问文学的黄金时代是怎样的，还列举北宋或盛唐，或其他。其实对一个写作者而言，无法选择的时代就是自己的“黄金时代”。命定的艰辛与探索，是他获得的唯一方式和结局。英国桂冠诗人休斯与妻子普拉斯所面对的生活，是他们必须付出的代价。他们用自己的悲剧证明了，这就是他们拥有的生活。

南非作家库切与哥伦比亚的马尔克斯、美国的索尔·贝娄生活的时代相差无几，但他们的表达却全然不同。那两位的繁华与灿烂、令人眼花缭乱的炫技，在他这里全然不见。库切笔墨洁净，行文简练，文风冷静而超然，创造了一种独特的现代文体。类似的写作在数字时代尤其缺乏，面对文字的冗长芜杂泛滥，库切走了完全相反的道路。他的《耻》极为节制内敛，写的是世界关注的种族和殖民问题：一对白人父女，在南非的种族隔离政策瓦解之后，为白人“集体赎罪”的故事。在这里我们惊讶地发现，邪恶结束并非意味着正义的开始。库切写出了个体的悲剧，但肯定不是个别现象。作家提出了问题，讲述了一个关于屈辱和无奈的故事。这个故事是难以重复的，因为已经库切化了。

关于人的“被打败”

我们都知道海明威的那句名言：“人不是为失败而生的……一个人可以被毁灭，但不能被打败。”类似的意思德语诗人里尔克也说过：“其实毫无胜利可言，挺住就意味着一切。”这两句被引用得太多，要弄清它们到底说了什么却不容易。让我们看看：什么是“消灭”？什么是“打败”？什么又是“胜利”和“挺住”？这几个词在译者那里大概也是颇费思忖的，因为不能含糊。“胜利”和“挺住”的区别在哪里？“胜利”既可以是某一次成功，也可以是阶段性的实现，怎么说“没有胜利可言”？人们常常歌颂“胜利”、标榜“胜利”。然而里尔克的“胜利”指的是绝对的、最终的成功，是问题的一次性解决。这当然是奢望和想象，这样的情形是没有的。譬如“二战”，它对同盟国而言就是“胜利”，但战争的结束不仅没有大功告成，反而遗留了比战前更多的问题。世界付出了那么多，落下的是战后东、西两个阵营，是无数的麻烦和苦难。世界从此进入新的冲突和对决期。

写作本身有“胜利”吗？如果一部作品产生了巨大影响，有极大的发行量并获得了奖赏，这是“胜利”？众星捧月，广受推崇，狂热跟从，总是短暂的。这种工作的根本目标，并不是追求世俗荣誉。写作不过是在精神的重围中、在审美的畅快呼吸或几欲窒息的苦闷中，获得一次次澄明的领悟和快感。这一切复杂的体味至少在写作者那里是清晰的。所以那些看起来颇似阶段性的成功之后，他们不会有“胜利”之感。更多的问题还在后面，一切只是在进行中。那种貌似的“胜利”总是和更大的危机连在一起，总是面临了更多的疏失，并且一定要再次陷入新的麻烦。

萨特的“存在主义”认为人生并无意义，存在先于本质。既然人生缺乏预设的意义，那么人就有选择的自由，可以自我确立和自我完成。这是一种“自为的存在”，具有超越性。生命永远处于变化之中，它注定了是自由的。如何认识和鉴定？这是面对“困境”的选择，是不断尝试解决之道。西方工业化进程中资本与人、人与社会关系的重新构建、人的精神解放与经济奴役，类似的问题都期待人去回答。这样的思想旅程充满了挑战性。

里尔克认为人类因为无法把握的命运，注定了要漂泊。他有一首诗《豹》，联系自己的生平，对人类不得不被限制的命运做了深入犀利、意犹未尽的表达。这是较早体现“存在主义”的文本，可与萨特的戏剧作品和小说两相对照。萨特是思想者，他的虚构作品带有很强的理念性，如《自由之路》《恶心》等长篇小说。里尔克长于感性，能够渲染出无尽的意韵，其诗性超越了萨特。后者在于理念的光彩，他谈论文学、文学和社会的关系、总结一个时期的艺术和思想，论辩电视艺术、电影和文学、文字和绘画音乐、“介入”和“超脱”，是那样清晰有力。他的这些观点放在今天仍有现实意义。他进一步推动了现代“问题小说”，也启发了“先锋小说”，是“介入文学”的提倡者。萨特认为借助多种媒体的当代艺术，确实可以产生广泛的传播效果，但如同一场战争，代表高科技武器的导弹具有杀伤力和威慑力，然而要真正占领和巩固一片土地，赢得最后的胜利，仍然还要派出地面部队。他认为文学才是最终决定胜负的“步兵”。

海明威直面现实生存状况，在种种“困境”中决不逃避，所谓的“不被打败”，意味着选择的自由和可能。不可选择的现实固然存在，但不可选择的精神是不存在的。在人类的生存中，最可悲的便是将二者混淆，在精神上退却。“不能被打败”，指的就是保持精神自由。人类的悲剧就来自对现实的一味认同。海明威的《老人与海》和福克纳的《熊》，都在写人的选择及其力量，写自由的获得。

《红楼梦》后四十回的续写常常引发一些研究者的不满，认为违背了曹雪芹原来的构思和预设。争论的关键不是一再谈到后者的语言力有不逮，更在于情节与思想走“偏”了，宝玉不该应试中举。更有论者操之过急，认为出走的贾宝玉不要当和尚道士，而要再多一些勇气，比如直接上山入伙，这才多少能够解气过瘾，艺术和思想也才算“高超”“合理”。但让我们仔细想想，贾宝玉那样一个贵公子，在前八十回那样优游，精神和行为不可能发生大幅度的腾跃。让这样一个人物在不可抵御的时代压力之下勉为其难地试一下仕途，最后出家或沦落，其实是再自然再合理不过的结局。

“红学”研究者有时太过多情。有的“考据派”还曾说，《红楼梦》后四十回的续写是清政府专门指派文人去干的，这次改写是一个政治阴谋。至于证据，没有。他们总是说曹雪芹在前边的章回早已埋好伏笔，肯定要让宝玉干出一些更大的事。哪有这样的伏笔？论者语焉不详，因为没有。我们今天面对文本说话，只能说看不到这样的伏笔，而只会看到满篇浓烈的佛道思想，这在作者那里是显性的，是与儒家思想互补的，哪里有什么超越？贾宝玉走出大观园还能往哪里走，前边已经暗示得清清楚楚，不会有什么更陡峭、更惊悚的选择。在一些“红学”研究中，有人总想替作者重新设计一番，总是全力抨击后四十回，其实是过于强烈的阶级斗争的意识所致，他们太习惯于从文本走开、从审美走开、从作品结构走开，走入一种局促而窘迫的社会思维。这是一个时代知识分子的共同悲剧，也是共同的“困境”。显而易见，让贾宝玉走向虚无、走向“被打败”的结局，是别无他途，只能如此的。

“红学”是有价值的，远的不说，如果没有“考据”和“索隐”的贡献，我们至今在这部伟大小说的作者栏下还不知该如何填写。但这种研究一直持续下去，僵硬动作日渐多起来，就会忘记研究的初衷，忘记这一切是为了更深入地探究和享受小说艺术本身，走向审美的纵深，而不是反其道而行之。让“红学”研究走向狭窄、机械、神秘和解码，还是走向生命和心灵的激越、走向活泼的诗学，涉及的是基本原则。没有文学审美力，没有艺术感悟力，是无法面对一部杰出的文学作品的，无论具备多少复杂的知识、多么认真的态度、多么高尚的阶级觉悟，都将无济于事。因为说白了，审美力的缺失是知识及其他都无法弥补的。于是我们看到了很多汲汲于事功的所谓“研究”，每每语出惊人，非斗即争。我们这里所要问的不过是极简单的问题：让“红学”变小还是变大、变成解密还是审美？我们如果连一部古典爱情名著也要努力服务于现实，也就有些过分了，对文学而言，也没有了起码的自尊，只剩下了殷勤，顶多是一点神秘和浅薄，而且一定要离题万里。也就是说，一些人连篇累牍地试图证明的那些至关重要的东西，书中压根就没有。

在有些研究中，《红楼梦》中出现的人与器物，竟然都可以从清代历史中“索隐”出来，甚至一一对应真实发生的事件。这怎么可能？这哪里还是文学？古今中外的作家都有寄托、有抱怨、有谴责、有痛苦，有自己的道德观，这是自然而然的。但他们的写作仍然是享受的、浪漫的、虚构的，是诗意的沉浸，是文字游戏的快活，是男女情爱，是消磨和排遣。他们哪里会像一些研究者一样，有这么强烈的政治冲动、这么巨大的使命感，背负如此沉重？如果真的那样，就一定被压得透不过气来，哪里还能写作？写出来也一定是主题先行，是空心核桃，是全无诗意，不会有魅力四射的《红楼梦》。文学写作要受生活的启发，但只是启发而已。作者要始终保持心灵飞翔的自由，一旦写成作品，就再也不可以还原为生活。这就如同粮食经过酿造化成了酒液，要把酒液重新变回原来的粮食，那只能是傻子的行为。不要忘记，文学只是心灵的历史。可以说“红学”

研究已经太多也太烦琐，它本身已经陷入了“困境”，并且还在不断制造新的、更大的“困境”。

生存的荒诞

现代生活在西方文学中常常表现为荒诞，本质上即“困境”。加缪认为荒诞是世界的无理性与人类心中苛求清晰透彻的本能发生了冲突。人类就像西西弗斯那般徒劳，那般机械地无休止地重复劳作。比如小说《局外人》的张望、冷漠和麻木，惯性劳动的可怕和残酷，对无意义的事物的专注和呆滞的表情。人就这样耗费了宝贵的，只有一次的生命。只有远远地打量这种人生，才有可能解放自己。

比如贝克特的荒诞戏剧《等待戈多》，“戈多不来，苦死了等的人”，写了现代人在永远无望中苦等希望的悲剧。类似的还有尤奈斯库的戏剧《秃头歌女》，里面的夫妻胡扯闲聊，竟然彼此并不认识，直到最后才发现是一家子，写出了现代人无聊而破碎的生活。

在数字时代，最奇怪或者也是最有趣、最荒诞的，就包括这种无意义的悲剧式专注，它会引起复杂而畸形的生命冲动，在冲动中做出很多怪异的表达，在最无聊的游戏中变得认真和投入，并且把这种生命的消耗变得日常化。关于异化，早在卢梭《论人类不平等的起源和基础》《社会契约论》等著作中便有所涉及，到了德国古典哲学家那里有了专门而深入的论述，其中当以黑格尔最有代表性。现代人常常自嘲，说自己正在“认认真真地干着可笑的事情”，实际上就是在说生存的荒诞。

在缺乏自我认知的后工业时代，人人都是“局外人”，既在“局外”，那么真正属于自己的生活又在哪里？寻找自己的生活并认定这份生活，可能是现代人面临的最大难题。当代作家之所以很难写出“荒诞”的本质，是因为我们从农业社会过渡到工业、后工业社会，现实生活的链条是断裂的，还没有经历完整的工业化，就猝不及防地迎来了“后现代主义”。这种“拿来”的惊艳和狂喜、追逐和吞食，还缺少一种理性的打量，缺少一种“反刍”，所以是消化不良的、夹生的和不可吸收的。我们考虑现实目标、功利与机会总是太多，体会不到真正意义上的“困境”。

更年轻一代的写作者，因为生存在虚拟的环境中，到处是水泥丛林、是闪烁的屏幕，与自然界空前脱离，这本身就很荒诞。世界文学中关于荒诞的书写起于一战或更早一些，可是数字时代的荒诞比那时不知加剧了多少倍。可悲的是人们对这些早就习以为常，已经浑然不觉。人们走在高楼大厦之间，动辄会迷路，没有方向感，迷惑于另一种复杂和曲折。局部天地并不能代替真实的认知，我们身处的这个世界越来越走向人工化、虚拟化，先是电脑，后来是智能手机的小小屏幕，视界变得越来越小，涌入的信息却应接不暇，以至于真假难辨，无法消受。人置身于这样的生活场域不仅十分疲惫，而且陷入了前所未有的惶恐。我们被引向了无边无际的精神荒漠，却在极其狭隘的物质空间里挣扎：抬头是高大的现代建筑，低头是比巴掌还小的手机屏幕。

这种荒诞的生存变为日常生活，是以前做梦都不会想到的。这是被迫的接受，从惊喜到无奈到折磨，循环不已。我们没有办法改变这种生活，只能一起来到数字时代的流水线上，不论愿意与否。谁如果脱离了它的节奏，那么很快就会发现自己正自绝于这个世界。荒诞成为数字时代的“现实”。一个写作者需要比较过往的生活，评估环境与创作的关系，研究二者怎样相互作用和转化。海明威和毕加索、加缪他们认为自己的时代是荒诞的，走入了极为剧烈的内心冲突，所以才有那样的作品出现。今天的荒诞比起那时候不知加剧了多少倍，然而相当一部分人却沉迷于现代科技的享受中。不安与惶惑是在追逐物质的间歇中发生的。对荒诞的接受，一定是更大的悲剧。

首先从这种状态中挣脱的，应该是诗人一族，如果连他们都无意识、无觉醒，整个世界的呼呼大睡也就不再奇怪了。今天谈论的是诗，那么“拒绝醒来”就意味着今日无诗。西方文学常常表达的“拒绝醒来”，就是一种现代悲剧，这是由醒者创作出来的。

感受荒诞是一种能力。“默尔索”的父亲是谁？就是创造《局外人》的加缪们。而今加缪他们已经离去，接替他们的是一群怎样的人，这才是至关重要的。时代发生了剧变，现代人面对的那个“局”已经大大不同了。今天的写作者既不能刻舟求剑，也不能随水漂流。从这样的意义上来体味“默尔索”那批看似可怜的人，会唤起我们心底的警醒：在涨满了泡沫的时代河流中，我们已经漂到了何方？

现代书写的纵深地带

作家在自觉不自觉地、或深或浅地描写“困境”。二十世纪以来，这种自觉性大大地加强了。其实早在十八世纪，中国的第一部雅文学长篇小说《红楼梦》，就是一部深入表达“困境”的作品。前面说它怎样写“恐惧”，那是小说用来贯穿结构的一根弦，是情节发展的强大推力，而更卓越、更出色的呈现，则是作者怎样直面“困境”、感受和处理这些元素。这正是它精神的最大支点，也是它描述的着力点。

《红楼梦》写了一群人面对富贵、欲望、虚无以及无常的痛苦，这些人陷入了深深的“困境”。全书营造了一个物质丰富、各种欲望似乎都可以得到满足的现实环境，就物欲的层面而言，已经写到了极处。“贾不假，白玉为堂金做马”，贾府是靠近皇权的豪门，仅一个大观园里就应有尽有。府中居住的人物既是贵族阶层，又是大官僚、大地主，天下少有的巨富之家。《红楼梦》展示的物质积累足以让人眼花缭乱，可以说到了无以复加的地步。这部书长期以来极为吸引人之处，就包含了这个奥秘，即满足人们对于物质的想象与窥视欲。这些具体的描述具备了很强的知识性，显示出对另一种生活的习惯与娴熟，所以才有随手拈来的细部勾画，能够自然而然地道尽神奇。作者的这种展示，用心最大处却不是表面看上去的这一层，而有另一种深意在，这就涉及我们一直在说的“困境”。

贾府中各色人物在极其丰饶的物质包围下，穷奢极欲，最终也会物极必反，滋生出无尽的烦腻。物质的味蕾一旦被膏粱厚味糊住，也就变得迟钝，享受大打折扣。窘境短时间内是无法解决的，这也是他们的苦恼。在这个府邸里，物质欲望总是太容易满足，吃的有山珍海味，用的是各类异珍。贾宝玉面对千娇百媚的女子，再多的爱欲都不够用。主子们在物质享受上都不存在贫瘠之虞，尽可奢华。当物质抵达了这样一个极端之后，剩下的又是什么？人生有各种麻烦、各种无法解决的难题，贾府和大观园所面临的，当然是精神上的无比空虚和百无聊赖，是被物质所累的无限忧烦。这是无法解决的。

《红楼梦》的真正高明之处，就在于面对这个群体的窘迫和难以为继，他们所面临的最大“困境”，做出了不可思议的设计：化实为虚。一切的“实”都有一个限度，而一切的“虚”都是无限的。有限带来的痛苦和无限给予的诱惑，不仅对书中人物，更是对往来不绝的世人，构成了深深的吸引。所以才有一代代人迷于曹雪芹的“痴人说梦”。“梦”不是别的，“梦”只是灵魂离开物质之后的飞升，是求得无限的一种幻想。至于书中人和读者在多大程度上抵达了这个境界，那就只能依靠自己的悟性和想象力了。

“红楼”当然是物质，“梦”就是精神。这两样东西合在一起要发生化学变化的，而这变化一定是千奇百怪、应接不暇、玄妙无比和诠释不尽的。所以古往今来那么多人言说红楼，视角变换，各有所获，说个不休。一般人只着眼于“有限”，少数人能够延伸到“无限”。但是将二者放在一起，注视它们发生剧烈反应的过程，却是困难而烦琐的工作。这种工作是极有意义的，可以通向一部杰作的奥秘之所。

我们看到，在百花盛开的大观园里，几乎无人不爱的贾宝玉在爱欲方面拥有最大的机会，他接近和获取人间绝色似乎再容易不过，她们的目光尽投向他，而他又是这样出色，几乎具备所有条件：富贵、前程、俊美的外表。这个钟鸣鼎食之家的公子哥占尽天时地利。贾府中的贾母即老祖宗对他宠护爱溺，整个世界的中心人物就是宝玉，他始终活动在聚光灯下，处于舞台中心。其次便是二号人物林黛玉，这个女子真是娇美柔弱的极品，是水做的代表。她如果只有天仙之貌也还不够，作者实在是太狠了，将她写成了不可触碰的易碎品。书中明确写出与宝玉有肉体关系的女子甚少，只写他爱吃胭脂，这是游走在刀刃上的险峻行为。他与丫鬟姐妹们保持一种极密切的却又是边缘化的友谊。林黛玉与所有绝色殊为不同，她是“水”，而未成“水晶”，所以绝不可触碰。贾宝玉好像与之多有厮磨，其实一直极其小心，担心一沾就散，总是隔开一定的距离看着她，表露心迹时也只是尝试着，说出“多愁多病身”“倾国倾城貌”。他们相距多远？那个距离不可用尺和米来做计量单位，它的单位名称叫“无限”。

曹雪芹在物质的极限处，写出了精神的无限性；在肉欲的极限处，写出了情爱的无限性。它是以这种方式来处理和解决人生这两个至大“困境”的，通篇写这一群人如何试图冲出、突破它，悲剧交叠，写出了令人信服的过程。至此，就有了更大的魅力；如果不再陷入“虚无”，就会有无与伦比的魅力。

游走在性的边缘，这是《红楼梦》关于爱欲叙述的高超之处，可以说达到了登峰造极的地步。而较之另一本中国古典小说《金瓶梅》，粗雅拙妙高下立现。有人认为《金瓶梅》的肉欲已经无以复加，可它只在事物的极限之内，可以说了无新意，写尽之后就是理尽词穷，黔驴技穷，以后怎么办？超越极限的东西当然有，但不是一般手笔可以触摸和抵达的，那属于梦想，只能等待“红楼”出来做“梦”人，据索隐派考证者说，这个人姓曹，号雪芹。

贾宝玉素来被冠以“意淫”的形象，当不是指主观认知，更不是指企图心和行为方式，而是指人物的审美意涵。“意淫”从外部看就是肉欲边缘的游走和徘徊。它的极限即为绝境，是一个庸俗的圈套。宝玉在众多艳色之中还能如何？肉欲得到最大满足之后又会怎样？他所面临的“困境”不过如此。他与黛玉之间的情感交流，常借眼泪和誓言、一些诗文对答、曲折的暗示和表白。这实际就是在肉与欲、情与爱的中间地带游走，越来越滑向边缘。在他们两人的危险游戏中，最难能可贵的是黛玉，她就像一个极敏的刹车阀和制动闸一样，总是在关键时刻启动。这样的爱欲书写，真是可望而不可即，非得有神一样的超然豁达而不能为。在书写“困境”的折磨、冲出“困境”的尝试中，《红楼梦》到达了梦想的高度。它的生存哲学、生命哲学以及审美的精微曼妙，真是达到了相当高的境界。它的魅力所在，即在于此。如果说它的不足或遗憾，就是将“有限”化为“无限”的过程中，走进了虚无。

《红楼梦》里有很多诗。这不是一般的掉书袋，不是作者显摆自己中等偏上的诗才，更不是为了给篇章滋润文采。正像写物质的丰盈不是简单的展示和罗列一样，这几近泛滥的诗情另有深意。黛玉诗才最高，宝钗次之，丫鬟对诗也不陌生，连不识字的王熙凤也能说出“一夜北风紧”，连那个呆霸王薛蟠都能呼出歪诗。物质极丰的大观园和贾府内外，这些人可以恣意玩弄诗文，寻找艺术纵深地带的入口。物质无论怎么堆积都是有形的、可量化的，在视野中也有边界；但是文化，尤其是诗，这些意象与神思却是无限的：无限的美，无限的寓意，无限的幽处。雅之为兴，就因为在一些艺术天才那里是把玩不尽的，其意境、“能指”、“所指”，真是宏富之极。

《红楼梦》对于物质的大占有者们怎样过另一种生活，来了一番仙人指路。人们议论无数的所谓精神和物质之间的关系，在这里可以好好领受和鉴定，一起大快朵颐。肉欲属于物质，沉溺其中必有恶果，有意想不到的险境。贾瑞爱慕王熙凤，最后死得骇人。这个案例以及书中写到的其他几个纵欲故事，似乎都影射和警示了中心人物。怎样对待爱欲，要用生命做出交代。作为核心人物的宝黛二人，有风月宝鉴这部大法典在，它正面是美人，反面为骷髅。纵欲意味着苍凉、寂寞、绝望，是一片黑颜色。

《红楼梦》在物质和精神方面的自然清晰，是罕见的。它由实入虚，进入精神的平流层，然后就随意飞翔了。

虚空是无尽开阔和辽远神秘的，永远碰不到天花板，永远没有最后的局限，永远不会停止向上。这种由人间奢华出发的无限度的探寻以及想象，给予我们极大的审美享受。这就是《红楼梦》解决“困境”的手段。《红楼梦》的卓异当然不在于“排满”“反清”，也不在于写了一个富贵公子的“阶级觉醒”，而在于它言说不尽的“无限”。就此来说，它是古典文学中处理“困境”的一个典范。

《红楼梦》一波三折，峰回路转又惊奇无限，也是男性视角下的登峰造极之作。怪异的是它披着歌颂女子的外衣，好像一直在用力贬损男性：女子是水做的，男子是泥做的，男人污浊，女子纯净可爱；比起男人的无能和昏聩，女人更为聪明能干。其实并非如此，纵观下来这仍然是一部以男性为中心的书，不仅是男性的视角，而且完成了一次男权主义的大检阅，受阅者皆是女子。作者在写尽物质的同时，也写尽了男性眼里的现实，在这个极限的基础和前提下，大肆书写女子。这里的女子已经不是通常意义上的主角，而是作者和他倾心的贾宝玉身边的群芳。她们簇拥他如同一群向阳花。全书拥有最大热量的男人是宝玉。可以说《红楼梦》是狡黠的两性之书，骗了天下的女子。她们以为这部书做出了价值大颠倒，让女子压倒了男子，其实根本不是。这样说，并没有说这部书的价值观有什么不好，而是说它的两性视角与传统相去并无太远。

蒲松龄的《婴宁》也写了女性在男权文化中的情状，如娇憨爱笑的狐女婴宁，就因为笑，给夫家惹来了官司，从此便渐渐敛容不笑。《聊斋志异》烟火气浓重，格调完全不可与《红楼梦》论，只《婴宁》这一篇算是女性视角。书中尽写媚人狐女，透出的却是强烈而俗腻的欲望，其男权思想更为露骨和直接。《红楼梦》看似为女性鸣不平，实际上仍旧是一部男权之书。它写男权和物质社会正在双双陷入巨大的、不可解脱的“困境”，然后尝试解决之道。中国封建社会正是物质与男权的社会，非这样而不能接近真实。《红楼梦》写出了男权社会的本质，却使用了障眼法来掩盖它情愿或不情愿的男性视角和男权思想。其特异和诡谲，也是少见的。

“五四”之后中国现代文学出现了一批“问题小说”。它们是“五四”思想启蒙的一部分，受到易卜生《娜拉》的影响，提出现实人生问题，试图做出解答。“问题小说”对政治、女性、农村、教育、儿童、劳工、宗教、知识分子出路等，都有表达。然而鲁迅论及娜拉出走时说："不是堕落，就是回来。"鲁迅先生这里强调的是女子经济独立的重要性，放到现在，这个问题已非主要问题，或者说已经基本上解决。不过"出走"和"回来"如果作为更宽泛的人性与社会的隐喻，这个迷局"五四"破不了，而今也是同样。无数觉醒、决裂、反抗和出走的人最后又怎样？这时便会发现鲁迅说得真对，不是堕落，就是重蹈覆辙。梁山好汉们反抗了，然后却被招安。更为艰难的一问是：即使没被招安，由一批土匪掌握了江山又能如何？只会更加堕落，比他们反抗的对象更坏。还有一部分人彻底回来了，一头扎进利益深处。这种人生的"困境"无法摆脱，每每触目惊心，一再循环。

由于人生的"困境"是如此的普遍和难以突破，所以对峙将是长期的和漫长的，不可期待一蹴而就，也不能为一时的激昂所迷惑。从"五四"到眼下的数字时代，"娜拉"不再因经济而是更复杂的原因，"出走"了多少次又"堕落"了多少次、"回来"了多少次，简直难以历数。这种摧折和苦难、无尽的重复，正是文学关于"困境"的表达，并且极有可能是它的纵深地带。哈姆雷特那句著名的设问"生存还是毁灭"，而今仍然无解。无论全球还是某个地区，人类时刻面对着这句提问。人类被"小我"、被急速发展的数字红利遮蔽了视野，进而陷入一个又一个"困境"。

在数字的罗网下，文明面临全球化的另一轮危机。现代工业文明兴起以来，人的异化、机器时代对人的排斥，依旧发生。澳大利亚作家亚历克西斯·赖特的《卡彭塔利亚湾》，内容就是写澳大利亚原住民在后殖民时代和现代化进程中，遭遇的一系列文化和生态劫难。这部书具有史诗的气度。我在澳洲见过她，交谈中得知她的外祖父具有中国血统，当年与澳洲的原住民通婚。她的视角及立场与一般澳洲白人不同，文字泼辣粗犷，有一种“他者”的在场感。

数字时代的最大焦虑是虚拟无处不在。人类在这其中进行判断和选择，最后陷入新的“不可能”。如何处理信息浪潮？假设一个人每天可以处理十条谎言，那么当它累积到一万条且一再重复，又将如何承受？群体一旦进入集体无意识的无感无察，就会加倍地放大个体焦灼。这种困窘会不断转化成具体的、阶段性的“恐惧”，然后再演变为“困境”，以至于循环往复没有终了。

后工业时代最有代表性也是最敏感的作家之一，是美国的索尔·贝娄。从较早的《晃来晃去的人》到后来的《赫索格》《洪堡的礼物》，直至晚年的《拉维尔斯坦》，都写了现代人的“困境”。索尔·贝娄是写这个的高手，即使马尔克斯这样的绝世天才都难以与之匹敌。阅读马尔克斯的作品，总觉得他被自己超绝的叙述打败了，所以他在讲述现代人复杂的、多重的“困境”方面，既比不上索尔·贝娄，也比不上加缪，甚至还弱于叙事方面逊色不少的亚历克西斯·赖特和萨特。我们如果放眼年代更远的福克纳、曹雪芹和紫式部，会发现他们写“困境”的能力也在马尔克斯之上。马尔克斯迷人的叙述吸引了最大的注意力，以至于多少忽略或无暇关注社会和人的现代难题。马尔克斯不回答“出走”之后的问题，也不深究“恐惧”不断延伸的后果，而是一再强调战胜孤独的不为人知的方法和可能。当然孤独也属于“困境”的一个方面、一个很重要的部分。

在马尔克斯笔下，从马孔多到其他小镇的人，特别是边缘人、边缘文明的自我作乐的精神之中，有一些亘古以来采用的良方，它是多么神奇：忍耐中的爱，与荒诞讲和的本领，直至灭亡。当然，这其中蕴含了现代人无奈的眼泪，折射出崇高的悲剧精神。他的“讲和”有深刻的暗讽和绝望意味。

我们这里，出生于二十世纪四五十年代的作家身上还没有发生书写“困境”的奇迹，往前一点则更不可能。而后被数字缠住的写作者，以其心胸、境界和视野，恐怕要进入此境也难。他们身上刻下了虚拟时代的苍白，要进入那个纵深地带，还需要强大的心灵力量。这是留给后来者的艰巨任务。

作家的特殊困境

作家的写作行为本身，也是与“困境”的持续斗争：永远面对一张白纸，自己动手解决，自己将其磨碎。它在许多时候也是积极的探究心和责任心、对生活的不满足所带来的。越是平庸的写作者，“困境”也就越少。傻傻地乐着，有创作有发表，还有奖励，有国内外的一点回响，并不觉得危机逼近，甚至认为常写常新。

写作者面临的最后一个问题，是写作本身将自己逼入“困境”。

语言艺术区别于其他门类，一是形式不能重复，二是必须与读者“共谋”。缺少好的“共谋者”就是艺术的“小时代”，它最早折磨的不是其他艺术，而是文学。越是优秀和杰出的作品，越有可能受到冷落。庸俗的东西反而被认为是好的，真正出类拔萃者，共鸣者极度缺乏。于是一种怪事就发生了：作家越是努力，越是写得好，也就越是冷寂。写作者置身于一个艺术的“小时代”，即“盲瞽时代”。

语言艺术与其他更直观的艺术表达不同，它需要阅读者通过记录符号去还原，能够对趣味、幽默感以及局部难言之物，比如灵思妙悟、敏感和睿智之类同步晓悟，通透和洞悉。如果在文字面前是一个机械笨拙的人，一个老榆木疙瘩，同时又是一个自命不凡，根本没有文学阅读能力的人，而这种人又往往最能以艺术的主人自居，有一种为文学这种极深奥的艺术形式当家做主的气魄，那就一点办法都没有。说到底文学阅读是需要能力的，它不仅仅以受教育的程度所决定。文学艺术留给阅读者的再造空间是那样大，对读者足够依赖和信任，而这种情形在许多时候常常被错用。虽然对文本的各种诠释都有可能，这表现了语言艺术的特殊性，但毋庸讳言的是，这种极大的自由，也给那些离谱的甚至是荒唐之极的读者造成了胡言乱语的方便。一些人不仅缺乏基本的阅读能力，而且还存在认知缺陷，这里尚不包括那些恶意的曲解者。

由此可知文学的“共谋”性不是一种期待，而是一种必然结果和基本需要。这就明白为什么越是杰作，越是需要时间的浸泡。所谓“雅俗共赏”在许多时候是不存在的，它们经不起时间的磨损，因为没有更坚实的诗与思的内核。因为语言艺术的苛刻条件，它特别对一个时代的阅读状况提出了要求。这种要求不是艺术与接受的本末倒置，而是土壤与生长的关系。那么在网络时代和商业时代是怎样的情形？强大的传播力既是一件好事，又会造成大面积覆盖的危机。各色文字与图片的倾泻、毫无节制的贪婪，正在剥蚀艺术欣赏的最后一点耐心。而且在这种空泛匆忙的信息流动中，碎片化的残留物已经发生了挤兑，人们对艺术的基本判断或丧失或麻木，已经没有了起码的明晰和敏锐，变得难以置信的简单和幼稚，竟然无力辨析极其明显的浅陋和庸俗。

时代的许多悲剧和荒谬，首先是从审美力的丧失、基本道德判断力的缺乏开始的。艺术与精神是人类社会的最大指标，是“春江水暖鸭先知”的“鸭”。网络时代的优越被人说了一万次，但是关于艺术和道德连带一起的危机，以及因此而陷入的“困境”，却实在讨论得不够。那些习惯做好好先生的苟且者，那些根本无心于任何真实的混世者，是根本不能期待的。多少杰出的萌芽被掐灭或干渴而死，又有多少苍白拙劣的涂抹被哄传震耳。艺术的“小时代”折磨最多、损害最多的是语言艺术，其次才是其他艺术。

作家每一次书写都要寻找新的语调。这是一件异常困难的事情。写一部作品如同一场歌唱，写到极处便是走入了高音区，那时整个现场鸦雀无声，屏息静气。除了演唱者艰辛而完美的攀爬，那种高耸的升扬，再无其他。全场都在等待最高处的辉煌和壮丽。然而有人知道，最困难也是最美好的时刻，是纤细缓慢而又不失圆润的滑行过程。作家的“困境”真的与此类似：通过长长的日复一日地专业训练，能够像歌唱家一样达到不可思议的高音区，然后再一路滑行。这实在是考验的时候。假如这个过程稍有欠缺，就可能产生破音，那是一次跌落。

最为考验艺术家功力的，就是将自己逼入绝境，在那里，在一个极其窄小的空间里，做出常人不可想象的高难动作。他在这里蓄力、腾跃和飞翔。假如处理不好，中气不足，便就此跌落。作家越是写出优秀的作品，越是面临了更大的难度。没有谁能够帮助他，只能自己解决、磨碎。许多劳动，特别是复杂的创造性劳动，都会出现这样的悲壮时刻。这是必须经历的，是自然而然的。这也是华丽和成功的组成部分。然而一旦对“困境”有所突破，无论读者还是作者，都能觉察一次非同凡响的开始。一切看上去举重若轻，实则是一段崎岖的“蜀道”，有“难于上青天”的险峻。看看，这就是艺术人生。杰出的艺术家即便向下滑落时，也不跌落、不失声、不会荒腔走板。

和歌唱家一样，一直维持高八度是不可能的，那不是艺术，而是声嘶力竭。完美的冲刺不等于尖叫，那样也就接近了窘迫。我的一位朋友写了几百万字，写出了最好的代表作，似乎是进入了一个高音区。考验的时刻来临了，稍有闪失就会跌落。他清楚这一点，最终完成了一次降调，流畅而华美。艺术仅仅以声音分贝来衡量，那是极不专业的。低音是有难度的，也有魅力，是美声。

欧洲的文学正为自己的苍白而焦虑，离开了自己的辉煌期，陷入了“困境”。眼下那片大陆的文学正忙于形式创新的最后阶段，已经厌烦。那里一度令人艳羡，近几十年来却产出了大量无聊的作品，形式上玩弄花样，无关痛痒。这个世界太多痛苦，仅是无聊的呻吟也还不够。在那片大陆上，写得生气勃勃的人竟然都是移民。现实生活变得不再安逸，中产阶级也不再稳定，残酷的社会矛盾正在唤醒艺术家，让他们告别杯水风波，回到真正的心灵和现实的苦难。那里也有一头艺术的睡狮，或许正一点点醒来。

海明威一生都在与“困境”做斗争，他是一位有力量的人，一直害怕失去这种力量。他渴望并希望自己是一个不被“打败”的男人，一生写作离不开这样的主题，实际上也在不断地注视自己的体力。他也许对同时期的福克纳式的随意而芜杂的茂长感到费解，这可以去看他的一系列有趣的抱怨。事实上他早就面临着失去创造力的尴尬。有一本书叫《海明威与海》，是他的好朋友霍契纳写的。特别在中年和晚年，霍契纳与海明威相处得非常好，两人互相信任。这个人为陷入“困境”的老朋友做了许多力所能及的事情，甚至动手帮助对方压缩稿子。这本传记占有特殊的地位，因为它朴实真挚地记录了海明威的最后岁月，尤其是他的文学生活。海明威在五十多岁以后稍有突兀地丧失了写作能力，但心气仍然很高，希望写出更好的作品，无比痛苦。这个硬汉把写作当成人生的一场必须要赢得的战役，尽管最后实在没有那样的力气了。

这部书写出了同类书所没有的真实。它不长，仅二十多万字，却比那些我看过的更长也更琐屑的传记更让人信服。五十多岁以后的海明威，最大的痛苦和沮丧就来自创作力的失去，来自写作本身的“困境”。他多想走出这一“困境”，用尽了各种办法。海明威这个时期写下的文字也许是一生中最多的，可见有多么顽强。但是这些作品的大部分却一直羞于示人，因为他知道它们的成色如何。海明威自视甚高，而且一直有大师的洞察力，痛苦也来自这种清晰。直到去世，他最后的苦斗成果才由家人整理出版，才有今天《海明威全集》中的几部长篇小说。这些作品显然是他写得较差的文字，天才的火花偶有闪烁，但黄金时期的那种紧致和力量、内绷的张力和严谨，基本上不见了。

海明威的“被打败”，是他直到最后也不愿承认的。他被“困境”逼到了无处可退，就选择了自杀。论及海明威的死，许多传记要说到他的“抑郁”，但这些判断都不及霍契纳真实。是的，海明威认为自己可以“被毁灭”，但就是不可以“被打败”。他自己动手结束了这一切，这也是他一生的写作和生活所表达的悲剧之美。

海明威比起福克纳这种作家，并不算特别具有创造力和生长力的一类。也许所有不能专注于大地的作家，缺少“土地”性格的作家，相对而言都缺少生生不息的创造力，但在克服这种“困境”的过程中，却会焕发出一种至为动人的美。这是一种壮美，一种极为干净利落的美，一种牺牲的美。这样的作家往往展示出无人能及的天才性。鲁迅身上也有这种美。许多留下漂亮文字的作家，最终缺乏鲁迅那样的魅力，是因为鲁迅在纠缠和战斗的一生里，产生了一批浩浩荡荡的杂文，如同一部长长的诗作。现代作家之中，鲜有人具备鲁迅这样的悲剧美。

网络时代，不求上进和自我满足，巨大的人口红利给写作者造就了苟且的条件，更有不负责任、得过且过，既无原则又无勇气和见地的某些文学旁观者的怂恿，进一步加剧了这种悲剧。对惯性写作的麻木，是商业时代专业写作的最大悲哀。灵魂之中可有冲动？他们不愿面对这个尖锐的问题。文学作为文化和精神的主要载体，反映了一个时代的情操和道德高度，为此，诗人的表达应奋力一搏，用一生或半生，至少在生命的旺盛期，做出一次突围。

讨论

物质生活的细部 / 人性的演化 / 关于尊严

一些作品的描述如果粗疏空泛，缺乏表现细微的能力，就无法让人身临其境，不会有具体的逼真的感受。这与写作者的洞悉有关。有时作家写出的未必是亲身经历，而是依靠想象，依据个人的生存经验加以把握。李白从来没有到过蜀道，却写出《蜀道难》这样的杰作。范仲淹从未去过洞庭湖，但他的《岳阳楼记》不仅华丽，而且有相当逼近的现场感，气势磅礴。可见对现实的艺术表现，非常依赖个人的才华，而才华又依赖丰富的人生经历。社会关系是人的关系，写出社会性的复杂交错，就需要写作者对人性有深刻的洞察。即使是写一只猫，要写得好，也得依赖丰富的人生经验。

一方面，写作者缺乏物质层面的探究，对这些显得十分无知，常常止于想象；另一方面又过分地希望在表述上能有惊人的内容。这就流于编造杜撰，使整个故事失去结实的物质基础。现实世界里的喜悦、痛苦、满足和失落，都离不开具体实务，都有自身的规律。每个时期的社会生活自有特殊的品质，有些部分是变化的、与其他时期大不一样的。人性的主要构成元素大致还是那些，但客观环境的改变会让它发生惊人的演化，以至于令人大吃一惊。有时候我们会惊讶于一个地方或一个时期的人怎么会那么坏或那么好，这都是演化的结果。人性往好的方向演化，就是好的社会，否则就是坏的社会。这个标准和原则十分重要，我们要坚信这样的判断。就此来看，写出环境与人性的关系，是文学最重要的任务。

就此来说，对客观环境有清晰的观察和了解，有入木三分的认识，才能反过来印证人性；由人性的各种表现来反观社会，从中找出二者的联系、相互促进的线索，也非常重要。这就要求写作者对物质和精神两个层面，都是一个敏感的人。写作者过于专注对物质世界的表达，舍此便没有其他兴趣，就一定没有深度，也不会真实。有的读者很愿意读到情节的跌宕起伏，什么爱恨情仇、资本与权力、贫穷与富有、成功与沦落，于是写作者便大力满足他们，罗列这些事件，从头至尾并没有超越小报记者的发现，也没有超越一般新闻报道的范围。但是生活细部的曲折与微妙，却没有涉及。我们熟悉并谈论了太多的拉美作家马尔克斯，注意的是他的一些代表作，特别是那些脍炙人口的小说，一般不太在意其他文字。其实他还写了很多特写，因为他一辈子干的时间最长的工作就是报纸记者。读读他这方面的文字，我们很快就会为他观察生活的独到、绝不放过事件极细部、努力找出一件事情发生发展的特殊关节的能力所折服。

原来这种关注力与探究力、这种工心和洞察，也属于文学。粗枝大叶、人云亦云地写一下社会生活，用尽反复用过的那些套话和大话，再无别的本事，这在记者来说也是不入流的。写作者最忌讳的就是跟从庸常、跟从潮流。事物本来不是那样的，揭示而不是掩盖真实，这才是我们的工作，也是我们的原则。只有将他人未能说出的部分呈现出来，进入人性的层面，也才能发生精神的叙事。只停留在物质的浅显和表层，一定是空泛无力的。这种可有可无的故

事太多了。

我们在文学方面常常讲灵魂的拷问，那是大作品才有的。这种拷问只属于精神叙事。只写社会中耸人听闻的故事，什么巨富、破产、凶杀，这仍旧无济于事，这在网络时代应有尽有，好的读者不需要它们。想看到非同一般的心灵，这里才有最可关注的元素。真正的大作品都是把人的尊严放在首位，真正的得失一定是关于这个。尊严没有了，剩下的就是不太重要的部分。奇怪的是，现在相当一部分写作对于最重要的部分是生疏的，而对于钱财和权势很敏感，一定是在这些方面恋恋不舍。他们对生活也有较为强烈的干涉意愿，却并不关心人的尊严。原来有些写作者本身就没有什么自尊，除了盲从，除了机会主义的心态，与“精神”和“尊严”这两个词非常隔膜。

写作者不可忘怀的，是在物质社会这个现场中，人的自尊睡着还是醒着？它是否构成了生存的最大“困境”？回不到心灵和精神层面，就不能奢谈“困境”。写作者在任何时候都要对此耿耿于怀。如陶渊明，即使受到饥饿、寒冷和死亡的催逼，苦苦挣扎之时留下的诗作，仍然在写尊严。

一份礼物 / 国学根底 / 调式和音高

“困境”需要摆脱，但人人不可避免。它是人生的一份礼物，既不可选择又不能拒绝，只得接受。选择生活，只是选择走出“困境”的方法。人要不停地面对它，有时存在幻想，也还是难以回避。有人设想，假如自己一生顺利，无论事业、爱情还是家庭生活，所有幸运都降临身上，那该何等美妙。真的这样“美妙”起来，如果是一个作家，也可能是非常平庸的。其实这是不存在的，每个人必然要面临自己的遗憾。

“幸福的家庭都是相似的”，托尔斯泰这样说。那是看上去的“相似”，也就是从表象去看的意思。具体到各个家庭内部，“则各有各的不幸”。“困境”对作家而言是一种必然，是磨砺的关口，没有它，就没有走出的努力，就无法检验自己的勇气。事实上看一位作家能走多远，还要看他遭遇“困境”的大小以及挣脱的过程。它既是客观的，又会因为主观意识的觉醒而产生。傻乐者许多时候是容易满足的，一旦功利目的实现也就高兴了。而对诗意的追求是持续无尽的。

作家喜欢学习域外，这当然好，但也不能只专注于模仿一些稀奇古怪的人。世上还有许多作家，时间留给我们太多的杰作，应该广泛地吸收和借鉴。中国古典作家十分重要，这是我们的文学之根。有人说不能要根，这是大害，我们不能同意。汉语言艺术创作者即便移居到国外，最初的生命之根也还是变不了，看看那些在国外生活的中国作家就知道了。林语堂之所以在美国取得了那么大的成就，就因为国学根底很深。

如果把文学当成博取功利的器具和途径，让心灵的激越变成商品，它就不再激越了。把文学说成商品，把读者说成衣食父母，这样的定位大可怀疑。这种比喻真是不伦不类。急于找衣食父母，迟早要弄丢了灵魂。一个写作者要在精神方面极其敏感，只要尊严是醒着的，不是睡去的，其他会好办得多。这与技术层面的追求也是一致的，因为写作者有自尊，就不允许自己因循守旧，不允许简单地模仿，更不允许自我重复。即便是一再使用的习惯词语，也要警惕。一个人连遣词造句都表现出洁癖，那一定是自我苛刻的。

写了几百万字，也有可能没过语言关，句式老旧，词语俗套。语言训练原来是漫长困难的。除了基本的文从字顺之外，还要掌握语言本身的调式和节奏，要有自己的独特韵致，始终在个人的韵律中行走。每一次写作要有不同的调式，不同的音高，不能起式太高，否则就唱不下去；需要根据这一次歌唱，自己把握调式和音高。如果捕捉不到、控制不了，就只能是一般化的写作了。

惯性写作面临的最大困境是什么？可能就是没有捕捉，也没有选择这一次的调式，只是重复过去。这样进行下去，一直唱到嗓子嘶哑，唱到失声。

追溯和探究精神 / 大读者 / 期待时间

不论作者还是读者，都渴望出现杰作。但结果却不尽如人意，甚至非常失望。像盛唐那样诗人辈出的年代，流光溢彩，不可复制。不过这是后来对古代文学的感受和评价，唐诗现场我们是回不去的。离远一点看得更清，会有超越性。对当代文学的判断，往往要考虑到许多，离得太近是不可能准确的。还有社会与文学的关系，也并不单纯，不能说经济状况好，就一定出现杰出的作家；动荡的生存艰难的时代，也出过极好的作家。文学史和写作学总结作家作品的规律，常常只作局部之论，只是勉强地总结出一些“必要条件”。这虽然不无道理，并有学术研究的追溯和探究精神，但真实的情况却不是这样简单的。有人说天才永远是个案，杰作永远是个案，它们总是猝不及防地出现。

播撒天才的权利好像不在人间。我们常常痛惜没有遇到天才和杰作诞生的机会，比如有的时代会产生出大量杰出的作家和作品，有的时代几十年、上百年也产生不了几个。有的时代只适合长茅草而不生灌木；有的时代更适合长灌木而不生大树。现在和未来会出现经典作家，但这不是他们所处的时代能够判定和鉴别的，甚至来不及反应。这需要时间。陶渊明和杜甫的地位是经历了漫长的阅读期才形成的，西方的凡·高也是如此。《堂·吉诃德》《白鲸》这些一流的作品，也由时间慢慢筛选出来。杰作的创作需要能力，认识也需要能力。有人说自己虽然不会写，却擅长辨别优劣，这也未免太过自信了。其实做一个大读者也同样有很大难度。

大读者不是一般的读者，而要具备超越性的洞悉力。任何一部作品都有待时间的鉴定，一个读者在当下也只能说说自己的印象而已，这需要真实和爽直。审美能力的高下不是个人意愿所能决定的，也不是受教育多少的问题。这是既复杂又特殊的能力。对当代文学不必过于悲观，因为离得太近。当代人只可做出自己不懈的努力，认真起来就好。

荒诞 / 在场与醒来 / 不可康复的溃疡

荒诞其实是最常见的，是生活本身而不是写作风格的追求。人类生存的状况可能远远超过了荒诞。我们常常讨论“睡去”“醒来”“拒绝醒来”这样的问题，因为即便不说，也无法回避。“拒绝醒来”也是一种方法，“醒来”会很痛苦。这样的人有拐弯的智慧，有打引号的糊涂。还有人在浑然不觉地沉睡。“拒绝醒来”的人大概只占一小部分，“醒来”的人占更小的部分，可能是这样。

谈论“醒来”很容易，然而这并不局限于眼前的生活，还有更大的关照。加缪《局外人》写出的人在局外的感觉，相信很多人都不会陌生，有趣的是人人都会觉得自己“在场”。我们号召写作者要“在场”，其实是很难的。有时候明明“不在场”，却以为“在场”。

“醒着”也好，“拒绝醒来”或者“昏睡”也好，最终都是一个过程。也许正因为“恐惧”，才要抗争。挣扎的痕迹越深重，存在也就越有分量，可能也会越痛苦。这里指精神的范畴，文学当然在这个范畴内。托尔斯泰曾说，无论何等巨大的财富和显赫的皇权，包括子孙后代，都会化为尘土，但是只要自己创造的文学中还包含一丁点儿“真正的艺术”，它就会“与世长存”。托尔斯泰将文学赋予了如此崇高的意义，其实就是在讲精神的意义。文学的纵深地带至为开阔。时间太快了，二十世纪九十年代我到武汉参加长江笔会，在船上讨论文学的情景如在眼前，屈指一算竟过去了二十多年。在飞速流逝的时间中，那些心情，那些思想的闪烁、心灵的感动，都依靠文字才记录下来。托尔斯泰讲过，墨写的文字斧头都砍不去。但是墨写的文字太多了，大部分不需要砍，而只能埋没在谁都不会光顾的角落里。

真正的艺术很难陈旧，因为每个时代都会有人拂拭它们，让其变得簇新。歌德、托尔斯泰、但丁、雨果、陀思妥耶夫斯基等，都创造出了这样的艺术。这些灵魂极其特殊，他们足以警示和启发好几代人，让人继续兴致勃勃。《红楼梦》也有持久的魅力，因为它处理了最难以解决的“恐惧”和“困境”问题，在无限的可能性中诱惑了我们，让我们欲罢不能。

《红楼梦》经得住一代代人阅读和品咂。进入了网络时代，有人开始竭力肯定《金瓶梅》，这与现代传媒引起的麻木有关，人们转而需要强刺激。《金瓶梅》写市井生活很成功，将一些阴郁的角落写出来了。它在人性、历史、精神状况方面有巨大的认识价值。但是《金瓶梅》很颓丧，精神溃败，对文明和文化造成了不可修复的损伤，形成了一块溃疡。

即使现代人的心胸再开放，许多人还是赞成让下流读物成为禁书。个别人推崇淫秽的文字，理由是它“有极大的认识价值”。是的，所有的人间大恶都有这种价值，但我们不能因此而扬恶。

2019年10月9日至11月1日，于华中科技大学

附 记

这是我在华科大“大师课”上的授课整理稿。此教学项目由作家方方提议，湖北作协与华科大中文系联合设立。我获邀任教实在有些惶恐，但最终还是勉为其难地应承下来。

武汉是一座美丽的大学城，文学在这里有众多的读者和研究者。自二十世纪九十年代以来，我多次在这座繁华的都市参加学术活动，每次都留下了深刻的印象。春有樱花，秋有金桂，四季都有畅言之友。

本次授课始于 2019 年 10 月初，结于 11 月初。一月匆匆而过，充实愉快。火热的面庞，满街的花香，绿山和东湖，更有美食梧桐语[①]，变为一帧帧永不褪色的彩图存于心头。

课前我从作者和读者两个角度思忖：该谈些什么？近五十年写作生涯中有太多甘辛体悟，又从哪里说起？我不想让他们失望。回看自己诸多类似讲谈，多不如意。

课中涉及太多书事人事，而且多半是中青时代的记忆，所以难免出错。尽管经过复订，但毕竟过于冗繁，必有不周之处。

均江教授具体操持课务，并请研究生订稿，辛苦非常。梅兰教授主持了最后两讲，陈星宇女士予以统订，在此一并致谢。

2020 年 4 月 26 日，张炜

---

① 华科大校园某餐厅。